ハヤカワ文庫 FT
〈FT378〉

魔　法

クリストファー・プリースト
古沢嘉通訳

THE GLAMOUR

by

Christopher Priest

Translated by
Yoshimichi Furusawa
Published 2005 in Japan by
HAYAKAWA PUBLISHING, INC.
This book is published in Japan by
arrangement with
THE MAGGIE NOACH LITERARY AGENCY
through TUTTLE-MORI AGENCY, INC., TOKYO.

リサに——

魔法

第一部

1

いったいどこではじまったものなのかずっと思い出そうとしている。ほんの子供のころのことを考え、そのころ起こったなにかがもとでこんなふうになってしまったのだろうかと訝しむ。以前にはそんなことをさほど考えたりしなかった。概して言えば、幸せだったからだ。というのも、実際になにが起こっているのか知らずにすむように守られていたからだろう。母は、わたしがまだ三つのときに亡くなったが、それとて穏やかなショックでしかなかった――母は長患いで、本当に亡くなったころには、わたしはたいていの時間を雇われ乳母と過ごすのに慣れてしまっていたからだ。

いちばんよく覚えているのは、とても楽しかったあることだ。八歳のとき、保健所からの手紙を持たされて、家に帰るように言われた。学校でおおぜいの子供がウィルスに感染し、児童が全員検診を受けた結果、わたしが保菌者であることが判明した。あるいは保菌者だと決めつけられた。自宅に隔離され、保菌者でなくなるまで、ほかの子供たちといっしょになるのを禁じられた。最終的には私立病院に収容され、どこも悪くない両方の扁桃腺をむざむざ切り取られる結果になった。学校にもどったのは、九回目の誕生日のすぐあとだった。

隔離期間はほぼ六カ月にわたり、たまたま長い、暑い夏の真っ盛りにあたっていた。その間ほぼずっとひとりきりだった。最初は孤独で、寂しかったが、すぐに慣れた。孤独の喜びを見出した。とてもたくさんの本を読み、家のまわりの里山へ長めの散歩をして、はじめて野生動物の世界に気づいた。父が簡単なカメラを買ってくれ、わたしは野鳥や花や木々のことを学ぶようになり、友だちといっしょにいるよりも、自然を友とするほうが好きになった。庭に秘密の隠れ家をこしらえ、本や写真とともにそのなかで何時間も座って、空想を巡らせ、白昼夢にふけった。古い乳母車の車輪で手押し車を作り、田舎の野山を駆け巡った。それまでにないくらい幸せだった。満足しきった、単純明快な期間。その間にわたしは内省的になり、心のうちに秘密を抱えるようになった。それがわたしを変えた。

学校にもどるのは苦痛だった。長らく遠ざかっていたので、ほかの子供たちにとってわたしはよそものになっていた。学校の行事や遊びから仲間はずれになり、わたしを抜かしてグループが作られ、わたしは内緒のことばや仕草を知らないものとして扱われた。もっとも、たいして気にならなかった――そうされたことで、以前ほどではないにせよ、ひとりきりの暮らしが送れたし、それ以外の学校にいる時間は、なるべくはずれをうろついていたので、ほかの連中から気づかれることがなかった。あの長い孤独な夏のことをいちども悔いたことはない。むしろ、もっと長くつづけばよかったと思っているくらいだ。成長するにつれてわたしは変わった。いまのわたしは当時のわたしとは異なっているが、いまでも一種子供じみた憧れで、あの幸せな時期を振り返ることがある。

そう、おそらく話の発端はそこにある。この話は、それから後の話なのだ。いまのところ、わたしはただの〝わたし〟だが、やがて名前をもつようになるだろう。この話は、さまざまな声で語られた、わたし自身の物語なのだ。

第二部

1

その建物は海を見渡せるように建てられていた。予後保養所として姿を変えて以来、もともとの形におおきな翼棟が二棟つけくわえられ、庭は動きまわりたがる患者が急な斜面にけっして出くわさないように造園しなおされた。砂利を敷いた歩道が芝生と花壇のあいだをゆるやかにジグザグに縫い、木の椅子の据えつけられた数多くの平坦な区画へとつづいていた。そこでは車椅子を停めておくことができるようになっている。庭園は念入りに手がいれられ、濃い、よく刈り込まれた低木の植え込みと、人目を惹く落葉樹が立ち並んでいた。

中心の区画から延びている細い歩道をくだった庭園のいちばん低い地点に、生け垣に囲まれ、草が生い乱れて手入れされていない空き地があり、そこからだとなににもさえぎられずに入り江が見渡せた。そこにいると、ミドルクームが病院であるのを片時忘れられた。とはいえ、そこでさえ予防措置が講じられていた——草のなかに低いコンクリートの縁石が埋めこまれ、車椅子が滑って、でこぼこの地面やその向こうの崖までいかないようになっていたし、背後の茂みのあいだから、主病棟のナース・ステーションに直接つながっている緊急連絡装置がぬっと突き出ていた。この場所にやってくる患者はめったにいない。歩いてくだってくるにももどるにも距離があり、職員たちはこんな遠くまで車椅子を押してくるのをいやがった。もっとも、ここにくる人が少ない主な理由は、おそらく、介護サービスがテラスやいちばん上の芝生を越えたところにはあまり及んでいないからだろう。

こうした理由にもかかわらず、リチャード・グレイは、できるだけ足繁くここへやってきた。余分な距離をやってくることで、車椅子の車輪を動かす腕の訓練になったし、ともかくもここの孤独を好んでいた。病室のなかでも個人の生活を守るのは可能だった。そこには本があり、テレビがあり、電話があり、ラジオがあった。しかし、実際に主病棟のなかにいると、ほかの患者たちとつきあうという、それとないプレッシャーがあった。

グレイはもともと活動的な男で、ミドルクームに長くいるにもかかわらず、自分が患者でいるという考えにいまだにしっくりいかないものを覚えていた。

このさき手術は予定されていなかったが、なかなか回復していないような気がしていた。概して言えば、保養所で過ごす日々は不快だった。物理療法は退屈で、あとまで痛みが残った。グレイはひとりでいるときには孤独を覚えたが、ほかの患者といっしょにいるおりは、英語をうまく話せない連中が多いので、じれったく、いらいらさせられた。友人はおらず、庭園と景色だけが、もてるすべてのものだった。

毎日グレイはこの静かな場所にやってきて、眼下の海を眺めた。ここは、デヴォン海岸南部のライム湾西端にあるスタート湾として知られていた。右手には、スタート岬の切り立った岩場が陰鬱な海へとなだれこんでおり、ときおり霧や雨に煙った。左手には、ビーサンズの別荘が軒をつらね、休日に出てきたキャンピング・カーがわざとらしいくらいきちんと並んでおり、ウィッデコーム湖の静かな水面が窺《うかが》えた。それらの向こうで、崖がまた聳《そび》え、隣の村を視界から隠している。ここの浜は砂利浜で、穏やかな日には、波が押し寄せ、崖底に当たって砕ける音にグレイは耳を傾けるのだった。

かなうならば嵐の海を見たかった。積極的かつ劇的で、このきまりきった日常を打ち破るものを。だが、ここはデヴォン、穏やかな天候と温暖な四季、療養にうってつけの気候の地だった。

ここの気候はグレイの精神状態を反映していた。絶対的にと言っていいほどだった。体の傷はかなり重かったが、それにくらべれば心の傷はまだ軽傷だった。グレイは、心身がおなじように癒えていくだろうと感じていた——充分な休養と穏やかな訓練、しだいに高まる意欲。海をみつめ、潮の干満を見、波音に耳を傾ける、せいぜいそれくらいしかできないときもままあった。鳥の渡っていく様はグレイをわくわくさせ、車の音を聞くたびに恐怖のおののきを覚えた。

グレイの唯一の望みは平常に復すことだった。杖をつきながらではあるが、いまではひとりで立つことができたし、松葉杖はもう永久に過去のものになったと確信していた。自分で車椅子をあやつって庭におりると、椅子から体を起こして、杖にもたれながら二、三歩進んでみる。物理療法士や看護師がうしろでささえていなくとも、手すりにつかまらなくとも、励ましのことばをかけられずとも、たったひとりでそれができるのが誇らしかった。立ち上がると、視野がずっと広がり、崖にさらに近づけるのだった。

今日は、目が覚めると雨が降っていた。しとしとと降り注ぐ小糠雨《こぬか》で、午前中ずっと降りつづいていた。ということは、コートを着なければならなかったのだが、雨がやんでも、グレイはまだコートを着たままだった。ひとりではそれが脱げないせいで、わが身の不自由さを思い知らされ、陰鬱な気分になる。

砂利を踏む足音が聞こえ、小径に覆いかぶさるように茂った濡れた枝葉をかきわけ、だれかがやってくる気配がした。グレイは振り返った。ゆっくりと、杖と足を同時に動かし、痛みを隠すために顔の表情を変えないようにする。

看護師のひとり、デイヴだった。「大丈夫かい、ミスター・グレイ?」

「自分で立っていられるさ」

「車椅子にもどりたい?」

「いや……ただここに立っているだけなんだ」

看護師はグレイからやや離れたところに立ち止まり、片手を車椅子に置いた。まるですぐにでもまえへ動かして、グレイの体の下に滑りこませようと構えているかのようだった。

「なにか手伝えることがないかと思ってね」

「コートを脱ぐのに手を貸してほしい。汗だくだ」

若い男はまえへ進み出て、前腕を差し出し、グレイにつかまらせ、杖を外させた。一方の手でグレイのコートのまえボタンを外し、それから太い両手をグレイの腋の下に入れて体重を支え、患者に自分でコートを脱がせた。首や背筋を縮めずに肩胛骨をねじって袖を抜こうとするのは、じわじわと痛みがやってくるものだとグレイにはわかった。ディヴの助けがあってもむろん無理な姿勢をとらずに脱ぐことは不可能で、コートが脱げたころには痛みを隠しておけなかった。

「オーライ、リチャード、車椅子に座ってくれ」ディヴはグレイの体をほとんどもち上げるようにしてぐるっとまわし、座席に座らせた。

「いやなもんだ、ディヴ。こんな弱々しい自分には我慢ならん」

「日に日によくなっているさ」

「ここにきてからずっと、このいまいましい車椅子の乗りおりをきみに頼っているんだ」

「ベッドから出られないときもあったんだぞ」

「覚えてないいね」

ディヴは目をそらし、小径に視線を向けた。「覚えておく必要はないさ」

「ぼくがここにきてからどれくらいたつんだ?」

「三、四カ月だ。たぶんもう四カ月になっただろう」

グレイの記憶には欠けているところがあった。取り返しようもなく失われた期間。はっきり覚えているのは、この庭、この小径、この眺め、この痛み、やむことのない雨と霧に煙った海だけだ。それらが心のなかで混じり合い、似通っているせいで日々のちがいに区別がつかなかったが、そこには失われた期間がはっきりとあった。何週間も寝たきりで、鎮静剤や痛み止めを打たれ、手術がおこなわれたはずだった。どうにかそれらを切り抜け、どうにか病院と縁が切れ、保養所へ送られたのだ。自分では起きあがることのできないあらたなベッドへと。しかし、そのまえのことを何度思い出そうとしても、記憶のなかにあるなにかがそっぽを向き、つかもうとする指をすり抜けていくのだ。気がつくと、庭があり、治療があり、デイヴやほかの看護師がいた。

失われた記憶はもどってはこず、それに執着していても回復を遅らせるだけだ、とグレイは自分に言い聞かせた。

「実はね、用があってきたんだ」デイヴは言った。「けさは、客がふたりきているよ」

「追い返してくれ」

「そのうちのひとりには会いたがるんじゃないかな。女性だ。おまけに美人だ……」

「どうでもいい」グレイは言った。「新聞社の人間だろ？」

「だと思う。男のほうはまえに見たことがある」

「じゃあ、ぼくは物理療法士にかかっているところだと言ってくれ」

「終わるのを待つだろうな」

「なんとかしてくれないか、デイヴ？　ぼくが連中をどう思っているか知っているだろ」

「だれもむり強いして会わせようとしたりしないさ。でも、せめてそのふたりがなんの目的できているのか確かめてみる必要はあるんじゃないかな」

「連中に話すことなんてない、なんにもないんだ」

「あんたに目あたらしい情報をもってきているかもしれないぜ。そう思ったことはないかい？」

「きみはいつもそう言うな」

話しながらも、デイヴは取っ手に体重をかけて、車椅子を転回させた。その場に立ち、取っ手をそっと押して、車椅子を上下に揺らす。

「いずれにせよ、どんな知らせをもってきてくれるというんだ？　自分がなにを知らないのか、それがわからないのだから」グレイは言った。

デイヴは車椅子を傾け、前部についたちいさな車輪をつかえにして止め、まわりこんでグレイのかたわらにきた。

「保養所まで押していこうか？」

「ほかに選択の余地があるとは思えないね」

「いや、あるよ。しかし連中がロンドンからはるばるやってきたのだとしたら、あんたと会うまで帰るつもりはないんじゃないかな」

「わかった」

デイヴは車椅子の重量を体で支え、ゆっくりまえへ押した。本館までは、舗装されていない道がつづいているため、長い、のろのろとしたのぼりとなった。グレイは、自分で車椅子を進めているときには激しい震動を感じそうなときが本能的にわかり、背中や腰にどんな反動がくるのか悟るようになっていたが、他人に押されているときには、予期しがたかった。

横手の自動ドアから建物に入り、エレベーターへ向かって廊下をゆっくり進んだ。寄せ木細工の床はぴかぴかに磨かれ、擦り減った跡などなかった。この建物全体がつねに綺麗にされている——磨き粉やニス、カーペットやおいしそうな食べ物のにおいがして、とても病院のにおいとは思えなかった。防音も行き届き、まるで高級ホテルのようで、さながら患者はそこに滞在する贅沢な客だった。リチャード・グレイにとって、ここが唯一家《ホーム》だと思える場所だった。ときどき、生まれてからずっとここにいるような気がするのだった。

2

上の階にのぼると、ディヴは車椅子をラウンジのひとつに押していった。いつもと異なり、そこにはほかの患者はいなかった。一方の壁のアルコーヴのなかに置いてあるデスクで、主任臨床心理士のジェイムズ・ウッドブリッジが電話を使っていた。ウッドブリッジはふたりが部屋にはいってくると会釈をして、口早に静かな声で電話口に向かって話したかと思うと、受話器をおろした。

反対側の窓のそばに新聞記者のトニー・ストゥアが座っていた。その姿が目に留まると、グレイはこの男と会うといつもこみあげてくる感情のせめぎあいを覚えた——個人的にはストゥアは好感がもてる率直な人間だが、勤め先の新聞は、怪しげな評判と膨大な発行部数を誇るタブロイド判のくず新聞だった。ストゥアの署名は、ここ数週間王室の恋愛沙汰を扱った多くの記事に載っていた。新聞は毎日リチャード・グレイ個人宛でミドルクームに届けられている。グレイはそれにちらっと目を走らせる以上のことはめったにしなかった。

ストゥアはグレイがはいってくるなり立ち上がり、軽く笑みを向け、それからウッドブリッジに視線を移した。心理士はすでにデスクを離れ、こちらに向かっているところだった。

デイヴは車椅子のフットブレーキを踏むと、立ち去った。

ウッドブリッジが言った。「リチャード、会わせたい人がいるのできみをここへ連れてくるようにわたしが頼んだんだ」

ストゥアはグレイに向かってにっと笑いかけ、テーブルに身をかがめると、煙草を押し潰して火を消した。ジャケットのまえがはらりと開き、丸めた新聞が内ポケットに押しこめられているのにグレイは気づいた。彼はウッドブリッジのことばにとまどっていた。ストゥアとは過去何度も会っていることを医者は知っているはずだ。とそのとき、グレイはストゥアといっしょにほかの人物がいるのに気づいた。ストゥアのかたわらに若い女性が立っており、グレイを見ながら、不安そうにウッドブリッジにちらっと目をやり、紹介されるのを待っていた。それまでグレイはその女性に目がいかなかった――記者といっしょに座っていて、立ち上がったときもストゥアの陰になっていたのにちがいない。

女性がまえに進み出た。

「リチャード、こちらはミス・キューリー。スーザン・キューリーさんだ」

「こんにちは」女性はグレイにそう言って、ほほ笑んだ。

「はじめまして」

グレイの真正面に立っていたせいで、スーザン・キューリーなる女性は、背が高く見えたが、実際はそれほどでもなかった。いまだにグレイはひとりだけ座っているのに慣れていない。相手と握手をすべきだろうかと考えていた。

「キューリーさんは新聞できみの事件を読んで、ロンドンからはるばる会いにいらしたんだ」

「へえ、そうなのかい?」グレイは言った。

「まあいわばわが社がきみのためにお膳立てをしたってわけだよ、リチャード」ストゥアが言う。「ほら、わが社はきみのことをつねづね気にかけているんだよ」

「きみの望みはなんだ?」グレイはキューリーに向かって問いかけた。

「えっと……あなたと話がしたいわ」

「なんについて?」

キューリーはウッドブリッジのほうへ目をやった。

「わたしがいたほうがいいかい?」心理士はグレイの頭越しに訊ね返した。

「さあ。お任せします」

グレイは自分がこのミーティングにおいて重要な存在ではないことを悟った——必要な対話はグレイの頭の上で進んでいた。そのことで、ロンドンの病院の集中治療室で横たわり、手術を重ねられているあいだ、自分について話し合いがされているのをかすかに聞いていたときの苦痛が思い出された。

「三十分ほどしたらもどってこよう」ウッドブリッジが話している。「もしそれまでに用事があったら、この電話を使って呼んでくれればいいから」

「どうもありがとう」スーザン・キューリーは礼を口にした。

ウッドブリッジが出ていくと、トニー・ストゥアが車椅子のフットブレーキをはずし、自分たちがさっきまで座っていたテーブルまでグレイを押していった。若い女性は、グレイのそばの椅子に腰をおろしたが、ストゥアは窓際の席に陣取った。

「きみと話すことはなにもない」グレイは言った。

「ただあなたに会いたかったの」

「そう、だったらぼくはここにいる。どこにも逃げられないさ」

「リチャード、あたしを覚えていない？」

「覚えていないといけないのかい？」

「まあそうね。覚えていてくれたらいいなってずっと願っていたわ」

「ぼくらは友だちなのか？」

「そう言ってもいいかもしれない。ほんのしばらくの間だったけど」

「すまん。昔のことはあまり覚えていないんだ。それはどれくらいまえのことなんだい？」

「そんなにまえじゃないわ」話しながら、スーザン・キューリーはほんのたまにしかグレイのほうを見ようとはせず、ひざに視線を落としたり、テーブルを見たり、新聞記者を見やったりしていた。ストゥアは窓の外に目をやっているものの、聞き耳を立てているのは確かだったが、まだ話に加わろうとはしていなかった。グレイに見られているとわかると、ストゥアは内ポケットから新聞を取り出し、サッカー欄をひらいた。

「コーヒーでもどうだい？」グレイは訊いた。

「知っているくせに、あたしがコーヒーは飲まな――」ことばを切る。「いえ、紅茶しか飲まないの」

「ならそれを取ろう」グレイは車椅子を回転させて離れ、ひとりでやれるのだということを力説するかのように、内線電話のところへいった。飲み物を注文すると、グレイはテーブルにもどった。ストゥアはまた新聞を取り上げた――スーザンとのあいだでなんらかのことばのやりとりがあったのはあきらかだった。

ふたりを見ながら、グレイは言った。「率直に言わせてもらえば、あなたがたは時間を無駄にしているんじゃないかな。ぼくにはなにも話すことがない」

「きみにここにはいっていてもらうためにうちの社がいくら払っているか知っているかい？」

「いれてくれなんて頼まなかった」

「読者はきみに関心があるんだ、リチャード。きみは英雄なんだ」

「そんなもんじゃないさ。たまたまあそこに居合わせただけだ」

「あやうく死にかけた」

「だから英雄になったってわけか？」

「おいおい、おれはきみと口喧嘩をしにきたんじゃないぜ」ストゥアは言った。

銀のトレイに載せられた紅茶が届いた――ポットとティーカップ、ちいさな砂糖壺にビスケット。介護士がテーブルの上に茶器を並べているあいだ、ストゥアはまた新聞にもどり、グレイはスーザン・キューリーをちゃんと見る機会を得た。デイヴはスーザンを綺麗な女性だと言っていたが、それはおよそ正しいことばとは言えなかった。スーザンについてグレイがとりわけ意識した点は、目立った特徴がないということだった。歳はおそらく二十代なかば後半だろう。飾り気のない顔で、かといって悪い意味ではなかった――ニュートラルと言ったほうがいいだろう。ごく普通の顔だちで、はしばみ色の瞳、まっすぐ伸びた淡い茶色の髪、ほっそりした肩。リラックスした姿勢で座っていた。椅子のひじかけに細い手首と手を載せ、背をまっすぐ伸ばし、力を抜いている。いまはグレイのほうを見ようとはしないで、テーブルの上の茶器にじっと視線を向けていた。まるで視線だけでなく、グレイの考えからも身を避けようとしているかのようだった。とはいえ、グレイはこれといって特に考えていなかった。ただ、その場にこの女性がいて、ストゥアといっしょにやってきたのだから、直接的にしろ間接的にしろ、新聞社と関係がある人物にちがいないと思っているだけだった。

過去にどんな形でスーザンのことを知っていたのだろうか？　どんな種類の友人なんだろう？　仕事仲間なんだろうか？　恋人？　しかし、もし恋人だとしたら、いくらなんでも、それくらいは覚えているはずだ。

一瞬、新聞になにかを書けるような反応をグレイに引き起こさせるために、一種の引っかけ役としてストゥアが連れてきた女なのかもしれないという思いが浮かんだ。**献身的な愛を寄せる謎の女性**というのが新聞の常套句で、たいていの記事同様の典型的な展開が待っているのだ。

介護士がいってしまうと、グレイはスーザンに言った。「さて、これからなにを話そう?」

スーザンはなにも言わず、まえに手を伸ばしてティーカップとソーサーを引き寄せた。いぜんとしてグレイのほうを見ておらず、髪がまえにかかって、表情が見えなかった。

「覚えているかぎり、生まれてこのかた、ぼくはきみに会ったことがないと思う。話をつづけさせようとするなら、もっと情報をくれないとだめだな」

スーザンはソーサーを手にしており、透き通った肌の下に静脈が透けて見えた。わずかに首を振ったようだった。

「それともきみがここにいるのは、この御仁に連れてこられたからなのかい?」グレイは怒った口調で言った。わざとらしくストゥアのほうを向いたが、記者は反応しなかった。「ミス・キューリー、なにが目的かはわからないが、ぼくは――」

すると、スーザンがグレイのほうを向いた。はじめてグレイは相手の顔全体を目にした。やや面長で、細面《ほそおもて》、血の気の薄い顔色。目に一杯涙をたたえ、口元が泣きださんばかりに震えている。スーザンは急に椅子を押しやり、ソーサーをティーカップもろともテーブルの上に乱暴に置くと、車椅子にぶつかって、グレイを押しのけた。背中を突き刺す痛みを味わいつつも、グレイはスーザンがおおきく息を吸いこむ音を耳にした。彼女は足早に部屋を横切り、廊下に出ていった。

その姿を目で追おうとすれば、こわばった首をまわさざるをえないので、グレイは放っておいた。部屋のなかに沈黙と冷気を覚える。

「なんてやつだよ、あんたは」ストゥアが新聞を投げ捨てた。「ウッドブリッジに連絡するぜ」

「待ってくれ……どういうことだ？」

「あんたは自分があの人にどんな仕打ちをしているのかわからなかったのか？」

「わからんね。あの女は何者なんだ？」

「あんたのガールフレンドだよ、グレイ。もし自分を見れば、記憶の引き金になるかもしれないと願って、わざわざここまでやってきてくれたんだぞ」

「ぼくにはガールフレンドはいないよ」が、またしても失われた数週間にやるせない怒りを覚えた。苦痛の記憶から逃れようとするあまり、グレイは車にしかけられた爆弾の爆発事故以前の数週間分の記憶を消してしまっていた。心のなかに深い空白があり、はいりかたがわからないので、そこにはいちどもはいったことがなかった。「それに彼女がぼくの知っているだれかだとしても、ここにきてぼくにいったいなにをするつもりなんだい？」

「いいかね、実験だったんだ」

「ウッドブリッジが仕組んだのか？」

「いや……まあ、聞けよ、リチャード。スーザンのほうからわれわれにアプローチしてきたんだ。新聞で事件の記事を読んで、わが社にやってきた。スーザンが言うには、きみとはかつてわりない仲であり、それはもう終わってしまったんだが、自分の顔を見ればあんたが記憶をとりもどすきっかけになるかもしれない、ということだった」

「じゃあ、引っかけなんだな」

「あんたが記憶をとりもどしたなら、おれが記事にするつもりだったというのは否定しない。だが、実際の話、今回おれがここにきたのは運転手代わりなんだ」

グレイは首を振り、憤懣《ふんまん》やるかたなく窓の向こうの海を見つめた。自分が脳震盪による逆行性健忘にかかっているのを知ると、グレイはなんとかそれに折り合いをつけようとしてきた。当初、ぽっかりあいた空虚感を探り、なんとかそれを突き破る方法が見つかるだろうと考えていたが、考えれば考えるほどひどく気が重く、内省的になってしまうのだった。いまグレイがやろうとしているのは、なるたけそれについて考えないことにし、失ってしまった数週間を端《はな》から失われたものとして受けいれることだった。

「この件にウッドブリッジはどのようにからんでいるんだ?」

「彼が仕組んだわけじゃない。賛成しただけだ。このアイデアはスーザンのものさ」

「まずいアイデアだったな」

ストゥアは言った。「彼女のせいじゃない。自分を見てみろよ――いまのことにまったく心を動かされていないじゃないか! ウッドブリッジが唯一懸念していたのは、あんたが精神的なショックを受けるかもしれないということだった。なのに、まるでなにもなかったかのようにここにただ座っているんだからな。スーザンは涙にくれているというのに」

「どうしようもないじゃないか」

「だったら、せめて彼女をとがめるな」ストゥアは立ち上がった。新聞をポケットにつっこみなおす。

「今度はなにをするつもりだ？」グレイは訊ねた。

「こいつをつづけたって意味がない。一ヵ月かそこらしたらまた会いにくるよ。そのときにはもうすこし愛想がよくなっているかもしれないしな」

「彼女はどうなる？」

「午後にまたきます」

スーザンはそこにいた。車椅子のうしろに立って、グレイの左肩の後方で取っ手に手を置いている。声がしたのにグレイは驚き、こわばった首を急に動かし、スーザンが立ち去ったときにしそこなった動きを完了させた。いったいいつからそこにいたんだろう？　こちらの視野からわずかにはずれたところで？　ストゥアはスーザンがもどってきたことをおくびにも出さなかった。

ストゥアはスーザンに言った。「車のところで待ってるよ」

ストゥアはふたりをあとに残して立ち去り、ふたたびグレイはみんな自分より背が高いという不快な感覚を味わった。スーザンは、さきほど座っていた椅子に腰をおろした。

「ごめんなさい、いろいろと」スーザンは謝った。

「いや……謝るべきなのはぼくのほうだ。あまりにも無礼だった」

「いまはここにいたくありません。あたしには考える時間が必要だわ。あとでもどってきます」

グレイが言う。「昼食のあとは物理療法を受けにいかなければならないんだ。あしたきてもらうのはどうだろうか？」

「こられるかもしれない。トニーは午後にロンドンに帰らなければならないのだけど、あたしは残れるから」

「きみはいまどこにいるんだい？」

「きのうの夜はキングズブリッジのゲストハウスに泊まったの。あと一日か二日泊まれるかもしれない。なんとか手配してみる」

さきほどとおなじく、スーザンは話しながらグレイのほうを見ようとはせず、髪のあいだからほんのつかのま、視線を走らせるだけだった。目はもう濡れていなかったが、まえより青白い顔に見えた。グレイはこの女性のためになにかを感じ、本人を思い出してやりたいと思ったが、相手は見知らぬ人だった。

こうした今後に関する冷静なやりとりよりも、人間味を感じさせたくて、グレイは言った。

「さっきみたいなことがあったあとでも、きみはまだぼくと話したいのかい？」

「ええ、もちろん」

「トニーの話だと、ぼくらは、つまりきみとぼくとは、昔……」

「あたしたちはしばらくいっしょに暮らしていたの。長つづきはしなかったけれども、そのときはとても大切な関係だったわ。思い出してくれたらいいなと思っていたのだけど」

「すまない」とグレイ。「ほんとに覚えていないんだ」

「いまはそのことを話さないでおきましょ。あしたの朝もどってくるわ。次にはうろたえないから」

わけを説明したくて、グレイは言った。「あれはきみがトニー・ストゥアといっしょにいたからなんだ。てっきり新聞のために働いているんだと思った」

「あなたの居場所を探すためのただひとつの方法だったの。こんな状況になっているなんてわからなかった」スーザンはバッグを手にした。長いストラップのついたキャンバス地のおおきなバッグだ。「あしたもどってくる」細長い手をそっとグレイの手に置く。「ほんとにもどってきていいの？」

「ああ、もちろんさ。昼食のはじまるかなりまえにきてくれ」

「最初に訊いておくべきことだったけど――まだかなり痛い？　あなたが車椅子に乗っているなんて思いもよらなかった」

「だいぶよくなってるさ。なにもかもとてもゆっくりと進んでいるんだ」

「リチャード……？」スーザンはまだグレイの手の甲に指をあてていた。「本当に――つまり、ほんとに思い出せないの？」

グレイは手をひっくり返したかった。てのひらでスーザンを触れられるように。だが、それは自分に値しない親しさになるだろう。相手のおおきな瞳と透き通った顔色を見ていると、スーザンといっしょにいたときどんなに居心地がよかったのだろうと想像することができた。

いったいスーザンはどんなふうだったのだろう？　かつては自分のガールフレンドだったというこの穏やかに話す女性は？　この人のなにを知っていたのだろう？　なぜぼくらは別れたのか、いつふたりの関係がおたがいに問題になったのだろうか？　スーザンは昏睡の彼方から、破裂した器官と焼け落ちた皮膚の苦痛の向こうから、グレイの人生の失われた部分からやってきた。だが、きょうになるまで、グレイは彼女が存在していることさえ知らなかった。

グレイは相手の質問に答えたいと心から思ったが、なにかがそれを妨げていた。「思い出そうとしてみるよ」グレイは言った。「きみのことを知っているような気がしてきた」

スーザンの指の力がわずかに強まった。「いいわ。あしたまた」

スーザンは立ち上がると、車椅子のかたわらを通り過ぎ、視界から消えていった。グレイは彼女の足音がカーペットに柔らかく響き、外の廊下でもっとはっきりと響くのを聞いた。とはいえ、痛みを感じずに首を動かすことはできなかった。

3

リチャード・グレイの二親は、すでに亡くなっていた。兄弟も姉妹もいない。唯一の親戚は、父方の伯母であり、いまは結婚してオーストラリアに住んでいる。高校を出たあと、グレイはブレント・テクニカル・カレッジにはいり、そこで写真学を修めた。ブレント在学中に、BBCの養成コースを履修し、卒業証書を手にいれるや、イーリングにあるBBCのTVフィルム・スタジオにカメラマン見習いとして就職した。数カ月後、グレイはアシスタント・カメラマンになり、スタジオやロケでさまざまなスタッフとともに働いた。最終的には正カメラマンに昇格した。

二十四歳のとき、グレイはBBCを辞め、ロンドン北部に拠点を置くインディペンデントの通信社でカメラマンとして働くことにした。この会社は、ニュース・フィルムを世界じゅうに配給していたが、主要な配給先はアメリカの三大ネットワークのひとつだった。グレイの担当するニュースの大半は、英国とヨーロッパが舞台だったが、旅行で何度となく合衆国や極東やオーストラリア、アフリカを訪れていた。一九七〇年代には、北アイルランドにたびたび渡り、かの地での紛争を取材した。

グレイは勇気ある報道カメラマンという名声を博した。報道取材陣は、危険な出来事のまっただなかにいることが頻繁にあり、暴動の最中や砲火を浴びているなかでフィルムをまわしつづけるには、ある種の献身が必要だった。リチャード・グレイは何度となくおのれの生命を危険にさらした。

グレイは英国映画・TV芸術協会賞のドキュメンタリーおよびニュース撮影部門に二度ノミネートされ、一九七八年には、録音係とともに、ベルファストでの市街戦のフィルム・ルポルタージュにより、イタリア大賞特別賞を受賞した。その受賞理由として読み上げられたのは――「自らの著しい危険をも顧みず、ユニークで衝撃的な映像を撮影したことによる」ということばだった。仕事仲間のあいだで、グレイは人気があり、危険な取材ばかりという評判にもかかわらず、いっしょに仕事をしたくないという人間に出会うことはなかった。確固たる地位を築くにつれ、グレイは向こう見ずではなく、ほかの人間のようにやみくもに自分を危険にさらすのでもなく、技術と経験を利用し、危険を冒すことができるときを本能的に察知しているのだと認識されるようになった。

グレイは父親が遺してくれた金で買ったフラットにひとりで暮らしていた。友人の大半は仕事仲間であり、頻繁に取材旅行に出ている仕事がら、ひとりの決まったガールフレンドをもつことはいちどもなかった。ひとつの出会いから次の出会いへとただよい、しっかりした絆を結ばないでいるのが気楽でよかった。仕事をしていないときは、よく映画館に出かけ、たまには劇場に足を運んだ。週に一回くらい、友人たちと夕方にパブで酒をくみかわした。

休日はたいていひとりでキャンプをしたり散歩をしたりして過ごした——いちど、合衆国への出張を利用して、車をレンタルし、カリフォルニアまでドライブしたことがあった。両親の死をべつにすると、人生の上でおおきな破綻は一回だけで、それは車載爆弾の事件が起こるおよそ半年まえのことだった。

リチャード・グレイはフィルムを扱っているときに最高の仕事ができた。アリフレックス・カメラの重みと、そのバランス、モーターの静かな振動を気にいっていた。まるで第三の目であるかのようにレフ・ファインダーを通して物を見た——ときおり、ファインダーを通さないとちゃんと見られない、と思うことさえあった。また、フィルム自体の肌理《きめ》や、映像の質、フィルムの微妙な効果には、独自のものがあった。フィルムがゲートを通り、一秒間に二十五回、止まっては進むということを知っていると、自分の仕事にとらえどころのない格別な感覚を覚えた。TVで見るとフィルムの場面とビデオカメラで記録された場面のちがいに区別がつかない、という話を耳にするたび、いらだたしさを感じずにおれなかった。グレイにとって、ちがいは明白だった——ビデオの〝コマ〟の質感は、中身がない。ビデオ映像の明るさや明晰さは、不自然で嘘っぽかった。

だが、ニュース媒体としては、フィルムは時間がかかり、扱いにくいものだった。なんとかかんとかしてフィルム罐を現像所に運び、それから編集室に届けなくてはならない。音声は同期させるか、かぶせて録音しなければならない。送信にはつねに技術的な問題がつきまとっていた。とりわけ、地方のニュース・スタジオをつかわなければならなかったり、フィルムを衛星で配給先の放送局に送らなければならないときなどに。困難さは、海外や戦場での仕事のとき増大した——ときおり、ニュースを送り出すには、編集していないフィルムを最寄りの空港に届け、ロンドンやニューヨーク、アムステルダム行きの飛行機に放りこむしかないときもある。

世界じゅうのニュース・ネットワークは、ビデオカメラに移行しつつあった。携帯衛星アンテナをもち、スタッフは映像を撮ったままじかにスタジオに送れるようになった。そこで、電子的に編集し、遅滞なく配信できるのだ。

ひとり、またひとり、報道カメラマンはビデオに移行していき、いやおうなくグレイの番がめぐってきた。再履修コースを受け、その後ビデオカメラをつかわざるをえなくなった。グレイ自身がよく理解していない理由から、ビデオカメラをつかうと自分の技術を伝えるのが難しいのがわかった。フィルムの介在やモーターの静かな唸りがないと、〝見ること〟ができないのだ。グレイはその問題が気になり、根本から自分のアプローチを考えなおすことによって克服しようとした。ふたたび見ることができるように自分の目を調整しようとした。その発想は仕事仲間たちの共感を呼んだ。とはいっても、彼らの大半は同様の移行を大過なくすませていたのだが。ビデオ技術というものはたんなる道具にすぎない、自分の能力は生来のもので、媒体の産物ではない、とグレイは自分に言いきかせつづけた。それでも、グレイは自分が独自のセンスを失ったのに気づいていた。

グレイに門戸をひらいているほかの仕事もあった。BBCニュースと独立放送公社TVニ《ITN》

ュースも、ともに電子ニュース編集に移行しつつあり、グレイはITNでフィルム撮影の仕事を提供されたのだが、結局はおなじ問題が発生するだろうとわかっていた。もうひとつ提示されたのは企業ドキュメンタリーの仕事だったが、グレイは報道育ちであり、その申し出は真剣に検討するべき代替案にはならなかった。

解決策は、通信社がいきなりアメリカのネットワークとの契約を打ち切られたときにやってきた。職員を解雇しなければならなくなり、リチャード・グレイは自主的に退職した。とくになにかの考えがあったうえでの行動ではなかった――たんに退職金を受け取り、それを使って自分の職業を考える時間を買うつもりだった。最初の月に、グレイは合衆国にいって休暇を過ごし、それからロンドンにあるフラットにもどり、次になにをするか計画を練った。

金には困らなかった――フラットは父親の遺産だけで賄えたし、退職金として出たかなりの金は、すくなくとも一年はもつはずだった。また、グレイは怠惰な人間ではなく、たまにフリーランスの仕事を引き受けたりしていた。

と、そこで空白が生じる。

次の記憶は断続的なものだった――ロンドンのチャリングクロス病院の集中治療室におり、酸素吸入器で命を保たれ、一連の大手術を受け、苦痛と鎮痛剤の影響下にあった。そのあと、救急車に乗せられて、痛みに悶えながらの旅があり、それ以来ずっとミドルクーム病院にはいって、デヴォンの南の海岸で保養に努めることになった。

グレイは人生における空白のどこかで、ロンドンの通りにいた。そこで警察署の外に車載爆弾が仕掛けられていたのだ。爆弾はグレイが通りかかったときに爆発した。数多くの火傷と裂傷を負い、背中を負傷し、骨盤と脚、腕の骨を折り、内臓に傷を負った。あやうく死ぬところだった。

そこまでがスーザン・キューリーが会いにきた日までのグレイの記憶の中身であり、そのどこにもスーザンは存在していなかった。

4

グレイの記憶喪失に関する医学的見解には対立があり、グレイ自身にとって、それは個人的見解の対立によって複雑になっていた。

グレイは病院でふたりの人間に担当されていた──臨床心理士のジェイムズ・ウッドブリッジと、ハーディス医師という顧問精神科医のふたりに。

グレイはウッドブリッジを嫌っていた。ウッドブリッジは高飛車でときにはよそよそしかったからだが、ウッドブリッジの処方はグレイには受けいれやすかった。ウッドブリッジは、負傷の精神外傷性と、脳震盪の影響を認めたうえで、グレイの逆行性健忘が心理的なものにもとづいている可能性があると診断していた。言いかえるなら、グレイの人生において、爆発とは関係のないなにかべつの出来事があり、それをいまグレイは抑圧しているのだという。その失われた記憶は心理療法によっておだやかになだめすかしてとりもどさせるべきであり、記憶を切り拓くためにほかの手段をもちいたところで、危険に見合うだけの価値はないとウッドブリッジは考えていた。グレイはおだやかなリハビリを受けるべきであり、正常の生活にもどることで、過去と折り合いをつけられるようになり、記憶も段階的にもどってくるであろうというのがウッドブリッジの考えだった。

一方、グレイが好感を抱いているほうのハーディス医師は、抵抗したくなるような方向に彼を押しやりつづけていた。ハーディスは、オーソドックスな分析的心理療法をもちいた場合の進捗は遅くてどうにもならないと信じていた。とりわけ、記憶の器質性喪失が関係している場合には。

個人的な好悪の感情とは裏腹に、グレイはいまのところハーディスよりもウッドブリッジの治療のほうでましな成果を産んでいた。

スーザン・キューリーがやってくるまで、グレイは自分が失った数週間のあいだに実際に起こったことについて、あまり関心がなかった。それよりも気になっていたのは、欠落感だった。自分の人生に空いた穴、永遠に自分から遠ざかっているように思える暗くて静かな期間の存在だった。グレイの心は本能的にそこを避けようとした。なるべくつかわないようにしている体のなかの痛む場所とおなじように。

だが、スーザン・キューリーがその欠落から会いにきたのだ。だれだかわからず、記憶にもない存在として。スーザンはその当時のグレイを知っており、グレイもまた彼女のことを知っていたという。そしていま、スーザンという存在が、グレイに思い出すことへの欲求を呼び起こそうとしていた。

5

　翌朝、リチャード・グレイが風呂にはいり、着替え、自室でスーザン・キューリー到来の知らせを待っていると、ウッドブリッジが会いにきた。

「ミス・キューリーが到着するまえにきみと内密の話がしたくてな」とウッドブリッジ。

「なかなか感じがいいご婦人だ。そうは思わんかね？」

「そうですね」グレイはふいにむかっ腹が立った。

「あの人のことをすこしでも思い出したかね」

「いまのところはまったく」

「どこかで見かけたかもしれないという漠然とした感覚さえない？」

「ないです」

「きみたちが知り合いだったときになにがあったのか、ご婦人は話したかね？」

「いいえ」

「リチャード、わたしが言わんとしているのは、きみがあの人となんらかの口論をして、そのあとその記憶を埋めてしまおうとすることでそれに対処したのかもしれない、ということだ。そうするのはきわめてノーマルなことだ」

「なるほど」とグレイ。「だけど、それがいまなぜ問題なのかはわかりませんね」

「なぜなら、逆行性健忘は、楽しからざる記憶を消し去ろうという無意識の願望によって起こりうるからだよ。そのことを頭にいれておくべきだと思う」

「だからと言って、なにかちがいが生じるんですか？」

「ミス・キューリーといま会うことは、彼女を締め出そうという無意識の願望をいっそう強めることになるかもしれん」

「きのうはそんなことにはなりませんでしたよ。彼女のことをいっそう知りたいという気持ちが強くなったんです。スーザンは、ぼくが自分では思い出せない物事を思い出す力になってくれるかもしれない、と思えるんですが」

「そうだな、だが、だれの力も借りずにミス・キューリーが独力できみに解決策をもたらすなんてことは、起こらないと心得ておきたまえ」

「ですが、そうなったからといって、困ったことにはならないでしょう」

「まあ、いずれわかるさ。もしあとでわたしに話したくなったら、きょうは終日ここにいるからね」

グレイはウッドブリッジが立ち去ったあとも、ひたすら腹を立てていた。自分の個人的生活と、病院に患者として入院していることのあいだには、微妙だが厳然とした相違があるようにグレイには思えた。この記憶喪失は、治療にあたっている人々にとって職業的な挑戦として、つまり、グレイの実際の生活にはまるで関係しないなにかべつのこととして見られている、と考えることがままあった。もしスーザンが本当にガールフレンドだったのなら、おたがいに関する知識は、たぶん親密で、非常に私的なものだろう。ウッドブリッジの質問は、ぶしつけにもそこに侵入してきたのだった。

ウッドブリッジが出ていってから数分後、グレイは読みかけの本を手にして部屋を出て、エレベーターに乗った。車椅子に乗った自分をテラスへ押し進め、奥まで進んだ。そこはほかの患者からある程度離れていられるだけでなく、庭の大半と、見舞い客用の駐車場に通じるドライブウェイが見渡せる場所だった。

天候は涼しく曇っており、低い雲が北西から陰鬱に移動していた。海は普段ならテラスから木々越しにかいま見られるのだが、きょうはうっとうしい靄が一面を覆っていた。

グレイは読書にとりかかったが、風が強く、二、三分もすると介護士を呼んで、毛布をもってきてくれるように頼んだ。一時間後、ほかの患者たちは建物のなかにはいっていった。ときおり車が到着し、カーブしている坂をのぼって、急なアスファルト舗装のドライブウェイにはいってきた。そのうち二台は救急車で、あらたな患者を連れてきていた。何台か配達のヴァンがやってきて、数多くの自家用車も訪れた。それらがやってくるたびに、グレイは希望をつのらせ、スーザンが姿を現わすのをわくわくしながら待った。

本に集中するのは難しく、午前の時間はゆっくり過ぎていった。冷ややかで不愉快な気分を味わい、昼が近づいてくるにつれて、ますます腹立たしくなってきた。スーザンはちゃんと約束したのであり、この訪問がグレイにどんな意味があるのか理解しているはずだった。グレイはスーザンのために言いわけを考えはじめた――車を借りなければならないだろうから、それにてまどった。車が故障した。事故があった。だが、連絡があってしかるべきではなかろうか？

体の自由がきかない人間のどうしようもない自己中心癖を発揮して、グレイはそれ以外のなにも考えられなくなった。

時刻は一時に近づきつつあった。その時刻になると、昼食が給仕され、グレイは食堂に連れていかれることになっている。あと数分でスーザンが到着しても、ほんのみじかい時間しかいっしょにいられないのがわかっていた――二時になると、グレイは物理療法にいかなければならないのだ。

一時五分まえに、一台の車がドライブウェイにはいってきた。グレイは銀色の屋根と空を反射している車窓を見て、運命的な確信とともに、それがスーザンの乗っている車だと見なした。グレイは待った。

スーザンが看護師のひとり、シスター・アリシアをともなってテラスに現われた。ふたりの女性はグレイに近づいてきた。

「昼食の時間ですよ、グレイさん。押していきましょうか？」

スーザンを見ながら、グレイは言った。「あと二、三分ここにいます」

「長くいられませんので」スーザンはグレイのほうではなく、看護師を見ながら言った。

「あなたもお昼をごいっしょなさると伝えておきましょうか？」

「いえ、けっこうです」

「じゃあ、食事を抜かしてはだめですよ、グレイさん」そう言って看護師はふたりに交互に目をやってから、歩み去った。

「リチャード、もっと早くこられなくてごめんなさい」

「どこにいっていたんだい？」

「遅れたの」

「車が？」

「車？　いえ、そうじゃなくて……車はきのうの夜借りといたわ」

「午前中ずっときみを待っていたんだ」

「わかってる。ほんとにごめんなさい」

スーザンはテラスの低いコンクリート製の欄干に座った。淡黄褐色のレインコートがふたつに割れ、足元を覗かせた。細い足で、ストッキングの上にソックスをはいている。グレイは彼女が花模様のスカートを穿いているのに気づいた。

スーザンはいった。「けさ工房に電話しなきゃならなくて、そうしたらいろんな問題がもちあがっていたの」

「工房って？」

「あたしが働いているところ。覚えているはずでしょ――いえ、ごめんなさい。あたしはフリーランスのアーティストなの。デザイン工房で週に三日働いている。定職といえるのはそれだけ」

スーザンは身を乗り出して、グレイの手を取った。グレイは地面を眺め、これで二度めになるが、彼女に対して敵意を抱いていることを暗鬱な思いで悟った。

「すまない」

「それから、リチャード、あたしはきょうロンドンにもどらないといけないの」グレイははっとして彼女を見上げた。スーザンはつけくわえた。「わかっているわ……でも来週のどこかでもどってくるつもり」

「それより早くにはこられないのかい?」

「ほんとにむり。とてもやっかいなの。あたしにはお金が要るし、もしあたしが工房の仕事を一度でも断われば、向こうはだれかほかの人を探すはず。そこの仕事を手にいれるのはとても難しくなってきているし」

「わかった、わかった」失望に負けじともがきながら、グレイは考えていることを率直に口にしようとした。「きのうからずっと考えていたことを話させてくれ。ぼくはきみをきちんと見たいんだ」

グレイは、スーザンがめったに自分のほうに顔をまっすぐ向けようとはせず、たいてい横顔を四分の一見せているだけか、下を向いているかのどちらかなのに気づいていた。髪の毛が顔にかぶさり、顔つきをはっきり見せないようにしている。最初は魅力的な癖に思えた。

はにかみと遠慮だと。だが、グレイは相手の顔をきちんと見たかった。

スーザンは言った。「あたしは見られるのが好きじゃない」

「きみを思い出したいんだ」

スーザンは首を軽く振る仕草をして髪の毛をうしろに払い、まっすぐグレイを見た。グレイはその顔を見つめ、思い出そうとした。あるいは、以前にそうしたかもしれないように見ようとした。スーザンはしばらくグレイの視線をとらえていたが、やがてふたたび下を向いた。

「そんなに見つめないで」スーザンは言う。

「わかった」ふたりはまだ手を握りあっていた。「でも、いいかい、もしきみのことを思い出せれば、ほかのすべてのことを思い出すんじゃないかという気がするんだ」

「だからこそ、あたしはここにいるんじゃない」

「わかってる……でも、ぼくにはとても難しいことなんだ。ぼくはあれをしろこれをしろとここのスタッフの言いなりで、新聞社はぼくに話をさせようとやっきになっており、その一方でぼくはこの車椅子にくくりつけられ、願いといえば正常な暮らしに復することだけなんだ。本当のことを言うと、スーザン、ぼくはきみのことをまるで覚えていないんだ」

スーザンは言った。「でも――」

「最後まで言わせてくれ。ぼくはきみのことを覚えていないけれども、きみのことを知っているような気がするんだ。それが実際にきみのことを知っているからなのか、それとも知っていたいからなのかは、正直言ってわからない……でも、それがなんであれ、ぼくがここにきてからはじめて感じた現実味のある感覚なんだ」

スーザンは黙ってうなずき、顔がまたしてもグレイから隠れた。

「ぼくはきみにできるかぎりの範囲で、なるたけきみに会わなければ」

「そんな余裕はありません」スーザンは言った。「車を借りるだけで手持ちのお金をほとんどつかってしまったの。それに、ロンドンにもどる列車代を払わなければならないし」

「ぼくが費用を負担しよう……ぼくには金がある。あるいは、新聞社が払えるさ。どういう形でも手配できるだろう」

「そんなに簡単なことじゃない」

「きみはいまだれかとつきあっているのかい?」

スーザンは人けのないテラスを端から端まで眺めており、グレイは彼女にこちらを向いてほしいと思った。

「いいえ」スーザンは答えた。「ほかにつきあっている人はいません」手をそわそわさせ、指でスカートの生地をさすり、まるで衣を細かくちぎろうとしているかのようだった。「まえにはそういう人がいたけど……いまはだれもいない」

「もっと早くここにこられなかったのはそれが理由かい?」

「それも理由。あの人は、あたしがどれほどあなたに会いたがっているのかわかっていたの。でももう終わったこと」

グレイは自分のなかに湧き起こる興奮を感じた。筋肉がこわばり、記憶にない感覚を覚えた。

「スーザン、ぼくらのあいだになにが起こったのか教えてくれ。最後にはどうなったのか。なぜぼくらは別れたんだい？」

「ほんとに知らないのね？」

「知らない」

スーザンは首を振った。「忘れられるなんて、ありえっこないでしょう」

「話せないことなのかい？」

「いえ、いまではなんの問題もない。なにも起こらなかったかのようにあなたを見ているんだもの」

「だけど、ぼくは思い出そうとしたいんだ！」

「たいしたことじゃないの。最初からまるっきりうまくいかなかったというわけではないんだから」

「喧嘩かい？　どんなことが口にされたんだ？」

「いえ、喧嘩じゃない。しばらく気まずい状態がつづいて、あたしたちふたりともいまのままじゃつづけられないとわかったの。ややこしかったんだ。その……もうひとりの人がそばにいて、あなたはそのことで嫌な思いをしていた。あなたはあたしに会うのをやめようとしたけれど、なにも解決しなかった。そのあとであたしの耳にはいってきたのは、あなたが爆弾で怪我をしたという知らせだった」

「もっと詳しいことを話してくれないかい？」

「あなたは〝雲〟を覚えている？」

「雲？　どんな雲だい？　どういう意味？」

「ただの……雲」

介護士のひとりがテラスに現われた。腕にナプキンをたたんでのせている。「メインコースを出そうとしているところです、グレイさん。あなたとお友達はお昼をめしあがらないのですか？」

「きょうは抜くことにする」そうグレイは言い、スーザンのほうを向いた。彼女は立ち上がっていた。「どうするつもりだい？　まだ帰ってもらっては困る！」

「帰らないと。車をキングズブリッジに返して、トトネスまでバスに延々乗っていき、列車に乗りつがなければならないの。もう遅れそう」

「たったいま言っていたのはなんのことだい？　その雲というのはどういう意味なんだ？」

「あなたが覚えているだろうとあたしが思っていたこと」

「ぼくにはなんの記憶もないんだ。ほかのことを話してくれ」

「ナイオールのことを覚えている？」

「いや」

「日光浴をしていた人たちのことは？　それを覚えている？」

グレイは首を振った。「それがなにかを意味していないといけないのかい？」

「あなたがなにを訊きたいのか、わからないだけ！　ね、次の機会にはちゃんと話せる。もういかないと。あなたはお昼を食べないと」

スーザンはいまにも立ち去ろうとしていた。すでにグレイに背を向けている。

「次はいつきてくれる？　来週かい？」

「できるだけ早くもどってくる」そう言ってスーザンは車椅子のそばにかがみこみ、グレイの手をとてもおだやかに握りしめた。「あたしがあなたに会いたいの、リチャード。できるものなら、ずっといっしょにいる。それを信じてくれる？」

スーザンは顔を近づけ、グレイの頬に軽くキスした。グレイは手をあげて、彼女の髪に触れ、首を動かして、彼女の唇を求めた。その肌は、天候のせいで冷たかった。スーザンはしばらくキスをつづけさせ、やがてグレイから離れた。

「いかないで」グレイは静かに頼んだ。「お願いだ、まだ帰らないでほしい」

「ほんとにいかないと」スーザンは立ち上がり、グレイから離れようとした。と、足を止める。「忘れるところだった！　あなたにプレゼントをもってきたの」

スーザンはグレイに近づき、底の深いキャンバス地のバッグに手を伸ばした。白い紙袋を取り出す。紙袋は折りたたまれ、透明テープで封がされていた。

「ここで開けていい？」グレイは訊ねた。

「ええ。たいしたものじゃないし」

グレイは親指で封を破り、なかにはいっているものを取り出した。さまざまなサイズや種類の絵はがきが二十枚ほどあった。とても古いもので、大半は白黒か、セピア色だった。なかには、英国の海岸沿いのリゾート地の風景写真や、田舎の広大な土地の風景を写したものがあり、ヨーロッパ大陸のものもあった――ドイツの温泉やフランスの大聖堂、アルプスの風景。

「けさキングズブリッジのアンティークショップで見つけたの」

「ありがとう……とてもすてきだ」

「もうもっているものもあるかもしれないけど。あなたのコレクションのなかに」

「ぼくのコレクション？」

すると、スーザンは笑い声をあげた。みじかく、奇妙なくらいおおきな笑い声だった。

「それさえ覚えていないの？」

「ぼくが古い絵はがきを集めていたというのかい？」グレイは彼女にほほ笑みかけた。「いったいどれほどきみから教わることがあるんだろうな？」

「ひとつ、大切なことがある。あなたはまえにはあたしのことをけっしてスーザンとは呼んでいなかったの。いつだってスーだった」

彼女はふたたびグレイにキスをすると、足早にテラスを過《よぎ》って、建物のなかに姿を消し、立ち去った。グレイは待った。すこしして、車のドアがばたんと閉められ、エンジンがかかる音が聞こえた。ほどなく、彼女の乗っている車の窓と屋根がゆっくりと車道をくだっていくのが目にはいった。

6

ハーディス医師は週末にミドルクームを訪れ、土曜日の午後の大部分をグレイとともに過ごした。ハーディスは共感的なアプローチを採用し、話すよりも聞くことに重点を置き、突然の質問や驚かせるような質問で患者を導こうとはけっしてしなかった。医師はグレイを治療対象者としてよりも、むしろある問題の関係者として扱い、ふたりのセッションは分析というよりも会話に近かった。とはいえ、実体はそういうものではない、とグレイは了解していた。

グレイはその日、進んで話をする気分になっていた。というのも、やっと話をする話題ができたと感じていたからであり、以前には欠けていた自分自身に対する関心が生まれていたからだった。

スーとのみじかい面会がなにかを解決したというわけではない——グレイの記憶喪失は、以前とおなじように根深いものだった。その事実は、ハーディスが早速グレイから引き出していた。スーがもたらした重要な情報は、失われた期間にグレイが実際に存在していたのだという保証だった。それまで、グレイは自分自身を心から信じることがなかった——心のなかの欠落感が本人を排除しているように思えたのだ。だが、スーはグレイという実体の目撃者だった。彼女はグレイが覚えていないときの彼を覚えていた。

むろんのこと、グレイはスーが立ち去ってからひたすら彼女のことだけを考えていた。彼女にいっしょにいてほしかった。彼女の手に触れられ、彼女のキスがほしかった。とりわけ、彼女を見たかったのだ。ちゃんと彼女の姿を見たかった。ところが、よりおおきな問題の奇妙なミニチュア版のように、グレイは彼女がどんな姿をしていたのか思い出すのに困難を覚えていた。スーのさして重要でない細部は映像化することができた――キャンバス地のバッグやソックスをはいた足首、花模様のスカート、コート、顔を覆っている髪の毛といったものは。スーがまっすぐこちらの顔を見たのも覚えていた。あたかもグレイに彼女の秘密の姿を見せることを許したかのように。ところが、あとになると自分の心の目に映っているはずの彼女の姿は見えなくなっていたのだ。グレイは彼女の顔の平凡さ、これといって特徴のない顔つきを覚えていたが、それらとて彼女の本当の様子を隠す仮面のように思えた。

「スーはぼくが記憶をとりもどす最高のチャンスだと思うんです」グレイは言った。「彼女はあきらかにぼくのことをよく知っていますし、ぼくが失った数週間のあいだそばにいたんです。彼女がぼくの記憶をゆさぶるひとことを言いさえすれば、それで充分だ、とずっと考えているんですよ」

「きみの言うとおりかもしれんな」ハーディスは言った。ふたりは医師が週末に利用しているオフィスにいた。おおきな革張りの椅子と本棚がある居心地のよさそうな部屋だ。「だが、ひとつ警告しておこう。きみは思い出そうとすることにあまり神経質になってはならない。記憶錯誤として知られている症状があるのだ。ヒステリー性記憶錯誤という」

「ぼくは自分がヒステリー症状を起こしているとは思いませんよ、ハーディス先生」

「通常の意味では、まったく起こしていないよ。だが、ときおり、記憶を失った人間は藁にもすがろうとすることがあるんだ。記憶にかかわるどんなヒントにでもね。そして、それがどれほど正確な情報なのか知らずに、こしらえあげた記憶でそっくり話を作ってしまうこともありうるんだよ」

「スーの場合はそんなことにはなりませんよ。彼女はぼくに正しい情報を伝えてくれるはずだ」

「きみはそう言うがね。だが、もしきみが作り話をはじめても、自分ではそのちがいを判断できないだろう。ウッドブリッジ氏はこの件をどう考えている?」

「あの人はぼくが彼女と話をすることに反対していると思います」

「ああ、そうだね」

スーが立ち去って以来、グレイの関心事は、彼女が言及したとおぼしき思い出をなんとかほじくり出そうとすることだった。彼女に対するあらたな興味に触発され、彼女がいったわずかのことばがとてつもなく重要なことになり、グレイはそれらを心のなかであらゆる角度から吟味した。グレイはそのことをハーディス医師に口に出して伝えた。批判をしない聞き手を、どんどん話すようにたきつけてくれる人間をもてたことを嬉しく思っていた。

実際のところ、スーはふたりの過去について驚くほどすくない内容しか話していなかった。ハーディスによれば、グレイがかかる断片にしがみつき、そこになんらかの関連を見出そうとしているのは、記憶喪失をわずらっている人間に特徴的なことらしい。

グレイは独力でささやかな謎を解いた――絵はがきの件だ。最初、グレイは失われた数週間から出てきたものにぶつかったのだと思った。いままで忘れていたなにかに。ところが、古い過去から、絵はがきの記憶が蘇ったのだ。

イングランド北部のブラドフォード市で仕事をしていたときのことだ。午後の暇な時間に、ひとりで裏通りをぶらつき、一軒のがらくた屋にでくわした。グレイはアンティークの撮影機材のささやかなコレクションをもっており、つねにあらたなものを探し求めていた。その店はその手の品物をなにもそろえていなかったが、カウンターに絵はがきがつまったぼろぼろの靴箱があるのを見つけた。少々興味を覚え、しばらくのあいだ眺めた。店を経営している女性は、それぞれの絵はがきの裏に値段を書いていると言ったが、衝動的にグレイは箱ごと全部でいくらだと訊ねていた。しばらくして、取引は十ポンドで決着した。

数日後、自宅にもどり、グレイはいまや自分のものになった数百枚の絵はがきをざっと調べてみた。一部はあきらかに過去にだれかの手によって買われ、蒐集されていたものだった。使用されていなかったからだ。だが、多くは裏に通信文が書かれていた。万年筆や消えない鉛筆で書かれた文字のうち読み取れるものはすべて読んでみた。ほとんどすべてが、休暇を送っている人間が発したありふれた私信だった――すてきな時を過ごしています、天気はよくなってきているわ、きのうシシーおばさんを訪ねたの、景色は美しいわ、一週間ずっと雨ばかりだけどわたしたちはめげない、テディーはここの食べ物が気にいっていないの、天気はすばらしい、とても平穏なお庭なの、陽が出たせいで蚊が多くてね、みんな泳いでばかりさ、天気、天気、天気。

絵はがきの多くが第一次大戦かそれ以前にさかのぼるものであり、半ペニーの切手はいかに物価が変わっていったかを示す沈黙の印だった。すくなくとも、絵はがきの三分の一は海外から送られたものだった――ヨーロッパ大陸を一周し、ケーブルカーに乗り、カジノを訪れ、がまんならないほどの暑気を味わっている。絵はがきは、いまではとりかえしようもなく消失してしまった有閑階級の人間が出したメッセージだった――観光旅行がはじまる以前の時代の旅行者たちだ。

絵はがきに写っている実際の写真がさらにグレイの興味を惹いた。グレイは、失われて久しい過去の紀行映画のスティール写真、ある意味ではもはや存在していない街や光景をかいま見せるものとして写真をとらえた。グレイが知っていたり、訪れたことがあったりする場所の写真が、数多くあった――エドワード王朝時代の紳士淑女が海沿いの平坦地《エスプラネード》をそぞろ歩いている写真。そこはいまや高層ホテルやゲームセンターや駐車メーターが散在する場所になっている。田舎の谷間は、いまや幅広い自動車道が通っている。フランスとイタリアの寺院は、いまや土産物の屋台でごったがえしている。定期的に市《いち》のたつ平穏な街は、いまや車とチェーンストアがひしめいている。それらの写真もまた、消えてしまった過去の記憶だった。異質ではあるが、認識することはでき、ありとあらゆる意味において手が届かないものなのだ。

グレイは絵はがきを国別に仕訳してから靴箱にもどした。その後、友人が絵はがきを送ってくるたびに、その束につけ加えていった。いつの日か、それらもまた過去のひとときを表わすものになるだろうと考えながら。

スーが絵はがきのことを思い出させてくれたのは驚きだったが、絵はがきは、グレイの記憶喪失期間のものではなかった。まだ通信社に勤めているときにブラドフォードにいったのであり、彼女とはじめて出会ったはずの時期からすくなくとも一年はまえの出来事だった。

しかしながら、スーが絵はがきのことを知っているという事実は、彼女がそれを見たのか、あるいはそのことがふたりのあいだで話題にのぼった証拠だった。

ほかに彼女が口にしたのは、はるかに曖昧なことだった。ふたりはみじかい期間とはいえ、恋人同士だったらしい。ところが、別れたのだ。彼女の生活にはべつのだれかがおり、ナイオールという名前が口にされた。彼女はスーであって、スーザンではない。そして、ふたつの奇妙な事柄がある——日光浴をしている人々と雲だ。

ふたりの関係でなにが問題だったのだろう？　病院で彼女を見たとき二度、グレイは本能的に敵意を感じた——それは無意識からわきおこったものなのだろうか？　仮にほかのだれかがいるとして、すべてはジェラシーによってだいなしになったのだろうか？

また、日光浴をしている人々の意味はなんだろう？　雲の意味は？　そのふたつのことばは、暑いビーチ、太陽の光を浴びて寝そべっている人々、突然空がかき曇るというイメージを思い浮かばせた。じつにありふれた光景だ——どうして彼女はそのことばを選んだのだろう？

だが、全体として考えてみると、彼女の言ったことはグレイの記憶をこれっぽっちも刺激しなかった。絵はがきという追跡可能だった言及から、謎めいた雲にいたるまで、なにも役に立っていない。

ハーディス医師は熱心に耳を傾け、グレイが話しているあいだ二、三メモを取っていたが、最後には閉じたノートをひざの上に置いて座っていた。

「やってみたいことがあるんだ」ハーディスは言った。「きみはいままでに催眠術をかけられたことはあるかね？」

「いいえ。効果があるんですか？」

「うむ、あるかもしれない。ときおり失われた記憶を回復するのに役に立つことがあるんだよ。もっとも、催眠術は不完全で、かならずしも確実な方法とはいえないがね。だが、きみの場合にはなんらかの効果があるかもしれない」

「どうしてそのことをまえに提案してくれなかったんです？」

ハーディスはほほ笑みながら言った。「いまならきみがその気になっているからだよ、リチャード。次は水曜日にここにくることになっている。そのときやってみよう」

夕方、グレイは病院の地下にあるプールで一時間を費やし、仰向けに浮かびながら、ゆっくりと泳ぎ、スーのことを考えていた。

7

スーは火曜日の夕方に電話してきた。グレイは廊下の公衆電話でそれを受けた——自室に自分専用の電話があったのだが、スーはどうやらほかの番号を教えられていたらしい。彼女が話し出すやいなや、グレイには、気分が沈むような話の展開になるのがわかった。

「調子はどう、リチャード?」

「ずいぶんいいよ、ありがとう」

みじかい沈黙。そして、「公衆電話からかけているの。だから、あまり長くはしゃべれない」

「切れよ。ぼくの部屋からかけなおすから」

「いえ……いい、待たせている人がいるから。あの、あなたに言わなければならないことがあって……。今週はそこにいけなくなったの。来週でかまわないかしら?」

「いや、かまう」グレイはうずくような、いやおうない失望感に負けじと話そうとした。「くるって約束したじゃないか」

「だけど、むりになったの」

「なにがあったんだい？」

「列車代が賄えないし――」

「言ったろ、払うって」

「ええ、でも時間がないの。締切があるんだ。それに毎日出かけないといけないし」

ほかの入院患者がふたり、ゆっくりと廊下を通りかかった。ふたりとも会話はかわしていない。グレイはプライバシーを確保しようとして、受話器を耳にさらに押しつけた。患者たちはドアをくぐって、ラウンジにはいっていき、TVがかすかに音楽を奏でているのが聞こえてきた。

ドアがとじられると、グレイはつづけた。「これがぼくにとってどれほど大切なことか、わかっていないのかい？」だが、話の途中でピッという音にさえぎられた。硬貨が落ちる音が聞こえ、回線がふたたび通じた。

「聞こえなかった」とスー。

「きみに会うのがとても大切なことなんだ、と言ったんだ」

「わかってる。ごめんなさい」

「来週かならずきてくれるのかい？」

「いくように努力する」

「努力する？　きみはきたいと言ったじゃないか」

「いきたい、ほんとにいきたいって」

またしても沈黙。

と、グレイが言った。「どこからかけているんだい？　そばにだれかいるのか？」

「自宅……電話は廊下にあるの」

「いまだれかがいっしょにいるのか？」

「いいえ、リチャード。自分の部屋で仕事をしているだけ。作品を仕上げようとしているの」

グレイは彼女がどこに住んでいるのかすら知らないことに気づいた。一筋の汗が目のかたわらを流れ落ちていく。「ねえ、この電話はもうすぐ切れてしまう。余分な硬貨をもっていないのかい？」

「ない、もう切らないと」

「切らないでくれ。お金を都合して、電話してくれ。話し合えるように。あるいは、そっちの電話番号を教えてくれたら、こちらからかける」時間が刻々と過ぎていく。

「今週末になんとかいくようにするから。それで埋め合わせさせて」

「本当かい？　きっと――」

が、またピッという音がはじまり、グレイはフラストレーションにかられてうめいた。今回は硬貨の落ちる音はしなかった。回線が通じたが、通常、電話機に残されているのは、ほんの数秒だった。

「お願いだ……すぐかけなおして。ぼくはここで待っている」

「あたしが――」回線は切れた。

グレイは受話器をもとにもどした。失望と怒りでうろたえていた。建物全体が深い沈黙に陥り、あたかもグレイの声だけがこの場所で聞こえる唯一の音になったかのようだった。だが、それは幻想だった――いぜんドアの向こうからTVの音がかすかに聞こえていたし、足元のどこかでセントラルヒーティングのボイラーがいつものかすかな物音を立てていた。廊下の遠いほうの端で人声がしているのが聞こえた。

グレイは車椅子に座った。電話機はちょうど頭の真上にある。この気持ちをなんとかおさめようとする。自分が理不尽なふるまいをしているのはわかっていた――相手がどんな行動を取り、思いを抱いているにせよ、自分の言うことに応えなければならないものであるかのように、誓約が破られたとでも言うかのように、スーに接していた。

十分が経過した。電話が鳴った。グレイは受話器をひっつかみ、またしてもいまいましい電子音を耳にした。

スーの声が聞こえた。「一枚しか借りられなかったの。二分間話せる」

「わかった、さて、週末のことだけど――」

「お願い、リチャード。あたしに話させて。あなたを落ちこませているのはわかるけど、あたしはあなたの居場所がわかったときに、あとさき考えずにあなたに会いに出かけたの。仕事の都合をつけなければならないけれど、なんとか今週末にはいくようにする……約束する。だけど、すこしばかりお金を送ってもらわないといけないの」

「きみの住所を知らないんだ！」

「なにか紙がある？　それとも覚えていられる？」口早にスーはロンドン北部の住所を唱えた。「覚えた？」

「あした小切手を送るよ」

「それからもうひとつ。さえぎらないでね、時間がないから。あなたがあたしのことを覚えていないので、あたしはとても混乱しているの……でもあなたに会ってからあたしはあなたのことを考えに考えた。いまでもあなたのことを愛している」

「いまでも？」

「ずっと愛していたの、リチャード、はじめから。あなたはもうすぐ思い出す。きっとそうなるはず」

グレイはほほ笑みを浮かべていた。自分が耳にしていることが信じられないほどだった。

「ここにはもうあまり長くいないだろうと思う。たぶん、一、二週間で退院する。ずいぶんいい感じになっているんだ」

「車椅子に座っているあなたを見たのはショックだった。いつだってとても活動的な人だったから」

「きょうは長い距離を歩いたんだ……部屋を五往復した。日に日に距離を増やしていくつもりさ。今週末にどれほど歩けるようになっているかきみにもわかるよ。きてくれるね？」

「もちろん！　あなたに会いたくてたまらない」

スーに投げかけられた陰鬱な気分は、露と消えていた。「いろいろすまない……ぼくはここでとても孤立しているんだ。次の機会には、こんなふるまいはしないから」

「わかっている」ピッという音がはじまったが、今度はふたりとも気にしなかった。回線が通じると、スーは言った。「金曜の夜にいくから」

「了解。さよなら」

「さよなら、愛しい人」回線は切れた。

グレイは電話を切り、車椅子を押して廊下を進んだ。全身の力をこめて、ハンドリムを押しやる。廊下のつきあたりでいきおいよく方向転換し、エレベーターに乗りこんだ。

自室にもどるとすぐ、警察から送り届けられた個人的書類をおさめたボール箱をまさぐり、小切手帳を探した。こうしたカードや書類の集まりを見るのは、自分の昔のアイデンティティをかいま見るようなものだった——運転免許証、クレジットカードが二枚、小切手保証カード（もはや期限切れ）、英国フィルム・インスティテュートの会員証、映画《A》TVおよび関係《C》技《T》師協会《T》組合の組合員証、BBCクラブのカード、車の保険証書、銀行口座通知書、ナショナルトラストの会員証……。

小切手帳が見つかり、グレイは百ポンドの小切手を切った。病院そなえつけの便箋にメモを書きなぐり、それを小切手といっしょに封筒にいれた。スーに教えられた住所を書き、あすの朝、郵便に出せるように封筒を立てかけておいた。

グレイはしばらく椅子に座ったまま、会話の最後に耳にした彼女の親密で愛情に満ちたことばを心地よく反芻していた。目をつむり、彼女の顔を思い出そうとする。

ややあって、テーブルの上に散らかした書類に関心をもどした。それらはデヴォンにやってきて以来持ち物のなかにはいっていたが、めったに見たことがなかった。これほど無関係なものはありえないように思えたのだ。グレイの諸経費は、その都度新聞社が雇った事務弁護士によって処理されており、事実上、スーに送る小切手が車載爆弾事件以来はじめてグレイが振り出す小切手だった。

ふいに興味がわいて、グレイは小切手帳をひらいて控えを調べてみた。二十五枚つづりの小切手の半分ほどが使用されており、控えに記入されている日付から、それらはみな爆弾事件の直前の一定期間に振り出されたものだとわかった。手がかりを求めて、個々の控えを見たものの、すぐにそれからはなにもつかめないと悟った。大半は現金小切手だった――ブリティッシュ・テレコム宛のもの、ロンドン電力公社宛のもの、書店宛のもの、そして総額十二ポンド五十三ペンスのG・F&T株式会社宛のものがあった。最後の項目が、唯一よくわからないものであったが、それが重要なものには見えなかった。

住所録も箱のなかにはいっていた。ちいさなビニール表紙のノートだった。中身の大半はなにも書かれていないのがわかっていた。住所を書き留めるのがあまり好きではなかったからだ。とはいえ、Kの項目のページをひらいてみた。スーの住所の記入はなかった――驚くようなことではなかったが、がっかりさせられた。そこに記入があれば、ある種の証明になったはずだったのだが。忘れられた過去をつなぐ輪になっていたかもしれないのだ。

グレイはノートを隅から隅までめくり、中身をすべて調べてみた。住所の大半が思い出すことのできる人々のそれだった——仕事仲間や昔のガールフレンドたち、オーストラリアの伯母。何人かの名前は、電話番号しか書かれていなかった。ノートのなかにあるものは、みな、よく知っている過去のなじみの感覚を感じさせるものであり、なんら目あたらしいものを提供しなかった。

ノートをしまおうとしたそのとき、グレイは最後のページの裏を見ようと考えた。ときどきメモを書きつけるためにそこを利用していたという記憶が浮かんだのだ。そのページにグレイは求めていたものを発見した——数多くの数字のなぐり書きや、歯医者の予約の覚え書きやら二、三のいたずら書きやらのなかに、〝スー〟という単語があった。その隣にロンドンの電話番号が記されていた。

一瞬、グレイは受話器を手に取り、さっそく彼女に電話してみたくなった。自分自身の過去のなかに彼女を見つけ出した事実を祝おうとして。だが、グレイはこらえた。ふたりのあいだに交わされたものだけで満足しなくては。週末には彼女に会えるのだし、彼女の気分をふたたび変えてしまうような危険は冒したくなかった。

グレイは住所録をポケットのなかにいれ、この番号がいまも彼女の使っている番号であるのかどうか容易に確認できるだろうと考えた。そうすれば、グレイが必要としている類の証明が得られ、自分自身とのつながりを証明できるはずだった。

8

翌朝、グレイはハーディス医師のオフィスを訪ねた。昨晩の楽観的な気分がまだ残っており、よく眠れた。はじめて鎮痛剤を飲まずにぐっすり眠れたのだ。精神科医はグレイを待ち受けており、室内にいるひとりの若い女性を彼に紹介した。

「リチャード、こちらはうちの大学院の研究生で、ミス・アリグザンドラ・ガウアズだ。こちらがリチャード・グレイくんだ」

「はじめまして」

ふたりはぎこちなく握手をした。グレイは相手がかなり若く見えることを心に留めた。赤いスカートを穿き、黒のウールのセーターを着ており、眼鏡をかけ、髪は黒いロングヘアーだ。

「きみの許可があれば、リチャード、催眠術にかかっているあいだ、ミス・ガウアズを同席させたいのだが。そのことに異論はあるだろうか？」

「いいえ、まったくありません」

「今回はただの予備的なセッションにすぎない。わたしがしたいのは、きみを軽い催眠にかけ、どう反応するのかを確かめることだ。それがうまくいくようなら、もうすこし催眠を深くしようと思う」

「なんなりとご随意に」とグレイ。けさは催眠術がどんなものになるのかについて好奇心を覚えていたが、かといってそのことに神経質になっているわけではなかった。

ハーディス医師と若い女性はグレイに手を貸して車椅子から立たせ、ついでハーディスが体重を支えながらグレイを革椅子に座らせ、楽な姿勢になるようにさせた。

「さて、なにか質問はあるかね、リチャード?」

「催眠について知りたいんですが……ぼくは意識を失うんですか?」

「いいや、意識はずっとある。あとでみんな覚えているよ。催眠はリラックスすることの一形態にすぎない」

「だったら、かまいません」

「きみに頼みたいのは、できるかぎり協力しようとすることだ。話もできるし、手を動かすこともできる、目も開けられる。そういうことをしても催眠は破れない。きみにあらかじめ確認しておきたいのは、すぐには成果をあげられないかもしれないということ、だからといってがっかりしてはならないということだ」

「わかりました」

「よし」ハーディスはグレイのかたわらに立ち、手を伸ばして、首が伸びるタイプのライトをグレイの頭上にくるようにもってきた。「これが見えるかね?」

「はい」

ハーディスはライトをすこし引いた。「ここではどうだ?」

「すこしだけ見えます」

「明かりを視野の片隅にいれておくようにして上を向いているように。できるだけ体の力を抜いて、呼吸を一定に、楽にするんだ。わたしがしゃべることを聞いて、もし目が疲れたら、自然に閉じる」部屋のなかで、グレイは、アリグザンドラ・ガウアズが退き、壁のまわりに並べてある垂直な背もたれのある椅子に座っているのに気づいた。「明かりを視野に入れたまま、わたしの言うことに耳を傾ける。そうしている一方で、数を逆に数えてもらいたい。頭のなかで数えるんだ。三〇〇からはじめて。さあ、はじめよう、数えながら、わたしのことばを聞くんだ。ゆっくりと勘定する、二九九、ゆっくりとても穏やかに、二九八、息をして、明かりを見ている以外には、なにも考えないで、二九六、ゆっくり逆に数えていく、二九五、わたしのことばを聞きながら、二九四、体から力が抜けていくのがわかるだろう、二九三、とても快適なんだ、心地よい、二九二、足がとても重くなる、腕もとても重くなって、二九一、目がだんだん疲れてきて、二九〇、もし閉じたいと思うなら、閉じたまえ、二八九、でも数はゆっくり数えつづけ、耳も澄まして、体がとてもリラックスして、目をつむり、だけど二八九、二八八とゆっくり数えつづけ、きみはうしろ向きにただよってゆくのを感じている、とてもリラックスしながら、うしろ向きにただよっていき、さあ二八七だ、とても眠くなった、うしろ向きにただよいながら、とても気分はいい、眠くて、わたしの声は聞こえているけれど、だんだん眠くなり、眠りのなかにどんどん、どんどんはいりこんでいくんだが、まだ声は聞こえている……」

グレイは快適な気分でリラックスし、眠かったが、いぜんとして周囲のことをはっきり把握していた。目はすでにつむっており、ハーディス医師のことばに耳を傾けていたが、それ以外のことも知覚できていた。廊下の外でふたりの人間が話をしながら通り過ぎていき、部屋のどこかでアリグザンドラ・ガウアズがボールペンを走らせる音を立て、紙をかささいわせていた。隣の部屋では、電話が鳴り、だれかが応対に出た。ハーディスの助言どおりに、体はすっかりリラックスしていたが、心は覚醒していた。

「……うしろ向きにただよい、眠くなりながら、わたしの声を聞きながら、きみの体はリラックスし、眠たくてしかたない。いいよ、リチャード、じつにうまくいっている。さて、とてもゆったり呼吸をつづけたまま、右手に意識を集中してほしいんだ。右手のことを考え、どんな感じがするか考え、集中してほしい。すると、右手がなにかとても柔らかいものに、とてもとても軽いものに支えられているのがわかるかもしれない。なにかがきみの手を下からそっと押しあげ、もちあげ、上に上にと……」

ハーディスがそう言っていると、驚いたことに、グレイは自分の手がひざの上からもちあがっていくのを感じた。手はしだいに上にあがり、ひじから先がほぼ垂直になりかけた。

「けっこう、いいぞ。さて、空気が手をとりまいているのが感じられる。空気が手を包みこみ、そっと支えているんだ。空気が右手を支えている。支えている。支えている。空気に支えられているので、おろそうと思ってもおろせない……」

おろそうとしなければならないと思い、グレイは腕の筋肉をこわばらせ、手を下におろそうと試みた……が、なにかが柔らかく支えている感覚は明白で、手は元の場所にとどまったままだった。

「……支えられたままだが、わたしが五を数えたらすぐ、手をおろしてもらいたい。一からはじまり五まで数えたらばすぐ、きみの手は下におりるんだ。だけど、五まで数えないとだめだよ、リチャード、一……二……手はまだ空気に支えられている……三……四……空気が手を離そうとしているのが感じられる……五……手は自由だ……」

まるでみずからの意思があるかのように、手はゆっくりとひざの上にもどった。

「……けっこう、リチャード、けっこうだ。さて、ゆっくり呼吸をつづけ、体全体をリラックスさせたままでいてほしいんだが、わたしがきみに目を開けてもらいたいと言ったら、目を開けて、部屋のなかを見まわしてもらいたい。わたしが言ったらだよ。見てほしいんだ、あくまでわたしが言ってからだが、きみにミス・ガウアズを探してもらいたいんだ、ミス・ガウアズを探す、だけどきみには彼女の姿が見えないんだ。彼女はここにいるけれど、きみには彼女の姿が見えない。五数えるまで待ってから、目を開けてくれ。一からはじまり五まで数えると、きみは目を開ける……」

ハーディスは単調な口調でつづけた。グレイはじっと耳を澄ましながら、相手の静かな口調が逆らうことのできない、有無を言わさぬものに感じられた。

「……五まで数えたら目を開けるんだ……一……二……三……四……五……目を開けてくれ……」

グレイは目を開け、ハーディス医師がすぐそばに立っているのを見た。親しげな様子でかすかに笑みを浮かべて、グレイを見ている。

「きみにはミス・ガウアズの姿は見えない、リチャード、だけど彼女を探してほしい。部屋のなかを見まわしても、姿は見えないんだ。さあ、見て……」

グレイは壁ぎわの椅子の列のほうに目をやった。そこにガウアズがいることを知っていたので。彼女がそこに座る音を聞いたし、ボールペンとノートを扱っている音を耳にしたばかりだったのだが、そちらを見てみると、彼女はいなかった。移動したのにちがいないと思い、グレイはすばやく部屋のなかを見まわしたが、彼女がいそうな場所はなかった。椅子に目をもどす。そこに彼女がいるのを知っていたのに、その姿は見えなかった。弱い陽の光が窓越しにさしこみ、壁に当たっていたがガウアズの影ひとつなかった。グレイは研究生の赤いスカートと黒のセーターを想像しようとしたが、そうしてもなんの役にも立たなかった。

「話したいなら、話せるんだよ、リチャード」

「彼女はどこにいるんです？　部屋から出ていったんですか？」

「いや、彼女はまだここにいる。さて、椅子に背をもたれて、体を楽にしてくれ。もういちど目をつむって、呼吸を一定にさせ、手足から力を抜き、眠気を感じるんだ。けっこう、それでいい。またただよいだしているのが感じられる。ゆっくりとうしろ向きに動いているんだが、とても、本当に、眠くなるんだ。とても眠い。きみは深く、深くただよっていく。けっこう。深く、深く。さあ、わたしはこれから十まで数える、一から十までだ。するときみは深く、深くもぐっていく。数字がひとつ進むたびに、きみはいっそう深くもぐっていき、どんどん、どんどん眠くなっていく、一……とても深く……二……きみはさらに奥へ、奥へともぐっていく……三……」

と、そこで空白があった。

グレイが次に聞いたのは――「……七……きみはとてもリフレッシュされた感じがする、とても幸せで、とても落ちついていて……八……きみは目覚めようとしている、すっかり目を覚ます、完全に覚醒して、とても落ち着き……九……きみの眠りはいまではとても浅くなっている、どんどん浅くなって、まぶたに陽の光が見える。まもなく、きみは目を開け、すっかり目覚め、落ちついて幸せな気分になる……十……さあ、目を開けられるよ、リチャード」

グレイはさらに数秒待った。椅子の上で快適な気分であり、両手をひざの上に置き、これが終わってしまったのを残念に思っていた。魔法を破るのが惜しかった――催眠状態のあいだずっと体のしこりから解放されており、痛みを心配する必要がなかったのだ。だが、まぶたがひくひくと動き、グレイは目を完全にひらいた。

なにかが起こった。というのが、ほかのふたりを見たときに最初に浮かんだ考えだった――ふたりとも椅子のそばに立ち、グレイを見おろしていた。

「気分はどうだい、リチャード？」

「いいですよ」グレイはそう言ったものの、体の痛みがすでにもどってきていた。なじみのしこりが臀部や背中、肩に忍び寄る。「なにかまずいことでもあったんですか?」

「いや、むろんない。コーヒーを飲むかね?」グレイはいただきますと答え、アリグザンドラ・ガウアズがノートを置いて、部屋から出ていった。ハーディスの態度はぶっきらぼうで、居心地悪そうだった。医師はべつの椅子に移動して、腰をおろした。

「さて、きみに訊ねたい——たったいま起こったことをすべて覚えているかね?」

「そう思います」

「それをわたしに説明してくれないかね? まっさきに思い浮かぶのはなんだ?」

「先生は三百から逆に数を数えるようにいい、ぼくはそうしました。集中するのが難しく、しばらくするとぼくはあきらめてしまった。次に覚えているのは、手が宙に浮かんで、先生が解放してくれるまでおろせなかったことです。それから、先生がミス・ガウアズを消してしまった」

ハーディスはゆっくりとうなずいた。「あえてつけくわえるならば、きみがそういうことをしたのであり、わたしがやらせたのではない」

「そうおっしゃりたいならそうですね」

「次になにを覚えている?」

「先生は……先に進めようとしたのだけど、途中で気を変えた、のだと思います。なにが起こったのかはっきりしません。ぼくは目を覚まそうとしていた」

「きみの覚えているのはそれがすべてかね？」

「ええ」

アリグザンドラ・ガウアズがコーヒーカップを三つ載せたちいさなトレイをもって、部屋にもどってきた。カップをガウアズが配っているあいだ、ハーディスはグレイがいましがた言ったことを繰り返した。席にもどったミス・ガウアズが言った。「では、自発的ですね」

「わたしもそう思う」とハーディス。

おだやかな多幸感が冷え冷えとした雰囲気にたちまちかき消されて、「なんのことを話しているのか教えてくれませんか？」

「きみはすばらしく催眠にかかりやすい被験者であることがわかったんだよ」ハーディスは答えた。「わたしは苦もなくきみを深い催眠状態に導けた。通常、被験者はそのことをあとで思い出せるのだが、たまに思い出せない場合がある。きみはおよそ四十五分間、深い催眠状態に陥っていたんだ。わたしはきみがそのことを思い出せるものと期待していたのだが」

「自発的記憶喪失と呼ばれるものです」とアリグザンドラ・ガウアズが言ったところ、ハーディスは彼女に鋭い一瞥を投げかけた。

「専門用語にすぎんのだ、リチャード」

「当然そうでしょうね」グレイはおだやかに言った。この何カ月ものあいだ聞かされてきたことの大半は、専門用語から成り立っていた。説明されることもあれば、説明されないこともある。彼はもう気にしていなかった——ふつうの人がふつうのことを話すのを聞きたいと願っていた。

「要するに、わたしはきみを記憶喪失によってあいまいになっている期間に遡行させたのだ。きみが自分で思い出せるなら、はるかにいいのだろうが、仮に思い出せなくても、きみの記憶をおだやかにつつけたとしたら、役に立つかもしれない」

「じゃあ、ぼくを昔にもどしたんですね？」グレイは興味を覚えて、訊いた。

「きみが深い催眠状態にあるとき、わたしはきみに去年の出来事を思い出そうとするよう頼んだ。ざっと言って去年の夏の終わりごろまで遡ることができたんだ。車載爆弾の事件は、九月初旬に起こった、そうだったね？」

「ええ」

「予想したとおり、きみはトラウマをこうむっているようだった。きみの声は感情的になり、きみの言ったことの多くは、判別するのが難しかった。きみがどこにいるのか述べるように頼んだが、きみは答えなかった。そばにだれかいるのかと訊ねたところ、ひとりの女性がいるときみは言った」

「スーザン・キューリーだ！」

「きみは彼女をスーと呼んだよ。はっきり言っておくが、リチャード、いま言ったことはなにも決定的なことではないんだ。これ一回だけではなく、もっとセッションの数を重ねる必要があるだろう。われわれは耳にしたことの大半の意味をつかむことができなかった。たとえば、なかにはフランス語で言われたことばがあったんだ」

「フ、フ、フランス語ですって！　ぼくはフランス語は話せませんよ！　とにかく、ろくすっぽね。どうして催眠にかかっているあいだフランス語が話せたりするんです？」

「よくあることだ」

「で、ぼくはなんと言ったんです？」

アリグザンドラ・ガウアズがノートをひらいた。「ある時点で、わたしたちはあなたが『ワインのお代わりをお願いします《アンコール・ドュ・ヴァン・シルヴプレ》』と言ったのを耳にしました。まるでレストランにいるかのように」

グレイは笑みを浮かべた——最後にフランスにいってから三年以上がたっている。そのときは、フランス大統領選を取材するためスタッフとともにパリに出かけたのだ。通訳をしてもらうために大学の助手を連れていき、グレイ自身は旅のあいだフランス語を口にしたのは二言三言がせいぜいだった。その旅でもっともよく覚えていることは、ある夜、その助手と寝たことだった。

「説明がつかないな」グレイは言った。

「かもしれん」とハーディス。「だが、そのことを考慮の外に置いてはならない」

「だけど、ぼくはどう考えればいいんです？　去年の夏にフランスにいたとでも？」

「勝手な思惑を巡らせるのは賢明ではない。だが、きみに見てもらいたいものがもうひとつある」ハーディス医師はグレイに紙片を渡した。あきらかにノートから切り取ったものだ。

「この手書き文字に見覚えはあるかね？」

グレイはそれをちらっと見、驚いてさらに詳しく見た。「ぼくの字だ！」

「これがどういう意味かわかるかね？」

「どこで手に入れたんです？　こんなものを書いた覚えはない」グレイはそこに書かれているこ とばをすばやく読んだ——人でごったがえしている空港のロビー、スピーカーからのアナウンス、空港カウンターとおぼしき描写が書かれていた。「手紙の一部みたいだけど……これをいつぼくは書いたんです？」

「およそ二十分まえだよ」

「まさか、そんなはずない！」

「きみがなにか書くものを寄こせと言い、ミス・ガウアズがノートを渡したんだ。きみは書いているあいだなにも言わず、わたしがボールペンをとりあげてはじめて書くのをやめたんだ」

グレイはそのページを再度読み返したが、そのどこも記憶の琴線を揺さぶらなかった。その文には見覚えのある調子があったが、空港のあわただしさや退屈さ、神経質な期待感を伝えているという意味においてだった。グレイは仕事のなかで何度となく飛行機に乗っていたが、どういうわけか実際に搭乗するまえの最後の一時間がいつもささやかな苦役だった。飛ぶのが怖いというのは言いすぎだったが、グレイは神経質になり、気が休まらず、飛行がさっさと終わってしまえばいいのにと願った。そのことがなにかを書いたり表現したりする原因になったかもしれなかったが、いまそれ以上のことが心から出てくるはずがなかった。

「こいつはなんなんだろう？」グレイはハーディスに訊ねた。

「きみにもわからないのか？」

「ええ」

「きみが言ったように、手紙の一部かもしれない。催眠によって解き放たれた無意識の記憶かもしれん。きみが過去に読んだかもしれない本やほかのものからの抜粋であるという可能性もある」

「これが無意識の記憶だとしたらどうなります？　それが回答になりうるんですか？」

「あらゆる可能性のなかで、それこそきみがもっとも注意をしなければならない回答だろうな」ハーディスは壁の時計を見やった。

「だけど、それこそぼくが見つけようとしていることなんです！」

「そうだ。だが、充分気をつける必要があるんだよ。まだまだ先は長い。来週また会うことにしようかね？」

グレイは不満が渦巻くのを感じた。「ぼくはなるべく早くここから出たいんです」

「だが、来週までに出るというつもりじゃないだろ？」

「ええ、そうですね……でも早いほうがいい」

「けっこう」ハーディスはいまにも出ていこうとしていた。アリグザンドラ・ガウアズはすでに立ちあがっていた。

ひじかけ椅子に座ったまま、グレイは訊いた。「でも、今回のセッションはどういうことなんです？　なんらかの進展があったんですか？」

「次回のミーティングで、深催眠状態に起こることを覚えておくようにする暗示を埋めこもうと思う。そうすれば、もっとましな解釈ができる余地が生まれるかもしれない」

「こいつはどうします？」グレイは手書きのページを示した。「ぼくがもっているべきでしょうか？」

「きみが望むなら。いや、考え直した。臨床メモといっしょにわたしがもっていよう。ちゃんと調べれば、来週後退催眠の際の種にできるかもしれない」

ハーディスはグレイのさからわぬ指から用紙を取りあげた。グレイはその紙に書かれていることに関心があったが、中身についてはあまり重要なものだとは思えなかった。

立ち去るまえに、アリグザンドラがグレイのもとに近づいた。

「同席させていただいてほんとにありがとうございました」彼女は手を差し伸べ、ふたりは最初のときとおなじようにぎこちなく握手した。

「ぼくがきみを見ようとしたとき」グレイは言った。「きみはここに、この部屋にいたのだろうか？」

「わたしは椅子からいちども動きませんでした」

「じゃあ、どうしてぼくにはきみが見えなかったんだろう？」

「ある時点で、あなたはわたしの目をまっすぐ見ました。暗示にかかりやすいかどうかのよくあるテストなんです。誘導逆幻覚という名の。あなたにはわたしがあそこにいるのがわかっていましたし、わたしを見る方法を知っていたんですが、あなたの心がわたしを認めようとしなかったのです。舞台に出る催眠術師もおなじような効果を利用します。もっとも、彼らはたいていの場合、被験者に服を着ていない人を見せようとしますね」真顔で彼女はそう言い、ノートをわきにはさんだ。眼鏡を鼻梁に沿って押しあげる。

「なるほど」とグレイ。「ま、とにかく、きみが見つかって嬉しいよ」

「記憶をとりもどされることを願ってます。なにがあったのか、とても知りたいです」

「ぼくもそうさ」とグレイは言い、ふたりは笑みを浮かべた。

9

その夜リチャード・グレイは自室でひとり車椅子から体を起こし、杖を使って部屋のなかをいきつもどりつした。そののち、かなづちの人間が岸壁から船のもやいを解くような気分になりながら、廊下を端から端まで歩き、またひきかえした。それは大変な労力を要した。すこし休んだだけで、おなじことをくりかえした。まえよりずっと時間がかかり、たびたび足を止めて休んだ。しまいに臀部がハンマーで殴られ、傷ついたような感じになり、ベッドにたどりついたときには、その痛みのため眠れなかった。グレイは起きたまま、この長い保養はできるだけ早く終えなければならない、と心に誓った。心と体が歩調をあわせて回復するのだ、とか、歩けるようになってはじめて思い出す、とか、そういったことに気づいたのだ。以前は、時間が自然に経過していくことに受け身になって満足していたが、いまやグレイの人生は変わっていた。

翌日、グレイはジェイムズ・ウッドブリッジの診療を受けたが、催眠下で起こったことについてはなにも言わなかった。これ以上の解釈、これ以上の専門用語はほしくなかった。グレイは、自分の忘れられた過去がいまや思い出されなければならないものであり、それがある意味で完全な治癒の象徴であること、および自分の個人的な未来への道を拓くものであることを確信していた。どういうわけか、車載爆弾事件に先立つ数週間は、非常に重要であり、意味のあるものなのだ。おそらくスーとの恋愛沙汰にすぎないのだろうが、それでも思い出すのはたいせつなことだった。人生の沈黙の空白期間が未来を期待させてもいた。

木曜日はゆっくりと過ぎていった。過ぎていくように思えた。が、やっと金曜日になった。グレイは部屋を片づけ、病院の洗濯係から清潔な服を手にいれ、体を動かし、ふたたび思い出そうと神経を集中させた。職員はグレイがスーのやってくるのを心待ちにしていることを知っており、グレイは彼らのからかいに優雅に応じた。いまやグレイの気分をしぼませるものはなにもなかった。なにもかも彼女によって高められ、形と意味をあたえられていた。一日はゆっくり過ぎていった。夕方になり、希望は懸念にとってかわられた。遅くに、予想していたよりずっと遅くに、彼女は公衆電話からかけてきた。トトネスの駅に到着したところで、いまからタクシーを拾うのだ、という。半時間後、彼女はグレイといっしょにいた。

第三部

1

　出発便表示板は、わたしのフライトが遅れていることを示していたが、わたしはすでにパスポート・コントロールをくぐっており、出発ロビーから逃れるすべはなかった。そこはエプロンに臨む板ガラスの窓にそって横に長く伸びている巨大な区域だが、やかましく、暑くて、うっとうしかった。ロビーは人でごったがえしている。その多くがベニドルムやファロ、アテネ、パルマといった観光地に向かうツアー客だった。赤ん坊が泣き、子供たちが闊達に走りまわり、フライト・アナウンスが一定の間隔でスピーカーから流れている。

　わたしは、列車と船を使ってフランスに渡らなかったことをすでに後悔しはじめていたが、一年のこの時期は観光シーズンたけなわであり、英仏海峡横断フェリーに乗るのはなかなか大変だった。空の旅は、たとえ今回のようなみじかい旅でも、スピードへの誘惑の手をつねに伸ばしてくる。もっとも、けさ家を出てからというもの、わたしは次々と遅れに見舞われた——地下鉄を二度も乗り換えてロンドンを横断し、ドアぎわまで混みあった鉄道でのろのろとガトウィック空港にようやく到着したと思ったら、今度は飛行機が遅れているときた。覚えていられないくらい何度も飛行機に乗っているにもかかわらず、フライトまえにはいつも不安な気持ちになってしまうので、落ちつかず、ロビーをうろつきまわって気をまぎらわそうとした。本や雑誌をぱらぱらめくり、一冊のペーパーバックを買った。特売中のおもちゃやギフト類を眺める。航空会社のインフォメーション・デスクのまえをゆっくり通り過ぎる——ブリティッシュ・カレドニアン航空、ブリティッシュ・エアツアー航空、ダンエア航空、イベリア航空。腰をおろす場所はなく、突っ立っているか、歩きまわり、ほかの乗客を眺める以外にほとんどやることはなかった。わたしは似たような状況のときよくおこなっているゲームで気晴らしをした。どの人間が自分とおなじ便に乗るのか、飛行機に乗る理由やおりたあとでの行き先、どんな人間なのかという推測を試みる。勘がいいのか、わたしはどの人間がおなじ便に乗るのかを正しく推測することが往々にして可能だった。オーストラリアに飛んだときのことを覚えている。混みあったヒースロー空港の出発ロビーで、目立つ明るい色の服を着た女性に注目した。四日後、メルボルンのスワンストン・ストリートでおなじ女性がおなじ服を着ているところを見かけたのだ。

この日、おなじ気ままなゲームに興じながら、わたしは二個のでかい手荷物をもった中年男性と、明るい色の上着とジーンズ姿の控えめな格好をした若い女性、それに経済新聞片手のビジネスマンをピックアップした。

ようやく遅れが解消され、たてつづけに三便の搭乗案内が流れた。群衆はまばらになり、わたしが選んだ人間はロビーに残った。次の搭乗案内はわたしの乗る便のそれであり、わたしは人群れに従って搭乗ゲートをくぐり、伸張ランプに足を踏み入れた。席を見つけようとする混乱のなかで、わたしは先の三人の姿を見失い、それっきり彼らのことを考えなくなった。

フライトはあっというまだった。運航高度に達したと思うまもなく、機体はル・トゥケへのアプローチを開始していた。ガトウィック空港を発って半時間でわれわれはフランスの空港ターミナルに到着した。乗客全員、税関と入国審査を難なく通され、わたしは自分の乗る列車を探しにいった——ほかの乗客の大半は、パリ行きの列車に向かっている。わたしの場合は、長旅であり、そのため列車に乗るまえに、補給食糧を買った——新鮮なパンとチーズ、小振りな調理済み肉、若干のフルーツとコカコーラの大壜。

最初の列車はローカル線で、ちいさな各駅に停車した。乗り換えることになっているリールに到着したのは、午後もかなり時間がたってからだった。そこでバーゼルに向かう特急列車に乗り換えたのだが、ところがどうして、最初の列車よりもさらにのろのろ進み、さらに頻繁に停車した。四回目の停車では、列車と駅におおいなる沈黙がのしかかった。十分ないし十五分が経過する。

買ったペーパーバックを読んでいたところ、通路を通りかかった何者かがわたしの客室の外で足を止めたことをわずかに心に留めた。ドアがスライドしてひらく音を耳にし、顔を起こす。中肉中背の若い女性が戸口に立っていた。

女性は言った。「あなたはイギリスの方ですね？」

「ええ」わたしはペーパーバックを掲げて相手に見せた。

「そうだと思った。リールにいく列車に乗っていたのを見かけました」

「席をお探しですか？」ひとりきりでいるのに飽きていたので、訊いてみた。

「いえ、ロンドンで予約したんです。荷物はべつの客室に置いています。やっかいなのは、あたしはあまりフランス語ができないのに、そこにはフランス人の家族がいて、ひっきりなしに話しかけてくるんです。失礼なまねはしたくないのですけど……」

「しだいに気疲れしてきたんでしょう？」

列車がゆらぎ、ふたたび停止した。客車のどこか下のほうで、発電器がうなりをあげはじめた。外のホームでは、フランス国有鉄道《SNCF》の制服を着たふたりの男がゆっくりと車窓のまえを通り過ぎていく。

「しばらくごいっしょさせていただいてかまいません？」

「もちろんけっこうですよ。連れがほしいなと思っていたところです」

女性客はドアを閉め、わたしの向かい側の窓際の席に座った。持ち物でふくれあがったおおきなキャンバス地のバッグをもっており、それを自分の隣の席に置いた。

「あなたをまえに見かけたことがある！」わたしは言った。「飛行機に乗っていたでしょ…

…つまり、ガトウィックから飛んだんですね？」

「ええ……あたしもあなたを見かけました」

「けさだ！」わたしは驚いて笑いだしていた。ふいにこの女性が出発ロビーで目をつけた三人の乗客のひとりであることに気づいたからだ。

「これからどこへいかれるんですか？」

「今夜ナンシーにたどりつけたらいいと思っています」

「偶然ですね……あたしもおなじです」

「せいぜい滞在するのは、一日か二日なんです。あなたはどうです？　お友だちを訪ねるんですか？」

「いえ、ひとり旅です。南にいる人に会いにいくかもしれないんですが、その人たちはあたしがいまフランスにいることさえ知らないんです」

女性客はまっすぐな茶色い髪をして、青白い顔、細い手をしていた。二十代後半あたりだろうと推測する。この女性が連れになることがとても魅力的なものに思えた。ひとつには、ひとりきりでいる退屈を救ってくれるからだったが、とても好ましい人で、話しやすい相手であることが主たる理由だった。先方もこちらに興味を抱いたようで、わたしの口をなめらかにしてくれた。

「この列車に食堂車はあるかしら？」と訊かれた。「朝食べてからなにも口にしていないの」

「食糧はたくさん買いこみましたよ。どうぞ食べてください」わたしはすでにいくぶんかを食べており、残りをあとのために取っておくつもりだったが、バッグを開けて、手渡した。わたしは林檎を一個取り、残りを向こうが食べた。

われわれがしゃべっているあいだに列車は出発しており、平坦な、おもしろみの薄い田舎を通っているところだった。太陽が窓からじかにさしこんできて、窓がはめ殺しなので、客室は暖かくなった。最初やってきたとき彼女は、わたしがまえに目を留めたジャケットを着ていたが、いまは脱いで、頭の上の棚に載せていた。彼女が横を向くと、わたしは称賛せずにはいられなかった。肩のまわりはほっそりとして、わずかに骨ばっていたが、じつに魅力的な体の持ち主だった。ブラウスの下にブラジャーの白いラインが透けて見えている。わたしは曖昧模糊としたエロティックな妄想にふけり、彼女が今晩どこに泊まるつもりなのだろうかとか、この列車の旅だけではない旅の連れあいになってくれないだろうかとか、考えた。最初の日にこんな相手に出会うとは、あまりにすばらしくてとても本当のこととは思えないくらいだった。休暇をひとりで過ごす計画を立てていて、そのつもりだったのだが、それに執着する気はなかった。

話をつづけているうちに、彼女は食事を終え、ようやくわれわれは名乗りあった。彼女の名前はスーだった。スーはロンドンに住んでいた。わたしの家のすぐそばというわけではなかったが、おおざっぱに言えばおなじ地域といっていい。ハイゲイトにふたりとも知っているパブがあり、それぞれ異なる機会に訪ねているにちがいなかった。スーは、自分はフリーランスのイラストレーターであり、ロンドンの美術学校《アート・カレッジ》に通っていたが、生まれはチェシャー州であると語った。むろん、わたしは自分のことを話した。取材した事件のことや、訪れた場所のことをいくつか話し、勤めを辞めた理由、次になにをしようと計画しているかについて語った。われわれはおたがいにとても興味を抱いた——こんなにもみじかい時間でこれほど自由に話せる相手に出会ったのは、ひさかたぶりだった。彼女はわたしの言うことに熱心に耳を傾け、座席のあいだの空間に身を乗り出し、わたしの隣の席を見ているかのようにわずかに首を横に傾けていた。わたしは意識的に話題を何度か変えようとし、スー自身のことを引き出そうとした。彼女は直接訊いた場合には答えたが、それ以外の場合は、自分のことを話したくなさそうな感じだった。

わたしはずっと考えを巡らしていた——なぜこの人はひとりなのだろう？　というのも、スーは魅力的に思えたし、ボーイフレンドがいないと信じるのは難しかった。おそらく、先ほど口にした、南にこれから訪ねようとしている友人のひとりがボーイフレンドなのだろう。その話題はそれ以上言及されなかった。わたしは心の奥でアネットという友人のことを思い浮かべていた。この旅行に出たのは、アネットが兄を訪ねてカナダにいってしまい、ロンドンで手持ちぶさたのまま放っておかれるはめになったことも理由のひとつだった。とはいえ、アネットとは明白な約束を結んでいるわけではなく、われわれの友情は気楽なものだった——いっしょに寝るときもあれば、寝ないときもあった。わたしはどっちかというと気まぐれな生活を送っており、何週間もたてつづけに家を留守にすることがたびたびあったし、ろくすっぽ知らない女たちと寝、いちども確たる絆を結ぶことはなかった。

スーとわたしは、おたがいその手の話題は避けるようにして会話をつづけた。結局のところ、われわれはたまたまおなじ列車に乗り合わせて時間を潰すことになった、赤の他人にすぎないのだから、なにかを話さなければならないということはないのだ。そうは言っても、われわれはたがいに打ち解けあっており、ささやかな内緒事や意見、ジョークが交わされた。わたしは彼女に触れたくてしかたなく、彼女がこちらにやってきて隣に座ってくれればいいのにと願っていた。あるいは、こちらから隣に座ろうとするだけの厚かましさが自分にあればいいのに、と願った。わたしは彼女に対して臆病だったが、同時に彼女に興奮させられていた。話せば話すほど、おたがいほかの人間のことを話題にするのを避けているのがいっそうあきらかになっていった。

列車がとうとうロンギョンに近づくと、わたしは言った。「ここで乗り換えになると思います」

「うわっ、荷物を忘れてた！　べつの客室に置いてたんだ」スーはいきなり立ち上がった。「ホームで待っていてくれません？　あたし、どの列車がナンシー行きかはっきりわからないの」

「ぼくもおなじですよ」スーは通路に通じるドアを開けようとしていた。「上着を忘れないで」わたしは上着を手渡した。「外で会いましょう」

列車はスーが立ち去るとほぼ同時にブレーキをかけはじめた。わたしは棚から自分のスーツケースをおろし、通路を進んだ。何人かのほかの乗客がおなじ乗り換えをしようとしており、ドアはふさがれていた。列車が停止すると、人の体でごった返したものの、いったんホームにおりると、わたしは荷物を置いてスーを探しに出かけた。列車のドアがばたんととじられ、大半の乗客は立ち去った。沈黙が訪れる。

と、いきなり一枚のドアが開き、頭にスカーフを巻いた、丸々と肥えた中年女性がよっこらしょとホームにおりた。バッグを一個手にしており、それを地面に置くと、列車のなかに手を伸ばしてふたつめのバッグを引っぱりだした。スーがそのあとにつづいておりてきた。困った顔をしている。みじかい、一方通行の会話がおこなわれ、両方のほっぺたをくっつきあわせることで終わった。中年女性は列車にもどり、うしろ手にドアを閉めた。わたしは手を貸そうとしてスーのそばに近寄った。彼女はほほ笑んでいた。

一時間後、われわれはナンシーに向かうローカル線に乗っていた。たがいに隣り合って座った。旅の疲れと倦怠がふたりに一種のくたびれた親しみをあたえていたのだ。スーの腕が自分の腕に触れる軽い圧力を感じたが、そのときブレーキがかけられ、はじめてのときめきに水を差した。

列車が到着したのは夕刻だった。われわれはツーリスト・オフィスで、駅にほど近いあまり高くないホテルを推薦してくれるよう乞い、荷物を抱えて、教えてもらったホテルに歩き出した。ホテルが見つかると、スーはそのまえで急に足を止めて、荷物をおろした。

「リチャード、まだ話し合っていなかったことがあるの」スーは言った。

「なんのことだい？」そう言ったものの、わたしは彼女がなにを言わんとしているのかわかっていた。

「今夜のことで、誤解の余地を残しておきたくないの」

「ぼくはなんの予断も抱いていないよ」

「わかってる。でもあたしたちはここにいて、会ったばかりで、いままではとても楽しかったけれど……」

スーはわたしから目をそらし、通りの向かいを見やった。この街にはたくさん車が行き交い、暖かい夕暮れをそぞろ歩いている人の数も多い。

「ひとりで泊まるためのべつのホテルを探したいわけ？」わたしは訊いた。

「いえ、そんなことないわ。でも、あたしたちは部屋をべつにすべきだと思うの。あたしたちはまだこの話題に触れていなかったけれど、あたしはサンラファエルにたどりついたら、ある人に会うつもり。友だちに」

「それはまったく問題じゃないよ」わたしはそう言いながらも、スーにその話題をもちださせてしまったことを悔いていた。話されぬままに放っておけば放っておくほど、われわれは憶測を巡らせずにはいられなくなるのだ。

ホテルではそれぞれ一部屋をとれ、エレベーターをおりると、われわれは離ればなれになる用意をした。

スーが言った。「シャワーを浴びて、すこし眠るつもり。あなたはどうする？　食事にいく？」

「いますぐにはいかない。ぼくも疲れている」

「じゃあ、いっしょに食事にいかない？」

「きみがいいというなら」

「いいというのはわかってるでしょ。一時間後にノックするから」

2

　ナンシーの中心部には、まわりを十八世紀の宮殿に囲まれているたいそう広い広場があり、スタニスラス広場の名で知られていた。われわれは南側から広場にはいり、広大な空間と静謐《せいひつ》のなかに足を踏みいれた。あたかも街の喧噪がこの場所には侵入できないでいるかのようだった。この広大さのなかをそぞろ歩いたり、佇《たたず》んだりしている人はごくわずかしかいなかった。太陽が照りつけ、砂岩の敷石にくっきり影を落としていた。一台のバスが、旧ロレーヌ公宮の市庁舎のまえに停まっており、そのうしろに若干距離を空けて四台の黒塗りのセダンがきちんと列を作って並んでいた。ほかの車は広場にはいってこない。布の帽子をかぶった男が自転車に乗ってゆっくり広場を横切り、中央にあるロレーヌ公の銅像のそばを通り過ぎた。

　広場の一方の隅にはネプチューンの噴水があった。華麗なロココ様式の建造物で、ニンフと水精《ナイアード》と天使《ケルビム》が並び、水が波形の層をたどって下の入水池にしたたり落ちている。ジャン・ラムール作製の錬鉄製の拱道が噴水を囲んでいた。われわれは丸石敷きの道を歩き、凱旋門を見上げ、カリエール広場を通り過ぎた。この広場の両側に美しい旧家のテラスが並んでいた。立派な並木の二本の列が広場の中央を通り、そのあいだに狭い公園があった。われわれはその公園を通り抜けた。ふたりだけで。左手の屋根越しに、大聖堂の尖塔がかいま見えた。一台の車が排気ガスを吐き出し、がたごとと音を立てながら通り抜けていく。公園の反対側には、旧政府庁舎の正面に柱廊があり、べつのカップルがゆっくりと歩み去っていった。われわれはやってきた方向を振り返って見た――凱旋門の向こうにかいま見えるスタニスラス広場のみごとな景色を。明るい陽光が建物の輪郭を際立たせ、その堂々たる景観は静的で、モノクロームに見えた。排気ガスを吐き出している車が通り過ぎ、広場に姿を消してしまうと、見渡すかぎりどこにも動くものはなかった。

カリエール広場をあとにし、日陰になった細い小径を歩いて、おおきな商店街のひとつに出た。騒音がわれわれのまわりを囲み、人混みが目にはいる。ル・クール・レオポルドにはカフェがたくさんあり、われわれはそのひとつにはいって、生ビール《ドミ・プレシヨン》のグラスを注文した。

昨晩、われわれは向かい側にあるレストランの一軒にはいって、食事のあと、真夜中すぎまでワインを飲みながら居座った。総じて一般的な話題をし、それぞれの人生にかかわってきた他人のこと、過去の人たちについて語った。もっともわたしは、サンラファエルで待っているというスーのボーイフレンドへの漠然とした反発で、アネットとの関係を口にした。

市内観光の散策を終えたいま、スーは現在のことを話す用意ができていた。

「ロンドンに住むのは好きじゃないの」スーは言った。「ただ生きていくだけでとてもお金がかかるわ。家を出てからというもの、まともにお金があったためしがない。いつだって破産寸前で、いつだってかつかつの暮らし。本物の画家になりたかったんだけど、いまだにスタートを切れないでいる。ずっと商業アートの仕事ばかり」

「きみはひとり暮らしなのかい？」

「ええ……その、一軒の家に間借りをしているの。ホーンジーにあるおおきなヴィクトリア朝様式の家の一軒を。何年もまえに各部屋がフラットと一部屋ごとの貸間に分割されたの。あたしの部屋は一階。とても広い部屋だけど、自然光を利用できないのがネック……窓の外が壁になってるの」

「きみの友人も画家なのかい？」

「あたしの友人って？」

「きみがきのう話していた人さ。サンラファエルにいる」

「いえ。彼は、いわゆる物書きね」

「いわゆる物書きとは、どんな類の物書きだい？」

スーはほほ笑んだ。「彼が自称するにはということ。ひまな時間はたいていなにかを書いているけど、けっしてあたしに見せようとしないし、いちどでも出版されたものがあるとは思えない。そのことで質問させない感じ」

スーは首を振り、ウェイターがビールといっしょに運んできた、プレッツェルを載せたちいさな皿をじっと見つめた。「彼はあたしの部屋に引っ越してきたがっているのだけど、認めるつもりはありません。そんなことになれば、こっちの仕事がまるっきりできなくなるはずだから」

「だったら、その人はどこに住んでいるんだい？」

「次から次へ移り住んでいる。姿を現わすまで彼がどこにいるのかわかったためしがないの。家賃を払ったりせず、ほかの人にたかっているんだ」

「じゃあ、どうして……？　あの、その男の名前はなんて言うんだい？」

「ナイオール」スーはそのスペルを口にした。「ナイオールはあつかましいいそうろうなの。寄生虫。だからこそ、彼はいまフランスにいるの。いっしょに住んでいる人たちが休暇旅行に出かけることになり、彼を家にひとりで残すかいっしょに連れていくかしかなかったわけ。それで、ナイオールはリヴィエラで無料《ただ》の休暇を過ごせるようになり、あたしが彼に会いにいくのは、そういうわけ。あたしが必要だと言ってきたの」

「そのアイデアにあまり気が進んでいないようだけど」

「進むもんですか」スーはわたしを率直に見つめた。「ほんとのこと言うと、あたしにはフランスにくるような金銭的余裕はないの。それに、ナイオールがフランスから電話をかけてきはじめたとき、あたしは四六時中ナイオールにつきまとわれていないのを楽しむようになっていたの」彼女はビールの残りを飲み干した。「こんなこと言うべきじゃないでしょうけど、ナイオールにはうんざりしている。あまりにも長くつきあいつづけていて、いまでは放っておいてくれればいいのにと思っている」

「だったら、そいつをほっぽりだせば」

「そう簡単にはいかないんだ。ナイオールはしつこい人間なの。つきあいが長いもので、彼は自分の思いどおりにする方法を心得ている。あたしは数え切れないくらい何度もナイオールを追い出したけれど、毎度なんとかしてあたしの生活にもぐりこんでくる。もう追い出すのを諦めちゃった」

「だけど、どうしてそんな関係をつづけているんだい?」

「もう一杯飲みましょう。注文する」スーは通りかかったウェイターに合図した。

「ぼくの質問に答えていないよ」

「答えたくない。あなたのガールフレンドはどうなの? カナダにいまいるという人。いつからのつきあい?」

「話題を変えているよ」

「いえ、変えていない。何年彼女とつきあっているの? 六年? あたしとナイオールのつきあいがその長さなの。そのぐらいだれかといっしょにいると、相手はこちらのことをわかるものなの。あやつりかた、傷つけかた、なにかを使って対抗させるやりかたを会得してしまう。ナイオールはとくにそれが得意なんだ。あたしが彼から逃れられないのは、逃れようとするたび、あたしを脅迫するあたらしい材料を彼が見つけるからなの」

「だけど、それだったらどうして——?」わたしは口をつぐみ、そのような関係を想像し、似たような状況に自分が陥った場合を思い浮かべようとした。それはまったくわたしの経験の埒外にあった。

「それだったらどうして、なに？」

「どうしてきみがそのまま関係をつづけているのか理解できない」

ウェイターがあらたなグラスを二杯もってやってきて、空いたグラスを片づけた。スーが支払い、ウェイターはおつりをテーブルに置き、腰につけたちいさな革製のポーチに札をしまった。

「あたしにも理解できません」スーはいった。「ほかのだれかとつきあったことがないから、つづけていくほうが楽だと思ったのかも。どのみち、悪いのはあたしのほう」

わたしはしばらくなにも言わずに、椅子の背にもたれ、通行人を眺めるふりをした。スーは自分で言っているような受け身な人間にはまったく見えなかった。彼女の話しぶりからすると、破滅的な関係に思える。わたしはこう言ってやりたかった――ぼくはちがうよ、ぼくはしがみつかない、きみはほかのだれかをいま見つけたんだ、と。ナイオールとかいうそんな男はうっちゃって、ぼくといっしょにいよう。そんな男のことなどがまんしなくていいんだ。

ようやくわたしは口を開いた。「なぜナイオールがきみに会いたがっているのか、そのわけを知っているのかい？」

「とりたてて特別な理由はないの。たぶん飽きてきて、自分の話を聞いてくれるだれかがほしくなったんでしょ」

「なぜそんなことにがまんしているかわからないな。きみは破産すれすれだと言っているのに、ただそいつがきみと話せるようにわざわざフランスを旅しているなんて」

「いわく言いがたいことがあるの」スーはいった。「いずれにせよ、あなたは彼を知らないんだし」

「とても不合理なことに思えるな」

「ええ。それは重々わかっている」

3

われわれはナンシーでさらに一泊し、ディジョンの街に向かう列車に乗った。天候は悪化し、列車が都市の広大な郊外にゆっくり近づいていくと、激しい雨が降りはじめた。ここで泊まるべきかどうか話し合ったが、わたしはもう急いで南へたどりつこうという気分ではなく、われわれは前夜練り上げたプランに従うことに同意した。

ディジョンは人出が多く、せわしない都市で、ちょうど見本市かなにかが開催されていたので、最初にあたってみた二軒のホテルは満室だった。三軒めのホテル、オテル・サントラルは、二人用の部屋しか空いていなかった。

「相部屋にしましょ」打ち合わせをするために受付カウンターから離れると、スーは言った。

「ツインベッドの部屋を頼むの」

「かまわないのかい？」

「二部屋とるより安くつくでしょ」

「べつのホテルを当たってみることもできるんだぜ」

スーは落ちついた声で言った。「相部屋でかまいません」

われわれの部屋は最上階の、長い廊下の突き当たりにあった。狭い部屋だったが、バルコニーつきのおおきな窓があり、眼下の広場の木々の向こうに眺めのよい景色が窺えた。二台のベッドは並べて置かれ、あいだに電話の載っているちいさなテーブルがはさまっていた。ポーターが出ていくとすぐに、スーはキャンバス地のバッグをおろし、わたしのもとに近寄った。彼女はわたしをきつく抱きしめ、わたしは彼女を両腕で包んだ。彼女のジャケットの背と髪は、雨で濡れていた。

「あまり時間がないの」スーは言った。「もう待たないで」

われわれはキスをはじめた。スーは激しい情熱をこめていた。抱きあったのはそれがはじめてだった。キスをしたのもはじめてだ。わたしは彼女がどんな感じがするか知らなかった。彼女の肌と唇がどんな味がするのか知らなかった。話し相手としての彼女しか、目で見る対象としての彼女しか知らなかった。それがいま、彼女を感じ、彼女を抱き、自分に彼女を押しつけていられる。彼女はまるでちがっていた。まもなくわれわれは熱心に相手の服を脱がせはじめ、そして手前のベッドに体を倒した。

ホテルを出たのは、暗くなってからだった――飢えと渇きにどうしようもなく。われわれはたがいの身体にとり憑かれ、触れるのを止めることができなかった。雨に清められた通りを歩きながら、わたしは彼女をしっかり抱き寄せ、彼女のことしか、彼女が自分にとっていまやどんな意味をもっているのかということしか考えられなかった。過去のセックスは、往々にしてたんに肉体的な好奇心を満足させるだけだったのだが、スーとの場合、より深い感覚を、よりおおきな親密さを、相手に対するあらたな嗜好を解放してくれた。

一軒のレストラン、〈ル・グラン・ザン〉を見つけたが、それが閉まっているものだと思いこんで通り過ぎてしまうところだった。なかにはいってみると、客はわれわれだけなのがわかった――五人のウェイターが、黒いベストとズボン、足首まで届く糊のきいたエプロンをまとい、配膳扉のかたわらに根気よく立ち並んでいた。われわれが窓際のテーブルに案内されると、ウェイターたちは行動に移った。注意深く、控えめに。いずれのウェイターもみじかい黒髪をてかてか光る整髪料で頭になでつけ、いずれも鉛筆で書いたような細い口髭を生やしていた。スーとわたしは視線をかわし、忍び笑いを漏らした。たいしたことでなくてもおかしいと思うようになっていた。

外は嵐になっていた――遠くで、まばゆいピンクがかった稲妻が音もなく光っている。雨は土砂降りのままで、通りをいく車の量は減った。一台の古いシトロエンが縁石のそばに駐まっており、雨に煙っていた。ラジエーター・グリルについている重なったふたつの逆さVの字が、レストランの赤く輝く照明を照り返している。

以前にパリを訪れたとき学んだ教訓を思い出し、わたしは本日の特別料理《プラ・デュ・ジュール》を注文すべきだと提案し、やがてコミックオペラのウェイターたちはソーセージのパイ皮包み《ソシソン・アン・クルト》を運び、ついで豚の背肉料理《コト・ド・ポル》をもってきた。それは記念すべき食事だった。つけあわせは、ひそやかな思いと内緒の仕草だった。

食事の終わりにブランディをすすりながら、われわれはテーブルの上で手を握りあった。

ウェイターたちは、よそを向いてくれた。

「ぼくらはサントロペにいけるよ」わたしは言った。「いままでにいったことは？」

「この時期、混んでない？」

「混んでるだろうね。だけど、だからといっていかない理由にはならない」

「高くつく。現金が尽きかけているの」

「ふたりなら安くつく」

「こんな場所で食べたりするのをつづけられない」

「これはお祝いだよ」

「わかった。でも、値段に気づいた？」

雨のため、われわれはあらかじめ値段をチェックせずになかにはいったのだが、メニュー《カルト》にはっきり印刷されていた。価格は旧フランだった。あるいは、そう見えた。頭のなかで、いまのレートに換算してみようとしたが、莫迦《ばか》げたほど安いか、法外なほど高いかのどちらかだという結論にしかならなかった――料理とサービスの質は、後者を指していた。

「現金が足りなくなるってことはないよ」わたしは言った。

「どういうことかわかるけど、それはよくない。あなたにたかれない」

「じゃあ、どうなる？　もしぼくらがこのまま旅をつづけたら、きみは破産してしまう。いったいいつまでいっしょにいられるんだろう？」

スーは言った。「そのことを話し合わなければ、リチャード。あたしはまだナイオールに会いにいくつもり。彼を見捨てるわけにはいかないの」

「ぼくはどうなる？　そんなことをすればぼくを見捨てることになるとは思わないのかい？」スーは首を横に振って、視線をそらした。「もし問題がお金のことだけなら、あしたイギリスに帰ろう」

「お金だけじゃないの。あたしは会いにいくと彼に約束したの。ナイオールはあたしを待っている」

わたしは握っていたスーの手を離し、いらいらして彼女を見つめた。「きみにいってほしくないんだ」

「あたしもいきたくない」低い声でスーは言った。「ナイオールほどいまいましい厄介の種はないもの。もちろん、あたしはそのことをわかっている。だけど、どうにも見捨てられないの」

「きみといっしょにいく」わたしは言った。「いっしょに彼に会おう」

「だめ、だめだって……そんなことむり。あたしには耐えられない」

「わかった。きみといっしょにサンラファエルにいって、きみがナイオールと話しているあいだ、待つことにしよう。それから、まっすぐイギリスにもどるんだ」

「彼はあたしがしばらくいっしょにいるものだと期待している。一週間か、たぶん二週間」

「手を打てないのかい、どうにか？」

「打てるとは思えない」

「ふむ、だとすれば、とにかくここの勘定を払ってしまおう」わたしがウェイターに向かって指を鳴らすと、たちまち皿に載った折り畳んである勘定書が目のまえに置かれた。トータル金額は、サービス込み《セルヴィス・コンプリ》で、三千六百フランと古風な書体で書かれていた。おずおずと三十六フランを皿に置くと、それは異議なく受け取られた。「メルシ、ムッシュー」レストランを出る段になると、ウェイターたちは非の打ちようのないほど整然と並んで、ほほ笑み、われわれにうなずいて挨拶した——おやすみなさい《ボン・ヌイ》、またのご来店をお待ちしております《ア・ビアント》。

われわれは足早に通りを進んだ。嵐が、当面の問題にこれ以上拘泥することを先送りするのに役立ってくれた。わたしはなににもまして自分に腹を立てていた——自分が女性にとらわれていないことを良しとしていたのがつい昨日だというのに、いまはまったく逆のように感じているのだから。出口は明白だ——降参し、スーをボーイフレンドに会いにいかせ、いつかロンドンでまた偶然彼女に出会うことを期待する。だが、彼女はもうわたしにとって特別な存在になってしまっていた。スーを好きだし、向こうはわたしを幸せな気分にしてくれる。われわれの肉体的な愛の交わりは、そのことをはっきり確信させ、それ以上のものを約束した。

ホテルの部屋にあがると、われわれは髪をタオルで拭い、濡れた外衣を脱いだ。部屋のなかは暖かく、窓を開けはなした。遠くで雷がごろごろ鳴っており、眼下で車がスピードを上げて行き交っていた。わたしはしばらくバルコニーに佇み、またしても濡れながら、どうすればいいのか考えこんでいた。朝まで決定を延ばしたかった。

室内からスーが声をかけてきた。「手伝ってくれない？」

わたしはなかにもどった。スーはベッドの一台からカバーをはがしていた。

「なにをしているんだい？」わたしは訊いた。

「ベッドをくっつけましょ。テーブルをどかさないと」

スーはブラジャーとパンティ姿で立っていた。髪の毛がもつれあい、まだ湿っている。彼女の体はほっそりとして、わずかに曲線を描いており、薄い下着はろくすっぽ彼女を隠していなかった。わたしは彼女に手を貸して、ベッドとテーブルを動かし、ふたりでベッドメイクをやりなおし、シーツを合わせておおきめのダブルベッドにしたてようとしたが、その作業が半分も終わらぬうちにキスをはじめ、またも体に触れだした。その夜は、結局ベッドメイクは完了しなかった。とはいえ、二台のベッドはくっつけられたままだったが。

翌朝、わたしは決断をくださなかった。そうすれば彼女を失うだけだとわかっていたからだ。問題について話し合うことは、いっそう問題を悪化させた。ホテルの表にあるテーブルで朝食をとったあと、われわれは市内探索に出かけた。旅を南に向かってつづけることについて、ふたりともなにも言わなかった。

ディジョンの中心には、リベラシオン広場があり、十七世紀の屋敷が半円状に並ぶ丸石敷きの広場の正面には、ブルゴーニュ大公宮殿がある。宮殿はナンシーのものよりこぶりで、実際的な規模だったが、ここでも人群れや交通量がすくないことにわれわれは気づいた。天気は回復してきており、日射しは温かく、まばゆかった。多数の大きな水たまりが広場のところどころにできている。宮殿の一区画が美術館に改造されていたので、われわれはなかをうろつき、展示品と同様、壮大なホールと部屋を愛《め》でた。代々のブルゴーニュ大公の不気味な墓のまえでしばらく時を過ごした。ゴチック様式のアーチのなかに石の人形《ひとがた》があり、それぞれグロテスクな、生きているような姿勢で立てられていた。

「ほかの入場客はどこにいるのかしら？」スーはわたしに訊いた。そっと声を出したものの、その声が歯から漏れるような反響を立てた。

「この時期のフランスは混んでいると思っていたんだけどな」

スーはわたしの腕を取り、自分に押しつけた。「この場所は好きじゃない。ほかのところにいきましょう」

午前中のおおかたを、われわれは混み合った商店街をぶらついて過ごした。カフェで一、二度休んでから、川にいき、堤の木陰に腰をおろした。一時的に人群れとやむことのない車の騒音から逃れ、ほっとする。

木の枝越しに指さして、スーは言った。「太陽が陰る」

黒くて濃い雲がひとつ、太陽に向かって空をただよっていた。雨雲には見えないが、半時間ほど太陽を隠すぐらいの大きさはある。わたしは目をすがめてその雲を見上げ、ナイオールのことを思い浮かべた。

「ホテルにもどりましょ」スーがいった。

「同感だね」

われわれは市の中心部にもどった。部屋にはいると、部屋係のメイドがベッドメイクをしてくれているのがわかった。ベッドはわれわれが動かした場所にくっつきあったまま残されており、ベッドカバーをめくってみると、きちんとシーツがかかって、ダブル用になっていた。

4

われわれはさらに南に向かい、リヨンで列車を乗り換え、グルノーブルに着いた。山のなかにある大きな近代的都市だ。ホテルを見つけ、今回はダブルベッドつきの一部屋を押さえ、まだ午後もなかばだったので、街を見に出かけた。

ふたりとも熱心な観光客になっていた。訪れる街の観光名所をいちいち義務にかられたように見て歩いた。そうすることは、われわれに外向きの目的を、いっしょにいるための口実とおたがいへのオブセッションからの一時的な休息を、あたえてくれた。

「山にのぼらないかい？」わたしは誘った。ステファン・ジャイ河岸にきており、そこにはロープウェイのターミナルがあった。正面にある幅広いコンコースから、ケーブルが岩がちの高い崖まで伸びているのが見えた。

「あれは危ないって」そう言ってスーはわたしの腕をつかんだ。

「大丈夫、危なくなんかない」わたしは頂上からの眺めを見たかった。「これからずっと町なかを歩いているほうがいいかい？」

われわれはまだ街の旧市街部分を見ていなかったが、グルノーブルの多くは、コンクリート製の高層建築で占められ、往来はゴミと風洞効果による強風が吹き荒れていた。市内観光案内は、観光客に大学を訪れるよう推薦していたが、そこは市の東端にあった。

わたしはスーを説き伏せて、ロープウェイに乗せたが、彼女は不安そうなふりをして、わたしの腕にしがみついた。ほどなく、われわれは市内を離れ、急速に高くのぼっていった。しばらくのあいだ、わたしは街を振り返り、渓谷のあいだにひろがる広大な空間を眺めていたが、やがてゴンドラの反対側にふたりして移り、足下で高さを増していく山のスロープに目を見はった。超近代的なロープウェイ・システムで、ガラスに囲まれた球形のゴンドラが四基、縦に並び、空をゆっくりと進んでいった。

ゴンドラが頂上で速度を落とすと、われわれは急いで外に出、騒がしい機関室を通り抜けて、寒風吹きすさぶ尾根に出た。スーはわたしのジャケットの下に腕をいれ、腰にまわし、ぴったりくっついてきた。本当に好きな（このままずっと好きでいたい）女性といっしょにいることは、わたしに類のない気持ちを呼び起こさせた。過去の行状を捨て、二度とふたたびうわべだけの性的征服を求めまいという気分にさせてくれた。永年かけて、ようやくずっといっしょにいたいと思う相手を見つけたのだ。

「なにか飲もうか」わたしは訊いた。レストラン兼カフェが崖のいちばん先端にあり、その展望台から渓谷を望めるようになっている。われわれは店内にはいり、風から逃れられてほっとした。ウェイターがコニャックを二杯運んできた。まだ昼間だったので、それをすすりながら、われわれはデカダンな気分に浸った。やがてスーが手洗いに立ち、わたしは土産物の売店にいき、絵はがきを数枚買った。何枚か友人に送ったほうがいいだろうと思っていたのだが、実際のところ、スーに会ってから、彼女に関する以外のほぼすべてのことにわたしは関心を失っていた。

スーが売店にいるわたしを見つけた。

「だいぶ暖かくなってきた。景色を見にいきましょ」

われわれは風のなかに出かけた。ふたたび抱き合い、展望台の端までいく。コイン投下式の望遠鏡が三台、一段高くなっている欄干から谷に向かって頭を下げている。われわれは二台の望遠鏡のあいだに立ち、コンクリートの壁にもたれて下を眺めた。むきだしの空の下、空気は澄みわたっている。地平線には、南側で街を囲む山並みが見えた。左手に、アルプスのフランス側の冠雪した頂が、青空に鋭く浮かびあがっていた。

スーが言った。「ほら、あれが大学じゃない？」川沿いに小塔と尖塔のある美しい古い建物が一団となってかたまっている場所を指さす。「思っていたより市内に近いんだ」

欄干の上にはめこみになった地図があり、そこから見えるものがなんであるかわかるようになっていた。われわれはさまざまな名所を地図上で確かめた。

「思っていたよりちいさな街なんだ」わたしは言った。「列車ではいってきたとき、街が谷全体に広がっているように見えたんだが」

「あのオフィス街はどこにあるの？　どこにも見えない」

「みんなホテルの陰になっているんだよ」わたしは地図を見たが、ホテルは載っていなかっ

ーブルを目でたどり、山腹を見おろしたが、ターミナルはここからは見えなかった。「光線の加減にちがいない」

「たぶんそうなるように設計されているのよ。古い建物と調和するように」

モンブランが北東に見える、と地図には書いてあり、われわれはそちらの方角を見た。ところが、雲が出ており、山の景色ははっきりしなかった。レストランの裏には古い要塞跡があり、われわれはそちらに歩いていった。入場料金が要るのがわかって、気が変わる。

「もう一杯ブランディを飲む？」わたしは訊いた。「それともホテルにもどろうか？」

「両方しましょ」

半時間後、街をもういちど見ようと展望台にもどる。街に照明が灯りはじめており、温かいオレンジや黄色のちいさな光点が建物から放たれていた。しばらくその夕暮れの姿を眺め、やがてくだりのロープウェイに乗った。丘のひとつをやり過ごすと、街の全景がふたたび視界にはいってきた。霧が出かかっていたが、あらたな街の部分が非常にはっきり見えるようになった——青白い蛍光灯の横長の光がガラスの塔から輝いている。それが頂上からだと見えなかったのが、ありえないことのように思えた。わたしは買ってきた絵はがきを取り出した——その一枚にいまの景色が写っており、それには現代的なビルがほかの建物のあいだに聳《そび》えていた。

「飢えてきた」スーが言う。

「食べ物に？」

「それもある」

5

ニースに到着した。観光シーズンたけなわで、われわれに賄える範囲でやっと見つけた唯一のホテルは、狭い通りが迷路のようになっている街の北部にあり、海からは歩くとけっこう遠いところにあった。この街に着いたことで、わたしの不安感は圧倒的なものになった。われわれはせいぜいのところ、あと一日か二日しかいっしょにいられない。サンラファエルは、海岸沿いにわずかに数キロほどのところにあるのだ。

ナイオールは禁じられた話題になった。つねに存在しているが、けっして口にされない話題。彼について沈黙していることすら、目に見えるほどはっきりしてきた。われわれは相手がなにを口にするのか正確にわかっており、どちらもそれを聞きたくなかった。仮にこの問題に対処する方法があるとすれば、それはスーに思いのたけをぶちまけ、われわれがいまにも失おうとしているものが彼女に伝わるのを期待することだった。彼女もおなじことをしようとしているようだった。ふたりとも集中した力を抱え、相手にまともに向けあっていた。

わたしはスーに恋していた。その感情はディジョンではじまり、彼女といっしょに歩くにしたがって確実なものになり、深まっていった。彼女はあらゆる意味でわたしを喜ばせ、わたしは彼女に首ったけになった。それでもそうしたことを実際に口にするのは、はばかられた。疑念があるからではなく、彼女が負担に思うかもしれないと懸念してのことだ。

わたしはいまだにどうしたらいいのかわからなかった。ニースでの最初の夜、スーはかたわらで眠りこんでいた。わたしは明かりをつけたまま上体を起こし、うわべは読み物をしているふりをしていたが、実際は彼女とナイオールのことをくよくよ考えていた。

どうやったところでうまくいかないだろう。究極の手段、わたしか彼かという選択を迫れば失敗するだろう。ことナイオールに関するかぎり、スーには頑固なところがあった。彼女の気持ちを変えられないのもわかっていた。これで終わりにしてしまうというのも、自分自身を敗残者として描く考えであり、それは実際にわたしの感じている気持ちだったのだが、それを駆け引きに利用してもなんら益はないように思えた。理を説くというのも、考慮の外だ。スーは、自分とナイオールとの関係が理性的なものではない、とはっきり認めてしまっている。

彼女は、わたしのほかのアイデアも却下していた——彼女がナイオールと会っているあいだ、わたしが陰にまわってうろついているとか、早々とイギリスへ帰国するといったアイデアを。

何時間もの物思いは、なにも生み出さず、結局、彼女が自分から考えを変えるかもしれない、というあだな望みを抱くばかりだった。

翌日、われわれは、ほぼずっとホテルの部屋にとどまっていた。二、三時間おきに散歩に出たり、飲み物や食事をとる以外には部屋を出なかった。ニースをろくすっぽ見なかったが、偏見から、わたしは自分の目にはいったものを憎んだ。わたしはニースのこれみよがしの富裕さを嫌った——ヨットハーバーのヨット、アルファロメオやメルセデスベンツ、フェラーリ、美容整形をほどこした女たちや、いかにも実業家という太鼓腹の男たち。それらとはわざとらしく正反対のものも、同様に嫌った——錆びたミニに乗っているイギリス人の小娘、くたびれたナイキのランニングシューズ、カットオフ・ジーンズ、色あせた衣服。トップレスで日光浴をしている連中や、椰子の木、アロエの植木、まばゆいビーチにみごとな青い海、カジノとホテル、丘の別荘、高層高級マンション、バイクにまたがる日焼けした若者、ウィンドサーファー、パラスキーヤー、モーターボートや水上自転車に乗っている連中、ビーチの小屋に腹を立てた。わたしは楽しんでいる人間全員を妬んだ。

わたしの唯一の楽しみは、同時にわたしの惨めさの源でもあった——スーがそれだ。もしナイオールのことを心の片隅に追いやれば、もし二、三時間以上先のことをいっさい考えなければ、もしあだな願いにしがみついていられれば、一時的にはなにごとも支障なかった。もちろん、スーも事情を理解していた。

彼女もまた思い悩んでいた。いちどわたしは彼女がベッドの上で泣いているのに気づいた。われわれの行為は性急になり、外出しているときは、絶えず触れあうか、抱きあっていた。しばしば、われわれはバーやレストランの席につき、両手を握りしめて、ほかの客やほかの場所に視線をそらした。

ニースで二度目の夜を過ごすことに決めた。そうしたところで、いっそう惨めさが増すだけだとわかっていたのだが。われわれは暗黙の裡に翌朝サンラファエルに出発し、そこで別れることに同意していた。今夜はわれわれがいっしょにいる最後の夜だった。

ふたりはまるでなにも変わりはしないと思いこんでいるかのように愛を交わし、そののち、不安げにベッドにふたり並んで上体を起こした姿勢を取った。窓とよろい戸が、夜に開け放たれている。昆虫が明かりのまわりを飛び交っていた。やがて、スーが沈黙を破った。

「あした、あなたはどこへいくつもり、リチャード？」

「まだ決めていない。家に帰るだけかもしれない」

「でも、あたしたちが会うまえには、なにをするつもりだったの？　ちゃんと計画していたはずでしょ」

「ぼくはただ旅行をしていただけだ。いまとなれば、きみがいないと、なんの意味もない」

「サントロペにいったら？」

「ひとりでか？　きみといっしょにいたいんだ」

「それを言わないで」

「ぼくが確信をもって言える唯一のことがそれなんだ」

スーは黙り、われわれが寝そべっている皺になったシーツをじっと見おろした。彼女の体はとても白く、いまから数週間後にロンドンで彼女を見かけ、彼女が日焼けしているのに気づくという、嫉妬をかきたてられるイメージがふいにわたしの脳裏に浮かんだ。

「スー、きみは本気で今回のことをやりとげるつもりなのか？」

「やらなきゃならないの。そのことについてはもうさんざん話し合ったでしょ」

「じゃあ、これが終わりなんだね？」

「それはあなた次第」

「どうしてそんなことが言えるんだ？　ぼくはこの関係を終わらせたくない！　きみにもわかっているはずだ」

「でも、リチャード、わざわざ問題にしているのはあなたのほう。あなたはまるであたしたちが二度と会えないみたいにふるまっている。なぜおしまいにならなきゃいけないの？」

「もういい。こんどはロンドンで会おう。ぼくの連絡先は渡してある」

スーは体の位置を変え、ふたりの体の下で皺になったシーツを引っぱり、体重を浮かせ、むきだしのひざの上に掛けると、わたしの隣にひざを畳んで座った。両手でシーツの皺を伸ばしながら、話す。

「あたしはナイオールに会わなければならないの。約束を破るつもりはないから。だけど、あなたを傷つけたくないの……もし方法があれば、けっしてナイオールに会わない」

「で、どんな話をするつもりだい？」

「あたしはあすナイオールに会う。あなたは旅をつづけ、そしてどこにいくか教えてちょうだい。あたしはできるかぎり早くあなたに合流するから」

「本気で言っているのか？」

「もちろん、本気に決まってる！」

「彼になんと言うつもりだ？　ぼくのことを話すつもりかい？」

「もし話せるなら」

「じゃあ、どうしてぼくはここで待っていてはいけないんだい？」

「それは……ただ、話すだけではすまないから。しばらくナイオールといっしょにいないとならないでしょう」

「それはどのくらいかかる？」

「わからない。三、四日……たぶん、一週間」

「一週間！」わたしは腹立たしげにそっぽを向いた。「あんたとはもう終わりとだれかに言うのに、いったいぜんたいどうしてそんなに時間がかかるんだい？」

スーはうなだれた。「あたしのやりかたでやらせて。あなたはナイオールの問題をわかっていないの。段階を追って打ち明けなければならない。まず最初に、あたしがほかの男性と出会ったことを話さないと。彼よりも大切な人と会ったのだと。とっかかりはそれで充分だとは思わない？　彼がその考えに慣れてようやく残りの話ができるの」

わたしはベッドを離れ、まえもって買っておいたボトルからそれぞれにワインを注いだ。

彼女の方法以外にとりうる方法はない、とわかっていた。わたしは彼女にグラスを渡したが、彼女は口をつけずに脇へ置いた。

「ナイオールと会えば、きみは彼と寝るのか？」

「あたしは六年間彼と寝てきました」

「ぼくが訊いているのはそんなことじゃない」

「あなたには関係のないこと」

それを耳にするのは辛かったが、事実だった。わたしは彼女の裸身を見、ほかの男が彼女といっしょにいるところを想像しようとし、その考えに心底ぞっとした。彼女はわたしにとってとても貴重な存在になっていた。スーはうなだれており、髪の毛が表情を隠していた。わたしは彼女に触れ、腕に手を置いた。彼女はすぐに反応して、わたしの手を握りしめた。

「わかった、スー。きみの提案に従おう。ぼくはあしたきみをサンラファエルに置いていき、海岸を南下する。一週間以内にきみが追いつけなかったら、きみ抜きで先へ進むか、イギリスに帰るかする」

「一週間はかからないと思う」スーは言った。「三日か、ひょっとしてもっとみじかいかもしれない」

「できるだけ早くしてくれ」飲みはじめたのも気づかないうちに、わたしはワインを飲み干していた。グラスを脇へ置く。「で、金はどうするんだい？」

「お金ってなんのこと？」

「破産寸前だと言っていたじゃないか。ナイオールのもとを去ったあとで、どうやって旅をつづけるつもりだい？」

「どこかから借ります」

「ナイオールから借りるってことかい？」

「たぶんね。いつもたくさんお金をもっている人だから」

「きみはナイオールの金は借りるけど、ぼくの金は借りようとしない。そうすることで彼にまたひとつ弱みを握られることになる、とは思わないのかい？」スーは首を横に振った。

「いずれにせよ、ナイオールはお金をもってないときみは言ったはずだが」

「あたしが言ったのは、彼が仕事についていない、ということ。現金を切らしたことはいちどもないの」

「どこから手にいれているんだ？　盗んでいるのか？」

「知らない。お願い、この問題を追及しないで。お金はナイオールにはなんの関係もないの。あたしは要るだけのお金は手にいれられるから」

それはふたりの関係がどんなものだったかを示すささやかなきっかけだった。スーは、ほかのだれかのためにあなたを捨てる、と告げるつもりになれると同時に、その相手から金を貸してもらうことを期待していた。ナイオールにかかわるあらゆることは、すべて彼女から聞かされたことだったが、たまらなく不快だった——ヒモ、寄生虫、人の心を弄ぶ男、そしておそらくは泥棒。その瞬間、わたしは、彼の名前すら憎らしかった。

わたしはまたベッドから立ち上がった。スーが黙って見ているのを意識しながら、わたしはズボンを穿き、Tシャツを身につけた。ドアを音高く閉めて、部屋をあとにする。廊下を渡り、四階分の階段をくだって、一階におりた。

外に出、暖かい夜のなかをわたしは角のカフェに向かって通りを進んだ。店は閉まっていた。角を曲がり、次の通りを南に向かう。そこはニースの、無視され、ろくに明かりの灯っていない地区だった。家と家がひしめきあっており、いたるところで漆喰がはがれたり、割れたりしていた。明かりがいくつかの窓から漏れており、前方の次の交差点に車が行き交っているのが見えた。わたしはこの通りの端まで進み、そこで急に立ち止まった。自分がフェアでないことを悟ったのだ。わたしはスーの益となるものをなにももたず、自分なりにナイオールと同様の勝手な支配力を行使していた。男たちにそのような行動を引き起こさせる女性だとみなすことを、おそらくはいつもそうなのだとスーをみなすことを、わたしは嫌った。一週間まえ、わたしは彼女が存在していることすら知らなかった。なのにいま、彼女はすっかりわたしの心を占めていた。これまでに欲した女性のだれよりもスーを欲していた。

何分かが過ぎ、突発的な怒りはおさまった。わたしは自分をとがめた——こっちが彼女の生活にはいりこんだというのに、彼女のほうがなにもかも変えてしまうことを期待しているなんて。自分の要求によって、わたしは彼女に選択を強《し》い、彼女とわたしという組み合わせを二者択一の選択肢として見るように仕向けているのだ。彼女はわたしよりもナイオールのほうをずっとよく知っているのだし、わたしは彼のことをなにも知らないというのに。

くびすを返し、急いでホテルにもどった。自分がスーを失おうとしていることを確信していた。階段を一段飛ばしで駆け上がり、部屋にあわてててもどった。なかば彼女がすでに姿を消しているものと思いながら。だが、彼女はそこにいて、背をドアに向けた格好でベッドに横たわっていた。一枚のシーツが細い体にかかっている。彼女はわたしがはいってきてもぴくりともしなかった。

「寝ているのかい？」わたしはそっと訊ねた。

スーは振り返ってわたしを見た。顔は濡れており、目は赤く充血していた。

「どこへいってたの？」

わたしは服を脱ぎ、ベッドにのぼり、彼女のかたわらに寄った。われわれはたがいに腕をからめ、キスをし、そっと抱きあった。彼女はまた泣き出し、わたしにもたれて嗚咽を漏らした。わたしは彼女の髪を撫で、まぶたに触れ、そしてようやく、あまりに遅ればせながら、心から本気で、ずっと抱えていたことばを口にした。

くぐもった声でスーが返したのは――「ええ。あたしもそう。あなたにはわかっていると思っていた」

6

翌朝、ふたりのあいだにはあらたな沈黙が広がっていたが、わたしは満足していた。われわれは一種の和解を果たしたのだ。スーはわたしの旅程を心得、いつどこにいけば再会できるかわかっていた。

われわれはニースの中心でバスに乗り、まもなく西に向かって出発した。スーはわたしの手をつかみ、体をぴったり押しつけてきた。バスはまずアンティーブにはいり、ついでジャン・レ・パンを通り、カンヌに到着した。乗客はバス停ごとに入れ替わった。カンヌを過ぎると、フランスで見た最高に美しい景色のいくつかが目のまえに広がった——木々に覆われた丘、急な谷間、そしてもちろん次から次に展開される地中海の眺め。糸杉とオリーブの木が道ばたに生えており、野の花が人の手のはいっていない地面に咲き誇っている。バスの屋根窓は開いており、濃厚な香りが勢いよくはいってきた——車道上なので、ときおりガソリンやディーゼル油のにおいがまじってはいたが。海岸線にはずっと、家や邸宅のブロックが点在し、丘の上や木々のあいだに姿を見せていた。ときどき、そうした建物が景観をそこねていたが、形こそちがえ、そういった意味では道路も同罪だった。

サンラファエルまであと四キロという標識が目にはいったとたん、われわれは身を寄せ合い、おたがいを強く抱きしめてキスをした。別れを引き延ばしたいという思いと、さっさと片づけたいという思いが同時にしたが、なにもいうべきことばはなかった。

例外がひとつ。バスがサンラファエルの中心、ちいさな港に向かって延びている広場で停止すると、スーがわたしの耳元に口を寄せて、そっといった。「いい知らせがあるの」

「なんだい？」

「けさ生理がはじまったの」

スーはわたしの手をぎゅっと握り、軽くキスすると、ほかの乗客とともに中央通路をすすんでいった。わたしは座席に座ったまま、荷物がトランクからおろされるのを待っている彼女の姿を見ていた。一度か二度、彼女はわたしに視線を走らせ、気弱にほほ笑んだ。狭い広場は休日を過ごす人々でごった返しており、わたしは彼らを見ながら、どこかにナイオールがいるのだろうか、と訝った。どの人間も若く、日に焼け、魅力的だった。スーはわたしの席のある窓の外に立ち、こちらを見上げていた。わたしはバスが早く出発すればいいのにと願った。

ようやく、バスは動き出した。スーはじっと動かず、笑みを浮かべてわたしを見、手を振った。バスは幹線道路にもどるため横丁にはいり、彼女の姿は見えなくなった。

ひとりになると、わたしはたちまち憂鬱な気分に陥った。ひたすら最悪のケースが頭に浮かぶ——すなわち、二度と彼女に会えないとか、ナイオールの手のなかで彼女があやつられ、わたしに立ち向かうことになるとか、彼女の気持ちが薄らいでいくとか、ふたりの男のあいだで引き裂かれ、結局よく知っているほうの男に落ちつくとか。

なににもまして、わたしはただスーがいなくなって寂しかった。こんなに孤独を覚えたのははじめてのことだった。

7

サントロペで泊まる場所を見つけるとすぐ、わたしは村を歩きまわり、ここが気にいった。皮肉なことに、わたしが気にいったものは、ニースでは気にいらなかったものとそっくりおなじだった。ここにはおなじ種類の人々がおり、おなじ過剰な富のひけらかしがあり、おなじ魅惑と快楽主義があった。とはいえ、ニースと異なり、サントロペはちいさな村であり、建物は魅力的で、観光シーズンが終われば、本来の自分らしさをとりもどす場所だろうと信じることが可能だった。また、はるかに洗練された場所であり、おおぜいの人間が村の外でキャンプを張ったり野宿したりして、毎日人の行き来があった。

地元のハーツのオフィスに電話をいれ、三日間レンタカーを予約しようとした。三日で出ていくつもりだった。わたしは幸運だった——需要が高まっているため、そのとき空いている車は一台だけだったのだ。わたしは保証金を払い、書類に記入した。ハーツの受付嬢は、ブラウスに名札をつけていた——ダニエル。

スーとの取り決めは、毎日午後六時に、内港の真正面に臨むおおきなオープンカフェ、〈セネキエール〉で彼女がやってくるのを待つというものだった。初日に店のまえを通り過ぎたが、むろん、スーの姿はなかった。

翌日、スーのことを思い浮かべることはめったになかった。わたしは彼女のことで心がすり切れてしまったような感じがしており、ビーチで寝そべるとか、ときおり海にはいって泳ぐとかいった、比較的神経を使わずにすむ活動に専念することにした。六時に〈セネキエール〉に出かけたが、スーは姿を現わさなかった。

翌々日、わたしはビーチにいた。前日より日差しにずいぶん用心した。サンオイルを入念に塗り、レンタルしたパラソルの下に座って、周囲の人々のことを眺め、いやおうなくスーのことを考えながら一日を過ごした。スーを思うと、切迫した肉体的欲求をかきたてられるというのに、彼女はここにいない。

わたしは女性の裸に囲まれていた――あらわになった乳房がわたしの四囲で太陽を凝視している。前日は、そのことにすこしも思いを巡らさなかったというのに、いまはふたたびスーにいてほしいと思い、彼女がナイオールといっしょにいるところを想像してしまうのだった。わたしは、前貼り《カシュセクス》のようなビキニ・ショーツを穿いて、日に焼けた乳房をした色っぽいフランス娘やドイツ娘や英国娘やスイス娘のことを頭から払いのけられなかった。彼女たちのだれひとりとして、スーの代わりになるものではないが、それぞれがわたしに失いかけているもののことを思い起こさせた。とはいえ、皮肉なのは、そうしたセミヌードが、おそらくは無防備な形態のはずなのに、実際はあらたな種類の社会的障壁を築いてしまっていることだった。体つきでしか知らない相手に会話の誘い水をかけるのは不可能だった。

その夜、〈セネキエール〉でふたたび待ちながら、スーが現われてくれるものと願っていた。いままでになく彼女がほしくなったのだが、結局、彼女抜きで立ち去らねばならなかった。

さらにもう一昼夜サントロペで過ごすことにし、翌朝、今度はちがったやりかたで時間を潰す気になった。ビーチはあまりに心をかき乱す。午前中を村のなかで過ごし、雑貨店や土産物店、革製品の店、工芸品店をのんびり歩きまわった。ヨットハーバーをぶらつき、ヨットや乗組員、裕福なオーナーたちを羨ましげに眺めた。昼食後、村の中心から離れる方向に海岸を歩き、岩を乗り越え、コンクリート製の護岸に沿って進んだ。

護岸の終点で、砂浜に飛びおり、さらに先を進んだ。そこでは人混みは減っていたが、ビーチは日光浴をするには格好の場所とは言えなかった――木陰が砂浜の一部を覆っている。わたしは〝私有海岸《プラージュ・プリヴェ》〟と書かれている標識を通り過ぎた――すべてが一変した。サントロペで見かけたもっとも人口密度の低いビーチだった。しかも、最高に折り目正しい場所だった。ここにはセミヌードの肉体はいっさいなかった。おおぜいの人が日光浴をしていたが、泳いでいる人間もおり、こちらから見えるかぎり、トップレスの女性も、ふんどし型ブリーフ姿の男性もいなかった。子供たちが遊んでいた。ほかの場所では見かけなかった光景だ。そしてこのビーチには、屋外のレストランやバーはなく、パラソルもビーチマットもなく、雑誌の販売人も写真屋もいなかった。

わたしはゆっくりとビーチを横切り、カットオフ・デニムショーツにサザンコンフォート

Tシャツ、サンダルという自分のいでたちを不埒な格好だと感じていたが、だれもわたしに気づかなかった。いくつかのグループのそばを通り過ぎたが、メンバーの大半は中年だった。彼らは、ピクニック用の食事や魔法瓶、ケトルを温めるための固形燃料を使った小型のプリマスこんろをビーチにもってきていた。男たちの多くは、シャツの袖をまくりあげ、灰色のフランネルのズボンかカーキ色のバギー・ショーツを穿いていた。縞模様のデッキチェアに腰かけ、パイプを口にくわえ、なかには英語の新聞を読んでいるものもいた。女性たちは、おおかた軽いサマードレスを着ており、日光浴をしている人たちも、だらしなく寝そべるのではなく、きちんと座っており、ひかえめなワンピースの水着をまとっていた。

わたしは波打際までいき、浅瀬で水をはねかけたり、追いかけっこをしているひとかたまりの子供たちのそばに立った。その向こうで、ゴムのスイミングキャップを被った頭がいくつも波のはざまにひょこひょこ顔を覗かせている。ひとりの男が立ち上がり、海から歩いて出てきた。男は水着とアンダーシャツを着ており、ゴーグルをつけていた。わたしのそばを通り過ぎしな、男はゴーグルをはずして振り払い、白い砂に海水をまき散らした。男はわたしににこやかに笑いかけると、ビーチをのぼっていった。沖合いにクルーザーが停泊していた。

前方で、パラスキーヤーがケーブルにつながれて空にのぼった。船外モーター付きスピードボートに引っぱられて舞い上がっている。わたしは歩きつづけ、私有地を出、藁屋根の日除け小屋が一列になって砂浜ぞいに並んでいるあらたなビーチにはいった。小屋のなかで、あるいは強い日差しの下で四肢を投げだして、トップレスの日光浴客の群れが見慣れた自堕落な様子で寝そべっている。今回は、わたしはビーチに足を踏みいれ、屋外のバーにいき、法外な値段がついたオレンジジュースを一杯、注文した。かなり村から離れてしまったので、そのビーチを後にし、歩いて道路を引き返した。

まだ午後になってまもなかったので、わたしは慣れ親しんだビーチにもどった。女性たちを楽しく眺めることができた。無邪気に眺めていたと言えるかもしれない。一時間かそこらが経過した。

と、ほかの海水浴客とはちがって見える人間がビーチを歩いているのに気づいた。その女性は服を着ており、彼女に視線を向けた男性はこのビーチでわたしひとりだけではなかった。肌にぴったり吸いつくデザイナー・ジーンズを穿き、シースルーの白いブラウスを着て、つば広の日除け帽の下、涼しげで冷静沈着な様子だった。近づいてくると、その女性がなにものか気づいた――ハーツのオフィスにいたダニエルだ。彼女は、わたしから数メートルのところにやってくると、日除け帽を脱いで髪の毛をふりほどいた。わたしが見ていると、ダニエルはジーンズとブラウスを脱ぎ、落ち着きはらって海にはいっていった。水からあがると、濡れた体にブラウスを着けたが、ジーンズは穿かずに、体を乾かそうと砂浜に寝そべった。

わたしはそばに近づいて話しかけ、しばらくして、われわれは夜に食事をする約束をした。

わたしは六時に〈セネキエール〉におり、スーの姿を探した。もし彼女が姿を現わせば、ためらうことなくダニエルとのデートをキャンセルするつもりだったが、ダニエルはわたしにひそかな安心をもたらしてくれた。今晩は孤独な夜にならないだろうし、仮にスーが現われなくても、わたしのプライドを癒すものを手にいれたのだ。わたしはダニエルを誘ったことと、そういうことをしてしまった自分の理由にやましさを覚え、その結果、スーを咎めていた。わたしは彼女がナイオールといっしょにいるところを想像した。自称作家であり、ライバルであり、おどしつけて人を操る人間といっしょにいるところを。そして、スーがいま突然姿を現わしたとしても、なにもかもすんなりいくであろうことを。

　わたしは一時間が過ぎていくのをじりじりしながら待ち、結局、スーは現われないだろうと得心した。

　〈セネキエール〉を離れ、以前にはいったことのある雑貨店にいった。前回、いろんな種類の絵はがきを売っているのに気づいた店だ。スーをこらしめてやるという道理にあわぬ気持ちを抱いたまま、わたしは一枚の絵はがきを選んだ。そこにある写真は、第一次大戦まえのサントロペを写したものの複製だった。商業化されるまえのサントロペだ。漁師が港の護岸で網を修理しており、目に見える船は小型の釣り船だけだった。漁師の背後、いまだと観光客がひきもきらさず動きまわり、お洒落な〈セネキエール〉が建っている場所には、木造の倉庫が建つ狭い囲い地があるのみだった。

　その絵はがきを部屋にもって帰り、着替えもしないで、わたしはベッドに座って、ロンドンのスーのフラットの住所を記した。〝きみがここにいればいいのに〟と冷笑的に書き、サインするかわりにXとだけつけ足した。

数分後、ダニエルに会いにいく途中で絵はがきを投函した。

ダニエルは〈ラ・グロット・フレシュ〉というレストランにわたしを連れていった。たった一軒、一年じゅう開いている店なの、と彼女は言った。地元の人間が使っているレストランなんだ、と。食後、ダニエルが三人の女性と共同で借りているアパートメントにいった。ダニエルの寝室の隣がメインルームで、三人のうちふたりの女性がそこでＴＶを見ていた。われわれがセックスをしているあいだ、壁越しにＴＶの音が聞こえたし、ときおり彼女たちの声も聞こえた。ことが終わると、わたしはスーのことしか考えられなくなり、なにもかも後悔した。ダニエルはわたしが沈んでいるのを察していたが、なにも問わなかった。彼女は部屋着をまとい、ブランディ入りのコーヒーを淹《い》れてくれた。ほどなくして、わたしは歩いてホテルにもどっていった。

翌朝ルノーを受け取りにいき、ふたたびダニエルと会った。彼女はハーツの制服を着ており、親しげで明るく、悪意のかけらもなかった。車に乗って出ていくまえに、われわれは両方の頬にキスをしあった。

8

海岸沿いの道路の混雑を避けたかったので、サントロペから内陸に向かって車を駆った。最初、ルノーは、ギヤ・レバーが堅く、右に位置しており、スムーズな操作をさまたげるため、なかなか運転しづらかった。右側通行は、不断の注意力を要求した。とりわけ、山のなかを通る道路が急な角度でくねくね曲がっているだけに。ルリュクで、幹線高速道路《オトルート》にはいり、幅広の複数車線ハイウェイを西に向かうと、運転のストレスが減った。

自分がどんどんスーから離れているのはわかっていたが、われわれは合流する約束をしていたのだし、彼女にふたたび会うことがわたしの主たる関心事になっていた。

高速道路を進んで、エクサン＝プロヴァンスにたどりつき、そこから南に方向を変え、マルセイユに向かった。昼食時までには、港湾地区にあるちいさなペンションにチェックインし、午後は街をぶらついて過ごした。六時にまだ間があるうちに、取り決めておいた合流場所、サンシャルル駅にはいり、見つけられたなかでいちばん目立つ場所でスーを待った。八時に夕食を食べるところを探しにいった。

マルセイユではもう一日過ごすことになっていた。わたしは港の埠頭《ケ・ドュ・ポール》を訪れ、トロッコや波止場を見、三本マストや四本マストのバーク型帆船がドックに並んでいるところを眺めた。場所全体が蒸気クレーンの騒音で耳を聾せんばかりのうるささだった。午後に、広大なウォーターフロントを一周する遊覧船に乗り、サンジャン要塞のいかめしい建物を通り過ぎ、穏やかな入り江にはいって、巌窟王で有名なシャトーディフ島をぐるっとまわった。宵のうちは、サンシャルル駅のコンコースを歩きまわり、リヴィエラ方面から列車が到着するたびにしきりに人混みに目を向けた。スーの姿を見落とすのではないかと心配だったのだ。

9

わたしはマルティーグにやってきた。マルセイユから車ですぐのところだ。マルティーグは、狭いが起伏に富んだ地峡であり、地中海と、おおきな淡水湖、ベール湖のあいだに挟まれていた。町の中心部が、もともとの村の部分であり、二十世紀にはいって、近郊の石油精製所が村の規模と人口を増やしつづけたのだった。その中心部、イル・ブレスコンに車ではいるのは不可能だった。ちいさいけれども絵になる数多くの運河が、通りの代わりを務めていたからだ。町の駐車場にルノーを置いて、スーツケースを抱えて、泊まる場所を探しに出かけた。

ここはスーと約束した最後の合流場所だった。もしスーがここに姿を現わさなかったら、自分の裁量で動かなければならないことがわかっていた。

町の中心部は、孤独になれる場所ではなかった。観光客がおおぜいおり、狭い路地を歩いたり、ボートに乗って運河を行き交ったりしていた。わたしには、ほかのだれもがカップルかグループになっているように思えた。わたしは夜がくるのを恐れはじめた。結局はスーに失望させられるのだとわかっていたからだ。最悪なのは、希望が潰《つい》え去らないことだった。

それが彼女を置いて帰るという決意を鈍らせていた。

ブレスコン埠頭が約束した場所だった。ベール湖につながる主運河のはじまりにあたる場所。わたしは到着するとさっそくそこにいき、自分をそこになじませようとし、一日のあいだに何度も足を運んだ。そこは町のなかにぽつんとある落ちついた場所で、水面にそって家が建ち並び、無数の小型手漕ぎボートやモーターボートが狭い引き船道にもやってあった。観光客は、埠頭にはまるで姿を見せておらず、レストランもなければ、売店や飲み屋すらなかった。ここは村の年寄りが集う場所であり、夜の見張り番のためにわたしがいくと、年寄りたちはすでに集まっており、壁がはがれかけた家の外でさまざまな古い籐椅子や箱に座っていた。女性はみな黒をまとい、男はくたびれたニーム織りサージを着ている。彼らはわたしがぶらぶら埠頭を歩いていると、こちらをじっと見つめた。わたしが通りかかるはじから、会話がひたとやんでいく。運河の河口で、湖のおだやかな黒い水面を見ていると、ソーセージの香りがただよってきた。

暖かい夕方が暮れていき、夜になり、ちいさな家々に明かりが灯った。わたしはひとりきりだった。

10

カマルグをぐるっとまわって、サントマリー・ド・ラ・メール村の、聖《サン》マリア《トマリー》たちの遺品が残っているという霊廟のある場所にやってきた。スーに告げていなかった場所にいきたかったた。仮に彼女が探そうとしても、わたしを見つけられない場所に。また、海辺にふたたび足を運び、波間に石を投じ、ビーチを陰鬱な顔つきで散策したかった。

だが、その考えはまちがいだった。ちいさな村には人が押し寄せ、バスが道路や駐車場をふさいでいた。車を駐める場所を見つけると、しばらく歩いた。霊廟、すなわち奇跡の井戸は、石造りの礼拝堂のなかにあり、壁という壁にその癒しの力を証しする手書きの短冊がはりつけられていた。霊験に感謝する熱のこもった、喜びに満ちたメッセージを何枚か読んでから、明るい、陽の当たった通りにもどる。中心部にある、ほぼどの建物も、霊廟を商売の種にしていた――聖像や蠟燭、十字架、レプリカがいたるところで売られている。唯一開いているレストランは、プラスチック天板のテーブルと金属のトレイを使っている、ばかでかい、現代的なカフェテリアだった。わたしはなかにはいり、昼食を注文しようとしたが、人混みと蠅に辟易して立ち去った。

ビーチにおりていくと、見たこともないほどおおきな昆虫に襲われた——黄色と黒をした、グロテスクなまでに膨れあがった蜂のようだった。スズメバチだろうと思い、なんとか避けることができた。それからというもの、まえより注意してあたりを見るようにしたが、長居はしなかった。ビーチは見通しがよく平らな場所で、観光客の姿はすくなかった。水辺に近寄ると、ちいさな波が弱々しく白い砂を洗っていた。そのときわたしは、岩と波と海風を備えた、大洋の岸辺に焦がれていた。自然のドラマを感じていたかったのだ。

11

翌日、エグモルトという町に出かけた。スーといっしょに地図を見ていたとき、わたしはその名前に気づき、どういう意味だろうと不思議に思った。調べてみて、それがローマ時代の名前、アクアェ・モルツアェ（死んだ水）のなまったものであることがわかった。町は中世におおがかりな要塞化をほどこされて、城郭に囲まれた都市になり、周囲を数多くの浅い潟がとりまいていた。城郭の外に車を駐め、湿気《しけ》った熱気のなか、元は濠だった通路を歩いていった。すぐにそこを歩くのに飽きてしまい、最寄りの低い丘にのぼり、やってきた方向を振り返った。町はモノクロの色合いを帯び、まるでセピア色に変色した古い写真のようだった――光が一様に当たり、色をぼかしている。城郭のなかに屋根が見え、町の奥、すこし離れたところに、背の高い、煙を出していない煙突が並んでいる工業地域があった。潟に空が映っている。

そのとき、これがずっとわたしにとってのフランスの姿であったという思いが脳裏にひらめいた――わたしを元気づけてくれるスーがいなければ、フランスはのっぺりとして、物静かで、現実感のない場所であり、旅をするわたしのそばをふらふらと通り過ぎ、こちらが視線を向けると凝り固まってしまう。過去数日を振り返ってみると、スーがすべてに優っていた。わたしはそばにいた彼女のことを、彼女の笑いを、彼女の愛を、彼女の体を思い出した。だが、彼女の背後には、すっかり見過ごされていたが、フランスに対するわたしなりのイメージがあった。スーはそれらからわたしを引き離したのだ。最初は彼女の存在で、ついで彼女の不在によって。ナンシーの人けのない広場やディジョンの昔ふうのレストラン、グルノーブルの山の風景、サントロペの控えめな日光浴客、マルセイユのドック……それらのイメージは、わたしの心のなかにとどまっていた。心ここにあらずの状態で通り過ぎていったおりおりの光景。そして、いまはエグモルト——熱気に揺れる陽光のなかで凍りつき、まるで記憶の残滓のように実体がない。安定しない、ランダムな質をもち、その静寂は、忘れてしまった思いやイメージを、スーとは異なるなにかを思い起こさせた。フランスは、わたしからつかず離れずにおり、こちらの関心をそれたところでかいま見えていた。いったい見過ごしてしまったフランスが、あとどれくらいあったのだろう？　この先どれくらいあるのだろうか？

丘に立っていることで蚊を引き寄せてしまい、不快なほどまわりをぶんぶん飛び交うようになったので、車を置いてきた場所に急いでもどろうとした。町なかをきびきびと歩いて、反対側に達する。さきほどの静寂は幻想となり、明るい色合いが空に踊っていた。

駐車場の入り口に、スーツケースが二個置かれているのに気づく。だれかがそこにスーツケースを置いていくとは奇妙だなと思った。ルノーを見つけ、ドアを開ける。

「リチャード！　リチャード！」

　彼女が車にぶつからないように避けながら、駐まっている車のあいだを駆けてきた。髪の毛をうしろにたなびかせている。現実感のなさが消えていくのを覚え、わたしに考えられたのは、彼女がまったくおなじに見えることだけだった。わたしの覚えているスーそのものだ。彼女をふたたび抱き、わが身に触れる彼女の細い体を感じながら、わたしは相手の心安さを愛し、彼女を自分の腕のなかに抱くことの自然さを愛した。

12

暑気に抗して窓を開け放ち、南西に車を向けて、リヴィエラをあとにする。

「どうやってぼくを見つけたんだい？」

「運がよかっただけ……もう少しであきらめるところだった」

「だけど、なぜあそこに？」

「あそこのことを話していたでしょ、だからきっといくだろうと思って。きのうの夜に着いて、一日じゅううろつきまわっていたの」

われわれはどこか泊まれる場所を探していた。ふたりだけになれる場所を。スーは三日間バスに乗りづめで、次から次に場所を移動してきたのだった。なるたけ節約に努め、帰国するのに足りるだけの金を残そうとした。ナイオールは多少お金を貸してくれたけど――と、スーは言った――彼も破産寸前だったの。スーの予想とは異なっていたのだ。

われわれはナルボンヌで足を止め、最初に見つけたホテルにチェックインした。スーは浴槽に飛びこんだ。わたしは浴槽の縁に腰掛け、彼女を見おろした。スーの脚に傷があるのに気づいた。以前にはなかったものだ。

「じろじろ見ないで」スーはお湯に深く身を沈め、片ひざをあげて腹部をわたしから隠そうとしたが、そのせいでかえって傷がまともに目にはいった。

「見てほしいのかと思ってた」

「見られるのは好きじゃないの」

なにかが変わっていた。以前はずっと彼女を見ていたのだ。わたしは狭いバスルームを出、服を脱いで、ベッドに横たわった。スーがお湯を使い、やがて風呂の栓を抜くまでじっと聞き耳を立てていた。長い沈黙があり、ついで彼女が鼻をかむときの、ティッシュペーパーのかさかさいう音がつづいた。姿を現わすと、スーはパンティとTシャツ姿だった。わたしをちらっと見おろしながら、スーは部屋のなかを歩きまわり、窓越しに眼下の庭を眺め、スーツケースの上に乗せた服をいじった。ようやくベッドの端に腰をおろす。こちらが上体を起こして、手を伸ばさないことには届かない距離に座っていた。

「どこでそんな怪我をしたんだい?」わたしはいった。

スーは脚をひねって、傷を見た。「事故みたいなもの。なにかの上に転んだの。ほかにもある」体をひねり、Tシャツをめくって、背中にある第二の青あざを見せた。「痛くないから」

「ナイオールがやったんだな?」

「かならずしもそういうわけでは……事故なの。ナイオールはそんな気じゃなかった」

われわれのあいだの距離から、スーがなにも解決しなかったのがわかった。だが、わたしは彼女をもどってこさせたのがただ嬉しく、なにも言わなかった。数分後、われわれは服を着て、食事しに街に出かけた。わたしは周囲のことをろくすっぽ気に留めなかった――旅疲れをしており、あまりに多くのさまざまな場所にいきすぎていた。それにスーがわたしの心を占領していた。ナルボンヌはリアルであり、生き生きとした感じがして、けっして静止画ではなかったが、スーがわたしをナルボンヌから引き剝がしていた。

食事の席上、スーはようやくなにが起こったのか包み隠さず説明した。

ナイオールの友人たちは、サンラファエルの郊外にある農家を改造した家に滞在していた。スーがそこに到着したとき、ナイオールはいなかった――旅行に出ていると告げられた。スーは、待たねばならないという気持ちとナイオールをすっかり見捨ててしまおうという気持ちのあいだで引き裂かれながら、一日半待った。ナイオールが姿を現わしたとき、彼は五人のグループの一員になっていた――ナイオール以外の男がひとりに三人の若い女性たち。だれも自分たちがどこにいて、なにをしていたのか言わなかった。いまやスーを含めて九人の人間が一軒の家にひしめいており、こちらの都合ものかは、スーはナイオールとベッドを共有させられるはめに陥った。最初もどってきたとき、ナイオールはぴりぴりして暴力的な雰囲気であり、若い女性のひとりとなにかあったのだな、とスーは推測した。口論があった。翌日、一台の車を失敬して、ふたたびナイオールは姿を消した。スーはわたしと合流するため出ていくことに決め、荷物をまとめるところまでいったのだが、ナイオールがからくももどってきて引き留めた。スーはわたしのことをナイオールに話し、彼はスーを殴りはじめた。

ほかの連中がナイオールをスーから引き離すと、たちまちナイオールの気分が変わった——最初、彼は哀れっぽく、くいさがってこようとした——そういう態度には、対処の仕方を心得ていた、とスーは言った——が、またしても態度が変わり、もしきみが心を決めたのなら、邪魔はしない、と言ったそうだ。

「それでよけいややこしくなったの」スーはわたしに言った。「もしあたしにひどいふるまいをしたら、踏みつけて出ていくことができたはずなのに、ナイオールはもうぜんぜん気にしていないふりをしたの」

「だけど、すくなくともきみはここにいる」わたしは言った。「それが肝心なことじゃないかい？」

「ええ、でもあたしは彼を信用していないの。あんなふうにふるまったのははじめてだった」

「なにが言いたいんだい？　ナイオールがきみを尾けているとでも？」

スーは表情をこわばらせ、テーブルの上のナイフ類をいじくった。「女の子のだれかと寝ていて、てんで気にかけていないほうがありそうね」

「ナイオールのことをいまは忘れられない？」

「そうね、忘れましょう」

食事のあと、街をしばらく歩きまわったが、われわれの本当の関心は相手にあり、まもなくホテルにもどった。部屋にいき、熱い夜に向かって窓を開け放ち、カーテンを閉める。わたしは風呂にはいり、お湯に浸かってぼんやり天井を眺め、なにをすべきかつらつら考えた。なにも心に訴えてくるものがない。スーといっしょにベッドにはいることすら。バスルームのドアは開いており、スーが動きまわっているのが聞こえた。服を吊り、ワードローブのドアを開け閉めしている。やがて、スーが部屋のメインドアに錠をかける音を耳にした。彼女はわたしを見にはいってこなかったが、きたからといって、あるいは、こなかったからといって、なにか意味があるわけではなかった。われわれはある種のセックスレスな親しさの段階に達したようだった。部屋をわかちあい、おたがいの目のまえで服を脱ぎ、おなじベッドで眠るという段階に。とはいえ、いぜんとしてナイオールによってわけへだてられていたのだが。

風呂からあがると、わたしは寝室にはいっていった。スーはベッドの上で上半身を起こし、雑誌を眺めていた。スーは裸だった。わたしがかたわらに座ると、彼女は雑誌を脇へどけた。

「明かりを消そうか？」わたしは訊いた。

「先週、ニースにいたとき、あたしに言ったことがあるでしょ。あれって本気？」

「それがなんのことかによるけど」

「あなたは、あたしを愛していると言った。あれは本気だったの？」

「あのときは本気だった」わたしは答えた。「あのとき、ぼくはいままで知り合ったほかのだれよりも、きみのことを愛していた。実際の話、ほかには愛した人などいないんだ」

「そうだとあたしも思った。いまはどうなの？」

「いまはそれを訊ねるのにいい時期じゃない。よそよそしい気分になっているんだ」

「だったら、なおさら訊ねるのに最適の時期だと思う。あたしを愛してる？」

「もちろん愛してるさ。どうしてそのことがそんなに大切なことだと思っているんだい？」

スーはベッドの上に身を横たえた。頭を枕に乗せる。「あたしが聞きたかったことばがそれだから。明かりを消さないで。暗闇のなかでするのは嫌なの」

13

コリウルは、地中海の最南西の海岸にある漁村だった。狭い入り江に位置し、要塞とかたまりあった石造りの田舎家があり、まばゆい陽光のもとで茶色と緑色に浮かびあがる岩がちの丘陵に囲まれていた。到着したとたんに、わたしは凍りついたような時間感覚のなさに心を打たれた。ここでは変わることのない生活が営まれており、われわれはなかにはいり、上っ面をかすめて通り抜けることはできるものの、けっして内奥に迫ることはできない。その様子は、わたしにエグモルトでの停滞状況と、スーのことで心を奪われているせいで正しく見ることができないのだと悟ったことを思い出させた。

だが、スーといっしょにいるので、ついに本当に彼女といっしょにいるので、わたしは村の状況に対処できると感じた。スーと村の双方が、わたしの知覚のそれぞれ異なる側面であると悟ったのだ。もしわたしが認めれば、双方がたがいに干渉しあっただろうが、いまは、わたしはリラックスし、とても幸せな気分になっていた。われわれはもう相手のことについて議論はかわさなかった。

日中、コリウルはまるで人けがなく、家々の雨戸は熱気に抗して閉ざされていた。われわれは狭い丸石敷きの通りをぶらつき、丘陵にのぼって、漁船を眺めた。夕方になると、地元の人間が椅子とワインをもちだし、長くなった日陰に座って、トラックに積むため一日の収穫が氷詰めされているところを見守っていた。ツーリスト・ガイドブックに書いてあったのと異なり、コリウルにはホテルや民宿はなかった。そのため、われわれはバーの上の小部屋に泊まった。われわれは村人にとっては英国人《レザングレ》であり、暗くなってから歩いていると、女たちには母親のような笑みを向けられ、男からはにらまれたが、総じてだれからも放っておかれた。われわれが滞在しているあいだは、ほかに村を訪れる人間はいなかった。たったひとりを除いては。二日め、村の東端の丘陵をのぼっているときに、その男に気づいた。狭い道路が家々の屋根よりも高くなったところで、カーブし、港のまわりの田舎家を眼下に見渡せる湾曲部になっている。その位置からだと、家の壁や屋根の角度の奥行きが縮まって見え、それらは朝日に照らされながら、たがいに重なりあって不規則な幾何学模様を描いていた。そこにひとりの画家が座っていた。イーゼルに乗せたちいさなキャンバスに向かっている。

画家は小柄な男だった。丸い頭をし、背をかがめている。年齢を推測するのは難しかった——年寄りではない。おそらく四十から五十のあいだだろう。通り過ぎるおりに、われわれは男に会釈したが、相手はなんの反応も示さなかった。スーの手がわたしの手からすっと離れるのを感じた。彼女は画家を鋭く見やり、ついでわたしを見、またも画家に視線をもどした。あきらかにわたしになにか伝えようとしているのだが、わたしにはそれがなんだか見当がつかなかった。先を進みながら、スーは振り返りつづけた。まるでキャンバスに描かれているものをのぞき見ようとしているかのように。

声が届かないところにいくと、スーは言った。「あの人ピカソそっくり！」

「ピカソは死んだはずだけど」

「もちろん死んだわ！　ピカソのはずはないけど……でも、うりふたつ」

「あの男がなにを描いているのか見たかい？」

「ありえない。こんなの見たのははじめて！　あの人は写真とそっくりだもの」

「親戚じゃないかな……あるいは、ピカソの真似をしたがっている人間かも」

「でしょうね」

われわれは歩きつづけた。尊敬している人物の外見を真似ようとするある種の人間について話したが、スーはその意見を受けいれようとはしなかった。彼女にとって、もっと深淵な謎であり、話はついそちらへもどってしまうのだった。

結局、わたしは言った。「もどって、もういちど見たいかい？」

「ええ、もどりましょう」

もどったころには男は姿を消しているだろう、とわたしはなかば予期していたが、画家は道路のカーブしたところにまだいて、スツールに腰掛けて背を丸め、ゆっくりと描いていた。

「信じられない」スーはささやいた。「親戚にちがいない、い、い……ピカソには息子がいたかしら？」

「寡聞にして知らないね」

われわれは道路の画家のいる側を歩いてもどった。そうすれば、今回は相手のキャンバスが見えるはずだった。近づいていき、スーが声をかけた。「ボンジュール、ムッシュー」

画家は空いているほうの手を掲げ、振り返らずにスペイン語で返事を返した。「オラ！」

われわれは画家の背後を通った。キャンバスはまだ未完成だったが、屋根の角の輪郭はすでに描かれており、全体の構図ができあがりつつあるところだった。われわれは丘をくだって村にもどったが、スーは好奇心にかられて踊り出さんばかりだった。

「手持ちの本のなかにあの絵があったわ！」彼女は言った。

われわれは都合四日間、コリウルに滞在したが、毎日、適当な時間に丘をのぼって、画家がまだいるかどうか確かめた。いずれの日も画家はイーゼルのまえに座り、ゆっくり、しんぼう強く描いていた。画家は自分なりの均衡状態にあり、筆の速度はゆるやかだった。最後に見たときも、最初に見たときのものにほんのわずかしか描き加えていなかった。

コリウルを発つまえに、バーで出会った女性に、画家がなにものか知っているかどうか訊ねた。

「ノン。あの人はスペイン人《イレ・エスパニョル》」

「有名な人かもしれないと思ったんですが」

「はっ！　とても貧乏なの《イレ・トレ・ポーヴル》。有名なスペイン人なもんですか《アネスパニョル・セレブル》！」そう言って女性は笑いに笑った。

14

コリウルで旅を終えるべきだったのだが、われわれは飛行機でイギリスにもどる計画を立て、二日間車でピレネー山脈を抜けたあげく、フランス西端のビアリッツに到着した。ホテルの受付の職員がフライトを予約してくれたのだが、出発は翌々日だった。最初の一晩を過ごしたのち、わたしはレンタカーを現地のハーツのオフィスに返しにいった。もどってみると、ホテルでスーが待っていたのだが、わたしはすぐになにかがおかしいことに気づいた。スーはとらえどころのない、うつろな表情をしていた。彼女が調子の悪いときにそんな顔つきになることをわたしはわかるようになっていた。ふいに懸念にとらわれる。ナイオールに関係があることだろう、とすぐに悟った。

だが、どうして？　ナイオールは何百マイルもかなたにおり、われわれがどこにいるのかわかりっこないのだから。

わたしはビーチに散歩にいこうと提案し、スーは同意した。だが、われわれは手をつながずに、離れて歩いた。大海水浴場に通じている小径にたどりつくと、スーは立ち止まった。

「きょうはビーチにいく気にあまりなれない」とスー。「いきたいなら、あなた、いって」

「きみがいかないのなら、いきたくない。なにをしようとかまやしないさ」

「ひとりで買い物しようかな、って気持ちなの」

「どうしたんだい、スー？　なにかあったんだな」

スーは首を横に振った。「ただ、しばらくひとりになりたいだけ。一時間かそこら。説明できない」

「もしそれがきみの望みとあれば」わたしはいらだたしげにビーチを指し示した。「きみがぼくといっしょにいていい気分にもどるまで、あそこで寝ころがっているよ」

「長くはかからないから」

「だけど、きみがなにをしたいのかわからないな」

スーはもうわたしから離れようとしていた。「考えごとをするための場所が必要なの、それだけ」彼女はもどってきて、わたしの頬に軽くキスした。「あなたのせいじゃない。それはほんと」

「まあ、一時間か二時間したら、ぼくはホテルにもどってる」こちらがそう言っているあいだに、スーは立ち去りかけており、ほとんど聞き逃していた。わたしはむっとして歩き出し、崖道を足早にくだった。

ビーチは混んでいなかった。適当な場所を見つけ、そこにタオルを広げると、ジーンズとシャツを脱ぎ、腰をおろしてつらつら思いに耽った。

またしてもスーがわたしを悩ませていたが、今回はひとりだったので、わたしはまわりの状況に気づいていた。ビーチは……静かだった。上体を起こし、あたりを見まわして、なにかが周囲で終わったのに気づいた。

ここはいままでに見てきた地中海のビーチとは異なっていた。トップレスで日光浴をしている女性はおらず、リヴィエラの海岸と異なり、太陽の熱気は海からのそよ風で心地よく和らげられていた。海自体は筋肉をもっていた——長い一定の砕浪が打ち寄せ、英国の海岸に慣れ親しんでいるわたしになつかしく思える、申し分のない唸りをあげていた。それゆえ、静寂さを打ち破る動きと音がしていたのだが、それでもわたしは自分がなにかどっしり腰を落ちつけたもののなかに閉じこめられ、動けなくなったような気がしていた。

ビーチにいるほかの人々を眺めると、多くが着替え用の小屋を利用しているのに気づいた。小屋はアラブの小型の移動テント《ユルト》のようで、たがいに重なるように三列平行に立てられていた。小屋から姿を現わす人々は、ビーチを足早にくだっていき、腰をかがめた独特の姿勢で両腕をまえに差し出しながら、磯波に駆けこんだ。最初の砕浪がぶつかると、彼らは飛びあがって波を受け、背を向け、その冷たさに悲鳴をあげた。泳いでいる人間の大半は男性だったが、何人か女性がいた。いずれも体形の目立たぬワンピースの水着を着て、スイミング・キャップを被っている。

わたしは日光を浴びて寝ころがり、いぜん落ちつかない気分を味わいながら、休日客たちの歓声に耳を傾け、スーの行動について思いを巡らせた。どうやってナイオールはコンタクトを取ったのだろう？　なぜ彼にはスーの居場所がわかったんだ？

あるいは、スーのほうがナイオールに連絡したのか？

いらだたしさを覚え、傷ついた感じがする。スーがわたしのことをもっと信用して、ナイオールのことを話してくれればいいのに、と思う。彼女が本当のことを話してくれさえすれば、われわれはいっしょになって問題の解決に取り組むチャンスがあるというのに。

落ちつかずに、わたしはまたしても体を起こした。頭上では、空は深く、澄み切ったブルーで、太陽がカジノの上あたりから照りつけてきた。わたしは目を細くして太陽を見上げた。雲があった。目に見えるかぎりたったひとつ浮かんでいる雲。白く、ふかふかの感じがする雲で、太陽が畑や林に上昇気流を起こさせる夏の日に見かける類の雲だった。もっとも、この雲は独立したものだった。太陽の近くにあり、どうやら大西洋から吹きつける海風に影響されていない様子だった。もし太陽が雲に隠れたら、まわりのビーチの光景にどんな影響をもたらすのだろう？　わたしは突然このおだやかな停滞状況が崩れるところを想像した。人々が小走りに着替えテントに急ぎ、ネルのドレスやバギーパンツを着こむ。

雲はわたしにナイオールのことを考えさせた。ちょうど、まえにいちど、ディジョンの川堤にいたときとおなじように。そのときもいまもわたしの心はナイオールのことで占められていた。

ナイオールはわたしには目に見えない——彼はスーを通じてのみ存在している。彼女の描写と彼女の反応を通じてのみ。

実際のナイオールはどんなやつだろう。スーが描写したように不愉快なやつなんだろうか。

奇妙なのは、ナイオールとわたしに共通する点が多いところだ。なぜなら、ふたりともおなじ女性に惹かれているのだから。ナイオールはわたしと同様、スーを理解している。彼女が幸せなときの魅惑的な性質《たち》、おびやかされたと感じたときのとらえがたさ、不合理なまでの忠実さを理解している。とりわけ、ナイオールはスーの肉体を知っているのだ。わたしのことを知らない。

そして、むろん、ナイオールはスーを通してしか、わたしのことを知らない。わたしをどのような人間として彼女はナイオールに知らせただろう？　衝動的で嫉妬深く、短気で、気まぐれ、だまされやすいとでも？　わたしが自分を見ているようにスーが描写してくれたのだと考えたかったが、そういうものは表現の過程ではがれ落ちてしまうだろう。スーは、他人の性格の不愉快な性質のみを伝えるのが得意であり、そうすることでナイオールとわたしのあいだにライバル意識をかきたてているのだ。

ビーチがわたしを拒みはじめた——ここにいると侵入者のような気持ちになってくる。生きているジオラマのなかにはいり、その自然なバランスを崩しているような気になるのだ。いまだにスーの姿はなく、わたしは着替えると、ホテルに向かって崖道をのぼった。てっぺんにのぼりつめ、振り返る——ビーチはさっきより混みあって見え、着替えテントの列は消えており、砕浪のなか、ウェットスーツを着たおおぜいの人間がサーフィンをしていた。

食事に出かける、というメモをホテルの部屋に残し、ごった返した通りをくだって、カフェを探した。どこかでスーを見かけないものかと期待して、なかにはいるのをわざと何軒か見送ったが、人が多すぎて、なまじっかのことではスーを探すのはむりだとわかった。

わたしは旅に倦《う》んでいた。あまりに多くのさまざまな場所を旅し、あまりに多くの異なるベッドで眠ってきた。自宅に届いている郵便物の中身が気になりはじめていた。なにか仕事の申し出がきているのではないだろうか。肩にかかるカメラの重みがどんな感じであったのか忘れかけているほどだった。

カフェテラスを見つけ、帆立貝のワインソース添えと白ワインをカラフで注文した。わたしはスーにいらだちを覚えていた。こんなふうにわたしを放っておき、ホテルにもどらず、なにが起こっているのか話そうとしないことに。が、太陽を浴びてこのカフェにいるのは快適で、食事のあと、さらにワインを注文した。午後の残りはずっとここに腰を落ちつけようと決めた。酒に酔って、眠たくなる。わたしは家に帰ることを心待ちにしていた。スーとロンドンでいっしょにいることを。いろいろあったにせよ、われわれはまだおたがいのことをろくに知らなかった。

思いがけず、わたしは通りの反対側をスーが歩いているところを目にした。ぼんやりとそちらの方向を眺めていたのだ。最初の印象は、彼女がべつの男と歩いている、というものだった。わたしはすぐに体を起こし、首を突き出して、もっとよく見ようとした。見まちがいだった——彼女はひとりきりだった。だが、連れがいるときに人がそうするような歩きかたで歩いていた。ゆっくりと歩いて、顔を横に向け、自分が進んでいる方向を見ていなかった。どう見ても、だれかと話しこんでいる様子だったのだが、わたしには彼女に連れがいるようには見えなかった。

スーは交差点に達して、立ち止まった。だが、車の切れ目を待ってのことではなかった。彼女は眉をしかめ、腹立たしげに首を振った。しばらくして歩き出し、角を曲がると、わたしの視界から消えた。

ワインを飲み終えていなかったが、テーブルを離れ、スーの行動に好奇心をそそられてあとを追った。つかのま姿を見失ったが、角を曲がるころには、ふたたびその姿をとらえていた。スーはどう見ても目に見えない連れと口論の真っ最中という様子だった。それほど無防備でいる姿を目にして、わたしは心が揺らいだ。スーはまたしても立ち止まりそうになり、わたしは背を向けて歩み去った。交差点にもどり、ついで足早に本通り沿いに進みながら、べつの脇道を見つけた。その脇道を急いで進み、次の通りと交差するところで、スーが歩いている方向に向かった。角を曲がると、スーはこちらのほうに顔を向け、立ち止まったままだった。気分が変わっていないだろうかと期待しながら近づいていったが、スーはたんにうつろな視線を投げかけるだけだった。

「ここにいたのか」わたしは言った。「探したよ」

「ハロー」

「買い物は終わったかい？　それとも、もっとつづけたいのかな？」

「いえ、終わった」

スーは買い物袋を下げていなかった。われわれはスーが向かっていた方向に進んだ。わたしがいようといまいとかまわないのは明白だった。

「なにをしよう？」わたしは訊ねた。「ぼくらの休日の最後の夜だからね」

「あたしはどうでもいい。なんでもあなたの好きなようにすれば」

いらだちがふたたび募った。「わかった、きみを放っておくよ」

「どういうこと？」

「それがきみのしたいことなのはあきらかだ」

われわれは歩くのを止め、おたがいの顔を見た。「そんなことは言ってないでしょ」

「言う必要はないさ」

わたしはスーの冷静さに腹を立て、背を向けた。背中に声がかかる。「リチャード、依怙《いこ》地《じ》にならないで」だが、わたしは歩きつづけた。角に達して振り返る。彼女はわたしが置いてきたその場にじっとして、和解しようというそぶりをまったく見せていなかった。わたしは、彼女から和解をもとめてくるべきだと感じていた。わたしはスーに向かって憤った仕草を示し、立ち去った。

ホテルに帰り、部屋にもどった。シャワーを浴び、あたらしい服に着替え、ベッドに横になって、なにか読もうとした。

スーは夜遅くにもどってきた。十時をまわっていた。彼女が部屋にはいってきたとき、わたしは無視しているふりを装ったが、実際は動きまわるその様子を痛いほど意識していた。バッグをおろし、サンダルを脱ぎ、髪にブラシを当てている様子を。わたしは彼女が服を脱ぎ、シャワー・ブースにはいるのを眺めていた。スーは長いことシャワーのなかに立っていた。わたしはベッドに横たわり、彼女を待った。と、そのとき、すべてが終わったような気がした。仮に彼女が得意の百八十度転換を果たし、愛しげで愛情に満ち、セクシーな彼女にもどったとしても、わたしは彼女を拒絶するだろう。われわれふたりのあいだには越しがたいなにかがあった。それがナイオール自身のことゆえなのか、たんにナイオールがあたえている影響のせいなのかはわからないが。わたしは彼女の突然の引きこもり、頑固さ、理不尽さにがまんできなかった。

ようやくスーはシャワー・ブースから現われ、ベッドの端に立って髪の毛をタオルで乾かした。わたしは無遠慮に彼女の裸体を見つめ、訴えてくるものがないことにはじめて気づいた。彼女は痩せすぎで、骨張っており、髪の毛が濡れて顔からうしろにまわされていると、のっぺりとした曖昧な表情になっていた。スーはわたしに見られていることに気づき、体をまえに倒すと、髪をうしろからまわしてタオルで拭いた。彼女の背骨の骨張った突起が見えた。

まだ髪の毛が湿ったまま、スーはTシャツを着て、シーツをめくるとベッドにはいってきた。わたしは彼女がはいれるようにわずかに位置を変えた。枕を背中にまわして上体を起こし、スーは目を見ひらいてわたしを見た。

「服を脱いで、ベッドにきて」彼女は言った。

「いますぐにはその気になれない」

「怒っているんだ」

「もちろん怒っている」

スーはため息をついた。「もし本当のことを話したら、許してくれる?」

「どうしてけさ本当のことを話そうとしなかったんだい?」

「なぜなら、あたしはあることをしなければならなかったのだし、きっとあなたはやめさせようとしたはずだから。あなたがそうしようとしたら、きっとやめさせられたはず。ナイオールなの……彼はここにいる、ビアリッツに。きょう一日彼といっしょにいたの。でも、あなたはそれがわかっている、そうでしょ?」わたしはうなずいた。その知らせにショックを受け、避けがたい事実を確認する。「けさ、あなたがレンタカーを返しにいっているあいだにナイオールと会ったの。彼は、あたしとふたりだけで話がしたいと言った。今後二度と彼とは会わない。本当よ」

「ナイオールはなにが望みだったんだ?」わたしは訊いた。

「彼は惨めな気分で、あたしの気持ちを変えたがったの」

「きみはなんと言ったんだい?」

「あたしの気持ちは決まっている、と言った。あなたといっしょにいることも話した」

「それを言うのに丸一日かかったというわけかい?」

「そのとおり」

わたしはまだ冷たいものをスーに対して感じていた。語られた真実を許していなかった。どうしてスーは自分の決めたことに従おうとしないのだろう? 「ぼくが知りたいのは、どうやってナイオールがここまでぼくらを尾けてきたかだ」

「知らない」

「ぼくらがコリウルにいたときもついてきたのか？　やつはあそこにいたのか？」

「そうは思わない」

「今回のことがもたらしたダメージがわからないのかい？　きみはナイオールの都合にあわせてぼくらのあいだに割りこませ、そのことを話しもせず、おかげでぼくの気持ちはきみから離れてしまっている。彼が惨めな気持ちなのは気の毒だ……だけど、なぜきみがこんなふうにふるまうんだ？　次にナイオールが惨めな気持ちになったときに、なにが起こるんだ？」

「二度と起こりませんよ」

「信じないね。信じたいけど、信じられない」

「あなたに本当のことを話したわ！」

「わかった」わたしはこの会話がいかに不毛かを悟って、落ちついた。スーの顔から血の気が失せている——彼女の肌や唇、目さえもいつもより色が薄れていた。髪の毛が乾くにつれ、痩せて見えるのはましになっていたが、いまや彼女はわたしに負けず劣らず腹を立てていた。

われわれがすべきことは、抱き合い、キスをし、愛を交わし、時計を逆まわりにし、関係を修復するためのほかの手順をつくすことだと思っていたものの、今回は不可能だった。

われわれは夜遅くまで起きていた。ふたりともそれぞれの用事に身を隠し、たがいに対して腹を立てていた。それぐらい、ことが重大だったのだ。結局、わたしは服を脱ぎ、スーとともにベッドにはいったが、われわれは愛を交わすことなく目を覚まして横になっていた。どちらとも最初の動きを示そうとしない。

夜のある時点で、相手が起きているのを知ったうえで、わたしは言った。「通りで会ったとき、きみはなにをしていたんだ？」

「問題を解決する方法を考えようとしていたの。なぜ訊くの？」

「ナイオールはどこにいたんだ？」

「どこかであたしを待っていた。散歩に出たところで、あなたが現われたの」

「きみはだれかと話しこんでいるみたいだった」

「それがどうかして？」

われわれは温かい暗闇に横たわっていた。シーツは体からはぎとってしまっている。目を開けると、かたわらにいるスーの肢体がかろうじて見分けられた。彼女はいつも寝返りを打つことなくじっと横になっている。この闇では、彼女が眠っているのかどうか、およそ判断がつかなかった。

わたしは問いかけた。「いまナイオールはどこにいる？」

「どこかこのへんに」

「どうやってナイオールがきみを見つけたのか、いまだにわからないな」

「彼を甘くみないほうがいいわ、リチャード。彼は頭がいいの。それになにかをしたいと思ったら、執念深いの」

「きみがなんと言おうと、ナイオールはきみに影響力をもっているようだ。それがなんなのかわかればいいのだけど」

長い沈黙しか返ってこなかった。ようやく眠ってしまったのだと思った。が、スーはとても落ちついた声で言った。「ナイオールは魅力的《グラマラス》なの」

15

翌日の大半は移動に費やした――タクシーで空港にいき、二回飛行機に乗った。そのあいだにボルドーで乗り継ぎ便を待つ長い待ち時間があった。ガトウィック空港から、連絡電車に乗ってヴィクトリアにいき、タクシーを拾ってスーの家にたどりつく。わたしは運転手に家のなかにいるあいだ待っているように頼んだ。

玄関ホールのテーブルには、スー宛の郵便物がちいさな束になっており、彼女はそれを手に取ってから、自室のドアの鍵を開けた。わたしは彼女のスーツケースをなかに運びこみ、床におろした。部屋を見て驚いた――ワンルームの部屋のよくある狭苦しい混沌を予想していたのだが、その部屋はおおきく、とても整理がいきとどいており、そこにある家具は趣味よく選択されたものだった。部屋の片隅にシングルベッドがあり、その隣には高価な美術書がつまった本棚があった。ひとつきりの窓の下に机があり、画板と絵筆やペンやパレットナイフのつまったいくつものガラス壜、画用紙入れ、おおきなフリーアングル・ライトが載っていた。ステレオ装置はあったが、TVはない。一方の壁に洗面台と小型ガスレンジ、巨大な老朽化したワードローブが並んでいる。部屋のドアを閉め、スーが二本の重たい閂錠をかけたのに気づいた。一本はドアの上部に、べつの一本は下部に。

「タクシーを待たせないほうがいいな」わたしは言った。

「そうね」

われわれは向き合っていたが、相手を見ていなかった。わたしは旅からくるとても重い疲労を感じた。スーが近寄ってきて、ふいにわれわれは抱き合っていた。これまで経験したよりもずっと温かい抱擁をする。

「また会えるだろうか？」わたしは訊いた。

「会いたい？」

「そう思うとわかっているだろ。ぼくらのあいだにある問題はただひとつ、ナイオールだ」

「だったら、なにも心配要らない。ナイオールは二度とあたしをわずらわせない。請け合います」

「わかった、いまはそのことを話さないでおこう」

「今晩遅くなってから電話する」スーは言った。

われわれは会ってすぐ住所と電話番号を交換しあっていたが、おたがい両方とも控えてあることを確認するというお定まりの儀式をおこなった。スーの住所は覚えやすかったので書き記したりはしていなかったが、電話番号は住所録の裏に控えていた。

「あすの夜、食事しようか？」わたしは訊いた。

「あとで決めさせて。いまは荷ほどきをして、郵便に目を通したいの」

われわれはまたキスをした。今回ははっきり心のこもったキスだった。そのキスは、スーがどんな味をしていて、わたしに対してどのような気持ちでいるのかを思い出させてくれた。わたしは前日の自分のふるまいを悔いはじめたが、彼女はほほ笑みながら、わたしから身を引き離した。

「あとで電話する」

ロンドンのラッシュアワーがはじまっており、タクシーがフラットの表にわたしをおろすまでにずいぶん時間がかかった。室内にはいり、バッグをおろし、玄関マットの上に積もった郵便の山を見る。それをその場に放っておいて、二階にあがった。

かくも長いあいだ離れ、かくも多くの場所を見たあとでは、自宅の部屋は親近感と疎遠さのないまぜになった、妙に場ちがいな雰囲気を漂わせていた。室内はやや湿気ったにおいがしていたので、窓をいくつか開けた。それから、湯沸かし器と冷蔵庫のスイッチをいれる。

わたしのアパートメントは、キッチンとバスルームをべつにして、メインルームが四部屋ある——ラウンジと寝室、客間、そして書斎と考えている四つめの部屋。永年にわたって集めた、さまざまな古い撮影機材を、わたしが関わったニュースフィルムの一部のコピープリントとともに収めているのがそこだった。十六ミリ映写機とスクリーン、編集作業台がある。それらはみな、いつかインディペンデントの映画製作会社をはじめるという、本気とも冗談ともつかない意図の印だった。もっとも、こうした機材の大半は、プロフェッショナル仕様にあわせた最新機材に取り替えなければならないことはわかっていたが。また、ちゃんとしたスタジオを借りなくてはならないだろう。

フランスの夏の天候のあとでは、部屋のなかは涼しく感じられ、外では雨が降っていた。わたしは尻すぼみな気分を抱えて歩きまわり、早くもスーを恋しく思っていた。休日を終えるにはよくない雰囲気だった――わたしはスーの気分の変化を判断できるほどよく彼女のことを知っているわけではなく、ふたりの関係があらたな上昇機運に向かったところで彼女を置いてきた。一瞬、スーに電話すべきだと思ったが、向こうからわたしに電話すると言っていた。いずれにせよ、家のなかでやるべきことがたくさんあった。スーツケース一杯の汚れものがあり、すぐにも洗濯しなければならなかったし、新鮮な食糧もなかった。だが、わたしは気分が乗らず、怠惰な気持ちで、フランスを恋しく思った。

インスタント・コーヒーをブラックで淹れ、カップを手にして座り、郵便に目を通した。溜まった手紙の山は、いつでも開封するまえのほうがおもしろそうに見える。わたし宛に届いたものは、数多くの請求書とダイレクトメール、購読している雑誌、出かけるまえに上の空で書いた手紙に対する上の空の返事だった。一枚の絵はがきがカナダのアネットから届いていた。最高の郵便物は、数カ月まえにやった撮影仕事に対する待望の二枚の小切手と、至急連絡してくれと告げている、あるプロデューサーからの簡単な手紙だった。その手紙は一週間まえの日付だった。

わが平凡な生活が周囲で再構築されようとしていた。スーがいかに心を奪う能力をもっていたことか！　彼女はわたしにとってとても大切なものに、とても身近なものになっていたのだ。彼女といっしょにいるとき、わたしの心から彼女以外のものが追い出されてしまうのだった。おそらくロンドンにいれば、彼女は異なって見え、われわれの関係も日常生活のコンテクストのなかで、よりプレッシャーの低い状態でつづいていくのだろう。確実にわかっているのは、われわれは、今のままの状態が変わらなければ、長期の関係を築いていくのは不可能だということだった。

わたしは手紙を寄こしたプロデューサーに電話をかけた――先方は外出していたが、留守録装置にはいっているメッセージは、自宅に連絡をいれるようにとのことだったので、そちらへ電話した。だが応答はなかった。車を預けている貸しガレージまで歩いていく。非常に驚いたことに、一回目の試みでエンジンがかかった。家まで車でもどり、家のまえに駐める。それから洗濯物を集め、買い物袋を車に乗せ、近場のコインランドリーに服を放りこんで、食糧を買いにいった。それらが全部すむと、家にもどった。

簡単な料理を作って食べながら、留守にしているあいだに世界でなにが起こったのだろうと、けさの新聞を読んだ。仕事柄、ニュース報道には独特の態度で接している――繰り広げられる記事に没頭するか、完全にそこから自分を切り離してしまうかのどちらかだった。旅行中は、興味皆無の真空に体を包ませることで満足していた。新聞から、大半のニュースがいつもと変わらないものであるのがわかった――労組とのあらたな賃金交渉、ロンドンでIRAが爆弾テロをおこなう懸念、中東での緊張、きたる総選挙の噂、アメリカ合衆国の政治スキャンダル、東アフリカの旱魃《かんばつ》と飢饉。

再度プロデューサーに電話し、今度はつかまえられた。彼はわたしから連絡を受けて喜んだ——米国のネットワークのひとつが、中米に対する米軍の関与についてドキュメンタリーを撮りたがっているという。政治的に微妙な問題であることから、アメリカ人のクルーは使えないのだという。プロデューサーは一週間ずっとカメラマンを探し求めたが、だれもその仕事を望まなかった。わたしは話しながらそれについて考え、イエスと返事をした。

夜が近づいてきた。わたしはますます不安になっていった。自分がスーから電話がかかってくるのを待っているのだとわかっていた。彼女は電話すると言ったのだ。フラットを出ていたのは一時間半で、その間にスーがかけてきたかもしれないが、でもあとできっとかけなおしてくれるのではないだろうか？ 向こうに電話するのは容易なことだろうが、彼女は自分から電話すると言ったのであり、そこにはある種の気持ちの上でのエチケットが存在していた。わたしは前日の影響をいまなお感じていた。

わたしはスーからの電話を待っていた。徐々に疲れてくる。十時をまわると、ますますいらだってきた。ぴんときた。ナイオールが介入してきたというなじみの恐怖感。彼が不思議なことにビアリッツまでわれわれを尾けてこられたというなら、帰国まで尾けてきたとしても驚くことではないだろう。もっとも、スーの家にメッセージが届けられたということのほうがありそうだったが——手紙か電報か電話といったものが。

わたしは目が開けていられなくなるまで起きていた。スーにいらだちを覚えたままベッドにはいり、消耗した休まらない眠りという不愉快な状態に陥った。夜の暗いある時点で、わたしは二度とスーと関係をもたないことを誓った。仮にその決心が朝までつづいていたとしても、ベッドから出るまえにかかってきた当人からの電話でくじかれた。受話器を手に取ると、公衆電話のピッという音が聞こえた。

「リチャード？　あたし、スーよ」

「きのうの夜電話してくるものだと思っていたよ。ずっと待っていたんだ」

「あなたが帰ってから一、二時間後にかけたのだけど、応答がなかった。あとでかけなおすつもりだったんだけど、寝てしまったの」

「なにごとかあったのかと思った」

スーはすこしのあいだなにも言わなかった。やがて、「いいえ。疲れていたの。気分はどう？」

「きみに起こされたばかりなので、なんとも言えないな。そっちはどうだい？」

「工房にいかなければならないの。思っていた以上に財政難なの、あたし……山のような請求書が待っていた」

「一日じゅう工房につめているのかい？」

「そう思う」

「今晩会わないかい？　きみに会いたい」

われわれはビジネス・ミーティングの日時を決めようとしているかのように、実務的な取り決めをした。スーはクールでよそよそしい口調だった。わたしは自分の声にぐちっぽい調子がまじらないように苦労した。いまだに彼女が電話してこなかった理由を深く疑っていた。

「ところで、あなたのはがきが郵便のなかにはいっていたわよ」

「はがき?」

「フランスからあたしに絵はがきを送ったでしょ……すくなくとも、あたしはあなただと思ってる。サインは書かれていないけど」

「あ、思い出した」

サントロペの昔の風景——漁師と網、倉庫。それはスーがナイオールといっしょにいるあいだ、わたしがひとりきりだったことを思い出させ、それ以来事態がどう変わってきたかを思い出させた。すべてナイオールにかかわる、わたしの疑念と彼女のはぐらかし。

「じゃあ、あとで」スーは言った。

「オーライ。さよなら」

通話は、時間切れを知らせるピッという音が邪魔をするまえに終わった。わたしは、スーのことを考えないようにして一日を過ごしたが、彼女はわたしの生活にしっかり結びついており、心から追い払うのはむりだった。スーはわたしがすることや、考えることすべてにいぜんとして影響をもたらしていた。とはいえ、彼女への愛はふたつのみじかい期間を基盤にしていることをわたしはわかっていた——彼女がナイオールに会いにいくまえの数日と、そのあとの数日に。いまなおスーを愛していたが、その愛は過去のほうに根ざしていた。

16

悪い予感をいっぱいに抱えながら、わたしは計画どおり、スーに会いにフィンチリー・ロードの地下鉄の駅におりていった。わたしが到着したとき、彼女はすでにそこにおり、わたしを見かけるや、駆け寄ってきて、わたしにキスをし、きつく抱きついてきた。予感は雲散霧消した。

スーが言った。「あなたはこの近くに住んでいるんでしょ？」

「ウエスト・ハムステッドに住んでる」

「あなたのフラットを見にいっていい？」

「まず軽くひっかけにいこうと思っていたんだ。食事のテーブルはもっと遅くに予約してある」

「よかった、じゃあ時間になったらいきましょ。あなたの住んでいるところを見たい」

スーはわたしを先導するように先を急いだ。家のなかにはいるや、彼女はまたしてもわたしにキスをしてきた。これまで覚えているよりもずっと情熱的に。日中にとても厳重に防御を固めていたので、わたしは気持ちが超然としていた。とはいえ、彼女が望んでいるものに疑問の余地はなく、まもなくわれわれはベッドにはいっていた。ことのあと、彼女は部屋を出て家のなかを歩きまわり、いたるところを見たうえで、わたしのもとにもどってきた。彼女はベッドに座った。脚を組み、裸のままで。

「これからスピーチをするから聴いて」スーは言った。

「スピーチは好きじゃない」

「これはありきたりのスピーチじゃありません。丸一日かけてじっくり考えたの。あなたは気にいるはず」

「ぼくに読んで聞かせるつもりかい？」

「邪魔しないで。最初に言いたいのは、あなたに知らせずにナイオールに会ったことを謝ります。二度とそんなことは起こらないし、あなたを傷つけたとしたら、ごめんなさい。第二に、ナイオールはいつロンドンに帰ってきてもおかしくなく、あたしを探すのを防げないということ。彼はあたしの住んでいる場所を知っているし、働きにいく場所を知っているから。あたしが言おうとしているのは、もしあたしがナイオールと会ったとしても、それはあたしのせいじゃないっていうこと。それに、すぐあなたに話します。三つめ――」

「だけど、きみがナイオールにとにかく会ったら、なにが起こるんだ？　またおなじことの繰り返しになるんだろ」

「いいえ、なりません。口をはさまないで。三つめ、あたしはあなたを愛している。いっしょにいたいと思うたったひとりの人だし、ふたりして二度とナイオールに邪魔させないようにしないといけない」

わたしは愛を交わしたあとでリラックスしており、彼女を好ましく思い、彼女から発せられる温もりを感じていたが、すでにダメージは加えられてしまっていた。われわれがいろんなことがあって取り返しのつかないほど離ればなれになってしまったように思えたのは、ついけさのことなのだ。ところがいま、まったく反対のことが起こって、スーはわたしが彼女から聞きたかったまさにそのことばを語っている。害になるのがまさしくそうした逆転現象であるということを、彼女はまだ知らなかったし、わたしはようやく感知するようになったところだった。それが起こるたびに、わたしは変化に適応し、過去のなにかを失っていくのだ。

「われわれがしなければならないのは、ふたりでナイオールに会うことだ」わたしは言った。「彼がきみに単独で会った場合、なにをするか信用できない。二度ときみを殴らないと、どうやってわかる?」

スーは首を振った。「あなたはけっして彼に会えないの《ユー・キャン・ネヴァー・シー・ヒム》、リチャード」

「だけど、もしふたりいっしょなら、状況がどんなものかナイオールは受けいれざるをえないだろう」

「だめ。あなたにはわからない」

「だったら、わからせてくれ」

「彼が怖いの」

ふと自分に提供された仕事のこと、二日以内にロンドンを発つはずでいることが頭に浮かんだ。一瞬、ナイオールのさし迫っている帰還のことを考え、仕事を受けたことを後悔した。わたしが留守にしているあいだ、おそらくナイオールはスーに会おうとするだろう。フランスにいるあいだ、いかにナイオールがスーに影響を及ぼすことができたかわかっていたので、わたしは最悪のケースを想像できた。だが、そう想像することは彼女の誠実さを信じないことであり、彼女自身の行動の自由を認めないことだった。わたしは彼女を信用しなければならなかった。

やがてわれわれは服を着、レストランに出かけた。そこにいるあいだに、わたしはスーにしばらく留守にしなければならないことを伝えた。自分の懸念のことはなにも言わなかったが、彼女は即座にそれを感じ取った。

スーは言った。「その旅についていちばん悪いことは、もどってくるまであなたに会えないということ。ほかのことはなにも起こらないから」

つづく二日間、スーはわたしのフラットにいっしょにいた。そして、わたしは出発した。

17

十日後、十三時間のフライトで目を充血させ、消耗して、わたしはもどってきた。いまだにわれわれが直面した撮影遅延のことでいらだち、いまだに熱気と湿気の記憶に圧迫されていた。協力の欠如と官僚主義に頻繁に阻害された、やっかいな仕事だった。あたらしい場所に撮影にいくたび、地元の担当役人の許可を得なければならず、そのいずれもわれわれに疑念を抱いているか、敵意を向けてきた。やっとのことで仕事は終わり、報酬が支払われた。終わってくれてわたしはほっとした。

わたしはフラットにもどった。疲れていて、不安で不機嫌だった。ロンドンは冷たく、湿気っていた。だが、中米の貧民街とスラムを見たあとでは、街はきちんとして、繁栄し、モダンに見えた。郵便に目を通すあいだだけフラットにいて、車をとってくると、スーに会いにいった。

家に住むほかの人間のひとりがドアを開けてくれた。わたしはまっすぐスーの部屋にいき、ノックした。間があったが、室内で動きが聞こえた。ややあって、ドアが開き、スーがドレッシングガウンのまえをかきあわせながら、その場に立っていた。われわれはしばらく見つめあった。

やがて、スーが言った。「はいったら」

そう言いながら、スーは肩越しにちらっと目を走らせた。まるでそこにだれかがいるかのように。なかにはいったとき、わたしは対決の予感に歯を食いしばった。恐怖がわたしを包みこむ。

部屋は埃っぽく、うす暗がりになっていた。カーテンが閉ざされていたが、日光が薄い生地越しに漏れはいっていた。スーは部屋を横切り、カーテンを引き開けた。外には小さな飲料水の井戸の一角であるレンガ壁があり、その上にある庭に生えた藪や伸びすぎた雑草が部屋に影を落としていた。部屋の空気は、だれかが煙草を吸っていたかのように、あわい青みがかった色合いをしていたが、煙草のにおいはしなかった。

スーはわたしが到着したときにベッドにはいっていたのだ。シーツがめくられ、彼女の服が椅子にかかっているのでそれがわかる。ベッドサイド・テーブルには、ちいさな浅い皿があり、そこに三本の吸殻がはいっていた。

わたしはナイオールの姿を求めて、疑わしげにあたりを見まわした。

スーがわたしのかたわらを通り過ぎ、ドアを閉めた。彼女はドアのそばに立ち、ドアに背をもたれて、体を包むガウンをつかんでいた。わたしを見ようとしない。彼女の髪はほつれ、もつれあい、顔の大半を隠していた。だが、口元とあごが赤くなっているのが見えた。

わたしは問いかけた。「ナイオールはどこだ?」

「ここで彼が見えるの？」

「むろん、見えるもんか。この家にいるのか？」スーは首を振った。

「なぜまだベッドにはいっていたんだい？」

わたしは腕時計に目を走らせたが、それはまだ中米の時刻に合わせたままだった。飛行機は夜明けのすぐあとにロンドンに到着しており、いまは正午近いはずだと推測した。

「きょうは働かないつもり……寝坊してしまって」スーは部屋を横切り、ベッドに腰をおろした。「ところで、どうしてここにいるの？」

「どうしてだと？　いったいどうしてだと思うんだ？　ぼくはたったいまもどってきて、きみに会いにきたんだ！」

「まず電話してくるものと思ってた」

「こんなことは起こらないと約束したじゃないか」

スーは落ちついた声で言った。「ナイオールがあたしを見つけたの。ある夜、仕事先から家までついてきたの。あたしはさからえなかった」

「それはどのくらいまえのことなんだ？」

「一週間ほどまえ。ねえ、これがどういうことかわかってるわ。これ以上悪くさせないで。あたしはあなたたちふたりのあいだで引き裂かれつづけるわけにはいかないの。ナイオールはあたしがあなたといっしょにいるかぎり、放っておいてくれない。だから、あたしになにを約束させたところでうまくいきっこないの」

「ぼくはきみから約束を引き出したことはない」

「オーライ、そういうことにしましょ。でも、もう終わったの」

「きみの言うとおり終わったよ！」

「そういうことにしといて」

わたしはスーの言うことがろくに耳にはいってこなかった。彼女は両腕でひざを抱え、ベッドの上でうずくまり、まえのめりになっていた。そのため、こちらから見えるのは、頭のてっぺんと肩だけだった。スーはわずかに顔を横に向け、テーブルのほうを向いた。わたしは灰皿がそこにもうないのに気づいた。どうにかして、彼女が動かしたのにちがいない。そのやましい隠匿により、わたしがやってくる直前までナイオールがここにいたことを知った。

「もういくよ」わたしは言った。「だが、ひとつ言わせてくれ。ナイオールがきみに及ぼしている影響力がわからないんだ。なぜきみは彼にこんなことをさせているんだ？　彼は永遠にきみの生活を操るつもりなのか？」

スーは言った。「ナイオールは魅力的《グラマラス》なの、リチャード」

「まえにもそう言ったね。いったい魅力《グラマー》がどこに関係してくるんだい？」

「一般的な魅力《グラマー》じゃないの、魅する力《ザ・グラマー》なの。ナイオールには、魅する力《グラマー》があるの」

「なにを莫迦《ばか》げたことを言っているんだ！　本気なのか！」

「あたしの人生でいちばん大切なものなの。あなたにとってもそうなのよ」

そう言って、スーは顔を起こした。痩せた、悲しげな姿が、マットレスの上に折り重なっているくしゃくしゃのシーツのなかに座っている。彼女は泣き出した。声もなく、望みもなく。

「いくよ」わたしは告げた。「二度と連絡しないでくれ」

スーは立ちあがった。まるで苦痛を感じているかのようにぎこちなく体を伸ばす。

「あなたは自分が魅する力の持ち主《グラマラス》なのを知らないの、リチャード？」スーは言う。「あたしはあなたの魅する力《グラマー》ゆえにあなたを愛しているの」

「たわごとは聞きたくない！」

「あなたは変われないわ。魅する力《グラマー》は、けっしてあなたから離れない。それだからナイオールはあたしを離そうとしないの……あなたが魅する力《グラマー》を知れば、きっとそれが本当のことだとわかる」

と、そのとき、部屋のどこかで、わたしの背後のどこかから、男性の笑い声が聞こえた。

わたしはワードローブの等身大のドアがいっぱいにひらかれているのを見た。その奥にひとりの人間が隠れていられるほどのスペースがあることを見てとる。ナイオールがそこにいた。ずっと隠れていたのだ！　怒りにかっとなり、わたしは部屋のドアに飛びつき、ノブをひねり開け、ステンレススチール製の門錠の明るい輝きを目に止めた。ドアをうしろ手で叩き閉め、外に出る。怒りのあまり運転することができず、徒歩で帰路を急いだ。一刻も早くスーから離れようとする。自宅めざして歩きに歩く。憤怒の闇にとらわれ、ひたすら彼女から遠ざかろうとした。アーチウェイに通じる長い丘をのぼり、ハイゲイトの陸橋を渡り、ハムステッド・ヒース公園に向かってくだりはじめた。怒りは麻薬のように、わたしの脳を毒々しい怒りのやむことのない渦のなかで回転させた。自分が長いフライトで疲れており、とりわけ、時差ぼけのせいで、なにかに対して理性的になれるような体調ではないとわかっていた。ロンドンがわたしのまわりで幻影のようになっていた――公園からかいま見える眺め――南に背の高いビルが建ち並び、対面には赤レンガ造りの古いテラス、通りを行き交う人々やひっきりなしに聞こえる車の騒音。ヴィクトリア朝様式の屋敷に沿っているサイドストリートを突っ切る――プラタナスや桜の並木や、夏の終わりでくたびれてきたクラブアップルの木が立ち並んでいる。道の両側に、歩道に車輪を乗りあげて車が停まっていた。わたしは人々を押しわけて進み、ろくに彼らを見ようともせずに、車を避けながら、フィンチリー・ロードを走って横断した。ウエスト・ハムステッドに通じるくだり坂で、自動車やトラックが行き交い、バスを待つ人やゆっくりと店を巡っている人がいる長い直線道路だった。わたしは人々を押しのけて進んだ。ただひたすら、家にたどりつき、ベッドにはいって、怒りと時差ぼけを追い払うため眠ることとしか考えていなかった。角を曲がり、ウエストエンド・レーンにはいる。もうじき家だ。歩いてきたことで心がすっきりした――もうスーはごめんだ、ナイオールはごめんだ。あだな望みや破られた約束や言いわけや嘘はごめんだった。これからはおれはひとりで暮らすんだ、愛が単純なものだなんて自分をごまかすつもりはもうない。わたしはスーを憎んだ。彼女がわたしにしたことすべてを憎んだ。自分が彼女に言ったこと、彼女にしたことすべてを後悔した。ウエスト・ハムステッド駅を過ぎ、二十四時間営業のスーパーを過ぎ、警察署を過ぎた――すべて見慣れた道標であり、すべてがスーに会うまえのロンドンの自分の生活の一部だった。わたしは計画を練っていた。例のプロデューサーが帰りのフライトで口にした仕事のことを考えていた。報道番組ではなく、BBCのためのドキュメンタリーを撮るという仕事。長期計画で、頻繁に旅をする。今回のことから回復したら、プロデューサーに連絡し、しばらくこの国を出るつもりだ。異国の女と寝て、ベストを尽くして働く。なにかがうしろからわたしの腰にぶつかってきて、わたしはまえへ投げだされた。なにも聞こえなかったが、ショーウインドウを囲むレンガに叩きつけられた。ガラスがまわりで砕け散った。地面にころがった拍子に背中がひねられる一方、おそるべき熱さが首と脚を襲った。ようやく体が止まると、聞こえてくる音はガラスが割れて落ちてくる音や、わたしの上に乗っているガラス板が滑り落ちる音、やむことなく責め苛むガラスの雨の音だけになり、やがてわたしのなにも見えなくなった目の奥で、広大で全き沈黙がひろがり、わたしを包みこんだ。

第四部

1

病院を発ってから最初の数マイルは、道路は狭く、折れ曲がり、デヴォンの背の高い生け垣のあいだを抜けていった。この細道を定期的に利用しているトラクターが多いため、道路の表面は雨でぬかるみ、滑りやすくなっていた。スーは神経質に、恐る恐る運転しており、カーブにさしかかるたびにブレーキを強く踏み、首を伸ばして前方をうかがい、細心の注意を払ってコーナーをまわった。彼女にとって運転するのはいつも危険なことだったのだが、この細道の場合はとりわけやっかいな代物になっていた。幸い、出会った数台の対向車はゆっくり運転していたので、衝突の危機はほとんどなかったが、ステアリングを握っているその車は、おおきく、不慣れな感じがして、スーは一刻もはやく幹線道路にたどりつきたかった。

リチャードは、助手席に座り、前方を見つめて、ろくにしゃべらないでいた。片手で肩掛け式のシートベルトを支え、体を押さえつけてこないようにしていたものの、カーブでスーがブレーキを踏むたびに、慣性で体がまえに押し出された。スーは、自分の運転の仕方のせいでリチャードが緊張しており、車が横揺れするたびに痛むのだろうとわかっていたものの、それをなんとかしようとすれば、なおさら神経質になってしまうのだった。

トトネスを越えて数マイルいったところで、ようやくA38号線にたどりついた。近代的な二車線ハイウェイで、急なカーブはなく、ゆるやかな勾配があるだけの道路で、たちまちスーは自信を深めた。およそ時速六十マイルの快適な巡航速度まで加速した。細かい雨が落ちており、トラックやほかの大型車両を追い越すたびに、フロントガラスが泥はねで曇った。いったんエクセターを過ぎると、道路はM5高速自動車道《モーターウェイ》に合流した。M5は、連結道路を通じて、ロンドンに至るM4と直接つながっている。

スーの提案に応じ、リチャードは身を乗り出してラジオのスイッチをいれ、いくつもの局にチューナーをまわしたあげく、ふたりとも同意できる局を見つけた。

「どこかで止まりたくなったら教えてね」スーが言った。

「当分大丈夫だよ。一時間ほどしたら、おりてしばらく歩きまわらないといけないと思う」

「気分はどう？」

「上々さ」

ロンドンにずっともどったままでいられるのが嬉しくて、スーの気分も上々だった。ここ数週間、たびたびデヴォンにやってくることで、彼女は消耗していた。リチャードは、かれこれもう一カ月は介添えなしで歩いており、ふたりともリチャードの退院が決まらないことにじれてきていた。物事を遅らせていたのはハーディス医師であり、医師は、リチャードのトラウマがうまく処理できているとは確信できない、と語った。催眠治療がさらに何度かおこなわれたが、それらは最初の回と同様、結論がはっきりしなかった。リチャード自身、トラウマに悩まされているようにはまるで見えず、その治療が終わることを切望していた。

スー自身のジレンマは、彼女がハーディス医師の意見に同意していることだった——彼女は、リチャードがまだ自分の過去と折り合いをつけていないのを、彼女なりの理屈からわかっていたが、ありきたりの治療では、これ以上得られるものはなにもないと確信していた。スーは今回の件に自分なりのためらいがあった——自分の個人的なニーズを考えてみると。リチャードは魅《グラマー》する力を失ってしまい、スーのことをなにも知らないのだ。

病院を出たいというふたりの願望に加えて、ミドルクームまでリチャードに会いにくることの実際的な問題点があった。ミドルクームは、まるでホテルのような景観を偽装していたが、もちろん、そこは病院だった。快適な環境や趣味のよい調度、介護サービス、高級料理《オート・キュイジーヌ》は、プライバシーと個人の行動の自由を期待させたが、実際には、めったにふたりきりになれる機会がなかった。地所を散歩するのが、唯一ふたりが自分のものとできる時間だったが、やれることはあまり多くなかった。また、おなじ理由から、スーがミドルクームに泊まるのは事実上不可能で、いつも外部で宿を探さなければならなかった。キングズブリッジでときどき、ダートマスで一、二度。それは見舞いにかかる出費をさらに増やし、ふたりがいっしょにいる時間をさらに侵食した。

たびたび訪れたなかでいちどだけ、リチャードの部屋でふたりきりになる機会をもてた。そのとき、ふたりはおそるおそる愛を交わそうとした。失敗だった――ふたりともまわりのことが気になってしかたなく、ベッドはいかにも病院の備品という機能本位の代物であり、リチャードの体はまだ痛む箇所やこわばった箇所があった。薄い壁越しに、隣の病室でほかの患者がしゃべっているのが聞こえたし、静かにしていなければならないことが、さらなる抑圧になった。結局、ふたりはほんの数分間、裸になってたがいの腕に身を委ねておくことで手を打った。それすら、スーには衝撃的だった――それまで、リチャードの傷がどの程度なのか見当がついておらず、火傷と手術による傷痕を見て、彼女は震えあがった。それにより、リチャードに対する気持ちがあたらしい相に移行した――リチャードがこうむった痛みのおそるべき度合いにより、あらたな優しさが目覚めたのだ。

だが、いまやミドルクームは背後にあり、リチャードに対するスーのジレンマは、胸をふたぎそうになっていた。スーがなにより望んでいるのは、クリーンなスタート、二度めのチャンスだった。そして、表面的には、それをしてはならない理由はなにもなかった。スーは、以前と同様、リチャードを愛していたし、必要としていた。リチャードが、ふたりを引き裂く原因になったことをなにも覚えていない以上、スーにできる最良のことは、いまの時点からゆっくりと関係を築いていくことだった。

スーはナイオールをついに取り除いた。あの事故はどうやらリチャードの魅する力《グラマー》を消失させてしまったらしい。ナイオールとやっと決別できたことと、車載爆弾事件を耳にしたというふたつの出来事による激しい動揺で、スー自身の魅する力《グラマー》も彼女のなかから叩き出されていた。

昔、スーが望んでいたあらゆることが、いまやわがものとなっていた。

ところが、リチャードは再発見に熱心だった。彼は、なにが起こったのか、どのようにしてふたりは出会ったのか、どのように愛し合うようになったのか、なにがふたりを別れさせたのかを知りたがった。スーは、リチャードに知られるのを恐れたものの、どうしたらいいのかわからなかった。

その意味では、いぜんとして魅する力《グラマー》がふたりを結びつけており、ふたりを脅《おびや》かしていた。

「凝ってきたみたいだ」そう言ってリチャードは、座席の上で体を動かし、安全ベルトの位置を調整しなおそうとした。「もう少ししたら止まってくれるかい？」

ふたりは、旅のあいだ、ほとんど黙って、ラジオ3のクラシック音楽に耳を傾けていた。どんな音楽をリチャードはいちばん好きなんだろう、とスーは考える。クラシック音楽だけを好むんだろうか、それともポップな音楽にも嗜好があるんだろうか、と。相手のことについて知らないささいなことが、それはたくさんあった。愛の性急さに脇へどけられてしまっていたのだ。スーがリチャードについてもっともよく覚えているのは、彼の情熱、彼のわくわくさせられる告白、変わりやすい彼の気持ちが奏でる即興詩だった。病院では、そうしたすべてのことが周囲の環境ゆえに抑えられていたが、ひとたび家にもどれば、リチャードのそうした側面をふたたび見られるのだろうか？

車はブリストルに近づいていた。エイヴォン橋の直前で、スーはモーターウェイを離れ、サービス・エリアにはいった。車を駐車させてから、彼女は助手席のドアのところにまわりこみ、リチャードが苦労しながら出てくるあいだ、そばに立っていた。リチャードはひとりでおりられたし、おりると言いはったが、スーはリチャードのそばについていたかった。スーは後部座席に手を伸ばして、リチャードの杖を取り、車をロックした。

雨はすでにやんでいたが、駐車場のアスファルト地面は濡れており、いくつもの水たまりができていた――冷たい風が、セヴァーン川の入り江を過《よぎ》って、ウェールズから吹きつけている。

スーはふたりぶんの紅茶とビスケットを何枚か買い求め、リチャードの座っているテーブルに運んできた。カフェテリアは、明るく照らされ、派手な色に塗りたくられており、ほかの自動車旅行者で混み合っていた。こうした場所に人けがなかったところを見たためしがない。屋外にいると、ビデオ・ゲーム機の電子的なうなりやうめきが聞こえてきた。

「自宅にもどりたくてたまらない？」スーは訊いた。

「もちろん、もどりたいさ。だけど、留守にしてずいぶんになる。ぼくが買ったときのフラットの様子をずっと考えているんだ。ちょうど手をいれられたばかりで、空っぽだった。あそこに家具が備わっているところを想像するのは難しいんだ」

「そこのことを思い出せたと言ってたんじゃないかしら？」

「ぼくの記憶は、どれも混じりあっているんだ。ぼくは引っ越してきた日のことをずっと考えている。ヴァンの荷台にカーペットを置き忘れていたので、家具をみんな動かし直さなければならなかった。それから、ずっとあとのことを、きみがあそこにいたときのことを思い出せるんだが、おなじ場所のような気がしないんだ。ぼくはそういったことを同時に思い出せるんだ。それぞれが重なり合っているかのように。言いたいことがわかるだろうか？」

「あまりよくわからない」スーは言った。

「きみは、その後あそこにいったことはないというわけかい？」

「ありません」万事問題ないか確かめようとリチャードの住居を訪ねてみるべきだという考えは、実際にいちど頭に浮かんだのだが、結局、スーは訪ねなかった。

リチャードを訪ねてデヴォンにくるようになってから、スーの生活はふたつの現実的な問題に悩まされていた——時間の欠如と金銭の欠如だ。リチャードはそれらのことについて事実上なにもわかっていなかった。当初、リチャードはスーが頻繁にやってこられない言いわけをひどく疑っていたからだ。その後、彼女は、よりおおきな目的のため、自分の問題をリチャードにゆだねて、できるだけちいさくしようとした。リチャードは、知るかぎりのすべての費用を支払った——スーの旅費、デヴォンでの滞在費、レンタカー費用、ふたりがいっしょにいるときの食事代。だが、それらとて、いちばん肝心な問題にはほとんど力にならなかった。スーは、いぜんとして家賃を捻出しなければならず、食費を稼ぎ、光熱費を支払い、ロンドンを動きまわらねばならず、服も買わねばならなかった。

頻繁にロンドンを離れているせいで、スーの仕事生活は、混沌の様相を呈していた。工房は、スーに信用がおけなくなったので、ますます依頼をまわさない方向になっている様子であり、彼女にはべつの仕事先を探しに出かける余裕がなかった。

何年かのあいだ、自活できていたという事実は、スーにとってじつに重要なことだった。けっして容易なことではなかったのだが、なんとか生き延びてきた。独立していることと、正当に稼いだ収入があることとは、スーの心のなかでは、三、四年まえにナイオールの生き方を拒否しはじめ、彼の影響力から逃れようとした自身の成長と同一視されていた。

だが、誘惑は絶えずつきまとっていた。苦境の解決策が手にとどくところにあったからだ。ナイオールに万引きのテクニックを教えられ、スーはいまでも自分がそのテクニックを利用できるのをわかっていた。スーの魅《グラマー》する力は、かなり弱まっていたが、必要となったら使えるのはわかっていた。いまのところ、スーは魅《グラマー》する力を使うことに抵抗していたが、リチャードは彼女が被っている苦闘をなにも知らなかった。

過去は終わったこと、と自分に言い聞かせたとき、スーが言わんとしていたことはそういうことだった。けちな犯罪は、魅《グラマー》する力の否定的な役割であり、以前になにもかもだいなしにしたのは、そうした否定的な事柄だった。

ふたりはカフェテリアを離れ、車にもどった。リチャードは、杖を使うというよりも、ただ手にしているだけだったが、足をひきずりながら歩いていた。スーは、リチャードが腰から助手席にはいろうとして身をかがめ、両脚をいちどにふりまわしてしかるべき場所におさめる様子を見守った。普通の動きにそのような努力を要することが、スーの心を痛ませ、ドアをリチャードのために閉めてやってから、しばしその場に佇んで、車の金属製の屋根の向こうをうつろに見やりながら、つかのま、ふたりがはじめて関係を結んだおりに、動いているリチャードの姿を見たときのことを思い出した。

ほどなく、車はモーターウェイにもどり、一路ロンドンをめざした。

2

リチャードの指示があったにもかかわらず、スーが彼のアパートメントを探し出すには多少手間どった。ロンドン市中を運転するのは、スーにとっていつも恐ろしいことだった。いちど誤って一方通行に逆方向からはいり、何回か狭い裏道で対向車にぶつかりかけたあげく、めざす通りを見つけて、リチャードの家の正面からほど近い場所に車を駐めた。

リチャードは身を乗り出し、フロントガラス越しに家並みをじっと眺めた。

「たいして変わってないみたいだ」リチャードはいった。

「変わっていると思っていたの？」

「ぼくはずいぶんここを留守にしている。どういうわけか、ちがって見えるのではないかと想像していたんだ」

ふたりは車を離れ、家に向かった。建物のメインドアを抜けると、ちいさなホールに出、そこにはさらにドアが二枚あった。一枚は、一階のフラットに通じるドアであり、もう一枚は、リチャードの二階の住居につづくものだった。リチャードが鍵束をまさぐっているあいだ、スーは相手の顔を見つめ、リチャードの気持ちを推し量ろうとした。リチャードは、おそらくは意図的に、なんの表情も表わさず、シリンダー錠に鍵を滑りこませ、ドアを押し開けた。ギシギシという音がして、ドアは一瞬引っかかった。さらに押すと、ドアは完全に開いた。階段の上がり口には、手紙や新聞からなるおおきな山ができていた。大半は新聞だ。

リチャードは言った。「先にいってくれ。ぼくはこれを乗り越えられない」

リチャードは、うしろにさがり、スーのために場所を空けた。スーが先にはいり、紙類を壁際に押しやった。できるだけたくさんそれらをすくい、両腕に抱えた。

リチャードが先に立って階段をのぼる。一段一段ゆっくりと、慎重にのぼっていく。スーはあとにつづきながら、ここにまたしてもやってくることになろうとは、なんて不思議なことだろうと考えていた。いちどは、二度とリチャードに会うことはないだろうと思ったというのに。この場所には、スーなりの思い出があった。

階段のてっぺんで、思いがけずリチャードが足を止めた。すぐあとについていたので、スーは一段おりざるをえなかった。

「どうしたの？」スーが訊ねる。

「なにか変だ。説明はできないけど」

階段の側面の壁には磨《す》りガラス窓がはまっていたが、部屋のドアがみな閉まっていたため、踊り場は薄暗がりになっていた。このフラットは、寒々しい感じだった。

「あたしが最初にいきましょうか？」スーがいった。

「いや、かまわない」

リチャードは動き出し、スーがあとを追って、踊り場にあがった。リチャードはドアを次々に開け、なかを覗きこんでは次のドアに移動した。踊り場のすぐ右手にあるキッチンとバスルームをおさめた部屋をべつにして、三つのメインルームがあった。いずれのドアも古風なパネル貼りで、茶褐色に色あせ、アパートメント全体に子供時代を思い起こさせるみすぼらしさをあたえていた。スーは、かつてリチャードが、そのうちドアのパネルを全部はがして塗り直すつもりだ、と話していたのを思い出した。

スーはリビングにはいり、腕に抱えた新聞と手紙を椅子にどさりとおろした。室内の空気は、他人の家の正体不明のにおいを漂わせていたが、同時に、久しく換気されていない空気の、顧みられなかった感覚とでもいうものがあった。カーテンが半分ひかれていたので、スーはそれらを引きあけ、窓のひとつを開けた。往来の騒音がはいってきた。主窓の敷居には、哀れな鉢植えの草花が並んでいた。みんな枯れてしまっている。そのうちの一鉢は、スーがリチャードに贈ったヤツデだったが、大半の葉が落ちてしまっており、たった一枚残っている葉は茶色く朽ちかけていた。スーは鉢を見つめ、手を触れて、葉を落としてしまったほうがいいだろうか、と考えた。

リチャードが踊り場から部屋のなかにはいってきて、家具や本棚、埃にまみれたTVを眺めた。

「どこか変わっている」リチャードは言った。「動かされている」彼は髪の毛に手をつっこみ、目にかかった髪をもちあげた。「莫迦《ばか》げて聞こえるのはわかっているけど、そういうことが起こったんだ」

「なにも変わっていないと思うけど」

「ちがう。はいってきたとたんに動かされているのがわかった」

リチャードは、いいほうの腰でバランスを保ち、くるりと振り向くとまた出ていった。スーは、リチャードが薄いカーペットの敷かれた踊り場を歩いている不規則な足音を耳にした。

スーは、はじめてここにきたときのことを考えていた。ふたりが出会ってからすぐのことだ。夏だったので、部屋のなかは光であふれており、塗り直されたばかりの壁は、明るく、さわやかな感じだった――そのおなじ壁がいまではくすみ、冷たい感じになって、気分をもり立てるための絵画や掛け布を要するようになっていた。フラット全体が掃除と手入れを必要としていた。それがスーのなかの家事本能を刺激したが、自分以外の人間のために家事をすることを考えると、気力が萎えた。長い運転で疲れており、一杯飲《や》りに出かけたい気分だった。

リチャードが隣の部屋で動きまわっているのが聞こえた。そこにはアンティークの撮影機材が収められている。スーはリチャードと話すためにそちらへはいっていった。

「ひと部屋なくなっているんだ、スー！」即座にリチャードは言った。「廊下の突き当たり、バスルームの隣の。客間があったはずなんだ！」

「そんなのがあった記憶がないけど」とスー。

「もともと四部屋あったんだ！　この部屋とリビング、寝室と客間の四部屋なんだ。ぼくは気が狂っているのか？」リチャードは廊下に出て、突き当たりののっぺりとした壁を指し示した。

「それは外壁」スーは言った。

「きみはまえにここにきたことがある……覚えてないかい？」

「覚えている。でも、いまとおなじよ」

スーはリチャードのそばにいき、相手の腕をそっと握った。「あなたは自分の記憶にごまかされている。けさのことを覚えていない？　モーターウェイで、あなたはこのフラットをふたとおりに覚えているといったでしょ？」

「ああ、でもぼくは現にここにいるんだ」

リチャードは足を踏みならしてスーから離れ、足をひきずりながら踊り場にもどっていった。なにを言ったらいいのだろうか、とスーは考える。リチャードの知らないことだが、彼女は昨日ハーディス医師と内密の打ち合わせをしていた。リチャードの記憶の回復は、本人の主張とは裏腹に、部分的なものでしかないかもしれない、と精神科医は苦渋に満ちた様子でスーに警告した。ハーディスは、まだリチャードには記憶の欠落が残っており、誤って思い出された詳細が実際の記憶として考えられている可能性がある、と信じていた。

「でも、あたしはどうすればいいんでしょうか？」とスーは訊いた。

「自分で判断しなさい。たいていの記憶欠落は、ささいな、どうでもいい事柄にかかわっているものだが、それでも本人にとっては、とてもめんくらわされるものになりがちなのだよ」

思い出したと思っていたフラットが一部屋欠けているほどめんくらわされるものに？

スーは寝室にはいっていった。かびくさいにおいがするさらなる部屋。カーテンを開けたが、ここの窓は湿気で膨れているのか、ペンキで固まっているのか、スーには動かせなかった。それでもちいさな明かり採り窓が開いてくれた。ベッドは、ドアをはいったすぐそばの壁際にあった。だれかがベッドメイクをしていた。スーやリチャードがするよりもはるかにきっちり整えてある。いったいだれがこんなベッドメイクをしたというのだろう？　車の爆弾事件のあと、警察がこのフラットを訪れているのをスーは知っていた。ふいに、ふたりのヘルメットをかぶった制服警官が、えっちらおっちらシーツの皺を伸ばし、ベッドカバーを広げ、毛布をたくしこんでいるという奇妙な映像が心に浮かびあがった。スーは笑みをこぼした。

スーは寝具をめくってみて、シーツが清潔というにはほど遠いことに気づいた。リチャードがほかの部屋を動きまわっているあいだに、スーはベッドのシーツ類をひっぱがし、マットレスをなんとかひっくり返した。マットレスもまたむっとするにおいを立てていたが、それに対応する手だてはなかった。スーは、バスルームの温水タンクの上に小型の加熱乾燥用戸棚があることを思い出した。その戸棚のなかに、シーツと枕カバーが一式揃っているのを見つけた。そのどれも湿気ったにおいを立てていない。バスルームにいるあいだに、スーは、コイル式電熱湯沸かし器のスイッチをいれ、ひとつ、またひとつ、家庭が息吹を吹き返していくのだと考えた。それとおなじ考えで、冷蔵庫の電源をいれたが、なにも起こらなかった。コンプレッサは動かず、庫内灯も点かない。踊り場に出て、ヒューズ箱を見つけ、主配電盤のスイッチをいれた。頭上の照明が灯る。

キッチンでは冷蔵庫がうなりをあげていたが、なかを覗くと、白い断熱壁のかなりの部分が黒いかびに点々と覆われているのがわかった。壜詰めの牛乳は、黄色い液体と酸っぱいにおいのする茶色の上澄み部分に分離していた。スーは、壜の中身を流し捨て、水道の蛇口の下で壜をゆすいだ。床にひざをついて、濡れた雑巾でかびを拭い去っていると、リチャードがはいってきた。

「食糧を買ってくるべきだと思うんだ」リチャードは言った。「あるいは、今晩は食べに出かけようか？」

「どっちでもいい」スーは、綺麗な水で雑巾をすすぎ、もういちど冷蔵庫の内壁を拭いた。立ち上がる。「でもあした用に食糧の買い出しにいきましょ。今夜はレストランで食事をするの」

「ということは、ここに泊まるつもりかい？」

「たぶんね」スーはリチャードに軽くキスした。「あなたの荷物を家のなかにいれましょ。今晩レンタカーを返しにいかないと」

「まだぼくらの車であるうちに、ぼくの車を回収しに出かけてはどうだろう？」

「どこにあるの？」

「最後に乗ったときに、きみの家の表の道路に駐車したんだ。盗まれていないかぎり、まだそこにあるだろう。バッテリーは、まずあがってしまっているだろうけど」

「見た覚えがないな」スーは眉をしかめた。「明るい赤だった？」

「うん。いまじゃ、落ち葉と泥に覆われているだろうけど」

スーは、それ以上なにも言わなかったものの、リチャードの車がそこにはないことを確信していた。その車はスーの人生においておおきな部分を占めていたので、どこにあったところですぐにわかるはずだった。リチャードは通常、車を貸しガレージに置いており、そこにあるものとスーは踏んだ。

「運転できる？」スーは訊いた。

「やってみないとわからないけど、できると思う」

それからの一時間は、家事に費やされ、買い物を終えてフラットにもどり、食糧をかたづけてから、ふたりはリチャードの車を探す旅に出発した——無為な旅だと、スーは確信していたのだが。夕方のラッシュアワーがはじまっており、ロンドン北部を横断するのは、スーにとってささやかな悪夢だった。ようやく車はハイゲイトのごった返しを脱出して、アーチウェイを渡り、ホーンジーにはいった。スーは車を自宅のそばの通りにゆっくり進ませ、家のまえで停めた。

「もっと先だよ」リチャードがいった。「通りの反対側だ」

「ないわ」だが、スーは、通りのはずれまで車を進め、突き当たりで、おずおずとUターンさせた。

　スーが車をもどしていると、リチャードは言った。「ここに置いたとはっきり覚えているんだ。あの木の下、ミニが駐まっているところに。出ていくとき、あまりに動転していてとても運転できるような気持ちじゃなかったので、歩いて家に向かったんだ」

「あとで取りにもどったという可能性はない？」

「ない。あれは車載爆弾が爆発した日のことだったんだ」

　ふたたびスーの家のまえに到着し、道路の向かい側に駐車スペースがあるので、スーは車をそこにいれて、エンジンを切った。リチャードは、どうやら自分の車がないことに混乱しているようで、座席の上で体をひねり、駐車してある車の列をじっと眺めていた。

「もどって、せめてあなたのガレージを覗いてみましょうよ」スーはいった。「警察に移動させられているかもしれない。警察は、あなたに関する書類をみんなもっていったんでしょ？」

「ああ。たぶんきみの言うとおりだろう」

　スーは運転席側のドアを開けた。「ちょっと家にもどって、なにかメッセージが届いていないか確かめてくる。あなたもなかにはいりたい？」

「ぼくはここに残っているよ」

　ふいにリチャードの声がこわばったので、ちらっとスーは目を走らせたが、彼の表情はなにも表わしていなかった。リチャードは見えるかぎりの駐まっている車をざっと見ていた。

スーは車を離れ、自宅へたどりつき、鍵を探った。

なかにはいると、電話脇の連絡ボードにメッセージがふたつ書きこまれているのに気づく——ひとつは工房からのもので、スーは直感的に即座にコールバックすべきだと思った。腕時計を見て、工房の人間はもう帰ってしまった時間だと悟る。メッセージには日付が記されておらず、ということは四日まえのものである可能性があった。自室にはいると、出ていったときとなにも変わっていないのがわかる。だいたい、最近ではろくにここにいないのだから。ワードローブから服と下着の替えを取り出し、大型旅行鞄につっこんだ。ほかに必要なものはすべて、一泊用の旅行鞄に詰めて、リチャードのフラットに置いてある。

しばらくひとりきりで、スーはなじみ深い部屋を眺め、三年まえ、はじめてここに引っ越してきたときにどんな感じがしたかを思い出した。あれは、ナイオールと、ナイオールにひきこまれた暮らしかたを拒もうとする最初の試みだった。引っ越すまでに、その決心はかためていたのだが、実行できたのはリチャードに出会ってからで、それまではナイオールを生活の周辺にしじゅう漂わせているのを許していた。引っ越してきたとき、スーは、ナイオールのやりかたよりもよりよい生きかたがあることを悟ったのだ。両親に通わせてもらった美術学校での教育は、無駄に費やされていたが、その間も彼女は成長をつづけ、けちな犯罪や、なんの意味もない放浪生活よりももっとましなものを欲するようになっていた。正規に借り、正当に稼いだ金で家賃を支払うこの部屋こそ、あたらしい転換点だった。だが、時がたつにつれ、部屋はたんにスーが住んでいる場所になり、なにも象徴しなくなった。

スーは車のところにもどった。ふたりはウエスト・ハムステッドにもどった——交通量は減ってきており、スーは道順を覚えはじめていたが、リチャードは自分のガレージの正確な位置を彼女に指示しなければならなかった。ガレージのドアを開けると、なかに車がはいっていた。二本のタイヤから空気が抜けており、バッテリーもあがっていたが、ほかは、リチャードが何カ月もまえにここに置いていったはずのときと、まったく変わっていなかった。

3

ふたりはカムデン・ハイ・ストリートにある中華料理屋に出かけ、食後、リチャードのフラットにもどった。レンタカーのブースターコードを用いて、なんとかリチャードの車をスタートさせることができ、彼は自分の車の運転を試みた。最寄りのガソリンスタンドまで運転し、そこでタイヤに空気をいれたのだが、そのあとでは、疲れきって運転できなかった。

そのことをべつにすると、リチャードはリラックスし、陽気な様子で、ミドルクームを発ってからはじめて口がなめらかになっていた。仕事にもどりたい、たぶん海外にいくことになるだろう、と話す――リチャードは昔から旅をするのを楽しんでいた。フラットにもどると、ふたりはTVで夜のニュースを見た。リチャードは、TV報道のスタイルと、イギリスとアメリカの報道方法の微妙なちがいについて、さもおもしろそうに語った。ニュース番組が終わると、彼は、ふたたびフルタイム勤務の仕事を探そうかとすら話した。

その後、ふたりはベッドにはいった。むろん、スーは過去の行為を思い出さずにはいられなかった。身体的な愛の行為は、彼ら双方にとって、過去を思い出させる触媒だった――最後に愛を交わしたのはどれぐらいまえだったのか、どれほどすばらしいものになりうるのか、どれほど重要なものなのか。ことが終わり、スーはリチャードに身を寄せて、横たわっていた。頭を相手の胸に乗せて。その位置からだと、リチャードの傷痕はどれも見えない——彼の傷が現在のすべてのことに影響をあたえているがゆえに、過去を思わせる幻影だった。ここだったのだ。このベッドで、おそらくはこのおなじシーツにくるまり、ふたりははじめて愛を交わしたのだ。

ふたりとも眠くならず、しばらくして、スーはベッドを離れ、自分用に紅茶を淹れ、リチャードのために冷蔵庫から罐ビールを取り出した。ヒーターがはいっているにもかかわらず、室内はひんやりしていたので、スーはセーターを着て、リチャードに向かい合う形で腰をおろした。リチャードは枕にもたれて体を起こしている。

「けっきょく、この部屋を改装しなかったんだ」ベッドサイド・ライトの低い光で部屋を見渡して、スーは言った。「改装するつもりだと言っていたのに」

「そんなこと言ったのかい？　覚えていないな」

「あなたは、壁紙を貼るつもりだ、と言った。あるいは、もっといい色に壁を塗り替えるんだって」

「どうして？　この色でなにも問題ないように見えるけど」

スーは、リチャードにほほ笑みかけた。彼は罐ビールをつかんで、寝そべっている。首と肩のまわりに移植組織のピンク色の格子模様が窺える。

「覚えてないの？」

「そのことを以前に話し合ったりしたのかい？　壁の色のことを？」

「あなたは記憶を取りもどしたと言ったじゃない」

「取りもどしたさ。でも、とるに足りない細かなところまでいちいち覚えていられないよ」

「細かなことじゃない」

「だけど、たいしたこっちゃないだろ、スー！」

「いったいどれだけたくさんのとるに足りない細かなところを忘れてしまっているの？」スーは、そのひとことを口に出してしまった。ハーディス医師から告げられた警告を思い出すのには遅すぎた。過去を眠らせたままでいようという自身の決意すら、念頭にのぼらなかった。

「ぼくにとって大事なのは、きみを思い出したことだ。それがなによりも大切なことなんだ」

「あたしたちは過去を忘れ去らないと」

「できない。なぜなら、きみに恋したのは過去のある時点であり、ぼくはそれがどんなふうだったのか覚えておきたいんだ」

スーは、ふたりの過去の関係に存在していた、なじみの片意地な興奮をふたたび感じていた。そこへもどっていくのがどれほど危険なことなのか承知しているのに、それでもそこに致命的にも引き寄せられていくのだ。

スーはいった。「あたしは、もういちど最初からはじめたいんです」

「ぼくの願っているのもそうさ。だけど、どのようにぼくらが出会ったのか、いっしょになにをしたのかを思い出すのは、ぼくにはとても重大なことなんだ」

「放っておきなさい」リチャードは罐ビールを飲み干しており、空になった罐をスーがもってきたトレイに載せた。「もう一本要る？」スーは訊ねた。

「自分で取ってくる」

「いえ、ここにいて」

スーはキッチンに歩いていき、冷蔵庫から罐ビールを二本取り出した。つかのまであれ、リチャードから離れる必要があったのだ。なぜなら、彼女は自分のなかにあの歓喜を、もういちど試みたいという危険に満ちたスリルをふたたび感じていたからだった。スーは、開いたドアを支えたまま冷蔵庫の内部をぼんやりと眺め、冷却された空気がくだってきて、むき出しの脚を包むのを感じていた。ひょっとして、スー自身、ふたりをつなぐ魅《グラマー》する力抜きで、ふたりがいっしょにやっていけるものと考えるよう、心を偽っているのではないだろうか。リチャードは、グラマーを失った。あるいは、グラマーが負傷のショックで彼のなかから叩き出されてしまった――いまそのことを知れば、リチャードは自分のもとにもどってくるだろうか？

スーは冷蔵庫を閉め、寝室にもどった。二本の罐ビールをリチャードのかたわらのテーブルに置き、ふたたびベッドの上に腰をおろすと、足を組んで、セーターのまえをひざにたくしこんだ。

スーは言った。「あたしに関することを全部覚えている？」

「覚えていると思っている。気をもたせる言いかただね」

スーはリチャードにさらに近寄って、手を取った。「ほんとは記憶がもどっていないんじゃないの？」

「いや、もどっているさ。大半はね……重要な出来事はもどっている。きみとぼくが恋に落ち、だけどきみにはナイオールという名のボーイフレンドがいて、きみを離そうとせず、結局、ナイオールがぼくらの仲を裂いたことを覚えている。それが起こったことなんだろう？」

「結果がそういうものと言うなら、そのとおり。たぶん、そういう形で覚えているんだ」

「ぼくはきみといっしょにフランスにいたことを覚えている」

そのセリフにスーはめんくらった。「いいえ、あたしはいちどもフランスにいったことはありません。だいたい、イギリスから外に出たことすらない。パスポートをもっていないもの」

「ぼくらが出会ったのはそこだよ……フランスで、ナンシーに向かう列車のなかで」

「リチャード、あたしはいちどもフランスにいったことがないの」

リチャードは首を振り、さらにビールを喉に流しこんだ。「小便しないと」

用心しながら、リチャードはベッドから脚を振りおろし、足をひきずりながら部屋から出ていった。スーはその背を見つめながら、理解しようとした。リチャードは二枚のドアを開けたままにしたので、待っているあいだ、スーにはトイレのなかの音が聞こえた。水洗レバーがひねられ、水の流れる音しかしなくなった。やがてリチャードは部屋に帰ってきて、枕によりかかる元の位置にもどった。

「ほんとなのかい……きみがいちどもフランスにいったことがないのは？」リチャードは訊ねた。

「あたしはあなたに嘘をついたことはありません、リチャード」

「わかった、だったら、ぼくらはどこで出会ったんだ？」

「このロンドンで。ハイゲイトにあるパブで」

「そんなはずはない、いい！」

リチャードは目をつむり、顔をそむけた。スーは突然の恐怖を感じた。このようなことに折り合いをつけていく資格は自分にはないと考える。医者の言ったことは正しかった――リチャードを退院させたのは、早すぎたのだ。彼の記憶は、恒久的な損傷を受けていた。スーは、リチャードの傷だらけの肉体を見た。彼の胴体と腕は、以前より太っただけでなく、運動不足により弱くなっていた。彼の記憶に挑んでみたのはまちがいだったのだろうか？　その記憶は、スー自身の記憶とおなじように確固たるものなのだろうか？　どうして彼はあたしたちがフランスで出会ったのだと考えなければならないのだろう？　リチャードがそんなふうに思いこんでいることを知るのはショックだった。スーが理由を解きあかそうという気にすらなれないものだった。

スーが知っているのは、自分自身の真実だけだった。彼女におおきな影響をあたえ、結果的に、リチャードにもおおきな影響力をあたえた真実だけ。

スーは訊いた。「リチャード、あなたは魅力《グラマー》を覚えている？」

「その話をぶりかえすのは、よしてくれ！」

「ということは、あなたにもなにか意味をもっているのね。それがどういうものか覚えている？」

「知らない、知りたくもない！」

「じゃあ、あたしが見せてあげなければならないのね」

決心がなされ、スーはベッドからまろぶようにおりると、はっきりとした意図をもって進んだ。ふたりがいっしょにいた過去の歓喜がスーに乗り移り、彼女は、これが収まるまですべて待たざるをえないことを悟った。それがふたりに課せられた条件なのだ。

「なにをしようというんだい？」リチャードは訊いた。

「なにか目立つ色をしたものが欲しい。あなたの服はどこにあるの？」

「箪笥のひきだしのなかにある」

そのセリフを待たずに、スーはすでにひきだしのひとつを開け、なかを探っていた。ほぼ即座にウールのセーターを見つけた。ロイヤルブルーの豊かな色をしたセーターだ。彼女はそれを取り出した。リチャードはそのセーターを部屋着に使っていたにちがいない。一方のひじのところがすり切れ、正面に泥の汚れがついていた。それをもっていると、奇妙で危険な感覚をスーは覚えた。セーターの色が寒色で、けっして自分が着る服には選ばない色だとわかっているだけに。胸ぐりの深いドレスや短すぎるスカートを選ぶような、性的な感触があった。スーは眩暈《めまい》を覚えた。

「あたしを見て、リチャード。あたしのすることをみんなよく見ていて」

スーは、着ているベージュ色のセーターを脱ぎ、それをベッドに放った。ほんの数秒のあいだ、彼女は裸で立ち、裏返しになっていたブルーのセーターの片袖を表に返して、かぶれるようにした。スーは、頭からセーターをかぶり、なんとか両腕を通した。セーターが顔のまえを通るとき、一瞬、リチャードのにおいがした。彼の体臭が、何カ月もひきだしのなかで触れられずにいたかすかなかびくささにまじっている。頭を通し、乳房の下に引きおろす。彼女にはおおきすぎるセーターで、裾が太股まで達した。

「裸のほうがいいな」と、リチャードは言ったが、それは弱々しいジョークだった。彼は、スーがしようとしていることの真実を避けていた——なにが起ころうとしているのか、彼は知っていた。知っていたのだ。リチャードにとっては、あまりに重要なことなので、忘れ去るわけにはいかなかった。彼はそれを心のなかに封じこめ、どうにかして記憶から追放したのだった。だがスーは、リチャードがふたたび思い出すとわかっていた。すでに彼はおなじ歓喜を感じていた。スーがしようとしていることの危険性が彼女の体のなかを通り、気分を浮き立たせた。

「セーターを見て、リチャード」スーの声は、彼女の興奮とともに深みを増した。「これがどれほどはっきりとした寒色で、強い色か見るの。わかる？」

リチャードはスーを見つめていた。ほとんどわからないほどかすかにうなずく。

「色を見て、見失わないように」

スーは意識を集中させ、雲のことを考え、魅《グラマー》する力をわが身に呼び起こした。かつてはそれはつねに存在していたのだが、いまはむりに呼び起こさなければならなかった。雲が体のまわりに集まってきたのを感じる。

彼女は目に見えなくなった。

リチャードは、スーが相手に見られないまま、移動し、ベッドの反対側に歩いていったあいだも、彼女が最初にいたところを見つめつづけた。

いつもこんなふうになる。見知らぬもののまえでストリップをするように、公共の場所で裸体を夢に見るもののように。性的励起をしたことによる中途半端なやましさの高まりと、無防備になることの甘い欲望。自分の魅《グラマー》する力を見せる最初は、いつもはじめてのセックスのようなものだった。あたらしい自我をふいにあらわにすること、犠牲、防備の欠如。とはいえ、目に見えないことは、安全だということであり、隠れ、姿を消しているのは、力であり呪詛であった。かつていちどリチャードとのはじめての機会があったが、彼が忘れてしまったがゆえに、彼の心が変わってしまったがゆえに、これは第二のはじめての機会であり、性急な、官能的自暴自棄がふたたびもどってきていた。

スーは問いかけた。「あなたがナイオールを見たときのことを覚えている？」

すると、リチャードは、首をするどく振り向かせた。ショックを受けた表情が浮かんでいる。そして彼は、いま彼女が立っている場所を向いた。自分の目には映っていない彼女のいる場所を。

第五部

1

最初にあなたを見つけたのは、わたしだと思ったのだけど、ナイオールはいつだってわたしより目ざとかった。彼はなにも言わなかったけど、わたしがあなたに気づいたときには、彼はそのことに気づいていたわ。

ナイオールは言った。「出ようぜ、ほかのパブを探そう」

「ここにいたいの」

土曜の夜で、パブは混んでいた。テーブルはみんな満席で、おおぜいの人がテーブルのあいだのスペースに突っ立ち、バー・カウンターに群れている連中さえいた。店内は、天井が低く、煙草の煙が濃くただよっており、それがあなたの雲とまじりあっていた。もっとまえにあなたを見かけていたら、わたしはあなたの正体について気づかなかっただろうし、あなたの見かけのノーマルさにごまかされ、矛盾した言いかただけど、あなたはわたしの目には見えなかったはずだった。

わたしはあなたをテーブルから見つめた。似たもの同士が相手に抱くときめきを覚えながら。あなたといっしょにいた女性は、ただのガールフレンドにちがいなかった。つきあいはじめてそう長くない。あなたは彼女を喜ばせようとし、笑わせ、歓心を買おうとしていたが、体にはけっして触れていなかった。彼女も、あなたを気にいっている様子で、よく笑みを浮かべ、あなたの言うことにいちいちうなずいていた。彼女はノーマルで、わたしがすでに知っていることを知らないでいた。ある意味では、たとえあなたがわたしに気づいていなくても、あなたの一部を手にいれていると、わたしは感じていた。わたしは略奪の意思を覚え、興奮し、あなたがこちらを見て、わたしを認識するのを待った。

ナイオールとわたしは、ふたりともその夜、不可視になっており、メインドアをはいったすぐのところにあるちいさなテーブルを普通人《ノーマル》とわかちあって座っていた。普通人《ノーマル》たちはわたしたちに気づいていなかった。それよりまえ、あなたの姿を目にとめるまえに、わたしたちは、ナイオールのとった行動のことで口論していた。ナイオールには未成熟なところがつねづねあり、同席の男の人のポケットから煙草を一本失敬し、その人のマッチを使って火を点けたりしていたのだ。けちくさくて愚かしい行動であり、ナイオールが癖のように気ままにおこなっているいたずらだった。彼はまた、バーにある酒をかたっぱしから盗むことに執着していた。カウンターの奥にいき、自分で酒を注ぐ。わたしが酒を取りにいくとするなら、一時的に自分を目に見えるようにして、ほかの人たちとおなじように順番を待ち、代金を支払うことを、ナイオールはわかっていた。ナイオールは、そのことを自分に対する反抗の仕草である、と正しく解釈していた。わたしにとって、魅《グラマー》する力は選択可能な事柄であることを、そうやって誇示しているのだ、と。

あなたを見つめながら、わたしは、あなたにわたしが見えるのかしら、と考えていた。だけど、あなたはガールフレンドにすっかり夢中で、仮にバーのあたりに視線を投げかけたとしても、あなたは特になにかを見ようとするのではなく、ただ眺めているだけだった。とてもハンサムで、とても魅力的な人、とわたしは思った。

ナイオールが言った。「あいつは魅《グラマー》する力が起こりかけているだけだ、スーザン。時間を無駄にするな」

わたしはあなたを見ずにはいられなかった。わたしの関心を惹いたのは、まさにその起こりかけの力の質だった。あなたは気づいておらず、部分的にしか不可視になっていない、という可能性が高い。あなたに窺える自信たっぷりの態度は、おそらくはナイオールを唯一の例外として、わたしがいままで会ったどの不可視者にも見られないものだった。

ナイオールは痛飲しはじめ、わたしにピッチをあわせるよう求めてきた。彼は酩酊を好んでいた。酒好きの人間がみなそうであるように、酔いにのめりこんでいった。ときおり、すこしめしすぎると、わたしにすら、その姿が見えなくなった。ナイオールの雲が濃くなり、なにものも通さなくなり、彼の姿をぼやけさせた。

わたしはあなたを見つめつづけた。あなたは控えめに飲んでおり、度を越したりすることがないように注意し、このあと遅くにガールフレンドとふたりきりになったときのために備えていた。どれほどあなたといっしょにいる女性のことが羨ましかったことか！　酒でリラックスするにつれて、あなたの雲は濃くなっていったが、それとてわずかなものでしかなかった。

わたしはナイオールに言った。「次のひとまわりをしてくる」

ナイオールに文句をつけられないうちに、わたしはあなたのもとへ歩いていき、バーテンに給仕されるのを待っているふりをして、あなたとガールフレンドのあいだにわざと立ちはだかった。あなたは立ち位置を変え、わたしの周囲に目を向けた。無意識のうちにわたしがそこにいるのを知りながら、だけど実際には気づかないでいる。わたしはあなたには目に見えなかったけれど、こんなに近くに立っていると、自分の雲があなたの雲とまじりあうのを感じ取れた。深い官能的な心象風景だった。

わたしは、当面満足して、その場をあとにし、カウンターの奥にまわって、自分で酒を注いだ。注ぎながら、代金を現金箱に投じ、グラスを自分たちのテーブルに運んだ。

「なにをするつもりだったんだ、スーザン？」

「あの人にあたしが見えるかどうか知りたかったの」

「それにしては時間がかかりすぎたな」

「お手洗いにいってくる」

わたしはふたたびナイオールを置き去りにした。ビールを何杯も飲んだせいで鈍い光を放っている彼の目のことを考えながら。店のなかを横切りつつ、わたしは自分を目に見えるようにし、婦人用トイレにはいった。用を足してから、わたしはあなたのところへ歩いていき、そばに立った。いまは目に見えるようになっているので、あなたの雲はほとんど見えなかったけれども、さっきとおなじくらい近くに立った。すると、ようやくあなたはわたしに気づき、ほんのすこしうしろへさがった。

あなたは言った。「すまん……バーにいこうとしているんだね？」

「いえ。そうじゃないの。自販機で煙草を買いたいの。小銭をおもちじゃないかしら？」

「バーテンがくずしてくれるよ」

「ええ、でも、いま忙しそうなので」

あなたはポケットに手を伸ばし、何枚か硬貨を取り出したけれど、一ポンド札をくずせるほどはなかった。わたしはあなたにほほ笑んで、立ち去った。あなたがわたしをちゃんと見たのを知ったうえで。まだ目に見える姿のまま、わたしはナイオールの隣に座った。

「やめろよ、それは、スーザン」

「あたしはなにも悪いことをしていない」

わたしは昂然とした気分だった。バー・カウンターにいるあなたを見つめ、あなたがわたしのほうを見ていてくれないかと願った。わたしは興奮し、神経質になっていた。まるでまたティーンエイジャーにもどったかのようだった。ナイオールに出会ってからはじめて、わたしは彼に威嚇されている気分を味わわなかった。ナイオールは、わたしがほかの不可視人の大半を嫌っていることを承知したうえで、わたしがノーマルな人間と出会うことは、事実上不可能なことだとつねから思っていた。だけど、わたしは、よりよいものを欲する願望を秘密にしたことはなく、あなたと会ったことで大胆になった。

　わたしは、自分が自然と不可視の状態にもどるのを感じた。その変化が完了すると、ナイオールが言った。「飲んでしまえ。出るぞ」

「あたしはもうちょっといるつもり」

「時間の無駄だ。あいつはおれたちの同類じゃない」

　ナイオールは飲み物をほぼ飲み終えており、さっさと店を出て、わたしを連れだしたがっていた。彼は、魅力的だと思うほかの男性にわたしがしばしば目を向けているのを知っていた。だけど、そんな男たちは普通人だったので、ナイオールは安心できていたのだ。あなたは、わたしが会ったことのあるどの不可視人よりも雲に包まれていなかった――ナイオールは、あなたを〝起こりかけ〟と呼んだだけど、あなたがたんに自分の魅する力《グラマー》に気づいていないだけだと、わたしにはわかった。あなたは実世界に同化している様子で、そのことがわたしを興奮させた。

　わたしもその当時、完全な不可視ではなく、正常さの水面の真下にいて、努力すれば可視の状態に浮いてくることができた。ナイオールにはそのような選択肢はない――彼は、深いところまで不可視であり、ノーマルな人々の世界とはまったく相いれないところにいた。それだから、彼はあなたがわたしにとってどんな意味をもっているのか、たちどころに悟ったのだろう。あなたは、わたしにとって、次に移行するステージだったのだ。

意識を集中させ、わたしはふたたび可視の状態になり、わざとナイオールを挑発した。

「いこうぜ、スーザン。帰るんだ」

「あなたがいけばいいじゃない。あたしはここに残るから」

「おまえを置いて帰ったりしないよ」

「だったら、好きなようにしたら」

「勘弁してくれよ。あいつにおまえができることなんてなにもないぞ」

「あなたはあたしがほかの男と会うのが怖いだけ」

「おれがいないとそういうことはできないんだぜ」ナイオールは言った。「元にもどっちまうぞ」

そのとおりだとわかっていたけれど、わたしは頑なに受けいれようとはしなかった。ナイオールと出会ってから、わたしは雲を形作ったり、あるいは解きほぐしたりするテクニックを完璧なものにすることができたのだった。また、彼がそばにいるときだけ、そのことを苦もなくやれるのだった。ひとりでいると、可視の状態でいるのは絶え間ない緊張をもたらし、つねにわたしを消耗させた。というのも、わたしの雲が彼の雲と結びついてしまっているからだとわかっていた。わたしたちは相互に依存するようになってしまい、もっと早く別れているべきだったのに、相手にしがみついてしまっていた。

「とにかく、やってみる」わたしはいった。「気にいらないなら、出ていけばいいわ」

「莫迦《ばか》が！」

ナイオールはいきなり立ち上がり、テーブルの縁を殴りつけ、そこに載っていた飲み物のしぶきをはねさせた。向かい側に座っているふたりの客は、わたしがやったのだと考えて、めんくらった顔でわたしを見た。わたしは謝罪のことばをもぐもぐと口にし、厚紙のコースターを滑らせ、こぼれた酒を吸いこませようとした。ナイオールは、混み合った人々を押しのけて出ていった——客たちは、ナイオールがひじで小突いて通ろうとすると、無意識に一歩退いて道を開けた。だれも反応せず、だれも実際には彼に気づかなかった。

わたしはナイオールが立ち去ったあとも可視のままでいて、そうできるものだと我が身に証明しようとした。気持ちが張っているあいだは、可視のままでいるのがかなり楽なことに気づいた。以前にはこんなふうにナイオールに逆らったことはなかったし、逆らおうとする自分の気構えにわれながら驚いていた。いずれナイオールからしっぺ返しがくるのはわかっていたけれど、そのときは、彼のことをろくに考えていなかった。あなたのほうがずっと大切だった。

わたしはじっくり手だてを考えてから、ビール片手にテーブルから立ち上がり、あなたのまわりの客たちのなかに立った。あなたはパブにいるほかの客に背を向けるようにして、バー・カウンターに両ひじをついてもたれ、横を向いてガールフレンドに話しかけようとしていた。

ふらふら動きながら、あなたに触れるほど近くに寄って、わたしはまたしても略奪の気持ちを覚えた。まるで獲物めがけて動いているかのように。あなたはわたしにまったく気づいていなかったので、無防備な様子で、そのため、よけいにはっきりと、やましさに伴う興奮を覚えた。あなたの雲が感じられた。淡く、不完全で、明確な形を作らずにあなたのまわりに浮かんでいる。その先端がわたしに向かってふわふわ近づいてくるみたいだった。

わたしは待った。すると、バーテンのひとりが閉店時間を知らせるベルを鳴らした。何人かの客が最後の一杯を求めてカウンターに向かったが、あなたはお友だちと話すのに忙しく、彼女にご執心だった。

と、彼女がなにかをあなたに言い、あなたはうなずくと、自分の酒のほうを向いた。彼女はバーから離れ、わたしを押しのけて婦人用手洗いに向かった。わたしは一歩進み出て、あなたの腕に触れた。

わたしは言った。「どこかでお会いしませんでした？」

あなたは驚いてわたしを見、それからほほ笑んだ。「まだ小銭をお探しですか？」

「いいえ。それはもういいの。どこかで会ったことがなかったかしら、と思って」

あなたはゆっくりと首を振った。わたしはあなたの顔に、初対面の女性に会うとき男たちがときおり浮かべている表情を見た。好奇心に、面白いことになればいいなという願望がまじった表情だ。あなたはおおぜいの女性を知っており、さらにおおぜいの女性と会い、かならずしもいちどきにひとりの女性とだけつきあっているわけではないのだろう、とわたしは推察した。その単純な男性的反応、つまり、異性のひとりと出会うひとつのチャンスとしてわたしのことを扱っている様子が、いままでにないスリルをわたしに感じさせた——あなたはわたしを非不可視人、普通人《ノーマル》として見ていた。

「会ったことはない、と思うね」あなたは言った。

「ここにはほかの人ときているんでしょ?」

「ああ」

「ひとりでくることはあるの?」

「こられるよ」

「あたしは来週ここにくるつもり。水曜の夜に」

「わかった」そう言ってあなたはほほ笑んだ。わたしは自分のあつかましさが恥ずかしくなって、あなたから離れた。自分がなにを言ったのかろくにわからず、ただもうあなたのことをもっと知ろうとする性急さにつき動かされていただけだった。パブで見知らぬ女にアプローチされ、直截な誘いを受けたことをあなたがどう思っているのか想像できなかった。わたしは、可視のまま、人群れをかきわけてドアにたどりつき、自分が言ったことのせいであなたから一刻も早く逃げ出したくてたまらず、それと同時に、必要なことは充分言ったということ、あなたがわたしに会いたいと思ってくれること、仮に好奇心から出たものでもいいから、来週あなたがパブにやってきてくれることを強烈に願った。

店の外に出、通りに突っ立つ。ナイオールが待っているものと期待したけれど、彼の姿はどこにもなかった。深呼吸をし、落ちつこうとする。自然に不可視の状態に移行するにまかせる。パブの喧噪が聞こえてくる――会話に音楽、集められるグラスの音。夏なので、屋外の空気は暖かかったが、ロンドンのことゆえ、小雨がぱらついていた。わたしはあなたを見つけたことに心をかき乱され、あなたがわたしを普通人《ノーマル》として扱ってくれたことにどきどきし、気分を高揚させる反面、あなたへの自分のアプローチの直截さに内心たじろいでいた。だれかに会おうとしたときノーマルな人もこんなふうに感じるのだろうか。

パブの客が立ち去りはじめた。グループで帰っていくものもあれば、カップルで帰っていくものもある。わたしは慎重にあなたの姿を探した。パブに裏口があり、あなたの姿を見失うなどということがないように願いながら。二度と会えないときのことを思えば、あなたが立ち去るまえに、もういちど姿を見たかった。ようやく、あなたは姿を現わした。ガールフレンドといっしょに歩き、彼女の腕を取っている。わたしはすぐうしろからあなたたちのあとを尾け、ガールフレンドがあなたの名前を口にするか、あるいはあなたに関する手がかりを手にいれられないものかと期待した。

あなたが脇道に歩いていき、車に乗りこむのを見た。あなたが助手席のドアを彼女のために開け支え、彼女が席につくと、優しくドアを閉めるのをわたしは見届ける。車内にはいると、あなたはエンジンをかけるまえに、彼女にキスをした。

あなたの車が出発するとき、わたしはそのナンバーを記憶し、もしこれであなたと会えなくなるとしたら、それが後日あなたを見つける役に立つかもしれないと考えた。

2

わたしはマンチェスター市の南の郊外で生まれた。チェシャー州の田舎に近いところだ。両親はスコットランド人で、もとは西の海岸地帯の出身だったが、しばらくグラスゴーで暮らしてから、さらに南にくだってイングランドに移り住んだ。父は、家の近所にあるおおきな事務所で雇われ職員として働き、母はパートでウェイトレスをしていた。姉のローズマリーとわたしがごく幼かったころは、家庭にとどまりわたしたちを育てた。

覚えているかぎり、あるいは思い出せるかぎり、子供のころのわたしは、やがてなることになるものの気配すらない、普通の子供だった。わたしはつねにふたりの娘のうち健康なほうだったのだが、三歳年上の姉は、よく病気にかかった。はっきり覚えている記憶のひとつは、おとなしくしなさいと言われ、姉の邪魔にならないように家のなかをそろりそろりと歩いていたというものだ。黙っていることが癖になった。わたしは反抗的な子供ではなかったからだ。わたしはいつだって親を喜ばせたかったし、模範的な娘で、あらゆる母親の理想だった。あるいは、そうなろうとした。病気で伏せっていないときの姉は、まるで逆だった——彼女はおてんば娘で、危険をものともせず、家のなかでやかましい悩みの種だった。わたしは身をちぢめ、ひっそりと歩き、気づかれないように願った。あとから思うと、それがパターンを形成する要素になったのかもしれないが、当時は、それはたんにわたしの個性の一側面だった。わたしは子供のころにだれもがするような普通のことをした――学校にいき、友だちをこしらえ、誕生日を祝い、パーティーに出かけた。転んで手や足を擦りむき、自転車の乗りかたを覚え、自分のポニーがほしくてたまらず、アイドル・スターの写真を壁に貼った。

わたしのなかに変化が生じたのは、思春期に伴ってだった。そして、それはしだいに激しさを増していった。自分が学校にいるほかの女生徒と異なっていることに気づいたのが正確にいつなのかは思い出せないが、十五歳になるときには、明白なパターンが現われていた。わたしの家族は、わたしがしていることに気づかず、学校の教師は、わたしが授業でどんなに発言をしようとしてもたいてい無視した。人々はみなわたしがいることには気がついていたものの、成長するにつれ、わたしは周囲に自分のことを印象づけようとするのにますます努力が要るようになった。ひとり、またひとりと、幼いころの友人がわたしから離れていった。わたしはたいてい授業態度もよく、成績は総じてよかったのだが、通知簿は、平均的能力とおちついた行動、順調な進歩を述べるにとどまっていた。学校の科目でわたしがぬきん出ているのは唯一美術であり、それはひとつには生来の才能からくるものだったが、美術の女性教諭が、放課後も特別に指導してくれたからでもあった。

こうしたことはいずれも、わたしの十代が静かで穏和なものであったふうに思わせるかもしれないが、実際は逆だった。悪いおこないをしても逃れられることにわたしは気がついたのだ。わたしはクラスの才たけたトラブルメーカーになり、教師に向かって野卑な音を発したり、教室で物を投げたり、ほかの生徒に悪罵を浴びせたりした。まずたいていの場合、気がつかれることはなく、わたしは自分のいたずらによって起こる反応を楽しむようになった。学校で盗みをはじめた。なんの価値もないとるにたりぬものを、ただそれをもって逃げることに興奮を覚えて。そして、そういうことをしていても、わたしはそこそこ人気のある少女だった。だれかと親しくなることはけっしてないものの、だれからも受けいれられていた。

強まりゆく不可視性は、わたしにとって危険なものになっていった。十四歳のとき、わたしは車にはねられた。運転していた人間は、横断歩道を渡っていたわたしの姿を見なかったと主張した。ある日、自宅で火の点いていないガス暖炉のマントルピースにもたれていると、父がやってきて、わたしがそこにいるのに気づかずに暖炉に火をつけ、わたしはすんでのところで大火傷するところだった。それが起こったときの信じられぬ思いをいまも覚えている。父がわざとやったのではないことは、明白だからだ。炎がぽっと燃えあがったときに、わたしはそこに突っ立っていて、スカートに火が移った。わたしが悲鳴をあげ、煙をあげているスカートを叩きながら飛びのいて、はじめて父はわたしがそこにいるのに気づいたのだった。

そんな出来事や、ほかのそう深刻ではない出来事のせいで、わたしは自分を傷つける可能性がある物体や人に病的恐怖を抱くようになった。いまでも、人の多い通りを歩いたり、道路を横断したりするのは嫌いだ。数年まえに自動車の運転を学んだけれど、車を動かすのも嫌いだった。運転していると車自体も気がつかれないものになりやしないかという不安な気持ちがけっして拭えないからだ。わたしは絶対に海で泳がない。トラブルに陥ったときに、自分の姿を見せたり、声を聞かせたりできなくなるかもしれないからだ。地下鉄でも神経質になる。混み合ったホームで突き飛ばされないとも限らないから。十二歳のときから、自転車には乗っていない。母にいちど煮立った紅茶をこぼされてからというもの、熱い液体を運んでいる人のそばには近寄らないようにしている。

それほどまでに気づかれずにいることで、わたしの健康に影響が出はじめた。十代を通じて、わたしは病気がちだった。次から次に頭痛を患い、都合の悪いときに眠りこけ、流行っている伝染性の病気にはかたっぱしからかかった。かかりつけの医者は、それをすべて〝成長期〟のせいにするか、先天的な病弱のせいにしたが、いまのわたしには、本当の原因が、可視のままでいようとする無意識な試みにあるとわかっている。心からわたしは気づかれたかった。ほかのだれもとおなじように考えられたかったし、あたりまえの生活を送りたかった。その願いが、わたしを可視の状態に強いる形で現われたのだった。学校に通っていた時期の後半はずっと、わたしは不可視の状態に陥っては出るということを繰り返し、周囲の人たちとさまざまな度合いで衝突していた。

そうした緊張からの唯一の救いとなるのは、孤独でいることだった。長期休暇のあいだや、ときには週末に、わたしはひとりで田舎に出かけた。郊外はマンチェスター市から外へ広がっていたが、農地や森からなる静かな未開発の風景にたどりつこうとするのだって、ウィルムズロウやオルダリー・エッジを越え、南にバスでみじかい旅をするだけでよかった。幹線道路から離れたそこだと、ひとりだけでいることで、だれかに自分を気づかせるように努めなくてよいことで、わたしは安定した体力を引き出せるのだった。

十六歳ぐらいのとき、そうした小旅行のおりに、わたしはクウェール夫人と出会った。

最初にわたしに目を止め、アプローチしてきたのは、クウェール夫人のほうだった。わたしは、農民ふうの中年女性が小径をわたしのほうに向かって歩いてきた、と意識しただけだった。ちいさな犬が女性の足下にまとわりついている。通り過ぎしな、わたしたちは、見ず知らずの他人同士がときおりするように、軽く会釈し、それぞれの方向に歩いていった。わたしはすぐに彼女のことを考えなくなった。すると、彼女の犬がわたしを追い抜かしていき、わたしは、彼女がまわれ右をしてあとからついてきているのを悟った。

わたしたちはことばを交わした。最初に彼女が言ったことばは、次のようなものだった——

——「ねえ、あなた、自分が魔力《グラマー》をもっているのをご存じ?」

彼女はほほ笑んでいたので、また、ごく正常な人に見えたので、わたしは警戒心を起こさなかった。だけど、もし相手の正体を知っていたなら、わたしは怯えて急いで立ち去ったと思う。そうはならず、彼女の質問の奇妙さに興味を惹かれ、わたしはいっしょに歩きながら、田舎に関するとるにたりぬおしゃべりをした。どういうわけか、そのときわたしは先の質問に答えなかったし、向こうも問いなおさなかった。彼女は、この地方や、野の花、静けさに対するわたしの愛情に共感してくれた。それだけで充分だった。やがてわたしたちは彼女の家までやってきた。小径からかなりひっこんだところにある田舎家だった。彼女はわたしをお茶に招待してくれた。

なかにはいると、その家は心地よい感じで、家具も整っており、セントラルヒーティングにTVやステレオラジオ、電話やそのほかの現代の調度が備わっていた。夫人はソファーに腰掛け、お茶を注ぎ、飼い犬はそばで丸くなって眠りこけた。

すると、会話は最初のところにもどり、夫人はわたしにふたたび〝グラマー〟のことを訊ねた。むろん、わたしには相手がなんのことを話題にしているのかわからず、まだ子供だったので、その旨はっきり口にした。夫人は、魔法を信じているかとわたしに訊いた。奇妙な夢を見るのか、ときどきほかの人がなにを考えているかわかったりするのか、と訊ねてきた。彼女の口調に熱がこもってきて、わたしは怖くなった。あなたを見たとたん、〝グラマー〟の持ち主だとわかったの、精神感応力をもっているとわかったわ、と夫人は言った。そのことに気がついている？　ほかにあなたみたいな人を知っている？

わたしは帰りたいといって、立ち上がった。夫人の態度はたちまち変わり、怖がらせてごめんなさい、と謝った。帰りぎわに、もしもっと知りたくなったら訪ねてきなさい、と夫人は言ったが、小径に出ると、彼女のことが怖くてたまらず、わたしは走りに走った。しかし翌週、わたしは夫人の田舎家にもどっていた。そしてそれから二年間にわたり、繰り返し会いに出かけた。

いまとなれば、クウェール夫人がわたしに言ったことは、物語のごく一部だとわかっている。夫人自身の特別な関心に影響されたものである、と。夫人はいちど自分のことを超能力者だと述べたことがあるが、けっして得心のいくほど説明したことはなかった。ときおり、夫人が魔女ではないのかと思ったけれども、怖くて訊ねられなかった。とはいえ、わたしのこの独特の状態の本質に気づかせてくれたのは、クウェール夫人であり、生来の不可視性の中身と限界についてなんらかの考えを示してくれたのも彼女だった。

クウェール夫人がわたしのまわりに見た〝グラマー〟は、自然のパワーと接触できる人間が発する一種の心霊的オーラである、と夫人は言った。彼女は、わたしが本能的にその〝雲〟を強めたり、弱めたりでき、アストラル界から発せられるこの雲の範囲にわたしの〝グラマー〟は作用できるのだ、と語った。夫人はまた、マダム・ブラヴァツキーのことを話してくれた。その人は、降霊術師にして神智論者であり、雲の利用を通じて、物質の生成や消失がおこなわれたという話をたくさん記録しており、しかも、自分を目に見えなくすることができると主張していたという。詐術とまやかしを利用して、敵にわが身を見えなくさせていた中世日本の忍者のことも話してくれた。不可視性を絶対的な信念と唱え、緋色の衣と黄金の冠を身につけ往来を闊歩しても、だれも自分に気づくものはいなかったことにより、それを証明したと主張したアレイスター・クロウリーのことも話してくれた。また、自分に不可視になる能力があると信じ、友人たちのあいだをさんざ動きまわってから姿を現わして、彼らを驚かせようとした小説家ブルワー・リットンのことも。クウェール夫人は、羊歯《しだ》の胞子を集めるといった民間伝承を教えてくれた。胞子をもっていると、不可視性が得られると思われていたのだ。

当時ですら、わたしは夫人の話してくれたことに半信半疑だった。自分が超能力者でないことはわかっていたし、魔法をつかえないのもわかっていた。ところが、クウェール夫人はそれ以外の可能性を認めようとはしなかった。夫人ほどの知識がなかったので、すくなくとも言われたことのいくつかは事実であると、わたしは認めた。

鏡を使って、わたしが目に見えなくなっていることを示してくれたのは、クウェール夫人だった。

わたしは、いつだって鏡のなかに自分の姿をとらえることができた。だれもがするように自分の姿を探し求め、鏡を見ると同時に自分に気づき、その姿を見たからだった。ところが、ある日、クウェール夫人はわたしを罠にかけ、ドアの向こうの予想外の位置に一枚の鏡を置いて、それに向かって近づいていくわたしのあとからついてきてみせた。鏡がなんなのか気づくまえに、わたしは自分の背後にいるクウェール夫人の鏡に映った像を目にし、自分がなにを見ているのだろうと訝っている二、三秒のあいだ、自分自身の鏡像に気づかなかった。

そのとき、わたしは悟った。やっとわかったのだ――わたしは、自分が透明になったという意味で目に見えないのでも、姿を見ることができないというわけでもなく、どういうわけか雲がわたしの姿をぼやかせ、気づかれにくくしているのだ。その結果は、わたしが透明になったのとおなじで、たいていの人がその場にわたしがいないように反応するのはなぜかという理由を解き明かしていた。

クウェール夫人は、いつだってわたしの姿を見ることができた。わたしがほかの人間に見えないときでさえも、また、鏡の一件のおり、つかのまわたし自身が自分の姿を見られなかったときですら。夫人は、一風変わった、ひたむきな女性で、あらゆる意味で平凡かつ普通の人間だったが、自分の主張しているとおりの人だった。彼女は未亡人で、家族のありふれたスナップ写真や、現代消費社会の産物や、イタリアやスペインの土産物にかこまれて、ひとりで暮らしていた。彼女の息子は商船員であり、娘たちは結婚して、この国のべつの場所に住んでいた。クウェール夫人は、現実的で実際的な女性であり、わたしをおおいに助けてくれていて、わたしの頭にたくさんの考えをつめこみ、わたしがなにものであるのか、なにができるのかを表わすための語彙をあたえてくれた。わたしたちは、奇妙な、平等ならざる形で友人となったのだが、夫人はわたしがロンドンに引っ越す二、三カ月まえに、狭心症で急死してしまった。

　クウェール夫人と会うのは、たまさかで、ときには数カ月もあいだがあいていることがあった。彼女と知り合っているあいだにわたしは、ＯレベルとＡレベルの普通教育修了試験を、美術でだけ優秀な成績を取ったものの、ほかの科目は中庸の成績で通り、ほとんど目立つことなくひっそりと学業を終えようとしていた。可視のままでいる緊張がつづき、学校での最後の年は、卒倒しそうな眩暈や偏頭痛の発作に苛まれた。クウェール夫人といっしょにいるときだけ心の底からリラックスできたのだが、Ａレベル試験に挑む直前の彼女の死で、わたしは孤独とどうしようもなさを感じた。

十八歳の誕生日に、両親はわたしに驚きをもたらした。わたしが生まれたとき、わたしのためにささやかな養老保険に申しこんでくれ、それが満期に達したのだった。わたしはロンドンの美術学校に入学を認められていたのだが、唯一認可された奨学金は、学費をやっとまかなえる程度であり、生活費は捻出できなかった。この養老保険の満期払い戻し金は、生活費をほぼ賄うに充分であり、父は、残りの費用も面倒をみる用意がある、と言ってくれた。その夏の終わりに、わたしは生まれてはじめて故郷を離れ、ロンドンに向かった。

3

三年。専門学校は、どの学生にとっても移り変わりの時期である——それまでの学友や家族と別れ、同年代のまったくあたらしい集団にまじり、おとなの暮らしに役立てるための技術や知識を獲得し、独立した個人としての目鼻がつきかける時期。そうしたことがすべてわたしに起こったのだが、わたし独自の事情にも変化があった。わたしは不可視であるという事実に折り合いをつけるようになり、それが自分の一部であり、なくなるものではないと悟ったのだ。

わたしはおなじ学校に通うふたりの女の子とフラットを共有した。必要に迫られた場合は自分を目に見えるようにしていたものの、三年間のおおかたは、彼女たちはわたしが自分たちとは離れ、自室にこもったまま、家のどこかにいるのを当然のことと思っていた。このことは、わたしにふりかかった最初の変化だった。彼女たちを通じて、目に見えない人間は単に無視され、そこにはいるものの、どういうわけか機能していないものとして受けいれられることを、わたしは学んだ。彼女たちは、わたしが気づいてほしいと思ったときには、わたしに気づいたけれど、それ以外のときは、わたしがその場にいないものとしてふるまっていた。

学校自体は、もっと困難だった。わたしは、出席することを求められ、出席しているのを見られているのが求められ、専攻コースを全うし、課題を提出し、総じて自分がその場にいると感じてもらうことを求められた。最初の学年は、頑張り、教師に自分を印象づけることでのりきったものの、それとひきかえに健康を害した。二年目は最初から、緊張による疲労は実質的に軽減された。というのも、ひとりで製作にあたることをさらに奨励されたからだった。わたしは商業アートの、人の多い一般的なコースを選択した。それだと、ほかの学生と製作にあたるさいは、おおぜいの人間にまぎれることができたからだ。それでも、目に見えるようにしておく緊張はやむことがなく、心身の消耗が重大問題だった。体重が減り、頻発する頭痛に苛まれ、ひっきりなしの吐き気と戦わねばならなかった。

ロンドンで暮らすことが、さらなる変化をもたらした。実家にいたころは、わたしは権威から逃れるのに徐々に慣れながら育った。学校でするのは、莫迦《ばか》げたいたずらであり、実害のない盗みだったが、学校を離れた場で、わたしは料金を払わずにすむ方法を学び、商店にはいっても自分が払おうとしないかぎり、金を遣わずにすむことを学んでいた。ロンドンにやってきて、つましい、固定した収入でやっていこうとすると、支払いを避けるのがすぐに癖になった。そこから、それがわたしの暮らしかたになった。

大都市で暮らしているのが、この堕落の一因だった。ロンドンでは、ノーマルな人でも、群衆のなかにまぎれることが可能だからだ。最初の数週間で、わたしは、おおきな都市での生活に精神的に適応し、自分でできるだろうと思っていたよりもはるかにくつろぐことができた。ロンドンは、不可視人のためにできている街なのだ——この街は、わたしの匿名性を深め、わたしの抱えている問題をサバイバルのための自然な手段に変えた。みずから主張しないかぎり、ロンドンではだれもアイデンティティをもたないのだ。

地下鉄を利用した最初だけ、切符を買った。どういう具合に利用したらいいのか知らなかったからだ。そのときが、文字どおり、交通料金というものを支払った最後になった。そのあとでは、わたしは人群れに対する恐怖をこらえて、列車やバスを無料タクシーサービスとして利用し、映画館や劇場を無料娯楽施設として利用した。これらのことはいずれも、だれかからなにかを奪うわけではない——公共交通機関は、わたしが利用しようがしまいが運行されるだろうし、ショーは、わたしの存在などとは無関係にもよおされるだろう。料金を支払った人間が座るべき座席に腰かけたことはいちどもなく、そうやって自分の良心を納得させていた。しかしそういう配慮をしていたのも、はじめのころだけだった。

必要と機会が組み合わさり、わたしは〝影の世界〟と考えている状態にさらに深くはいっていくことになった。フラットを共有している女の子のひとりがすることを余儀なくされているようなアルバイトをしない以上、わたしは盗みをせずに生きていくことはできなかった。いずれにせよ、目に見えているかぎり絶えず衰弱しているため、まともな仕事は真剣に考慮できる選択肢ではなかった。

不可視でいることは、わたしに活力をあたえてくれた。我が影の世界で一日過ごし、だれにも気づかれぬままに通りや建物のなかをぶらつくと、力がこみあげてくるのを覚えた。それをさらに押し進め、必要なものをこっそり盗むと、力がもどってくるような気がした。これが不可視性の機能だった。実世界との境界を、気づかれぬまま、見られることなく動きまわるということが。影にまぎれて盗みを働くことは、自分が悪いことをやっており、しかもけっしてつかまらないと知っている以上、いつもわたしにスリルを覚えさせた。飽きることがなかった。わたしは、リアルであろうとすることによって生じた精神的かつ肉体的消耗を癒すために、影の世界に逃げこんだ。

不可視性は、古い、着なれた服のようにわたしにフィットした。

見かたを知らないことと、自分自身の再適応にもっぱら関心を払っていたため、わたしのような人間がひとりではないことを悟るまで数カ月かかった。ロンドンには、ほかにも不可視人がいたのだ。

最初に気づいた相手は、わたしと同い年ぐらいの女の子だった。わたしは地下鉄で列車を待っていた。ホームを眺めると、彼女がベンチに腰かけ、湾曲したトンネルの壁のタイルにもたれているのが目に留まった。彼女は疲れて、汚れ、頭がおかしいように見えた。彼女を見ていると、なぜだかよくわからないが、どこか見慣れたところを感じた。地下鉄の駅は、たいてい冬になるとおおぜいの浮浪者がうろついており、外見から、彼女はそのひとりと見えた。

彼女は身じろぎ、上体を起こしてあたりを見まわした。彼女はわたしを見、つかのま、驚いて目を見はった。ついで、興味を失い、あらぬかたを向いた。

わたしの最初の反応は、恐怖だった。彼女はわたしに気づいたのだ！　だけど、わたしは目に見えなくて、影の世界に守られ安全なはずなのだ！　あわてて通路の一本に逃げこみ、自分の雲がかくも容易に破られたことに震えあがった。エスカレーターののぼり口にあたるコンコースにたどりつく。何十人もの人が動きまわり、地上の通りに向かうものや、地下鉄に乗ろうとおりてくる客でごった返していたが、みなわたしがその場にいないかのようにかたわらを通り過ぎていった。自分の匿名性が復活していることに安心すると、今度は怯えよりも興味が先に立った。あの子はなにもの？　どうしてわたしを見ることができるの？　答えをうすうす感じながら、ホームにもどったが、列車はすでに出ていっており、彼女の姿はもうなかった。

二度目に出会った不可視人は、中年の男だった。オクスフォード・ストリートのセルフリッジ百貨店で見かけた。男は手にビニール袋を下げて、ひそやかに歩きまわっていた。わたしは男のまわりに自分とおなじオーラを感じ、男が商品を盗んでいる、落ちついた、単純きわまりない方法を悟った。男の状態は、わたしとおなじだった。確信すると、わたしは男の正面にまわりこみ、まっすぐ近寄っていった。

男の反応にわたしはぞっとした。男は驚いたような表情を浮かべた。わたしがべつの不可視人であるからではなく、わたしのほほ笑みと無防備な態度を性的な誘惑であると解釈したからだ。男はわたしを上から下に舐めるように眺め、恐ろしいことに、ビニール袋を小脇に抱えると、ぞっとするへらへら笑いを浮かべて、わたしに近づいてきた。いまも覚えているのは、ふと見えた男の歯並びだった——男の歯は黒く、折れていた。わたしは男からあとずさりしたが、相手の目はわたしをしっかり見据えていた。男はなにか言ったが、店の喧噪のなかで、どんなことばなのか聞き取れなかった——聞き取る必要はなかった。なにを言ったのか推測できたからだ。男は大柄に見えた。わたしの願いはただもう、自分のへまを取り消し、男から離れることだった。わたしは背を向けて駆け出し、だれかにぶつかった。べつの男に。相手はわたしに気づかない。目に見えない男は、すぐうしろに迫っており、空いているほうの腕を伸ばして、鉤爪のような手でわたしをつかもうとした。公の場所にいるからといってなんら安全ではないのは、わかっていた。もし男がわたしをつかまえたなら、衆人環視のなかで、好きなようになんでもできるのだ。そのときほど怯えたことはついぞなかった。しゃにむに逃げた。背後に男が迫っているのを知りながら、買い物客のあいだを縫って走る。悲鳴をあげたかった。だが、だれもわたしの声を聞いてくれないのだ！　昼どきで、数百人の客が店内にいたのだが、だれも道をゆずってはくれなかった。こんな混雑のなかでは、人間はなんの助けにもならず、ただの障害物だった。振り返って男を見た——男は恐ろしいほどのすばしっこさで走っており、顔は激しい怒りにゆがんでいた。獲物を奪われた捕食者の顔だ。ちらっと男を見たせいで、わたしは倒れそうになった。脚から力が抜け、恐怖に痺れそうになる。自分が不可視性のなかにさらに深くはいりこんでいるのがわかっていた。本能的な防御だ。だが、その男には役に立たなかった。わたしは最寄りの出口めざして、人の群れを押しのけて進んだ。

次に振り返ったのは、通りに出てからで、男は諦めていた。男は百貨店の入り口近くにおり、壁によりかかり、息を切らしながら、逃げていくわたしを見ていた。そのときでも、男はじつに恐ろしい様子で、わたしはさらに通りを駆けていった。どうにも動けなくなるまで。男の姿はそれ以来、二度と見ていない。

この二回の出会いが、不可視人のより大きな影の世界にいたる序章だった。セルフリッジ百貨店での出来事のあと、わたしはロンドンにさらにおおぜいの不可視人がいることに気づきはじめた——まるで、ひとりふたり見かけたことで、ほかの不可視人たちへの目がひらいたかのようだった——だが、わたしは彼らを避けるようにしていた。彼らがよく集まる場所を覚えた——食糧を容易に盗める場所や、ベッドが見つかる場所、あるいは群衆が集まる傾向にある場所だ。たいていの場合、スーパーマーケットにいくたびにすくなくともひとりの不可視人を見かけたし、百貨店は、不可視人が頻繁に出入りする場所だった。不可視人のなかにはおおきな店にずっといついているもののもいれば、転々と場所を変え、ホテルで眠ったり、他人の家に侵入し、使われていないベッドを借りたり、家具の上に寝そべるといったものもいた。のちに、このアンダーグラウンドのネットワークが、組織の形を取っていることを発見した——みなが知っている集会場所があり、不可視人の一部が定期的に集まっている特定のパブすらあった。

いやおうなく、わたしは彼らに引き寄せられていった。セルフリッジ百貨店でわたしを襲った男は、彼らの典型ではなく、またあの男がまったく異例な人間でもないことを学んだ。男性の不可視人は、年をとると単独行動者になり、社会の周辺を動きまわり、自分の行動を顧みなくなるのだ。ほかの不可視人とでなければ通常の友人関係を築くのが不可能なため、アブノーマルな行動を余儀なくさせられるのだ。孤独なはぐれものは、自分たちを法の埒外にあると考え、どのような形を取っても危険なことに変わりなかった。

典型的な不可視人は若いか、あるいは若く見えた。彼または彼女――性別はほぼ均等にわかれていた――は、一様に孤独な青年期を送り、ほかの同類に出会う必要性から、ロンドンやほかの大都市に引き寄せられていた。

総じて言えば、不可視人は、パラノイアの集団だった。自分たちが社会から拒絶され、軽蔑され、恐れられ、犯罪をおかさざるをえないよう追いこまれているのだと信じていた。彼らはノーマルな人々を恐れていたが、心から羨んでもいた――彼らのおおかたは、たがいのことを怖がっており、席をおなじくする機会には、自分の個人的業績のことを得々としゃべるのがつねだった。パラノイアをまったく逆の方向に極端にまで進めるものすらいた。不可視人は生来優越した人種であり、自分たちの状態から生じるパワーと自由が至高のものだと主張しようとするのだった。

一般に不可視人は、ふたつの要素によって特徴づけられた。

まず第一に、わたしが出会った不可視人のほとんどすべてが、心気症患者であり、それもまあむりのないことだった。健康はオブセッションなのだ。病気は、自然に治癒しないかぎり治らないものなのだから。不可視人の多くが性病をわずらっており、全員歯が悪かった。平均余命はみじかく、ひとつには病気になった場合の死の危険性が高いためであり、ひとつには放恣《ほうし》なライフスタイルと不規則な食事のせいだった。彼らのなかのかなりの人間が、アルコール中毒か、その一歩手前だった。薬物常用は、一般に言って、問題にならなかった。手にいれるのが難しかったからだ。不可視人の大半は、いい服装をしていた。衣服は盗みやすいからだ。もっとも、外見を気にかける者などほとんどいなかったが。不可視人がいちばん気にかけているのは自分たちの健康であり、おおぜいが大量の売薬を持参していた。いつでも盗めるのは、売薬だけだったからだ。

ふたつめの共通する要素は、雲だった。ほかの不可視人と会っているうちに、わたしはクウェール夫人の妄想だと思っていたことを理解しはじめた。個々の不可視人は、オーラに、すなわち、一定の濃さの存在感に囲まれており、それによってほかの不可視人に見分けられるのだった。わたしが最初の二度の出会いのおりに本能的に認識したのがそれであり、クウェール夫人が、独自の方法で、わたしに気づいたのもそれだった。夫人のいうエクトプラズムや心霊オーラに困惑させられたものだったが、いまや、雲を表現する夫人なりの方法がそういう言いかただったのだと、わたしは了解した。

おもしろいことに、不可視人たちは、そのおなじ〝雲〟という語彙を選び取り、自分たちの共通言語のなかにそれを組みこんでいた。彼らはみな雲のことを知っており、それを〝雲〟と呼んでいた。一般の人々は、〈皮剝がれ人〉と呼ばれていた——現実の世界は、過《ハ》酷《ド》と形容された。彼らは自分たちのことを〈魅見《グラム》〉と自称していた。自分たちを魅力的《グラマラス》と考えるのは、彼らの防衛的ながらも、自慢たっぷりの妄想の一部だった。

4

わたしは彼らの一員ではなかった。わたしにはそれがわかっていたし、彼らもそれをわかっていた。彼らの観点から見れば、わたしは、彼らの世界に意のままに出入りできる半人前の〈魅見《グラム》〉でしかないのだ。わたしはけっして信頼されることも、受けいれられることもなく、わたしの清潔な服装と、病気に対する平静さと、よく手入れされ、痛んでいない歯によって、いつも正体を知られてしまった。わたしには、過酷《ハード》な世界におけるアイデンティティがあるし、住む場所があり、通っている学校があった。クリスマスとイースターには両親のもとに帰省し、不可視人の見方を借りれば、〈皮剝がれ人〉の世界へと逃避していた。

とはいえ、魅力的《グラマラス》な世界にはいっていくのは、わたしにとって重要なことだった。ローティーンのとき以来はじめて、わたしは自分と同種の人々と会っていたのだ。彼らにとって、わたしの不可視性に程度の問題があるということは、わたし自身にはどうでもいいことだった。わたしは、可視の存在というよりも不可視の存在であり、そのことが絶えずわたしに影響をあたえていた。〈魅見《グラム》〉たちはわたしを拒もうとしたが、それはただ彼らの大半が、逃げ道がないからという理由にすぎなかった。

さらなる魅力もあった。不可視でいることが、活力をよびもどしてくれ、過酷な世界に次にもどるのをすこしばかり容易にしてくれることにわたしはいつも気づいていた。いったん本物の不可視人――情緒的で、おどおどし、孤立しているのがやがてわかるようになった――に出会うと、自分が可視の選択肢をもっていることが、ずっと受けいれやすいようになった。最初は、不可視人の不甲斐なさと妄想に不快感を覚えたのだが、やがて彼らが力の源であるのがわかった。

彼らの雲と接触すると、実世界へふたたびもどるエネルギーが得られ、彼らと知り合うことで、その魅力的《グラマラス》な生活のスリルを味わうことができた。わたしは、まだとても若く、その両方のメリットに引き寄せられていった。

そして、美術学校の最終学年になり、あらたな決断をくださなければならなくなると悟り、自分がどのような生きかたをしたいのかまるで定かでなかったときに、わたしはナイオールと出会ったのだった。

5

ナイオールはわたしがそれまでに会ったほかの不可視人とは異なっていた。彼はとことん魅《グ》する力《ラマー》にあふれており、彼の雲《グラス》はこの世に対する厚いとばりとなり、不可視人でない人間には、まったく気づかれようがなかった。ナイオールは、ほかの不可視人のだれよりも深くはいりこみ、現実からはるかに遠ざかっていた。幽霊たちのコミュニティのなかにたちのぼる、薄い煙だった。

ナイオールのほかと変わっているところは、その個性のなかにもうかがわれた。たいていの不可視人が自分たちのアイデンティティのなさを嘆いているというのに、ナイオールはそれを楽しんでいた。

ナイオールは、わたしがいままでに見つけたなかで唯一魅力的な外見をしている不可視人だった。彼は、健康的でハンサムでエレガントだった。自分の肉体になんの不満もなく、わたしと同様、病気のことをなにも心配していない。服装の趣味は粋で、流行の最先端の服を選び、いちばん派手な色を選んだ。ゴロワーズの紙巻き煙草を吸い、身軽に旅行していた——平均的な〈魅見《グラム》〉は、健康を気遣って喫煙をせず、どこへいくにも大量の身のまわりの品を抱えていた。ナイオールは変わりもので、ずばずばとものを言い、嫌いな人間には不躾で、アイデアと野望にあふれ、徹底的に道徳観念がなかった。わたしやほかの〈魅見《グラム》〉の一部が、自分たちの寄生虫的生活に気がとがめているのに、ナイオールは不可視であることを自由と見なし、通常の能力の延長線上にあるものととらえていた。

彼のことを魅力的であり、変わっていると思ったもう一つの点は、ナイオールがなにかを、実際にやっていることだった。ナイオールは作家になりたいと思っていた。彼は本を盗んだことのある唯一の不可視人だった。いつも図書館や書店に出入りし、詩集や小説、文学者の評伝、旅行記などを借りたり、盗んだりしていた。ナイオールはいつもなにかを読んでいた。わたしたちがいっしょにいるとき、彼はときどきわたしに朗読してくれた。書籍は、ナイオールの生活のなかでただひとつ道徳観念の及んでいる部分だった――一冊読み終わると、彼は見つけられやすいところに置いていったり、あまつさえ返却すらした。パディントン図書館は、ナイオールが頻繁に訪れている図書館であり、借りた本は良心的に返しており、ときには、その本を長く借りすぎたと思った場合、やましさを覚えている様子をわたしに見せた。

本を読んでいないとき、ナイオールは書いていた。無数のノートを作品で埋めていた。特徴的な、目立つ書き文字で、ゆっくりと書いていく。書いたものを読ませてくれたことはないし、わたしに朗読してくれることもなかったけれど、わたしは強い感銘を受けた。

それがわたしが最初に出会ったときのナイオールであり、わたしはたちまち彼の呪文にかかってしまった。ナイオールはわたしより数カ月年下だったが、あらゆる意味で、彼のほうが賢く、ずっと刺激的で、経験豊富で、わたしがいままで知っているだれよりもわくわくさせられた。美術学校のすべてのカリキュラムを修了し、証書とともに卒業したとき、わたしは自分がなにをしたいのかについてもはや疑いをもっていなかった。魅する力《グラマー》は、過酷な世界から逃れる聖域であり、わたしはそこに逃げこんだ。

ナイオールといっしょにいる興奮が、あらゆる疑念をわきへどかせた。わたしたちのやることは、すべて責任のなさによっていっそう激しさを増し、わたしはナイオールを崇拝していたので、彼のようになろうとすることで自分を印象づけようとした。わたしたちは相乗効果を起こし、最低の結果を生み出した。ナイオールの道徳観念のなさが、よりよい生活を求めるわたしの願いを満足させたのだ。

わたしはとことん魅する力にあふれた《グラマラス》世界に同化した。わたしたちはどこにも暮らさず、一夜の仮の宿を転々としていった——他人の家の客用寝室に眠ったり、あるいは百貨店やホテルに出かけた。わたしたちはよく食べた。必要なときに新鮮な食料に限って盗んで食べた。調理された食事がほしくなると、ホテルやレストランの厨房に出かけた。わたしたちはつねにほしいだけのあたらしい服を手にいれ、けっして寒い思いもひもじい思いもすることなく、寝心地の悪いところでの眠りを強いられることもなかった。

銀行に侵入したり、郵便局から盗むやりかたを示してくれたのは、ナイオールだった。だが、お金はわたしたちがまるで必要としないものだった。銀行強盗はいつでも挑戦しがいのあることであり、純粋に楽しみのためだけにおこなった。衆人環視のなか、カウンターの奥へはいっていき、現金ひきだしから札束をわしづかみにし、行員の顔のまえでひらひらさせても気づかれなかった。ときおり、ただ自分たちが盗めることを証明するためだけに、硬貨数枚とか、紙幣一、二枚しか盗まないこともあった。盗みのあいだ、わたしたちは黙っていた試しがなかった。おたがいに話しながらはいっていき、ときには大声で笑ったり、見られていないことを喜んで歌ったりしていた。

いまとなれば、当時を思い返して、そのことにやましさを覚えている。わたしは簡単に感化され、ナイオールはわたしのなかの満足しきれない気持ちと、おとなになりきれない最後の衝動をかきたてたのだった。

やがて、わたしはナイオールに圧倒されることがすくなくなっていった。結局、彼はなんら独創的な人間ではなく、実世界では多くの人が、明るい色や変わった髪形、フランスの煙草を愛用しているということをわたしは悟った。ナイオールは、ほかの不可視人と比較した場合にのみ変わっており、ほかの不可視人とは、わたしにとってどうでもいい存在だった。ナイオールの書籍に対する関心と、作家になりたいという望みは、いまなお称賛に値したが、わたしはずっとその部分には近寄らせてもらえないでいた。ナイオールの人となりは、魅力的なものだと思いつづけていたものの、親しさが増すにつれて、わたしを感銘させたことの大半は、表面的なものだったとわかった。

とはいえ、不可視人としてのわたしたちの無頼の生活は、およそ三年間つづいた。それらはいまでは記憶のなかで混じりあい、輪郭をぼやけさせ、自分では青年期の脱線行為と考えたいものになろうとしている。だけど、その当時の激しい気持ちがもどってくると、いまでもよくあのころの出来事を思い出すことがある。なんと自分たちが頭がよく、優れていると思っていたことだろうか。理想的な生活だった――ほしいものはなんでも、文字どおり、手のとどくところにあり、わたしたちはけっしてだれにも従わなかった。

内的な変化も起こっていた。ナイオールのそばにしじゅういるせいで、わたしは彼の雲から力を引き出していた。可視の状態になるのがどんどん容易になっていくのがわかった。そして、そのことがわたしたちの関係を侵食しはじめたのだった。

ナイオールはわたしが可視の状態でいることを嫌った。可視でいることは、ナイオールに対するわたしの優位性になった。もしわたしが可視でいるのに気づくと、また、わたしがその変化をおこなったときにはかならず気づいたのだが、ナイオールはわたしがふたりを危険にさらしている、発見される危険を冒しているのだ、といつも非難した。実際は、ナイオールは自分のおかれている状況に心底腹を立てており、彼のからいばりは、見せかけにすぎなかった。ナイオールはわたしに嫉妬していた。実世界に移動できるわたしの能力は、ナイオールから逃れる手段だった。

あるいは、ナイオールはそのように見ていた。皮肉なのは、そのための力がナイオールからきているところだった。わたしは、自分がずっと切望している、そしてナイオールがとても恐れている普通らしさを手にいれるためには、ナイオールのそばにいる必要があったのだが、そばにいればいるほど、わたしは彼から離れられなくなっていった。

それ以外の要素も、表面化してきた。成長するにつれ、わたしは自分たちが盗んでいる金銭や品物のことでやましさを覚えるようになっていった。それが頂点に達した出来事が、とあるスーパーマーケットで起こった——店から出ていきしなに、わたしは現金のつまったキャッシュレジスターが開いているのを見かけ、衝動的にひとにぎりの五ポンド札を盗ったのだ。愚かな、必要のない盗みだった。金銭は不要だったからだ。数日後、レジ担当の女性が結果的に職を失ったのを知った。それは、自分たちのしたことでほかの人が傷ついていることを悟った最初だった。心胆を寒からしめる認識であり、それがすべてを変えた。

だが、わたしは普通の生活への憧れを目立たぬように育んでいった——本当の仕事がもつ尊厳がほしかった。生きていくための糧を自分で稼いでいるという実感がほしかった。食料や衣服を金を払って買いたかった。映画料金を払って見、バスや電車の料金を払って移動したかった。とりわけ、わたしは落ちつきたかった。家と呼べる場所を見つけたかったのだ。自分のものである場所を。

こうしたことはいずれも、用意をしないことには、すなわち、かなりの期間、可視のままでいられないことには、不可能なことだった。ナイオールとともに根なし草の生活をつづけているかぎり、お話にならなかった。

やがて、こうした気持ちが具体的な形を取りはじめた。わたしは家に帰りたくなった。両親と姉に会いたかった。記憶にある場所をさまよいたかった。あまりに長いあいだ故郷を留守にしていた。ナイオールに出会ってからいちども帰省していなかったのだ。実家との連絡は、たまさか両親に送る手紙だけで、それすら、不可視でいることとのふたりのあいだの協定を破るものだとナイオールにみなされていた。過去十二カ月というもの、わたしは実家にいちどしか手紙を書いていなかった。

わたしはようやくおとなになろうとしており、それはナイオールから距離を置くことでもあった。彼がわたしにあたえてくれるよりもべつのなにかをほしかった。わたしは残りの半生を影のなかで費やしたくなかった。

ナイオールはその変化を悟り、わたしが自分から離れようとしているのを知った。

わたしたちは、わたしの両親に関して妥協に達し、ある週末に、ふたりして会いに出かけることになった。このことがなんらかの成果をあげるものと自分が期待していたとは思えない。これが大失敗に終わるだろうと、骨の髄までわかっていたのだ。

わたしたちが到着した瞬間から、すべてが悪い方向にころがっていった。わたしは、それまで不可視人の存在に普通の人がどのように反応するかを間近に見たことはなかった。そして、その普通の人が自分の両親――すでに疎遠な存在となりかけている――である事実は、気持ちの錯綜の層をさらに厚くしただけだった。実家に滞在中、わたしはずっと可視の状態でいた。ナイオールがその場にいたので、さして努力せずにその状態を保つことができた。ナイオールは気づかれないままだった。たちまち、わたしは三つの異なる問題に同時に対処しようとしていた。両親には自然なふるまいをしたかったし、両親を安心させ、本当のことを明かすことなくロンドンでのわたしの生活について知らせたかった――ナイオールがいっしょにいるのが両親には見えないことをわたしは頻繁に気づかされた。そして、もはやわたしの関心の中心ではなくなっているナイオールは、ひどいふるまいをはじめた。

問題のおおかたは、ナイオールだった。彼は、その場にいることが両親に知られていない事実を平気で利用した。両親がわたしに、暮らし向きや友人関係や仕事の内容を訊ね、わたしがこれまでに書いた数少ない手紙で利用してきた真っ赤な嘘で答えようとしているとき、ナイオールはわたしのかたわらにいて、わたしのことばにかぶせるように、両親が本来受け取るべきであると彼が勝手に思っている回答を（聞こえはしなかったが）あたえるのだった。夜に腰を落ちつけてみんなでTVを見ていると、ナイオールは両親の番組選択に飽いて、わたしの関心を惹こうとして体を触りだした。車で姉に会いに向かうときには、それは姉のあたらしい夫に会いにいくことでもあったのだが、ナイオールは後部座席のわたしの隣に乗りこんで、やかましく口笛を吹き鳴らし、両親の会話にかぶさるように話しかけてきて、わたしを激昂させたが、こちらには対抗手段がなく、いかんともしがたかった。その週末を通じて、わたしはナイオールがその場にいることを片時も忘れさせてもらえなかった――彼は酒や煙草を失敬し、父が話すときはいつもこれみよがしに退屈そうなあくびを漏らし、トイレを使っても流そうとせず、わたしたちが出かけようとする場所や会おうとする人について、だれがなにを言おうと反対した……要するに、ナイオールは自分がわたしの生活の本当の中心であるということを思い知らせようとして、自分の能力の及ぶかぎりのあらゆることをしたのだった。

どうして両親はナイオールがそこにいることに気づけなかったのだろう？　それはきわめて異常で、心乱される感じだった。なぜなら、ナイオールのひどい行動をわきに置いておくとしても、両親が彼に気づかないでいられるはずがないからだった。わたしは歓迎されたが、ナイオールはされなかった。両親はわたしにだけ話しかけ、わたししか見なかった。食事どきにはナイオールの皿は用意されなかった。わたしは元の自分の部屋のシングルベッドをあたえられた。父の車の狭苦しい空間におさまっているときですら、ナイオールがいることはまるで認識されていなかった。こうしたことに折り合いをつけようという思いが――わたしが起こっているとわかったことと、それに対する両親の反応とのあいだには、明白な齟齬《そご》があった――わたしの頭をもっぱら占めていた。両親が昔、わたし自身の不可視性にどのように反応していたのかわかっているのだが、当時は、つねに曖昧なところがあった。今回はちがった――ナイオールははっきりとその場にいたのだが、どういうわけか、両親には彼の姿が見えないのだ。とはいえ、より深いレベルで、両親がナイオールに気づいていることをわたしは確信していた。ナイオールの目に見えない存在は、真空を形作った。その週末全体の沈黙の中心となっていたのだ。

ナイオールが実家にいたことで、ロンドンでのわたしの生活が自分の生い立ちに対する反抗だったという事実がはっきりした。わたしは、父が鈍感で融通が利かず、母がわたしには関心がもてない細かなことを小うるさいくらい気にする人間であることを知った。あいかわらずふたりのことを愛してはいたものの、両親は、わたしが成長していることを、ふたりが数年まえに見かけた「ねんねの娘」ではなく、また二度とそんなものにもどらないことを理解できないでいた。もちろん、これはナイオールの影響であり、わたしにしか聞こえない彼の小莫迦《こばか》にした揶揄《やゆ》のことばは、わたし自身の考えを絶えず反映したものだった。

実家にいる時間が長くなるにつれ、わたしはどんどん孤立していくように思えた。誤解により両親から切り離され、ナイオールの行動によって彼から遠ざかった。わたしたちは当初三泊する予定だったが、土曜日にナイオールと火の出るような口論——寝室でおたがい姿を消し、それぞれの雲の繭に守られて、怒鳴りあった——をしたあげく、わたしは緊張に耐えられなくなった。翌朝、両親はわたしを、わたしたちを、駅に車で運んでくれ、そこでわたしたちは別れを告げた。父は、怒りを押し殺して、堅苦しく、蒼白な顔をしており、母は涙を浮かべていた。ナイオールは歓喜に酔い、ロンドンでの目に見えない生活にわたしをひきずりもどした——と思っていた。

だが、なにもかも以前とおなじではありえなかった。ロンドンに到着するとまもなく、わたしはナイオールのもとを去った。わたしは自分を目に見えるようにし、実世界に同化した。わたしは、ついにナイオールから逃れようとしていた。ナイオールにけっして見つからないようにしようと努めた。

6

ナイオールはわたしを見つけた。わたしは魅する力にあふれた《グラマラス》世界であまりに長いこと暮らしていたため、盗みをせずに生きていく方法を知らなかった。ナイオールは、わたしよりもふたりの狩場を心得ており、二ヵ月後のある日、彼はそこにいた。

とはいえ、わたしには充分な時間が過ぎ、事態は変化していた。二ヵ月間ひとりでいるあいだに、わたしは部屋を借りていた。いまも住んでいる部屋を。そこはわたしのものだった。稼いで手にいれたわけではないけれども、自分のものだと考えているもので満ちていた。ドアがあり、鍵があり、わたしがいられる場所だった。それはわたしの生活のなかでなにものにも代え難いほど大切であり、どんなことがあってもこの場所を捨て去るわけにはいかなかった。わたしは依然として盗みによって生きていたが、心に期するものはあった。時間をかけて自分の絵を画帳にまとめ、昔の講師のひとりにコンタクトを取り、画料を手にいれようと期待して、ひとりの編集者に会いに出かけていた。フリーランスの生活こそ、たとえどんな困難があろうとも、自立するためのわたしの唯一現実味のある希望だった。

しかし、ナイオールがふたたびわたしの生活にもどってきた。わたしたちが以前のようにつづけられるものだと思いこんで。彼はその部屋がわたしにとってどれほど大切なのかをだれよりも理解していたのに、わたしは彼を招きいれるというミスを犯した。ナイオールに誇らしげに見せびらかしたのだ。わたしが変わったことを受けいれざるをえなくなるだろうと考えて。そして、部屋を見せることで、わたしのあたらしい生活にナイオールを含めることが可能であるとほのめかしていたのだと思う。

なによりも問題なのは、そしてすぐにわかったことなのだが、ナイオールがその気になれば、わたしをどこで探せばいいのかいつも知っていることだった。これは最悪だった——ナイオールは昼であれ夜であれ時間に関係なく姿を現わし、いっしょにいることを望み、安堵を求め、セックスを求めてきた。わたしの自立がナイオールを変えたのだ。わたしは、彼のあらたな側面を見ることになった——ナイオールは独占欲を発揮し、怒りっぽく、不平不満をこぼすようになった。

わたしは耐えた。自分の部屋とそれが表わしているものが、よりよい生活をめざす唯一の希望だとわかっていたからだ。

かぼそいツテを頼って、わたしはちいさな作品を売りはじめた——雑誌の記事の挿し絵や、広告会社用のレイアウト仕事、経営コンサルタント会社のためのレタリングといったことを。支払いは最初は低かったが、ひとつの仕事が次の仕事へとしだいにつながるようになり、わたしはなにをできるか知られるようになっていった。こちらから求めなくても画料があがるようになり、編集者から編集者へと推薦されていき、ちいさな独立のデザイン工房と渡りがついて、そこからフリーランスの仕事をもらえるようになった。わたしは銀行口座を開設し、レターヘッドのついた便箋をこしらえ、絵描き用の専門の机を買い、そのようなしるしによって、目に見える世界で自分を確立させつつあるのだと感じた。金を稼ぎだすとすぐに、わたしは絶対必要なものを除いて盗みを控えるようになり、小切手が適当な頻度で届きはじめると、すっぱりやめてしまった。盗みをしないことが、二度ともどらないという自分自身に対する信念の証になり、苦しいときもあったけれども、わたしはくじけなかった。小切手を現金化するためや、スーパーマーケットのレジにほかの客といっしょに並んだり、服飾店で試着をし、支払いに小切手を切るときのために姿を目に見えるようにしたりすることに、わたしは本当の喜びを覚えた。最終的な意思表示に、わたしは運転教習を受け、二度目の受験で免許試験に通った。

可視の状態でいる疲労もまた、すくなくなった。自宅で仕事をすることで、好きなだけ長いあいだ魅する力《グラマー》のなかでリラックスでき、出かけるときにだけ可視になった。わたしはいままでに経験したことのない気持ちのおちつきを覚えることができた。

ナイオールですら、その状況が金輪際変わりっこないことを受けいれはじめた。昔の日々は永久に消え去ったことを悟り、それに適応した。だが、彼はまた、わたしのことをどんなときにでも利用できる権利を有していた。わたしだけがナイオールの不可視性の深刻さを理解していた。彼にとって正常になることがどれほど不可能なことなのかを。ナイオールは、そのことに対するわたしの同情心につけこみ、そのことを利用して、わたしを脅迫した。わたしが縁を切ろうとすると、ナイオールは自分を捨てないでくれと懇願した。ナイオールは、わたしが彼の優位に立っている点を指摘し、わたしが達成した安定した状態を羨み、自分がずっと味わわざるをえない惨めさや喪失感をほのめかした。わたしはいつも抵抗をやめた。ナイオールを悲劇的人物と見なし、彼がわたしを操ろうとしているのをわかっていながらも、向こうの好きにさせた。

ナイオールは、わたしを自分から離そうとはせず、おのれの不可視性をわたしに向かって利用した。工房の若いイラストレーターのひとりとほのかな友情が芽生えはじめ、夜に会う約束を決めると、ナイオールは、わたしがそのデートをキャンセルしそうになるほどの非難と情けない嫉妬心を示したのだった。けれども、わたしはこれまで本物のボーイフレンドをもったことがなかったので、なんとしても頑張ることにした。わたしはデートに、純真無垢な夕べに、出かけた。が、ナイオールにだいなしにされた。ナイオールはついてきて、つきまとい、邪魔をした。その結果、その夜、部屋にもどってから激しい口喧嘩となり、また、芽生えかけたロマンスは潰えた。わたしは二度と試みようとしなかった。

そういうところがナイオールのどうしようもないところだったが、それ一辺倒というわけでもなかった。わたしが性的に貞節であるかぎり、そして彼がわたしに会おうとしたときにはいつも都合をつけ、現実の世界に対してこれ以上過剰な意思表明をしないかぎりにおいて、ナイオールはわたしの選んだ暮らしと仕事に口出ししなかった。

彼は、かならずしもいつもわたしのまわりにいたわけではなかった。ときおり、一、二週間姿を消すことがあった。いったいどこにいっていたのかけっして説明はしなかったけれども。自分にはいまや住処があるのだ、と彼は言った。どうやってそこを維持しているのかとか、どこにあるのかとか、わたしにはわからなかったけれども。友だちがいる、と言い、けっして名前を明かさなかったが、いつでもナイオールが好きなときに出入りできる地所の持ち主だそうだ。真剣にものを書きはじめ、出版社に作品を送っているんだ、とナイオールは言った。おそらくわたしの独占欲をかきたてようと期待したのだろう、ほかに女性がいることをほのめかした。だけど、仮にそれが事実だとしたら、願ってもないことだった。いずれにせよ、ナイオールの道徳観念に欠ける世界観では、性的貞節さは、一方通行の問題であり、わたしは彼が気が向いたときにほかの女性たちと寝ているものとつねづね推測していた。

なによりも、ナイオールは、わたしが仕事をし、実世界の周辺で暮らし、自尊心を育むのを許してくれた。生来の不可視性に呪われた、わたしの歪んだ生活では、それが望みうる最高のことに思えた。

ところが、ハイゲイトのパブでのあの夜、わたしはあなたを見かけた。

7

あなたと話した興奮がおさまると、気がかりなのは、ナイオール自身と、彼がどんな仕返しをしでかすかということだった。

あなたの魅する力《グラマー》はとても希薄で、あなたはおそらくそれに気がついていない。まるでセクシュアリティのオーラのようだった——意識されていないがゆえにいっそう力強さを増している。あなたの雲が触れるのを感じ、その刺激にわたしは眩暈がした。その雲は明白な形を取っておらず、使われてもなく、不可視になることは、選択肢にすぎなかった——あなたはわたしの裏返しだった。

ナイオールとわたしがふたりともわかっていたのは、あなたがわたしを実世界に連れていってくれることだった。わたしは、あなたの雲から力を引き出し、やすやすと恒久的に可視の状態になれ、普通の人間で通すことができる。

あなたは、ナイオールには、完全な可視人よりもずっと潜在的な可能性を秘めた脅威だった——あなたはわたしを彼から永久に引き離せるのだから。

ナイオールがなにをするのか気が気じゃなかった。彼という人間をよくわかっているので。

ナイオールが不平不満を並べたて、脅迫し、いつもの涙を流し、自分のどうしようもない不可視性についての自己憐憫をあふれさせながらも、わざとらしく嘆願してくるものと予想した。ところが、パブでナイオールは、わたしたちをふたりにして立ち去り、わたしが自由にあなたにアプローチできるようにした。

あなたがガールフレンドといっしょに車で立ち去ってから、わたしは小雨のなかをホーンジーまで歩いて帰った。あなたとの出会いをおおいに喜びながらも、これからナイオールとどういうことになるのかを考え、怯えていた。わたしは最悪のケースにそなえて心の準備をした。

ところが、ナイオールはわたしを待っていなかった。表の通りにはおらず、玄関のまわりをぶらついてもいなかった。わたしは自室にはいり、ナイオールが合い鍵を使ってなかにはいっているものと思いこんでいた……が、彼はそこにもいず、部屋のなかがいじられた形跡もなかった。

その夜、わたしはほぼずっと起きており、いずれナイオールが姿を現わすものと確信していた。あくる日曜日は、仕事にとりかかろうとしながらも、ずっと待っていた。ナイオールは連絡を寄こさなかった。次の月曜日にも、火曜日にも。とりかかっていた請負仕事を完成させ、ウエストエンドまで届けにいった。またしても、ナイオールがコンタクトしてくるものと予想していた。

そういう状態を終わらせたかった。ナイオールがどなりちらしながら脅しつけてくるのは嫌だったが、すくなくともわたしはそれに馴れており、ある程度の限界内なら、対処することができた。本能にしたがったのか、工夫したのかはともかく、ナイオールは自分の気持ちをわからせる完璧な方法を見つけていた。わたしをひとりでほうっておき、自分がなにをしでかすか気をもませることで、わたしの関心をしっかりつかむことに成功していたのだ。

つらつら考えているうちに、パニックに襲われた。もしナイオールがわたしにすら自分の姿を見えなくさせることができるとしたら！

その考えは、以前にはいちども心に浮かばなかった。わたしは、ナイオールの雲がいちばん濃いときでさえ、つねに彼の姿を目にとらえていた。だけど、どうしてわたしにわかるのだろうか？　過去に何度かナイオールはわたしから姿を消していたことがあったのではないか？　わたしは実世界に半分足をつっこんでいる——彼がわたしの視野閾《いき》より下にもぐることができたとしたら？　ナイオールは、しばしばわたしに関することをうす気味悪いほど知っており、まるで超自然的な洞察力を有しているかのようだった。わたしがひとりきりだと思っているときに彼はわたしを見ていたのだろうか？　ナイオールは頭がよく、悪辣な人間だった。自分の権益だと見なしているものを守るためにどこまでのことをするだろうか？　ナイオールが実際にはパブを出ていかなかったとしたらどうだろう？　わたしがあなたに話しかけているときもその場にいたかもしれず、わたしがあなたのあとを追っていったときもわたしについてきて、雨のなかを家に帰るときもわたしにつきまとっていたのかもしれない。

いまもここにいるかもしれない！　わたしの部屋に、こんなことを考えているいまも！　心底ぞっとして、わたしは画板のまえに座り、うなだれて目をつむった。そのとき、わたしは、幽霊たちがもっとも恐れている恐怖を知った。すなわち、姿を隠している監視者がいるかもしれないという、不可視人たちの戦《おのの》きを。ナイオールの息遣いがないか耳を澄ます。彼の服のかすかな衣擦れの音すら聞き逃すまいとして。部屋は静まりかえっており、あたりを見まわしながら、わたしは見ることと見ないことの両方を恐れて、自分の雲をこれまでにないほど濃くし、真実を知ろうと願った。

わたしに見えるものはなにもなかった。

水曜日の午後遅くに電話が鳴った。だれかから連絡があるとは思っていなかったので、呼出音が鳴るにまかせ、ほかのだれかが出るだろうと思っていた。ずいぶんたってまだ鳴りやまなかったので、わたしは廊下に出て、受話器を取った。

ナイオールだった。個人の電話からかけてきていた。安堵の思いがさっと湧いた。そのときばかりは、ナイオールがわたしのまわりのどこかに姿を消しているのではないと確信できたからだ。

「しばらく留守にするよ」ナイオールは言った。「知りたいだろうと思ってね」

「どこにいくつもり？」

「おれの友だちがフランス南部に家をもっているんだ。連中といっしょにそこに一、二週間滞在すると思う」

「そう」と、わたし。「いい考えね」

「おれといっしょにいきたくないかい？」

「あたしは働いているの」

「あの男と会うつもりだろ？」

「かもね」

「いつだ？　今晩か？」

「まだなにも約束してない」

ナイオールは押し黙った。わたしは待った。ほかの間借り人宛の古い伝言でいっぱいになった伝言板がかかっている壁を見つめる。彼らの生活はわたしにはいつもまっとうなものに思えた。目に見えない問題でややこしいことに巻きこまれなどしないのだ。アン、セブに電話するように。ディック、お姉さんから電話があったわ。土曜の夜に二十七号室でパーティー、みんなきてね。

わたしは問いかけた。「いつまで出かけているといったっけ？」

「まだ決めていない。二週間ほどかかな。もっと長くなるかもしれない。もどったら連絡するよ」

「それはいつになりそう？」

「言ったろ、スーザン、わからないんだってば。そのことがいま問題になるというわけじゃないだろ？　忙しくなるんだろうから」

「あたしは仕事をするんだってば」

「おまえがなにをするつもりかわかってるさ」

この会話は欺瞞だった。遠くにいくのは、まったくナイオールらしからぬことだった。とりわけ、わたしがほかのだれかに会ったことを知っている以上。彼はなにかをたくらんでいる。ふたりともそれがわかっていた。

「具体的にはどこにいくつもりなの？」

「着いたら連絡するよ。それか、絵はがきを送る。正確な住所は知らないんだ。サンラファエルのどこか近くにある家なんだ」

「でも、いっしょに泊まる人たちってだれなの？　わたしもそのうちのだれかを知っているの？」

「どうしてそれが問題になる？　おまえはおれ抜きでお楽しみをするんだろうから」

「ナイオール、早合点しないで。あたしはただあの人と話したいの、それだけよ。あの人のことはなにも知らないんだから」

「ひとついいことを教えてやろう。あいつの名前は、リチャード・グレイだ」

「いったいどうしてそれがわかったの？」ふいにわたしの心臓がどきどき鼓動を搏《う》ちはじめた。

「ものごとを解明するのがおれの仕事さ」

「ほかになにを知っているの？」

「知っているのはそれだけさ。もう切るぜ。一時間後に出発するんだ」

「もし邪魔することを考えているなら、ナイオール、あなたとは二度と口をきかないから」

「なにも心配することはない。しばらくおれとは会わないだろうから」

「ナイオール！　切らないで！」

「フランスから絵はがきを送るよ」

ナイオールは受話器をおろした。わたしは廊下に突っ立ち、怒りと恐怖でいきり立っていた。どうやってあなたの名前を探り当てたんだろう？　いったいなにをしていたんだろう？　いまなにをしているの？　出かけるというのは嘘だとわたしにはわかっていた。彼の声は、耳になじみのある脅しつける口調だったからだ。そんな気分になったとき、ナイオールはどんなことでもできた。わたしを押さえつけたがっているときに、わたしから離れていくはずがなかった。

部屋にもどり、ベッドの縁に座って、落ちつこうとした。あなたに会いにいく時間になるまで、あと二時間しかなく、ナイオールはわたしの心からあなたのことを追い出すのに成功していた。その狡猾さが憎かった——彼はわたしがなんとしても自分に立ち向かおうとするのをわかっており、優しく下手に出るふりをするのは、じっくり考え抜かれたあたらしい戦法だった。わたしはナイオールのことを考えていた。あなたのことじゃなく。

それ以上仕事をつづける気にはどうしてもなれなかったので、シャワーを浴びて着替えをし、しばらく家のなかを片づけた。なにも食べなかった。ナイオールのせいですっかり食欲が失せてしまっていたのだ。

かなり早すぎるくらいの時間にハイゲイトに向けて出発した。足早に歩いて、わたしのなかのいらいらしたエネルギーを燃焼してしまおうとする。ハイストリートに到着すると、あたりをぶらついた。店のショーウインドウを覗いて、見るとはなしに見ていた。あとに力を残すため、不可視でいた。わたしはあなたのことに集中しようとしていた。あなたがどんな様子をしていたのかを思い出し、あなたを見たときの興奮を再現しようとした。内心、これがナイオールとの関係の終わりになるだろう、とわかっていた。たとえあなたのことをなにも知らなくても、いま負っているリスクとあらたな体験は、過去より好ましいものだった。

八時を過ぎると、わたしは自分を目に見えるようにして、わたしたちが出会ったバーにはいっていった。あなたはいなかった。わたしはビター・ビールのハーフを買い、テーブルのひとつにひとりで座った。週も半ばで、まだ比較的早い時間のため、パブは半分ほどもいっぱいになっていなかった。わたしは不可視の状態にそっと移行した。

あなたは数分後にやってきた。わたしはあなたがパブにはいり、つかのま、あたりを見渡してから、カウンターに向かうのを見ていた。最初にショックを受けたのは、わたしの記憶にあるのとおなじように、いかにあなたが普通に見えるかということだった。わたしは可視に移行し、あなたが気づくのを待った。

ナイオールのことは、わたしの心からするりと抜け去った。

あなたはほほ笑みながら、歩いてきて、テーブルのそばで立ち止まった。

「一杯おごらせてくれるかな？」あなたは言った。

「いいえ、結構。いまはまだ」

あなたはテーブルをはさんで真向かいに腰をおろした。「はたしてきみがここに現われるかどうか不安だったよ」

「あなたが考えたにちがいないことは想像したくないな」わたしは言った。「あたし、普通は知らない男の人にパブでアプローチしたりしないの」

「それはかまわない」あなたは言った。「ぼくはなにも――」

「いい、あたしはあなたに見覚えがあると思ったの」わたしはどうにかこしらえることのできた唯一の説明をわかってもらいたかった。「あなたはあたしが昔知っていた人に似ているの。でも、話したとたんに、まちがえていたのがわかり、次になんと言っていいのかわからなかったわけ」まずい弁解に聞こえたが、あなたはまだほほ笑んでいた。

「もう説明しなくていいよ。きみに会えて嬉しかった」

わたしは、自分のつたないアプローチを思い出して、赤面した。わたしたちは、あなたに似ていることになっている架空の友人のことをしばらく話してから、ようやく名前を告げあった。あなたの名前について、ナイオールの言ったことが正しかったのを知るのは、喜ばしいことであると同時にいらだつことでもあった。わたしは、自分がスーと呼ばれている、とあなたに言った。それまでの知り合いは、みなわたしをスーザンと呼んでいたのだけれど、あらたに知り合いになる人に対してはスーになるという考えを気にいっていた。

わたしたちは、さらに数杯の酒を飲み、おたがいに知り合いになろうとするときに普通の人がするだろう、といつもわたしが思っていたさまざまなことを話題にした——なにを生業《なりわい》にしているのか、住んでいるところ、共通して知っている場所、共通しているかもしれない友人たち、自分自身に関する逸話などを。あなたは、このまえいっしょにいた女性のことを率直に話してくれた——名前はアネット、たまに会うガールフレンドであり、現在は、親戚を訪ねて一カ月留守にしているといったことを。わたしは、ナイオールのことをなにも話さなかった。

あなたが食事を提案し、わたしたちは、道路の向かいにあるインドネシア料理の店に出かけた。わたしはお腹が空いており、食事を取るという考えがありがたかった。あなたは、わたしのことを気にいっている様子だった。わたしは、自分が性急すぎやしないかと心配になってきた。もっとクールにふるまい、あなたの関心をかきたてつづけるようにある程度の距離を置いておくべきだとわかっていた——そういうことを雑誌で読んでいたのだ！　だけど、わたしは興奮していた。望んでいたよりもあなたがずっと好ましい人物であるのがわかり、しかも、それは最初に関心を惹かれた原因とはなにも関係なかった。いっしょにいるあいだずっと、わたしはあなたの雲に気づいていた。そのちょっぴりわくわくさせてくる靄が、わたしの雲に触れているのだ。わたしは、そこから力を引き出し、なんの緊張もなく自分を目に見えるようにできており、あなたに打ち解け、ノーマルでいるのがどれほどたやすいことか見出していた。だけど、そのことをべつにしても、あなたは、おもしろく、知的で、興味深かった。トイレにいくためにあなたがテーブルを離れると、わたしは目をつむって、ゆっくり呼吸し、けっして度を超さないように自分をたしなめなければならなかった。あなたの目に自分がどのように映っているのか想像しようとした。あまりにも露骨に関心を示しているように見えたり、しゃべりすぎたりはしたくなかった。自分がどれほど経験不足なのか痛いほどわかった——二十七にもなって、世間のことがらには、まったくうぶなんだから！

　食事が終わると、代金を忠実に折半して、割り勘で支払った。このあとどうなるんだろう、とわたしはどきどきしていた。わたしの狭い視野から判断しても、あなたは世慣れた人で、過去のガールフレンドのことを気軽に話題にし、合衆国やオーストラリアやアフリカに旅行したことがあり、腰を落ちつけるような絆をもったことも、そんな意図を抱いたこともない人だった。あなたは、わたしたちがベッドにいくのを当然のことと見なしているのかしら？　もしいかないとすれば、あなたはわたしのことをどう思うだろう？　もしわたしたちがいったとしたら、わたしのことをどう思うだろう？

　わたしたちはあなたの車まで歩いていき、あなたは、わたしの家まで送ろうといってくれた。車のなかでは沈黙がおり、わたしはあなたが運転する様子を眺めながら、あなたはなんて自信にあふれているのだろうと考えていた。ナイオールとはまったく異なっていた。わたしとも。

　わたしの家のまえにきて、あなたはエンジンを切り、一瞬、ちょっと寄っていってもかまわないかな、とあなたが言いそうな雰囲気になった。だけど、あなたは、「また会える《キャン・アイ・シー・ユー！》

かな《アゲイン》?」と訊いてきた。

わたしは、〝もういちどきみを見ることができるだろうか?〟とも受け取れる、そのフレーズの意図せざる皮肉を耳にして、思わず笑みを浮かべた。ナイオールと永年過ごしてきて、実に心を洗われることばだった——あなたがわたしについて思いめぐらしていることは、まったく新鮮なものだった。あなたはわたしがほほ笑むのを見たけれど、もちろん、わたしはその理由を説明できなかった。わたしたちはしばらく暗い車のなかで座って、土曜日の夜の二度目のデートの計画を立てていた。軽く一杯飲んでもらうために部屋に招待したくて、あなたを引き留めたくてたまらなくなったけれど、あなたがわたしにうんざりするかもしれないのが怖かった。わたしたちは軽いキスをかわして別れた。

8

その週、ロンドンを熱波が襲い、仕事に集中するどころではなかった。いずれにせよ、夏のあいだは、取引先の会社の多くが生産量を低下させるなど、仕事をさせる刺激となるものがみな落ちこむのだし、暑い天候はいつもわたしの気をそぞろにさせた。明るい日差しがロンドン固有のうすぎたなさを際だたせ、古い建物は、ひびや、風雨にさらされた傷をあらわにしていた。わたしは、灰色の雲の下にある街という景色が好きだった。暗色の石と低い屋根に囲まれた、細いごみごみした通りが、雨に色を和らげるところが。夏はわたしを落ちつかなくさせ、ビーチにいったり山間の小径で涼んでいられたらどれほどいいだろう、と考えてしまうのだった。

わたしは、あなたのせいでなおさら心が乱れていた。デートの翌朝、わたしはベッドに横たわり、満足げに思い返しては、隣接する庭の木々の梢を窓越しに見上げていた。あなたがそばで見ていないのだから、だらしない格好をしてもなにも問題なかった。自分がティーンエイジャーのようにふるまっているのはわかっていたが、わたしは幸せだった。ナイオールは、わたしを幸せな気持ちにしてくれたことがいちどもなかった。

三日間がまたゆっくりと過ぎ、わたしには白昼夢にふける時間がたっぷりあった。あなたに対して自分が性急すぎるように見えないものかと心配していたけれども、ナイオールがいつまでおとなしくしているだろうかということも気にかかっていた。彼がもどってくるまえに、あなたのことをよく知っておくのはとても重要だった。つかのま、ナイオールのことを考える。フランスへの謎めいた旅に出かけているというナイオール。本当にそこにいるのかしら。

土曜日の夜、出かける用意をしているところに電話があった。ナイオールだった。それは当然ナイオールからなのだ。いちばん都合が悪く、邪魔なときを感知する彼の才能は、超能力といっていいほどだった。半時間もしないうちにあなたが迎えにくるはずだった。

「調子はどうだい、スーザン？」

「いいわよ。なんの用？　出かけようとしているところなの」

「ほう、そいつはまたグレイなんだろ？」

「あたしがなにをしようと関係ないでしょ。あした、かけなおしてくれない？」

「いま話したいんだ。これは長距離通話なんだよ」

「いまは都合が悪いの」ナイオールの声は、明瞭で受話器の耳当てにうるさく響き、わたしはあやしいと思った。この通話には、距離を隔てていることを感じさせる、いつもの静かな電子的騒音がなにもなかった。ナイオールの声は、まるでロンドン市内からかけているかのように聞こえた。

「そっちの都合なんて知るか」ナイオールは言った。「寂しいんだ。会いたい」

「友だちといっしょだと思ってたけど。いまどこにいるの？」

「フランスさ。言っただろ」

「すぐそばにいるみたいに聞こえるわよ」

「回線状態がいいのさ。スーザン、おまえを連れずにここにきたのはまちがいだった。やってこないか？」

「むりよ。たくさん仕事を抱えているのに」

「夏場はたいして仕事がないといつも言ってたじゃないか」

「今回はちがうの。来週終えて渡さないといけない仕事が山ほどあるんだ」

「だったら、なぜ今晩出かけるんだ？　ここにくるのはそんなに時間がかからないし、せいぜい二、三日泊まるだけだ」

「旅費が払えません。また、お金を切らしているの」

「旅行するのに金なんていらないだろ。朝一番の列車に乗れよ」

「ナイオール、莫迦《ばか》なこと言わないで！　なにもかも捨てていけっこないでしょ！」

「だけど、おまえが必要なんだ、スーザン」

ふいに、ナイオールが嘘をついていることについて、確信がゆらぎはじめた。ナイオールの声に窺える激しい内省と孤独は、充分真実味があった。もしいまもなかば疑っているように、本当にロンドンにいるなら、遠くにいるふりをやめて、さっさと会いにくるはずだった。

ナイオールの声ににじむ自己憐憫を耳にすると、わたしの気持ちは頑なになり、いっこうに同情心をかきたてられなかった。彼の声は、わたしの親切心に露骨に訴えかけてくるものであり、昔ならたいていうまくいったものだったからだ。わたしは放っておいてもらいたかった！　電話のそばの伝言板をふたたび眺める――おなじ伝言が、応答されずにそこに貼られていた。

「いまはそんなことを考えられないの」わたしは言った。「あした電話してちょうだい」

「おまえがなにをしようとしているのかおれが知らないと思っているだろ。おまえはグレイといっしょにいるんだな、そうだろ？」

「いえ、いないわよ」その真実は一時的なものだった。だが、いまのところは、真実なのだ。

「だとしても、会いにいくんだ。なにをしているのかおれにはわかる」

わたしはなにも言わず、壁と電話から顔をそむけた。受話器のコイル状のコードが、わたしの喉にまとわりつく。電話での会話は、不可視の性質をもつ。それぞれの話者にとって、相手の姿は見えない。わたしはナイオールがいるところを想像しようとした――フランスの別荘の鎧戸のついた一室。磨き立てられた木の床、花と日光、べつの部屋で聞こえているさまざまな声？　あるいは、電話を使うために侵入した、ロンドンのどこかの家？　ナイオールの声は、とても間近に聞こえているため、彼がフランスにいるというのは、信じがたいことだった。もしわたしにやってきてほしいというなら、どうして自分のいる住所を話そうとしないのだろう？　もしあなたに嫉妬しているというなら、なぜ姿を消して、わたしを放っておいたのだろう？

ナイオールはしつこくおどしをかけてきた。あたらしい戦法だった。

「なにか言えよ」ナイオールは要求した。

「あなたの聞きたがるようなことは言えない」

「おれはただ二、三日会いにきてくれと頼んでいるだけだぜ」

わたしは言った。「あたしがほかの人と会っているのがわかっているので、邪魔しようとしているんでしょ。どうせ知っているんでしょうけど、今晩、あたしはリチャードと出かけるつもり」

ナイオールはいきなり電話を叩き切った。回線はかちりと音を立てて切れ、つづいてかん高い電子音が聞こえてきた。わたしは手に受話器をもったまま、いぜんとしてコードにまとわりつかれ、気ぜわしい雑音に耳を澄まして突っ立っていた。わたしは、いままで電話を叩き切られたことがなく、そのため、効果覿面《てきめん》だった。腹立ちと辱めと後悔と警戒を同時に覚えた。いますぐかけなおしてやりたかったが、どうやってそれをしたらいいのかわからなかった。

数分後にあなたが到着し、わたしはまだ電話のせいで動揺していた。そのとき、わたしたちがまだそれほど相手のことを知らない段階のため、動揺をあなたから隠すことができてほっとした。その晩、ふたりで映画を観、そのあとで遅い夕食に出かけた。夜遅く、あなたが車で家まで送ってくれたとき、わたしは部屋にあなたを招きいれた。わたしたちは深夜まで語りあい、最後におこなったキスは、長くつづき、親密なものだった。でも、いっしょには寝なかった。あなたが帰るまえに、わたしたちは翌日の午後、ともに散歩する約束をしていた。

翌日、あとすこしであなたがやってくることになっている時間になってやっと、わたしは自分がびくついていることを認めた。午前中のうちにその気分が徐々におおきくなってきて、わたしはそれを無視しようと努めていたのだった。あなたが到着する数分まえになると、その緊張感のためほとんどじっとしていられなかった。ナイオールが電話してくるのがわかっていたからだ。

電話が鳴ると、わたしはほっとしたほどだった。家のほかの間借り人が廊下に出てくるまえに、電話に駆け寄り、受話器を手に取った。いったいどうして彼は知っているの？

今回の電話は、まえとは異なっていた。ナイオールは、冷静な態度だった。あるいは、冷静でいるように聞こえた。昨日一方的に電話を切ったことを謝罪し、自分は動転していたのだと言った。

「おまえがパブでグレイといっしょにいるところを見たとき、おまえがおれよりあいつのほうを気にいっているのがわかった。おれは離れずにはいられなかった。いつかは、こんなことが起こるんじゃないかとわかっていた」

ナイオールの声は、はっきりしており、まるで隣の家からかけてきているかのように、すぐそばに聞こえた。わたしは身震いしていた。

「あたしは正常な生活を送りたいの」わたしは言った。「わかっているでしょ」

「ああ、だけどなぜおれにこんな仕打ちをするんだ？」

「リチャードはただの友だち」それは嘘だった。あなたはもう友だち以上の存在になっていた。あまのじゃくにも、わたしはナイオールを怒らせたいと思った。そっちのほうがずっと簡単だったからだ。

「じゃあ、あいつがそんなに大切じゃないのなら、おれに会いにこいよ」

「考えてみる」ナイオールが望んでいることと調子を合わせるふりをすることで、彼がなにをやるつもりなのかわかるかもしれない、とわたしは考えた。「あなたがどこにいるかすら、わからないじゃない」

「もし教えたら、会いにきてくれると約束するかい？」

「考えてみる、と言ったの」

「ほんの二、三日でいい。そうすれば、おれたちはいっしょになれる」

「だったら、どうすればあなたを探せるのか教えなさい。あ、ちょっと待って——」

ドアのベルが鳴った。玄関のドアにはめこまれている、つや消しのステンドグラス窓の向こうにあなたの姿が見えた。受話器をコードからぶらさげたままにして、わたしは玄関のドアを開けた。電話の最中だと説明し、部屋にはいってもらうよう合図する。部屋のドアが閉められ、あなたに聞かれないのを確認してから、通話口を手で覆った。

「つづけて、ナイオール」

「やつがそこにいるんだろ？」

「あなたの居場所を話しなさい」

ナイオールは詳しい指示を出しはじめたが、わたしはろくすっぽ聞いていなかった——列車でマルセイユにいき、バスで地中海沿岸を進み、サンラファエル村に到着、白塗りの家。わたしは考えていた——嘘だ、ナイオールはでっちあげている、どこかこの近くにいて、わたしを見はっているんだ。道路の向かいの家のなかで、窓辺に立ち、あなたがやってきたのを目にし、わたしがどこであなたに会おうと尾けてきている。そうでなければ、どうしてあなたに会う直前に合わせて電話してこられる？

わたしはナイオールに最後まで話させてから、訊ねた。「どうしてそんなことをあたしに言うの、ナイオール？」

「おまえに会いたいんだ。いつ出発する？　あしたか？」

「もういかないと」

「まだ待てよ！」

「いかないとだめなの。さよなら、ナイオール」

わたしはほかになにか聞こえるまえに受話器を置いた。ナイオールがロンドンにおり、フランスうんぬんの話が本当のことではないとわかっているので、わたしはまだ震えていた。ナイオールは、わたしが悟るはずだとわかっているのに、わたしたちふたりとも、嘘をそのままにしていた。ナイオールの狙いはなんだろう？

わたしは動揺のあまり、すぐにあなたに会いにいこうとはせず、玄関のドアに歩いていくと、しばらくドアにもたれ、落ちつこうとした。なにかが表で動いている。半透明のガラス越しにぼんやり霞んでいた。わたしはぎくりとして、あとずさった。ただの鳥か、道路を歩いている人だったんだろう。わたしは、ほんの数フィート先の部屋のなかで待っているあなたのことを考えた。わたしの願いは、ただあなたといっしょにいたいということだけなのに、なにをしようとナイオールが邪魔してくる。彼は、わたしたちの計画を知っているにちがいない！　ナイオールがわたしですら感知できない深いレベルの不可視状態に達することができるのではないかという、ぞっとする恐怖を思い出した。あなたといっしょにいたあいだずっと、ナイオールがわたしのそばにいたのかもしれないのだ！

ナイオールにそれほど常軌を逸したことができるかもしれないと考えるだけで、気が狂いそうだった。

が、ほかにどんな可能性があるだろう？　板がむきだしの廊下にただひとり立ちつくし、部屋のなかにはいってあなたに会う勇気をかきたてようとしながら、わたしは、不可視性そのものが狂気の一形態ではないのかという疑念を覚えていた。そう思ったのは、はじめてではない。ナイオール自身、かつて不可視性を、自分自身を信じられないこと、アイデンティティの喪失だと表現したことがある。〈魅見《グラム》〉たちは狂気の生活を送っており、病的恐怖とノイローゼに惑わされ、偏執的な信条を抱き、社会に寄生していた。彼らは実世界をゆがめて認識している、すなわち標準的な定義による精神異常の状態なのだ。もしそうなら、普通になりたいというわたしの願望は、正気を求める希求であり、自分への自信と確固たるアイデンティティを求めているものかもしれない。ナイオールのわたしに対する執着は、仲間の被収容者が施設の外部へ通じるドアを開けようとしているのを目にし、自分はついていけないのを知っている狂人の、必死のあがきなのだ。

脱出するために、わたしは狂気を背後に追いやらねばならなかった。わが身を癒すのみならず、不可視の世界に関する自分のすべての知識を変えるのだ。ナイオールがつきまとっているとわたしに信じさせているあいだは、彼の手はいぜんとしてわたしを強くつかんでいるのだ。

ノーマルになるための唯一の希望は、ナイオールが存在するのを信じないことだった。

あなたは、わたしの部屋の窓辺に佇み、見えるのは雑草の繁る庭ばかりのはずのところを眺めていた。わたしがはいっていくとすぐあなたは振り返り、ほほ笑みを浮かべて部屋を横切り、わたしにキスをした。

「待たせてごめんなさい」わたしは言った。「ただの友だちからだったの」

「ちょっと顔色が悪いな。ほんとに大丈夫かい？」

「新鮮な空気がちょっと欲しいな。出かけない？」

「ヒース公園はどうだろう？」

わたしは部屋をかたづけるおざなりの努力をしたが、床に洗濯していない衣服の山があり、机にはやりかけの仕事がちらかり放題のまま、バッグを手に取った。わたしたちは、ハムステッドまで車で出かけた。またしても暖かな午後となり、ハムステッド・ヒース公園のいたるところに人が出ており、ロンドンの頼りにならない夏を楽しんでいた。わたしたちは、午後のあいだずっと腕を組んで散策し、話をし、ほかの人を眺め、ときおりキスをした。あなたといっしょにいるのは素敵だった。

その夜、わたしたちはあなたのフラットにいき、そこではじめて愛を交わした。あなたのフラットにいると、ナイオールにはここを見つけられないと信じられ、安心できた。そのため、あなたといっしょにいてこれまでになく気楽になれた。ベッドにはいっているあいだ、夏の嵐が吹き荒れた。蒸し暑い夜に窓を開け放ってベッドにいると、雷が屋根の上をゴロゴロ鳴って通り過ぎていった。荒天に耳を傾けながら、あなたとふたりで裸のまま丸くなっていると、とても快いと同時に不倫をしているようなうしろめたさがあった。

9

あなたが着替えて、テイクアウトのギリシア料理を買いに出かけ、もどってくると、わたしはあなたのドレッシングガウンを着、ふたりでベッドに隣り合って座り、ボリュームのあるシシカバブをぱくついた。わたしはとても幸せな気分だった。

すると、あなたが言った。「いま忙しい？　つまり、仕事をたくさん抱えているのかい？」

「それほどじゃない。ほんとうのことを言うと、ろくに仕事はないの。みんなヴァケーションで出払っているから」

「ぼくはいま、決まった仕事がなくてぶらぶらしているようなもんさ。夏のあいだは、のんべんだらりとやろうとしていたんだけど、かなり飽きてきた。当座は、フリーランスの仕事を見つけるのは難しいしね」あなたはまえに、なぜ仕事を辞めたのか話してくれていた。あなたは言った。「ずっとやりたいと思っていたことがあるんだ。映画のためのアイデアがある。なにかに実を結ぶと思っているわけじゃなく、実際はたんに旅行をするための言いわけなんだけど。いっしょにきてくれないかな」

「旅行に？　いつ？」

「その気になったらいつでも。忙しくないというなら、いますぐでも出発できる」

「でも、どこにいくの？」

「うん、そこで映画のアイデアの出番だ。絵はがきのことを話したことはあったっけ？」

「いいえ」

「見せよう」あなたはベッドを離れ、書斎と呼んでいる部屋にはいっていった。すこしして、古い靴箱を抱えてもどってきた。「ぼくはちゃんとしたコレクターじゃない……ただ溜めているだけさ。大半は、一、二年まえに買い、それからすこしだけつけくわえている。この絵はがきはみんな第一次大戦まえのもので、なかには、前世紀に遡るものもある」

わたしたちは絵はがきの一部を取り出し、ベッドの上に広げた。国や街別に仕訳されており、それぞれに丁寧なラベルが貼られていた。およそ全体の半分が英国のもので、それらは仕訳されていない。残りは、ドイツやスイス、フランス、イタリアの絵はがきで、若干ベルギーとオランダのものもあった。ほとんどが白黒写真もしくはセピア色にくすんでいた。多くが宛名書き面に手書きのメッセージを記してあった。休暇を過ごしている人間から故郷にいる人々にあてた決まり切った挨拶文。

「やりたいとよく思っているのが、ここに写っている場所にいくというものなんだ。絵はがきにある写真の場所の現在の風景を探し出し、古い写真と比較し、半世紀で場所がどのように変化したかを見てみる。さっきも言ったように、それがいつか撮る映画の基礎になるかもしれないんだが、本音を言えば、ただ出かけていって見てみたいというだけなんだ。そういうのってどうだろう？」

絵はがきは魅力的だった。失われた時代の凍りついた瞬間――ほとんど車のない街の中心部、異国の海岸をそぞろ歩くゴルフ用のゆるいニッカボッカー姿の旅行者たち、大聖堂やカジノ、ひかえめな水着を着て日光浴をしている人や麦わら帽子をかぶってぶらついている海水浴客のいるビーチ、ケーブルカーが通っている山の景色、王宮や博物館や人けのない広い広場。

「こういった場所全部にいきたいの？」わたしは訊ねた。

「いや、ほんの数ヵ所だ。フランスに集中したいと思っている、南部にね。そこの絵はがきがたくさんあるんだ」あなたは何枚かの絵はがきをわたしの手元から取った。「リヴィエラが観光客目当ての場所に力をいれて開発されていったのは、第一次大戦後になってからなんだ。この絵はがきの大半は、それ以前の各地の様子を示している」

あなたは手にした絵はがきを調べ、わたしに見せるために数枚の例を取り出した。組になった絵はがきの一セットが、サンラファエル周辺の海岸線を写したものだった。その偶然は衝撃的で、ナイオールに対する恐怖がふいにわたしの胸を衝いた。

「ほかじゃだめかしら、リチャード？」わたしは問いかけた。

「むろんだめじゃないさ。でも、ここはぼくがいきたい場所なんだ」

「フランスじゃなくて……あたしはフランスにいきたくないの」

あなたはとてもがっかりした様子だった。絵はがきはベッドの上にひろがり、わたしたちを囲んでいた。

わたしは訊ねた。「ほかの場所ではどう？　たとえば、スイスなんかは？」

「いや、フランス南部でないとならないんだ。でもまあ、むりにというわけではないけど」

わたしはナイオールに使ったのとおなじいいわけをしようとしているのに気づいた。「いきたい、ほんとに。でも、いまは金欠なの」

「ぼくの車でいけばいい……費用は負担する。金には困っていないんだ」

「パスポートをもっていない」

「観光用パスポートを発行してもらえばいい。郵便局で簡単に買えるじゃないか」

「だめなの、リチャード。ごめんなさい」

あなたは絵はがきを拾い集めはじめ、細かな順番に沿ってそろえていった。「なにかべつの理由があるんだね？」

「ええ」わたしはあなたの顔を見られなかった。「実を言うと、知っている人がいるの、会いたくない人が。彼はいまフランスにいるの。あるいは、フランスにいるとわたしが思っていて——」

「それって、きみが口にするのを避けているボーイフレンドのことかい？」

「ええ。どうしてわかるの？」

「ほかにだれかがいるにちがいない、とずっと思っていたんだ」絵はがきはすべて片づけられ、靴箱の整然とした列にふたたび収まっていた。

「きみはまだその男に会ってるのかい《アー・ユー・スティル・シーイング・ヒム》？（その男がまだ見えるのか、の意もあり）」

　またしても、無意識のうちにおこなわれる皮肉なことばの選択だ。わたしはあなたにナイオールのことを話しはじめ、事実をあなたに受けいれられそうなことばに置き換えて伝えようとした。ナイオールのことを長く関係のつづいている恋人と表現する。若いころに知り合った人間である、と。たがいに疎遠になってきたのだが、ナイオールが未練がましく去っていこうとしないのだ、と伝えた。ナイオールの特徴を、独占欲が強く、子供っぽく、暴力的で、専横的だと表現した――もちろん、ナイオールにはその性格がすべてあてはまるのだが、それは全体のごく一部でしかなかった。

　わたしたちは、その問題についてしばらく話し合い、あなたは、ナイオールに出くわす可能性がきわめて低いし、仮に出くわしたところで、わたしたちがいっしょにいるのを見れば、ナイオールはわたしが自分を捨てたことを認めざるをえないだろう、と理性的な判断をくだした。わたしは、ナイオールがわたしに及ぼしている影響力のおおきさをあなたにはとても理解できないだろうと言って、頑なに抵抗した。わたしはナイオールに出会うリスクから逃れたかった。

　そういうことを話しながらも、わたしは、実際のナイオールの居場所に疑念を抱いていたことや、このことをどう扱わねばならないか自分でわかっていたはずの方法を思い出していた。ナイオールがサンラファエル以外の場所にいると信じることは、狂気を受けいれることなのだ。

「だけど、きみが彼と終わっているなら」あなたは言った。「彼は、遅かれ早かれその事実を受けいれて生きていかなくてはならなくなるだろう」

「遅かれになると思う。あたしはあなたといっしょにいたいの。どこかほかの場所にしましょう」

「わかった。フランスいきは、ひとつのアイデアにすぎない。なにか行き先の提案はあるかい？」

「あたしがしたいのは、しばらくロンドンを離れること。あなたの車でどこかにドライブできないかしら？」

「イングランドで、ということかい？」

「とても退屈に聞こえるのはわかっている……でも、この国でも見たことがない場所がいくつもあるの。ぐるっとまわればいい。ウェールズや、そのほかの西の地方にも、あたしたちの好きなように」

あなたは驚いた様子だった。フランスのリヴィエラという話が、英国に変わってしまったことに。だが、わたしたちはそれで同意した。あなたが絵はがきを書斎にもどしにいくと、わたしはついていって、あなたがその部屋に運びこんでいる、一風変わった撮影機材を眺めた。あなたは、それらのことをちょっぴり恥ずかしく思っている様子で、場所ふさぎで埃を集めてしまうんだと言いわけしたが、わたしには、それらの機材こそ、わたしたちがことばをかわすまえにあなたのなかに窺えた洞察力の源に思えた。あなたがもらった数々の賞の記念品も書斎にあった。映画のフィルム罐のうしろに半分隠れている。

「有名だなんてちっとも言わなかったじゃない！」わたしは、イタリア大賞のトロフィーをおろしながら、そこに刻まれた銘を読んだ。

「いやいや……運がよかったんだ」

「『……自らの著しい危険をも顧みず……』」と読みあげる。「なにがあったの？」

「報道関係者がときおりまきこまれるたぐいのことさ」あなたはわたしからトロフィーを取り上げ、棚にもどした。目の届かぬようさらに奥に。わたしを寝室に連れもどす。「ベルファストでの暴動だった。録音係もその場にいた。なにも特別なことじゃない」

わたしは好奇心をそそられた。ふと、以前とはちがった目であなたを見ていた――キャリアを積み、数々の賞と名声を受けたカメラマン。

「そのことを話して」わたしはいった。

あなたは居心地悪そうな顔をした。「あまり話したりしないんだ」

「でも、話してみて」

「ただの仕事だった……われわれは順繰りに北アイルランドにいっていた。なかなかたいへんな仕事だったので、報酬がよかったんだ。ぼくはその手の仕事だからといって気にしたりしない。撮影は撮影だし、どの仕事だって、それぞれたいへんなところはある。まあ、それで、昼のうちにプロテスタント側のデモがあり、われわれはそれを撮影した。夜にホテルにもどって、一杯やっていたんだ。すると、軍がフォールズ・ロードで投石しているわずかなガキどもをとっちめるらしい、という話がはいってきた。われわれはそこへいくべきかどうか話し合った。みんな疲れていたんだ。だが結局、いって見てくることに決めた。ぼくは夜間用機材をつけたカメラをかつぎ、軍の車に便乗させてもらった。到着してみると、たいした様子ではなかった……およそ五十人ほどのティーンエイジャーが物を投げまくっていた。われわれは兵士たちのうしろにいて、うまく掩蔽《えんぺい》されていた。たいしたことは起こりそうになかった。その手のことは、真夜中ごろに尻すぼみになって終わるのが一般的なんだ。だが、ふいに状況が悪化した。数本の火炎壜が投げられ、年長の男たちが加わりはじめたのはあきらかだった。軍は解散させることに決めて、プラスチック弾を何度か発砲した。ガキどもは逃げていかずに、石と火炎壜を投げつづけた。装甲車《サラセン》が呼ばれ、兵士たちが突撃した。ウィリーとぼくは——ウィリーというのは録音係だ——彼らとともに前進した。というのも、軍の背後というのが、一般的にもっとも安全な場所だからだ。われわれがおよそ百ヤード走ったところで、ある種の不意打ちをくらった。複数の家に狙撃手がひそみ、裏道の一本には火炎壜と投石をもって待ち受けている一団がいたんだ。なにもかもめちゃくちゃになった。ウィリーとぼくは、レポーターと離ればなれになり、それっきりあとになるまでレポーターの姿は見かけなかった。兵士たちは四方八方に突進し、火炎壜がわれわれのまわりのいたるところで炸裂した。ぼくはちょっとばかし我を忘れていたんだろう。そのまま撮影をつづけたんだ……大騒ぎのどまんなかで。われわれにはなにも当たらなかったが、数発の銃弾が間近をかすめていった。軍に向かって投石している人々のなかにはいりこんだんだが、どういうわけか彼らはわれわれにてんで気づかなかったようだ。と、兵士たちがプラスチック弾の発砲を再開し、今度はこちらが攻撃の的になった。まあ、最終的には逃げ出したんだが、撮影した映像はみごとなできだった」

あなたはにっこりと笑い、たいした話じゃないと思わせようとした。ふいに、その事件のことをどこかで耳にしたかもしれない、と思い当たった。北アイルランドのじつに恐るべき一夜だったことを。

わたしは訊ねた。「あなたがそこにいて、撮影していたとき、どんな感じがして？」

「いまではあまり覚えていないな。たまたま起こった事件なんだ」

「我を忘れたといったけど、どういう意味？」

「自動操縦で空を飛んでいるようなものだったんだ。ぼくは撮影をつづけていたけれども、自分たちのまわりで起こっていることにあまり気づいていなかったんだ」

「興奮した？」

「たぶんしてたと思う」

「で、まわりの人たちはあなたたちに気づかなかったわけ？」

「はっきりとは気づいていなかった」

わたしはそれ以上なにも言わなかったけれども、なにが起こったのかわかった。心のなかにはっきり描くことができた——あなたと録音係が、駆けてはしゃがみながら、撮影装置につながれたまま、暴動のさなかにあって、本能にしたがって撮影しているところを。何杯か酒を飲んでおり、疲れており、だれもあなたたちに気がつかなかったようだ、とあなたは言った。わたしにはその感覚がわかる。あなたがどのように感じたのか、はっきりと想像できる。そのわずかな瞬間、あなたの雲があなたともうひとりの男の人のまわりで濃くなり、あなたたちを目に見えないようにして危険から逃れさせたのだ。

10

わたしたちは、さらに三日間をロンドンで過ごした。うわべは、休暇の準備をするためだったが、実際には、その時間を使ってたがいによりよく知り合おうとし、多くの時間をベッドで費やすためだった。あなたのいかにもやもめ男の生活ぶりのため、わたしは、自分が家庭的な人間になったような気がした。わたしたちはあなたのフラットの改装について話し合い、わたしはあなたにたくさんの料理道具と家庭雑貨を買わせ、プレゼントとしてあなたにリビングルーム用のおおきな鉢植え植物を贈った。そうしたことにあなたは面白がっている様子だったが、わたしはこのときほど幸せな気分になったのははじめてだった。

わたしたちは、木曜日の朝にロンドンを発ち、M1モーターウェイを北上した。特に決まったルートは頭のなかになく、ふたりきりでいっしょにいたいという共通した想いだけがあった。

それでもわたしは、ナイオールが付近にいるのではないかと気が気ではなかった。彼はフランスにいる、という信念をわたし自身に向けて宣言してはいたのだが。あなたの車に乗りこみ、スピードをあげてロンドンを離れていく段になってようやく、わたしはナイオールから逃れたとの安堵の気持ちを抱いた。

その夜は、ランカスターで泊まった。大学のそばのちいさなホテルにチェックインする。晩に長いドライブのあとで休憩し、幸せな気分で、この休暇の先をふたりで期待していた。翌日の計画を立てた。湖水地方をぐるっとまわろうというのだ。

ふたりとも観光には熱がはいらないことがわかった。わたしたちはある場所に車でいき、すこし歩きまわって、たぶん一回食事するかお酒を飲んでから、次のどこかへ移動することで満足していた。わたしは、あなたに車で連れていってもらうのが楽しかった。あなたの運転はなめらかで、座っていて快適だった。荷物はステーションワゴンの荷台に載せており、後部座席は空いていたので、そこを観光ガイドや地図、道中食べるために買った食糧、林檎とチョコレートをいれた買い物袋、そのほか旅のあいだに積もるゴミの置き場として利用した。

三日間、わたしたちは一貫性のないルートをたどり、イングランドの北部境界を越えたりまたもどったりしていた――湖水地方からヨークシャー渓谷にいき、南スコットランドの丘陵地帯をみじかいあいだ訪ねてから、イングランド北西沿岸にもどった。わたしは英国の風景が見せるコントラストが気にいった。低地から高地へ、工業地帯からひらけた田園地帯へとすばやく変化するところが。イングランド北部をあとにすると、東側に向かって南下した。あなたはこのあたりを見るのははじめてだと言い、ということは、わたしたちふたりともはじめての土地だった。そんなふうにしていっしょにいればいるほど、わたしは自分の昔の未熟な生活を捨て去ろうとしているのだと感じられた。不安から解放され、幸せと愛情を覚え、とりわけ、やっと正常な生活に同化しようとしているのだと思った。

だが、五日めに、最初の侵入が起こった。

11

　わたしたちはノーフォークの北岸にある、ブレイクニという村に到着し、海岸線をずっとのぼりつめたところの狭い通りにある朝食つきの民宿に泊まった。到着するやいなや、その村の様子が気にいらなかったものの、わたしたちは終日車を運転しており、なにがほしいといって、一晩泊まる場所ほどほしいものはなかった。翌日、ノリッジにいく計画だった。民宿のオーナーである女性が、この村のレストランは早くに閉まってしまうと教えてくれたので、わたしたちは部屋で小休止してから、荷ほどきもせずにすぐに外へ出た。

　もどってくると、わたしの衣服がみんなスーツケースから出され、ベッドの上に綺麗に重ねて置かれていた。どの服もきちんと畳まれている。

「下の階の女主人がやってくれたんだろう」あなたは言った。

「でも、無断でなかにはいってきて、勝手にわたしたちの荷物をいじるはずがないんじゃない？」

　わたしは階下に女主人を探しにいったが、部屋の明かりは消えており、二階のドアのひとつの下から漏れる明かりで判断したところ、彼女はすでに眠ってしまったようだった。

次の夜、ノリッジのホテルで、わたしはなにかにぶたれたような突然の不快感で目が覚めた。まだ夜明け前だった。あなたはぐっすり眠っていた。わたしは手を伸ばして、ベッドサイド・ライトのスイッチをいれようとした。そうしていると、なにかが枕の上をすばやく滑って、マットレスに落ちた。堅くて冷たいものだった。わたしは恐怖にかられて起きあがり、それから逃れようとし、明かりを点けた。ベッドの上で自分のすぐそばに見つけたのは、石鹼だった。完全に乾いており、よい香りをさせ、表面にブランド・ネームが刻まれている。あなたは身じろぎしたが、目覚めはしなかった。わたしはベッドからおり、ほとんど即座に色つきの包み紙を見つけた。丁寧に剝かれて、カーペットの上にひらたく置かれている。わたしはベッドにもどり、明かりを消し、ベッドカバーの下に深くもぐりこんで、あなたにしがみついた。その夜は、もう眠ることはなかった。

翌朝、あなたは西に向かってドライブすることを提案した。この国のいちばん幅広の部分を横断して、ウェールズにいくのだという。わたしは前夜の出来事にひどく心を奪われていたので、ただたんに同意した。車のなかに道路地図を置いてきたのがわかり、わたしは取りにいくと申し出た。

車は、昨夜駐めたところに、つまりホテルの駐車場にそのままあった。イグニションにキーがささっており、エンジンがかかっていた。

最初に思ったのは、一晩じゅうずっとかかったままで、あなたがたまたまエンジンを切り忘れていたのだろうということだったが、ドアを開けようとすると、ロックされていたのだ。

おなじキーが両方の目的のために使われていた。震えながら、わたしはあなたからもらったキーを使って、運転席側のドアを開け、イグニションにささっているキーに手を伸ばした。そのキーは最近買われたのか、あるいは盗まれたかのように、まあたらしかった。

わたしは、そのキーを駐車場を囲む植えこみに思いきり力をこめて投げいれた。部屋にもどり、あなたに道路地図を渡すと、あなたは、どうかしたのかと訊ねてきた。どう言ったらいいのかわからなかったので、もうすぐ生理がはじまるのだと言い、それは事実そのとおりだったのだが、本当の理由は、避けられぬことに恐怖を募らせているためだった。

わたしは朝食のあいだずっと黙っており、フェンズを横断する直線路を車で進んでいるあいだ、怯えをともなった内省のなかに深く沈んでいた。

すると、あなたが言った。「林檎が食べたいな。残っているかい？」

「見てみる」わたしはなんとか声に出した。

座席に座ったままシートベルトのいましめに引っぱられながら振り返る。ここ数日のあいだ何度となく繰り返した仕草だ。だけど、そのときは、恐怖で震えあがった。

林檎をいれている紙袋は、あなたのまうしろの後部座席部分に置かれていた。ほかのものもみんなそこにあった。みんなそちら側に山と積まれている——地図類、あなたの上着、わたしの大型旅行鞄、ピクニック・ランチ用の食糧をおさめた買い物袋。それがみなベンチシートの一方の側に置かれている。わたしたちが背後に物を置くとき、無意識にそちら側に置き、反対側を開けたままにしているのだ。

乗員ひとり分のスペースが開いていた。

わたしはむりやりそこに、わたしの座席のうしろに目を向けた。クッションがわずかにへこんでおり、重みを支えていた。

ナイオールがわたしたちといっしょに車のなかにいるのだ。

わたしはあなたに言った。「車を止めてもらえる、リチャード？」

「どうしたんだい？」

「お願い……気持ちが悪いの。急いで！」

あなたはすぐさま車を道路の端に寄せ、止めてくれた。車が止まったとたん、わたしはあなたに食べてもらう林檎を手にしたまま、外に這い出した。よろめきながら車から離れる。体に力がはいらず、全身に震えが走っていた。のぼりになった堤と低い生け垣があり、その向こうが作物の実る広大な平らな畑になっていた。わたしは生け垣にもたれかかった。棘や小枝がちくちく突いてくる。あなたはエンジンを切り、わたしに駆け寄ってきた。あなたの腕が肩を覆うのがわかったけれど、わたしは身震いして泣いていた。あなたはなだめるようなことばをかけてくれたけれど、たったいま発見したことのもたらす恐怖がわたしの心を突き刺していた。あなたにかかえられたまま、わたしは生け垣に身を乗り出し、倒れかかるようにして、吐いた。

あなたは車からティッシュをもってきてくれた。わたしはそれで口元を拭った。生け垣から体を起こしたものの、振り返って車のほうを向くなどとてもできなかった。

「どうする、スー。医者を探そうか?」


「すこしたらよくなる。生理のせいなの。ときどきこんなふうになるの」あなたに真実は話せない。「新鮮な空気を吸えばなんとかなる」

「ここにしばらくいようか?」

「いいえ、車に乗れる。しばらく休んだら」

わたしはバッグにマグネシアの錠剤をいれており、それをあなたがもってきてくれた。錠剤は胃を落ちつかせるのに役立ってくれた。わたしは乾いた草の上に座り、まわりや頭上で頭を垂れている野生のチャービルの茎をぽかんと見つめた。昆虫が熱気のなかを漂うように飛んでいる。わたしたちの背後の道路を車が勢いよく行き交い、タイヤが柔らかくなったアスファルト舗装に吸いつくような音を立てている。わたしは振り返れなかった。そっちにナイオールがいるのがわかっていたからだ。

彼は、最初からわたしたちといっしょにいたはずだ。たぶん、パブでわたしがあなたに話しかけるのをそばで盗み聞きしていたのだろうし、わたしたちの最初のデートのときもいっしょにおり、わたしたちがロンドンを発ったときから車のなかにいたんだろう。ナイオールはずっとそこにいたのだ。わたしたちの背後で黙ったまま、目を見ひらき、耳を澄ませていた。わたしは、いちどたりとも彼から自由にはなっていなかった。

わたしは、ナイオールがわたしに行動を起こすことを余儀なくさせているのがわかった。切望してやまぬ普通の生活を自分にもたらすためには、ナイオールと永久に別れなくてはならない。わたしは、〈魅見《グラム》〉たちのあのぞっとする、根なし草の生活にもどれっこなかった。ナイオールはわたしを引きもどしたがっている。ひたすらそれを求めていた。ナイオールは、そうした過去の最悪の権化であり、どうしようもなく、絶望的にわたしにしがみついていた。

彼と戦わなければならない。とはいえ、そのときはむりだった——事態に気づいたショックはあまりに生々しかった——そして、ひとりだけでもむりだろう。あなたの手助けが必要だった。

わたしは草の上で待っていた。その間、あなたはわたしのかたわらにしゃがんでいた。二、三分まえなら、ナイオールがそこにいることを知りながら車にもどるという考えは論外だっただろうが、そのころになると、まずもどるのが最初に必要な段階だとわかった。

「すこし気分がましになったわ」わたしは言った。「ドライブをつづけましょう」

「ほんとに大丈夫だね?」

あなたはわたしに手を貸して立たせてくれた。わたしたちは軽く抱きあった。面倒を起こしてごめんなさい、もうこんなことは起こらないから、生理が実際にはじまったらすぐに気分はずっとよくなるはずだから、とわたしは言った……だが、あなたの肩越しにわたしは車を見つめていた。後部座席のウインドウに太陽が反射して光っている。

わたしたちは歩いて車にもどり、座席につき、シートベルトを締めた。車を停めているあいだナイオールも外に出ていた場合を考え、わたしは背後でドアが閉まる音に聞き耳を立てようとしたが、不可視人は感知されることなくドアを開け閉めできるのだ。

道路にもどると、わたしは意を決して、後部座席を振り向いた。そこにナイオールがいるのがわかった。彼の雲の存在を感じることができた……だけど、彼を見るのはむりだった。地図や食糧の雑然とした山は見えたし、うしろの荷台は見えたけれど、背後の座席をまっすぐ見ようとすると、視線が定まらず、視野がそらされてしまった。目には見えない存在感だけがあり、座席のクッションをくぼませている荷重をうかがわせる跡があるばかりだった。そののち、わたしは前方の道路をひたと見据えたが、彼がうしろにおり、わたしを見、あなたを見ていることを絶えず意識していた。

12

わたしたちはグレートモールヴァン市に一泊した。街を見渡すモールヴァン丘陵の斜面という風光明媚な場所に建つホテルに泊まったのだ。イーヴシャムの谷が眼下に広がっていた。わたしは、終日ナイオールについてなにも言わず、なにもせず、自分の優位を築こうとしていた。何度となくあなたに話をしようとした。こんなにも突然、わたしの人生でいちばん大切な人になったあなたに。だけど、どうやってナイオールのことをあなたに切り出したらいいのだろう？　そして、ナイオールがこのままわたしたちを尾けてきたら、どんな未来が待ち受けているのだろう？

わたしがくだした決定は、ナイオールがその場にいないかのようにふるまい、彼のことを考えないようにする、というものだった。だが、そのような決心に従って行動するのは不可能だった——丘陵を散策し、それから車で街に食事にいった夕べのあいだずっと、わたしは、なんら個人的な内容にならないよう、無意識のうちに会話を操っていた。むろん、あなたはそのことに気づいていた。

その後、ホテルの寝室にもどると、わたしはあなたからルームキーを受け取って、ドアを自分で開けた。あなたが先にはいり、わたしは急いであとにつづくと、ドアをいきなり押し閉めた。外側からドアに体重がかかる感覚が返ってきたが、わたしはドアを押しやり、ロックした。差し錠はなかった。鍵を閉めただけのドアは、ナイオールにはなんの障害でもなかった――マスターキーを盗めるのだし、あとでわたしたちのどちらにも気づかれずに部屋にはいってこられるからだ。だけど、それをするには何分かかかるだろうし、わたしに必要なのはその時間だった。

わたしは言った。「リチャード、あなたに話さなければならないことがあるの」

「いったいどうなってるんだい、スー？　宵のあいだ、ずっときみの様子は変だった」

「あたしはうろたえているの。率直に話します。あなたにナイオールのことを言ったでしょ。彼がここにきてるの」

「どういうことだい、ここにきてるとは？」

「彼はモールヴァンにいるの。今晩散歩しているときに見かけたの」

「彼はフランスにいる、ときみは言ったはずだが」

「実際にどこにいるかわかったためしがないの。フランスにいくつもりだとあたしに言ってたけど、気が変わったにちがいないわ」

「だけど、いったいここでなにをしているんだい？　ぼくらを尾けてきたのか？」

「わからない……偶然のはず。いつだって友だちに会うため、方々を旅行している人だから」

「だからといってどうってことはないんじゃないか」あなたは言う。「彼がこれからずっと旅に同行すべきだといってるわけじゃないだろう？」

「そうじゃない」嘘をつかなければいけないのはつらいことだったけど、どうしてありのままの真実を告げられようか？「彼はあたしたちがいっしょにいるところを目撃したの。彼と話をしないと。あたしたちのあいだがどうなっているのか伝えないと」

「もしぼくらを見かけたというなら、彼にはもうわかっているはずさ。それ以上ことばを重ねてなんになる？ぼくらは朝になったら出発するんだし、二度と彼に会うことはない」

「あなたはわかってない！そんな仕打ちをするわけにはいかないの。あの人とはつきあいがとても長くて……ただ見捨てるわけにはいかない」

「だけど、きみはもう見捨ててるんだよ、スー」

あなたの視点から考えようとして、わたしは自分が理性的なものいいをしていないのがわかったものの、ナイオールを、偶然出会った、独占欲の強い元の恋人として描く以外に彼がここにいることを表わしようがなかった。わたしたちは、一時間ないしはそれ以上話し合ったが、ふたりとも気が鬱《ふさ》ぎ、袋小路に陥るばかりだった。ナイオールはそうした話し合いのどこかの時点で部屋にはいってきたにちがいなかったが、彼に対する恐怖にひるむわけにはいかなかった。やがて、わたしたちは行き場のない議論に消耗し、ベッドにはいった。わたしは暗闇のなかにいるとずっと安全な気がし、わたしたちはシーツの下でたがいに抱きあった。生理が午後に本当にはじまっていたので、わたしたちは愛を交わさなかったし、交わす気分でもなかった。

　わたしは、またしても不安な夜を過ごし、この問題が頭のなかで渦巻いていた。人を眠れなくするあらゆる強迫観念と同様、いかなる解決方法も浮かばず、可能なかぎり早急にナイオールに対峙する決心を固める以外になかった。

　わたしは六時半に目を覚まし、行動する決心をした。眠っているあなたをベッドに残して、着替え、足早にホテルから遠ざかった。

　よく晴れた、暖かい朝になっていた。どこにナイオールを探しに出かけようと大差ないことを知っていたため、わたしは、街から遠ざかる長いまっすぐな坂道をたどって、丘をのぼっていった。丘の頂上には数軒の家があり、そこで道は急に、ふたつの険しい崖のあいだを抜けて反対側の斜面にくだっていた。わたしは小丘のひとつによじのぼり、平たい頂上を横断した。岩が草のあいだから突き出ている。動くものひとつなく、まったくの静寂だった。

　わたしは平らな岩を見つけて、その上に腰かけ、ヘレフォードシャーを眺めた。

　わたしは言った。「そこにいるの、ナイオール？」

　沈黙。羊が眼下のスロープで草を食んでおり、車が一台、ぽつんと道路をのぼってきて、山あいをモールヴァン市に向かって抜けていった。

「ナイオール？　あなたと話したいの」

「おれはここさ、スベタ」ナイオールの声は、わたしの左手方向のどこか、やや離れたところから聞こえた。息を切らしているようだった。

「どこにいるの？　姿を見たい」

「このままでも話せるさ」

「目に見えるようにして、ナイオール」

「やだね……おまえのほうが自分を不可視にしろ」

彼のことばで、自分が一週間以上もつづけざまに可視の状態でいることに思い当たった。思春期からこのかた、いちばん長く可視でいたのだ。あまりに自然に起こっていることなので、そのことを意識すらしなかったのだった。

「勝手になさい」

ナイオールは動きまわっていた。口をきくたびに声がべつのところから聞こえた。わたしは彼を見ようとした。見方さえわかっていれば、相手の雲を目にする方法はいつでもある、と知っていた。だが、わたしはあなたとあまりに長いあいだいっしょにいたのだ。あるいは、ナイオールがあまりに深く自分の魅する力《グラマー》のなかに引っこんでいたかだ。彼がまわりをうろついているところを想像する。岩の上に座っているわたしのまわりをぐるぐると。わたしは立ち上がった。

「どうしてあたしを放っておいてくれないの、ナイオール？」

「おまえがグレイとファックしてるからさ。やめさせようとしてるんだ」

「あたしたちを放っておいて！　あなたとは終わったの。二度とあなたに会わないつもりなの」

「おれはおまえだと決めたんだ、スーザン」

ナイオールはいぜんとして動きまわっており、ときにはわたしの背後にきた。彼がじっとしていさえすれば、こんなにも怯えることはなかったのだろうけど。

わたしは言った。「邪魔しないで、ナイオール。あたしたちのあいだは終わったの！」

「おまえは〈魅見《グラム》〉だ。やつとはけっしてうまくいかないさ」

「あたしはあなたのようにはならない！　あなたなんか嫌いだ！」

そのとき、彼はわたしを殴った。硬い拳が宙から飛び出し、わたしの側頭部を殴りつけた。わたしはあえいでうしろへよろめき、バランスをとろうとして手を背後にまわしたところ、足が岩にぶつかって、地面にどさりと倒れた。即座にナイオールはわたしを蹴った。ヒップに近い太股のところを。わたしは痛みに悲鳴をあげ、両腕で頭を抱え、胎児のように必死で身を丸めた。さらなる苦痛がやってくるのを予想して身構える。

だが、ナイオールが自分の右側にくる音を耳にし、かがんで目に見えない口をわたしの耳もとに近づけてくる気配がわかった。息にまじる吸い慣れた煙草の饐《す》えたにおいが漂ってくる。

「おまえからけっして離れないからな、スーザン。おまえはおれのものだ。おまえがいないとおれはどうしようもない。おまえがグレイと別れるまで、離れてやるものか」

手を乱暴にわたしのブラウスのまえにつっこみ、ナイオールはわたしの乳房に爪を立て、引っかいた。わたしは背を丸め、身もだえしてその手を振り払おうとして、ブラウスの前の生地を引き裂かれる結果になった。

ナイオールは、わたしの顔のそばに顔を寄せたまま、「おまえはまだやつにおれのことを話していない。やつに自分が目に見えない人間だと言えよ、気が狂っているんですと言え」

「いや！」

「おまえが言わないなら、おれが言ってやるよ」

「もう充分ひどいことをしたじゃない」

「まだはじまったばかりさ。やつが運転しているときにステアリングをつかんでやろうか？」

「あなたは狂ってるわ、ナイオール！」

「おまえとおなじくらいにな、スーザン。おれたちはふたりとも狂っているんだ。そのことをやつにわからせてやれ。それでもやつがおまえのことを望むなら、おまえを放っておいてやるかもしれん」

わたしはナイオールが立ち去るのを感じたが、さらなる打撃がやってくるのを恐れて、地面にうずくまったままでいた。ナイオールは過去にたびたび腹を立ててわたしをぶったが、こんなことはいちどもしなかった。雲のなかから手を出すようなことははじめてだった。わたしは頭を殴られてまだぼうっとしており、足と背中がずきずきうずいていた。さらに時間がたつにまかせ、やがてゆっくりと上体を起こし、あたりを見まわしてナイオールの姿を探した。どのぐらいそばにいるんだろう？

わたしはとてもあなたと話したかった。あなたの慰めがほしかった。だけど、どう言えばいいのだろう？　地面に座ったまま、わたしは自分に加えられたダメージを検証した――背中の下のほうにひりひりする場所があり、太股も傷ついて腫れていた。ひじに草で擦りむいた箇所があった。ブラウスのまえが開いてだらんと垂れ下がっており、ボタンが二個なくなっていた。

しばらく丘の上をさまよい歩いたが、すぐにあなたといっしょにいたいという欲求がなによりも大切なものになった。ブラウスを片手でおさえながら、足をひきずって、ホテルに向かって道をくだった。わたしのもっとも恐れていたことを口にできるナイオールの能力は、うす気味悪いほどだった――以前には彼は、けっして不可視性を狂気と表現することはなかったのだ。まるでわたしの心を読んだかのようだった。

ホテルの敷地にはいったとたんにあなたを見つけた。あなたは車のリアハッチを開いて、スーツケースをなかにいれているところだった。わたしは声をかけたけれど、あなたには聞こえなかった。と、みじめな思いに打ちひしがれて、自分が不可視性のなかに舞いもどってしまっているのに気づいた――さらなるナイオールの業績だ。わたしはむりやり雲から自分を抜け出させ、もういちどあなたに呼びかけた。今度はあなたはわたしの声をとらえ、車のそばで背を伸ばし、わたしのほうを振り返った。わたしはすすり泣きながら、あなたの腕のなかに駆けこんだ。

13

わたしがナイオールに会ったことをあなたは知った——そのことをあなたから隠しておけなかった。彼がやったことを最小限に伝えようとしたが、破れた服と傷を隠せなかった。結局、嫉妬にかられて彼がわたしを殴ったこと、問題は解決されていないことを認めた。わたしは、あなたも腹を立てていると予想して心構えしていたのだろうが、あなたは、わたしとおなじように動転した。わたしたちは、午前中ずっとモールヴァンのホテルにとどまり、ナイオールのことを話し合ったけれど、わたしのことばではなく、あなたのことばを使って語られた。

早い昼食をとったあと、わたしたちはウェールズに車ではいった。ナイオールは車のなかにおり、わたしたちのうしろに黙って座っていた。

途中、ガソリンをいれるために停車し、わずかなあいだだけ、わたしは車のなかでナイオールとふたりきりになった。

わたしは言った。「あした、彼に話します」

沈黙。

「そこにいるんでしょ、ナイオール？」

わたしは振り返り、後部座席のなにも置かれていない半分を見たが、あいかわらずなにも見えなかった。外では、ガソリン・ポンプがうなり、ディジタル表示が陽を浴びてオレンジ色にちかちかまたたいている。ナイオールの座っている場所からほんの数インチしか離れていないところで。あなたはノズルを手に屈みこみ、ガソリン・ポンプを振り返っていた。ナイオールの座っている場所からほんの数インチしか離れていないところで。あなたはあきらかにわたしがあなたを見ているのに気づいて、かすかに笑みを浮かべた。ふたたびあなたが向こうを向くと、わたしは言った。「あなたの願っていたことでしょ……あしたリチャードに打ち明けるから」

ナイオールはなにも言わなかったが、わたしは彼がそこにいるのがわかっていた。その沈黙は、おそらく意図的なもので、わたしを脅しつけていたので、わたしはドアを開けて、車の外に出た。車のフェンダーによりかかりながら、わたしはあなたが料金を支払うのを見ていた。

ウェールズのダヴェッド州の最西端の沿岸にある、リトルヘイヴンという村に到着した。狭い、綺麗な場所で、観光客で混み合っておらず、長い岩がちの海岸線をもっていた。夕方、わたしたちはビーチを散歩して夕陽を眺め、地元のパブに立ち寄ってからホテルにもどった。

いまではわたしたちのあいだに距離があった。あなたはわたしがどうしてナイオールと会うことに同意したのか理解できないし、彼がわたしを殴ったあとでも、わたしが彼と縁を切ろうとしないことも理解できないでいた。あなたが傷つき、当惑し、怒っているのはわかっていた。わたしはすべてを修復しようと必死だった。ナイオールの言った方法、あなたにわたしの不可視性のことを話すというのが、おそらくは解決方法なのだろう――そうすれば、ナイオールを満足させ、わたしのことをあなたに説明できるのだろう。

しかし、わたしはこの話題に疲れ切っていた。ものごとを整理し、自分の口から出ることばが、わたし自身の必要性から出たものであり、たんにナイオールをなだめる手段ではないようにしたかった。わたしは、朝のうちにあなたに打ち明ける決心をしていたのだけど、とかくするうちに、べつの計画が頭に浮かんだ。

部屋にもどると、わたしはこっそりバスルームに入った。生理はつづいていたけれど、一時的に出血を止めるため、ペッサリーを挿入した。

ベッドのなかで、あなたはナイオールについてふたたび話したい様子だったが、わたしはあなたの気をそらした。なにを言ったところで償いようがなかった。わたしはあなたに抱きつき、あなたにキスし、あなたを勃起させようとした。最初、あなたは抵抗したけれど、わたしは自分がどうしたいか知っていた。夜はふたたび暖かくなり、わたしたちはベッドカバーの上に寝そべっており、動きまわるたびに年代物のダブルベッドがきしみをあげた。ようやくあなたは反応し、わたしは自身の衝動が募っていくのを感じた。わたしは、あなたとこれまでにないほど刺激的なセックスをしたかったので、あらんかぎりの親密さを発揮して、あなたにキスし、あなたを弄んだ――あなたの肉体を愛していた。そのたくましさを、その弾力のある体の線を。

わたしたちは抱き合ってころがり、あなたが上にきた。あなたは両手と舌を使って、わたしを愛撫していた。わたしは脚をひらき、ひざをかかげて、あなたを迎える用意をした……だけどあなたは気が変わったらしく、わたしの横に体をころがした。あなたの両手がわたしを引き寄せ、わたしの肩を自分の胸に押しつけるのを感じる。わたしは、あなたになかにはいってほしかったけれど、両手であなたはわたしの腰を自分から引き離し、わたしの臀部をぎこちなくひねろうとした。わたしたちは口を吸いあったが、わたしにはあなたがなにをしたいのか理解できなかった。あなたはわたしのヒップの肉をわしづかみにして、押しやった。と、わたしは、あなたの両手がわたしの乳房に置かれ、軽く乳首をいじくっているのに気づいた。べつの両手が、背後から伸びてきて、わたしのヒップをひっぱっている！　いきなり、激しい力で、わたしは背後から挿入されていた。陰毛が臀部にちくちく当たった。わたしはあえぎ、首をひねると、髭をあたっていないあごがうなじに当たってきて、相手のひざがわたしのひざの内側にぶつかってくるのを感じた。背後にかかる男の体重のせいで、わたしはまえに突き出されてあなたにぶつかり、あなたの一方の手がわたしの股間に向かって伸びてきた。わたしはすでにそこにあるものをあなたに見つけさせまいとしてあなたの手首をつかみ、必死の思いでその手をわたしの口にもっていき、キスをした。ナイオールの性的な突進は、乱暴で、わたしを怒りであえがせた。あなたはますます興奮してきて、わたしのなかにはいりたがった。わたしはなんとかしてあなたを止めなければならず、そのため、うしろにいる男から体をひねってひざ立ちになり、背中を相手にさらに強く押しつけるようにして懸命にふりほどこうとすると同時に、あなたを口に含んで吸った。ナイオールは位置を変え、わたしの脚のあいだにひざまずくと、両手でわたしの臀をつかんで押さえこみ、激しく突いてきた。ナイオールの動きはますます性急になっていき、彼は一方の手でわたしの頭髪をつかんで、痛いほどねじり、わたしの口をあなたにますます押しつけるようにした。わたしはえずきはじめた。あなたは仰向けになっており、あなたの両腕はわたしから離れてどこかをさまよい、その間、レイプがつづいていた。ほとんど息ができないほどだったが、わたしはひじを上やうしろに振りまわし、ナイオールを打ってわたしから離れさせようとした。どうにかあなたを口から離すことができたが、わたしの顔はまだあなたの股間に押しつけられていた。あなたが快楽のうめきを漏らすのが聞こえたけれど、その一方で、ナイオールは容赦なくわたしを突きまくっていた。ナイオールが絶頂に達するのを感じた。彼は大声でうめき、荒々しく息を吐き出した。あなたはわたしの名前を呼び、その声は、わたしへの欲望で満ちていた。ナイオールはわたしの背中にぐったりもたれかかり、髪を離して、わたしの乳房を弄びはじめた。彼が力を抜くと、わたしは体重を移動することができたものの、彼から離れることはできなかった。ナイオールはまだそこにいた。圧倒的にわたしを所有し、体重を預けてきてわたしの顔をあなたに押しつけていた。あなたはふたたびわたしの名を呼び、愛を交わしたがった。わたしはなんとか顔をひねってあなたを見た。あなたは目をつむり、口を開けていた。わたしはナイオールをわたしのなかから出さなければならなかったが、わたしは彼の下で釘づけになっていた。ひじでいくら突いても無駄だった。ナイオールの激しい息遣いがわたしの耳元で聞こえている。彼がわたしのなかで柔らかくなるのが感じられ、わたしはふたたび腰をひねる努力をし、それと同時に体を起こそうとした。今回は、なんとかナイオールから離れることができたが、彼はまだわたしを押さえていた。わたしはふたたびひじうちを見舞い、やっとナイオールはつかんでいる手をゆるめた。できるかぎりすばやく、わたしはあなたの体に這いのぼり、あなたの胸を抱いて、顔をあなたの顔にもっていった。あなたは激しい情熱をこめてわたしにキスし、わたしを抱き寄せた。わたしは、ナイオールがベッドの上でわたしたちの横にいるのを感じた。彼の体の一部がわたしのわきばらに押しつけられている。

ようやくあなたはわたしのなかにはいり、わたしたちは愛を交わした。そこにはなんら快楽は感じられず、ただそこにはいっているのがあなたであり、ナイオールではないという安堵感があるばかりだった。わたしはあなたの上にうずくまっていたので、わたしたちはおたがいを見つめていた。わたしは顔の表情を堅くしたままだった。もしあなたの気持ちに反応しようとしたら、自分の本当の感覚が露見してしまうだろうとわかっていたからだ。わたしにできることは、あなたの体にあわせて自分の体を動かし、これで足りてほしいと願うことだけだった。ナイオールはまだそこにいた。わたしは、ひざから下の部分に彼の体の温かみが触れているのを感じられた。

どうしてあなたは彼に気づかないのだろう？　ナイオールはあなたにとって、声を聞くことも、においを嗅ぐことも、ベッドの上の体重を感じることも、彼がわたしに強いた暴力的な姿勢に反応することもできないほど、深遠な不可視状態にいるのだろうか?

あなたが果てるとすぐ、わたしはあなたのかたわらに横になり、わたしたちはシーツを体にかけた。疲れたわ、とわたしはささやき、わたしたちは電気を消しておたがいの腕のなかで横たわった。あなたの息遣いがおだやかになり、眠ってしまうまで、わたしはひたすら待った。あなたの眠りを邪魔しないのがはっきりわかると、わたしはベッドから滑り出て、バスルームに向かった。できるだけ音を立てないようにシャワーを浴び、体を綺麗に洗った。

部屋にもどると、フランス煙草の煙のにおいが漂っていた。

14

翌朝、わたしはあなたに言った。「子供の本によく印刷されていたこういうパズルを覚えてる?」

わたしは紙を一枚手にして、両端にふたつのマークを書いた。

○

×

「左の目をつむって、右の目で×印を見ながら、顔を紙に近づけていくと、〇印が消えてしまったように見えるの」

あなたは言った――それは目の構造的な欠陥なんだ。網膜は限定的な周辺視野しかもっていないんだよ。

わたしは言った。「でも脳は目が見えないものを補償するの。〇印が本当に取り除かれたわけでない……紙には穴は開いていない。〇印があったところには、ただ紙が見えている、と人は考えるものなの」

あなたは言った――きみはなにを言おうとしているんだい？

わたしはあなたに言った。「出席者のほぼ全員が知らない人であるパーティーに招待されたところを想像してみて。あなたは招待客が佇んでいる部屋にはいっていく。人々はお酒を飲み、煙草を吸い、談笑している。だれもあなたに挨拶しようとはせず、あなたは自分が浮いているように感じる。あなたの意識の中心にあるのは、塊としての人の群れ。だれひとりとして、ほかの人たちから際だって目立っていない。あなたは飲み物を手にして、部屋の隅に立ち、人々を眺めながら、知り合いの顔が見えないかと期待している。見覚えのある顔を目にすると、彼または彼女がほかの人と話しており、あなたのほうにやってこなくとも、そのふたりがほかのだれよりも目立って感じられる。

あなたはまだひとりきりなので、ほかの客たちを見ている。あなたが気づいた人たちは、女性かもしれない。彼女たちの容貌と、彼女たちに連れがいないかどうかについて、あなたはすばやく判断をくだす。彼女たちが男性といっしょだとしたら、あなたはその男たちにも気づくはず。やがてだれかがあなたに話しかけてきて、その人物があなたの関心の中心になる。時間がたつにつれ、より入念な観察によって、特定の人たちを選び出すようになり、あなたはそれぞれの人に順番に意識を集中させていく。とても酔っぱらっている男性がいるかもしれない、セクシーなドレスを着た女性がいるかもしれない、やたら大声で笑っている人がいるかもしれない。あなたがほかの人たちと話すにつれ、彼らはあなたのすぐ気づく圏内にはいる。ほかの人たち、すなわち、あなたがまだ話していない人々や、表面的に意識しているだけの人は、あなたの知覚のなかにとどまっているけれども、その知覚は総体的な見方や、皮相な感覚でしかない。

そうこうしているうちに、あなたはしだいに部屋のなかのほかのものに気づくようになる――料理や飲み物は当然。室内飼いのペットがいるかもしれず、あなたはそれを目にする。鉢植えの植物に気がつく。家具やカーペットを目にする。最後には、部屋そのものがどのように装飾されているかにすら気づくかもしれない。

室内のあらゆる品物や人があなたには見えてくるけれど、それらにはあなたが無意識のうちに気がつく順番が存在しているの。

そして、どのパーティーでもつねに、あなたがけっして気がつかない人物というのがいる」

わたしはつづけた。「さて、知らない人が集まるべつの会合に出席していると想像してみて。十人の男性とひとりの女性がいる。あなたがその部屋にはいっていくと、女性が——美しくて、なまめかしい女性と思って——踊りはじめ、服を脱ぎだすの。彼女が全裸になるとすぐ、あなたは部屋から出ていく。そのあとで、どんな男性がいたのか、あなたは何人説明できる？　そこにいたのが十人の男性であり、九人ではなかったと確信をもっていえるかしら？　あるいはあなたがまったく気づいていなかった十一番めの男性がいたかどうか、わかる？」

わたしはさらに言った。「リチャード、通りを歩いていると、ふたりの女性が近づいてきたと想像してみて。ひとりは若くて綺麗で、魅力的な服を着ている。べつのひとりは、もう少し年上の女性——たぶん若い女性の中年の母親で、地味で型くずれしたコートを羽織っている。通り過ぎしなに、ふたりともあなたにほほ笑みかけた。あなたはどっちの女性にまず気づくかしら？」

あなたは言った——でもそれは性的な反応だろう。

「かならずしもそうとはかぎらない」わたしは言った。「十人のグループがあると想像してみて。五人が男で五人が女。六番めの女性がグループに近づいてくる。その女性が最初に気がつくのは、べつの女性たちであり、男たちよりも先に彼女たちを見るはず。女は女に気がつくものなの。男がまず女に気づくのとおなじように。子供は、おとなを目にいれるまえに、ほかの子供たちに気づくもの。女はおとなに気がつくまえに、子供に気づく。男は子供を目にするまえに、女に気がつき、それからほかの男に気がつくの。かならず最後に気づかれる人がいるものなの。視覚的関心には階層《ヒエラルキー》があるの。どんな人間のグループでも、かならず最後に気づかれる人がいるものなの」

わたしはあなたに言った。「あなたは混み合ったショッピング・ストリートを歩きながら、知り合いを探している。それは女性だと仮定しましょう。人の群れが、みんなあなたにとっては見ず知らずの人たちが、押し進んでくる。あなたは彼ら全員を見ている。なぜなら友人を探しているから。あなたは絶えず人々の顔をざっと眺め、見覚えのある顔を探している。女性たちと同様男性たちも見ている。なかには、あなたの関心を惹く顔もあるけれど、大半はそうではない顔。時間がたつにつれ、あなたは友人を見逃してしまったかもしれないと思いはじめる。あなたは彼女がどんな外見なのか知っている。きのう会ったばかりなのだから。でも、自分がこの人混みのなかで彼女を見分けることができるだろうかと心配になってくる。彼女はきのうとはちがう服装をしているのではないだろうか？　髪形を変えてしまったのでは？　あなたは人々を見つづける。いままで以上に熱心に。もはや自分がなにを探しているのか定かではなくなる。友人に似たひとりかふたりの女性に気がつき、一瞬、彼女を見つけたと思う。やがて、ようやく彼女が現われ、問題は解決する。彼女は前回あなたが見たときとまさにおなじ様子をしており、あなたの意識にあるのは、彼女を見つけたという安堵感だけ。そうなると、あいかわらず人混みはかたわらを通り過ぎているのに、あなたは通りにいるほかのだれにも気づかない。

あとでそのことを考えてみると、あなたは自分が探しているあいだに見かけたいくつかの顔を思い出せるかもしれない。とはいえ、その何分かのあいだで、あなたはおそらく数百の顔をじっと見つめ、数千の顔を意識していたことになる。あなたはその大半の顔を目にし、彼らを見たと思っているものの、実際には心にその顔を記録していない。

あなたは言った──だけどそこになんらおかしなところはないだろう。

わたしはあなたに言った。「あたしが言わんとしていることは、自分のまわりのあらゆることに気づかないでいるのは、正常だ、ということなの。目に映るものは、見ようとしているものや、興味を覚えたものや、関心を惹かれたものなの。あたしがあなたに言おうとしているのは、あなたにはけっして見えない人が存在するということなの。彼らはヒエラルキーのなかであまりに低いところにいるの。どのグループでも、最後に気づかれる人がいる。普通の人たちは、彼らを見る方法を知らない。彼らは生来、不可視な人々であり、自分たちを気づかせる方法を知らない連中なの」

わたしは言った。「あたしは生来、不可視なの、リチャード。あなたがあたしを見ているのは、あたしがあなたに見てほしいと思っているからなの」

あなたは言った──なんと莫迦《ばか》げたことを。

わたしは言った。「見て、リチャード」

そしてわたしはあなたのまえに立ち上がり、自分を不可視の状態に滑りこませ、あなたがわたしを見られなくなると、あなたがひどく狼狽した様子を見せるまで隠れていた。

15

わたしはあなたに言った。「リチャード、あなたも潜在的には不可視なの。あなたはそのことを知らないけれど、周囲に対して魅する力《グラマー》を発揮する能力をもっている。あたしはその能力の使い方を教えてあげられる」

あなたは言った——いま耳にしていることは信じられん。

わたしは言った。「だったら、不可視への道を半分きていることになる。不信こそその一部なのだから。雲を濃くする方法を見せましょう」

わたしたちはリトルヘイヴン近くの海岸の岩の上に座っていた。海は干潮で、砂浜は陽光にきらめいている。休暇にきている人間がわたしのまわりのいたるところにおり、遠くでは、おおぜいの子供たちが浅瀬で水しぶきを立てていた。わたしは雲を濃くするテクニックを説明しようとした。〈魅見《グラム》〉たちの使っている符丁はもちいないように気をつけて。わたしにとって、不可視性は、自分自身を見せたり、見せなかったりする方法であり、見ることや見ないことは、見られないことや見られることと表裏一体だった。

わたしは言った。「リラックスして、自分自身を信じないという精神的態度を募らせるの」

あなたは言った——むりだよ。

わたしは暴動を撮影したというあなたの話を考えた。「あなたが撮影しているとき、どんなふうに感じているのかを思い出して。ここにカメラをもってきていると想像するの。ここにいる人たちのだれかを撮影したくなったと想定して。たとえば、あそこで日光浴しているふたりの女の子を。もしあなたが肩にカメラをかついでふたりに近づいていけば、ふたりは気がついて、意識過剰になり、あなたを通して自分たちを見るようになるはず。そうならないようにするにはどうする？」

あなたは言った——望遠レンズを使うよ。

「いえ、そばに近寄るの。ふたりのあいだにしゃがんで、カメラをふたりに向けるのだ、と考えて。どうしたらできる？」

あなたは言った——わかった、やってみよう。

あなたはビーチを横切っていった。まっすぐに女の子たちに向かうのではなく、のんびり歩いていたら、たまたまふたりのほうに足が向いたのだという様子で。あなたは立ち止まり、海を眺め、砂を見おろし、考えこんでいた。ふたりの女の子はティーンエイジャーで、タオルの上に手足を投げ出し、チェーンストアで売っている類のビキニを身につけていた。トランジスタラジオをもってきており、ポップスをかけていた。ふたりはとても幼く見え、かなりぽっちゃりしており、まだあまり焼けていなかった。あなたがふたりを振り向いたとき、わたしはあなたが背を伸ばし、まるでカメラの重みがそこにあると想像しているかのように、片方の肩をすくめたのを目にした。さきほどよりもずっと大胆に、あなたがふたりに近づいていくと、あなたの雲が濃さを増していくのが見えた。あなたはふたりのかたわらに立ち止まり、しゃがみこんだ。ふたりともあなたに気づかない。一拍間があってから、あなたはラジオのそばに寄り、それを横に押しやった。それでもふたりの女の子はなんの反応も示さなかった。彼女たちのひとりが、仰向けになり、片膝を立てて太陽の下で寝そべった。あなたは移動して彼女を見おろし、太陽のまえに立ちはだかり、自分の影が彼女の顔にかかるようにした。

あなたがわたしのところにもどってきたとき、あなたはまだ不可視のままで、笑いに笑っていた。わたしたちは抱きあい、キスをした。あなたは言った——さあ、ほかになにができるんだろう？

わたしはあなたに言った。「まず最初にナイオールのことを話さないと」

16

わたしたちは三日間リトルヘイヴンに滞在し、それから海岸沿いの道路を進んで、セントデイヴィッズにやってきた。わたしたちはなにをすべきかについて悩んでいた——ふたりともロンドンにもどりたかったものの、休暇を終えたくない気持ちも抱いていた。わたしたちのあいだに立ちはだかっていたことは、すべて綺麗さっぱりなくなり、わたしたちは恋に陥っていた。車中でことばは定期的にかわしていたけれど、恋しているという感覚はずっとつづいていた。

セントデイヴィッズに到着すると、その大聖堂のあるこぢんまりとした町は観光客でこみあっており、泊まるところをなかなか見つけられなかった。ようやく見つけた場所は、狭い横丁にあり、車を駐めるところがなかった。わたしが部屋に向かい、あなたはすこし離れたところにある長時間駐車場に車を運んだ。

部屋のなかにわたしがはいるとすぐに、ナイオールが言った。「おれがやるようにと言ったことをおまえはやっていないじゃないか」

わたしは恐怖にかられて振り返った——ナイオールはまだ不可視のままだ。

「そばに寄らないで！」わたしは言った。「もし触ったら、悲鳴をあげるから」

「グレイにおれのことを話すと言ったじゃないか」

「どこにいるの、ナイオール？　姿を見せなさい」

「おまえはおれの居場所がわかっている。なぜおれのことをやつに話さなかったんだ？」

「あたしは話した。彼はもう全部知ってるわ」

「おまえがなにを言ったのか聞いてたぜ。おれはその場にいたんだ。やつはまだおれのことを知らない。おれがおまえにとってどういう存在であるのかを知らないんだ」

「あなたはあたしにとってどんな存在でもない！」わたしは言った。「もう永久に終わったの。あんなことをされたあとで、あたしはけっして二度とあなたと関係をもつつもりはない！」

「おれにはおまえが必要なんだ、スーザン。おまえを手離すわけにはいかない」

「冗談じゃない！」わたしは足早に部屋を過《よぎ》り、ドアを開けた。ナイオールがそれ以上なにか言うまえに、早くあなたを探したかった。彼がわたしのあとを追って廊下を渡る足音が聞こえたので、わたしは駆けだした。急いで階段をくだり、ホテルの狭いラウンジを抜け、あなたがもどってくることを懸命に願った。表の狭い通りで、ナイオールはわたしの腕をつかみ、振り返らせた。彼はようやく自分をわたしの目に見えるようにさせていた。

　彼の姿を見て、ショックを受けた。一週間剃らなかった髭が顔にこびりついており、髪の毛は櫛がはいっておらず、着ている服は汚れていた。そんな様子のナイオールを見るのははじめてだった。彼はいつだって小粋な身なりをしていたのだ。彼の目は猛々しく、必死の表情を浮かべ、自信たっぷりの態度がすっかり消え失せていた。彼の姿をふたたび見たことで、ふいにわたしのなかに急激な変化がもたらされた。彼が不可視になってわたしのまわりに潜んでいるときは、彼は目に見えない脅威、侵入者、強姦魔だった……だが、ここにいる彼は幼く、怯えて、むしろ哀れを誘う様子だった。

ナイオールは言った。「お願いだ、スーザン、話があるんだ」

「むりよ。これ以上話すことはない」

「ほんの一時間、ふたりきりになりたいだけだ。なんとかできないか？　ほんのしばらくでいい。おれを憎んでいるのはわかっているけれど、どうしてもおまえとふたりきりになりたいんだ」

「リチャードがここにいるの。彼を置いてはいけない」

「しばらくひとりきりになりたいのだと言えばいい。わかってくれるさ」

「あたしがあなたと話したくないの！」わたしは言った。

「頼む……別れを言うためだけでもだめか？」

そのとき、わたしはあなたを見た。ホテルに向かって歩いてくるのを。あなたはわたしを見、手を振った。あなたがわたしのほうにゆったりとした足どりで歩いてくるのを見て、あなたはなんとしなやかで健康的なのだろう、自信に満ち溢れているのだろう、と思った。こんなにもナイオールとは異なっている。

「気づかれる!」わたしはナイオールに言った。

「いや、やつには見えない」

あなたはわたしたちのいるところにやってきた。「午後いっぱい空いているよ。ビーチを探しにいこう。泳ぎたい気分なんだ」

「やつに話せよ」ナイオールが言った。

「しばらくお店を見て歩こうかと思っているの。ひとりでいってくれる?」

「なにかあったんだな、スー……なんだい?」

「なんでもない。ビーチにいきたくない気分なだけ」

「わかった。あしたいけばいい。きみといっしょにショッピングにいこう」

ナイオールはわたしたちから離れたところに立ち、肩をすぼめていた。わたしは言った。

「すこしのあいだ、ひとりきりになりたいの」

「どうしたんだい、スー?」あなたは問いかける。「まるで人がちがったみたいじゃないか」

「なんでもないってば。ひとりになりたい気分なだけ」

あなたはいらだたしげな仕草をした。「そういうことなら、ぼくはビーチを探しにいき、きみがまたぼくといっしょにいたい気分になるまで寝ころがっているとするよ」

ナイオールは、わたしがあなたの腕を取り、頬に愛情をこめてキスする様子をじっと見ていた。「長くはかからないから」わたしは言った。

「じゃあ、ホテルでまた会おう」

あなたは足早に立ち去った。あきらかにわたしにいらだっている様子だった。あなたがホテルのなかに姿を消すまでわたしはナイオールといっしょに立っていたが、そのあと、きっぱりと彼から離れて歩きだした。ナイオールはあとをついてきた。わたしは先に立って進み、狭い町を抜け、そこを囲んでいる田舎道にはいり、ようやく歩調をゆるめた。ナイオールが部屋のなかで話しかけてからずっとわたしは可視のままであり、断固としてそのままでいるつもりだった。ナイオールも、わたしにだけとはいえ、可視のままだった。

それからの午後はずっとナイオールといっしょだった。さらに晩の早い時間まで。

わたしはナイオールの思いのたけを聞き届けた。彼はわたしがすでに何度となく耳にしているのとおなじことをしつこく繰り返した。いわく、わたしをまだ愛している、自分は孤独だ、あなたに嫉妬しているうんぬん。ひとりになるのが怖いとも言った。わたしは心を堅くして、相手のことばを聞き、なにも変えなかった。

だが、わたしたちは長いこと話した。ナイオールのことがいろいろわかるようになり、自分が彼をあまりに長いあいだ遠ざけていたのだと悟った。彼は、自分の過去のおこないを悔いており、わたしのように、不可視でいることとの孤独に終止符を打ちたい、と語った。どこかに恒久的に住む場所がほしい、絶えずつまらない犯罪や侵入行為を繰り返しているのをやめたい、と言った。わたしが自分の絵を売っているのが羨ましいと言い、結果として、彼もいっそう書きまくり、身を立てようとしているのだ、と言った。ナイオールの最大の問題は、働ける場所を見つけることだった。皮肉なことに、彼は自分の不可視性に自信を失いかけており、他人の家でそこの住人といっしょにいると、書き物に集中できなくなっていた。しかもナイオールは、送りつけた原稿をだれも読んでいないと信じていた。彼は、けっして郵便局を利用しなかった。というのも、大半の不可視人が抱いている、自分たちの郵便物は見過ごされるか、紛失されるだろうという恐怖ゆえであり、そのため、彼はいつも出版社に持参していた。それでも、原稿が読まれないのだと確信していた。原稿が返却されることはめったになかったし、取り返すために編集部に侵入しなければならないことも一再ならずあったという。ときどき——と彼は言った——原稿が最初に置いてきた場所にそのまま残っていることもあった。自分の作品がどうにかしてそうした障害を克服でき、実際に出版されたとしても、印刷された本は気づかれず、買われることもないだろうという確信を、ナイオールは皮肉な口調で口にした。

わたしは、彼が書いているものの内容を聞き出そうとしたが、彼はその作品を物語集だと表現するばかりだった。いつだって彼は自分の書いているものについて秘密主義を貫いていたが、わたしはその一部でも読めればいいのにと願った。ナイオールは、いつか原稿をわたしに見せるとあいまいな約束をし、わたしはそれ以上追求しなかった。

ナイオールは認めないだろうが、わたしは、彼の作家になろうという望みを、よりおおきな問題のひとつの徴候として解釈していた。彼は、自分とわたしを都合よくひきくらべて、自分が孤立しており、困り果てていると繰り返し述べた。過去には、彼は、普通になることへのわたしの願望を軽蔑をもって扱うのがつねだったが、いまやその様子は異なっていた。わたしを失うことを恐れていたのだ。わたしこそ、現実の世界と彼とをむすぶリンクだった。わたしのことを盲人にとっての盲導犬である、と言った。世界に参加するためにわたしの手を借りなければならないのだ。それは彼にとって本物の恐怖であり、あなたを嫌う理由でもあった――わたしをあなたに取られてしまえば、彼は自分自身を失ってしまうのだ。

ナイオールは説得力のある訴えをして、わたしの献身の気持ちをつついてきた。彼が話したことが苦い真実であるのはわかっており、彼がようやく成熟しようとしているのだと悟った。そうした訴えを耳にしていつまでも頑なでいることはできなかった。あなたのことを忘れているのではなかったけれど、わたしは知らぬまに、ナイオールがおこなった侵害行為を許し、ずっとじゃけんに扱っていたことを謝りさえしていた。彼がわたしに二度とあなたに会わないという約束をさせようとしたとき、わたしは黙ったままだったが、あとになり、どうしてわたしたちが友だちのままでいられないのかわからない、と伝えた。

あなたと何時間離れているのか痛いほどわかっていたので、わたしは町に帰ろうとした。太陽は傾いており、熱気の大半を失っていたので、あなたはもうビーチにはいないだろうと思った。ナイオールがわたしといっしょに歩いており、あなたと立ち向かうようにわたしをせっついているちょうどそのとき、あなたと出くわした。

わたしたちが大聖堂のそばのちいさな広場のなかを歩いていると、思いがけずあなたが歩いてきたのだ。わたしがあなたを見つけるより先にあなたのほうがわたしを見つけ、わたしが最初に感じたのは、ナイオールといっしょにいるところをあなたに見られたにちがいない、ということだった。わたしは困惑し、やましさに襲われた。

あなたは言った。「探していたよ。いったいどこにいたんだ？」

「店を見て歩いたの」この町にどれほど商店がすくないか充分気づいてはいたが、そう口にした。「あなたのほうはどうしてたの？」

「しばらくビーチに寝そべっていたが、そのうちきみを探しに出かけた」

わたしはナイオールのほうをちらっと見やり、あなたに彼が見えるものと確信した。

ナイオールが言った。「こいつはおれがここにいることを知らないさ」

あなたは怒った表情をしており、わたしはあなたに両腕を振りまわして懸命に説明し、事態を収めたかったのだが、ナイオールがそばにいた。

「ごめんなさい」わたしはそれがどれほど頼りなく聞こえるか知りながら、謝った。

「きみはどうしたいんだ？」あなたは訊ねた。

「べつに……あなたの好きなように」

「わかった。じゃあ、きみを放っておく。どうやらひとりでいたいようだから」

「そんなこと言ってない」

あなたは振り返りもせずに立ち去った。わたしはあなたを追おうとしたけれど、あなたの両肩が決然たる態度を示しており、しばらく待つのが賢明だろうとわかった。わたしはナイオールを振り返ったが、彼は姿を消していた。

「ナイオール！　そこにいるの？」

「ここにいるぜ」声がすぐ近くで聞こえた。

「姿を見せて」

「いまはだめだ。おまえはやつといっしょにいたがっている」

「あなたのおかげで、いまはいられない」わたしはまわりを見渡し、通りにいるほかの人たちにとって、わたしはひとりごとを口にして突っ立っているように映っているのだとわかった。わたしは、ナイオールがついてくるのを知りつつ歩きはじめた。わたしは言った。「あなたが彼にどんな仕打ちをしているのかわからないの？」

返事はなかった。わたしは歩きつづけ、ナイオールがただ返事をしないのだと思っていたが、すこしすると、彼も立ち去り、わたしを置いていったのだと悟った。わたしは振り返った。どうして突然彼は離れていったのだろう？　わたしは彼が最後にわたしに話しかけた場所にもどり、名前を呼んだ。ナイオールからはなんの声も返ってこなかった。

通行人がひとり、ふたり、好奇心をあらわにしてわたしに視線を寄こしたので、わたしは歩きつづけた。広場の中心には狭い芝生があり、わたしはそこにはいりこんで、木製のベンチに腰かけた。晩の空気はまだ暖かかった。ナイオールがふいにわたしを置いていったのが腹立たしかった。わたしは困惑し、不確かな気分になった。彼がいきなり電話を切ったときとおなじように。おかげで、わたしは彼の侵害行為の恐ろしさを思い出し、彼がわたしにもたらした神経症的状態を思い出した。

　しかも、それよりも悪いのは、彼が実際にあの場にいたのかどうか疑問に思えたことだった。彼のいきなりの顕現《けんげん》は、亡霊のそれであり、宙から聞こえてくる声であり、わたしの過去の良心の声かもしれないのだ。

あなたに会うまで、ナイオールはわたしに対してあれほど深い不可視性を示すことはなかった。なぜ？

だれにも見えないのに、彼は本当にそこにいるのだろうか？

彼がどこでもないところから現われるのだとしたら、わたしの目に映っているとおぼしきものはなんなのだろう？

そのような考えは、わたしの恐れている狂気のすぐそばにあった。それらの考えを頭からぬぐい去ろうとして、わたしはちいさな町の中心から歩み去り、わたしたちの泊まっているホテルに向かった。わたしはどんな状況でも、どんな結果になろうとも、あなたに会いたかった。あなたのなかにだけ、確実さと正気があるのだ。

17

あなたは部屋のベッドに腰かけ、朝刊を読んでおり、わたしがいることに気づかないふりをしていた。

わたしは言った。「お腹が空いたわ、リチャード。レストランを探しにいかない？」

「わかった」それ以外になにも言わず、あなたは新聞を畳んで立ち上がった。

様子の気にいった唯一のレストランは混んでおり、べつのカップルとちいさなテーブルで相席するしかなかった。料理の注文に関してほんのすこし儀礼的なことばをかけあう以外に、会話は不可能だった。わたしたちはできるだけ早く立ち去り、ホテルにもどった。長い午後を外で過ごしたため、汗っぽく、埃にまみれている気がしたので、わたしはシャワーを浴びた。出ていくと、あなたは服を脱いでベッドの上に寝そべっていた。わたしはタオルで髪を拭ってから、シーツの下にもぐった。

わたしは言った。「あなたが怒っているのはわかっている。だけど、もし本当のことを話したら、ちゃんと聞いてくれる？」

「内容によるな」

「ナイオールなの。彼はこの町にいて、あたしはきょう彼に会ったの」

わたしはあなたがどうにかして見当をつけているだろうと予想していたのだが、あなたの顔に驚きが浮かぶのがわかった。

「彼はここでいったいなにをしてるんだ?」あなたは言った。「彼はモールヴァンにいたんだろ。ぼくらを尾けまわしているのかい?」

「たったひとつ重要なのは、彼がここにいるということ」

「どうしてきみは彼に会いたがるんだい? もうたくさんだ。ぼくはあしたロンドンに帰る。もしきみがいまいましいボーイフレンドといっしょにいたいというなら、ここにとどまるがいい」

「あたしは彼に会わなければならなかったの」わたしは言った。「彼に、彼とあたしのあいだのあらゆることが終わってしまったのだと言いたかったの」

「きみはまえにもそう言った」

「リチャード、あなたを愛しているの」

「もうそれが真実だとは思えない」

「真実なの」

そのやりとりのせいで、わたしが言いたかったことがどこかへいってしまった。なにもかも複雑にからみあい、感情的な拍車をかけられていた。わたしは話を単純にしたかった。中心的な真実だとみなしていることからはじめたかった——あなたこそわたしがいっしょにいたいと思っているたったひとりの人である、ということから。だけど、あなたはそれをわたしの目のまえで投げ捨て、それによってわたしも腹を立てた。いい争いは論理的でなくなり、やがてふたりともうんざりして黙ってしまった。とりかえしのつかない変化が起こってしまったのだ。

沈黙の間に、わたしはナイオールが午後口にしたことを考えはじめていた。彼がどうしてまだわたしにとって問題であるのかあなたに伝えさせようとしたことを。わたしたちが到達した絶望的状況のなかで、それが唯一あなたに理解してもらうための方法であるように思えた。あなたはベッドを離れ、室内を歩きまわっていた。

そのとき、あなたは言った。「知りたいことがある。どうしてきみはその不可視性うんぬんのたわごとをもちだしてくるんだ？」

「どういうこと？　なにが起こったのかわかっているでしょ」

「なにが起こったか、きみが言った内容は、わかっている。だけど、それはどういうことなんだ？」

「だから、あたしたちは、ふたりとも本質的に不可視なのよ、リチャード」

「いや、ぼくらはそうじゃない。それはたわごとだ」

「あたしの人生のなかでたったひとつのいちばん大切なことなの」

「わかった……いまやってみろ。きみを目に見えなくしてみせてくれ」

「どうして？」

「きみのいうことを信じていないからさ」あなたはわたしを冷たい嫌悪感とともににらんでいた。

「あたしはいま動転しているわ。それだと難しいの」

「だったら、なぜそんなたわごとを口にするのか理由を教えてくれ」

「たわごとじゃありません」わたしは言った。わたしは意識を集中させて雲を濃くし、しばらく不確かさがつづいたのち、自分が不可視状態に滑りこんだのを感じた。「やってみた」

あなたはわたしをまっすぐにらんでいた。「じゃあ、なぜまだきみが見えているんだ？」

「わからない……見えるの？」

「日中見ているようにはっきりしているよ」

「それは……あなたが見方を知っているから。あなたはあたしがどこにいるのか知っている。それにあなたも不可視人だから」

あなたは首を振った。

わたしは雲を濃くした。そのなかに隠れ、わたしはベッドからおり、横に移動した。ちいさな部屋だったが、できるだけベッドから遠く離れたところに立ち、ワードローブの扉の光沢のある板に体を押しつけた。あなたはわたしをじっと見ている。

「まだ見えるよ」あなたは言った。

「リチャード、それはあなたが見方を知っているから！　それがわからないの？」

「きみはぼくとおなじくらいに不可視ではない」

「もっと深くもぐるのが怖いの」だが、わたしはふたたび試みた。雲のなかからあなたの怒っている顔を見つめ返し、いったいどうやればあなたに信じてもらえるのか途方に暮れていた。クウェール夫人が教えてくれた訓練を思い出そうとする。わたしは、雲を濃くする方法を知っていたが、永年にわたって影の世界を恐れるあまり、それとは反対の方向に押しやられていたのだ。いったんもっとも深い魅する力《グラマー》の層にはいってしまうと、ナイオールのように永遠にそこに張りついてしまうのではないかという恐れをずっと抱いていた。

　一瞬、あなたは眉をしかめ、部屋のあらぬ方にわたしを探しているかのように目をそらした。わたしは息を呑んだ。あなたがわたしを見失ったのだとわかった。だが、あなたは視線をもどした。

「まだ見えるよ」そう言って、あなたはわたしの目を見た。

　雲が霧消し、わたしはベッドの上に力なくくずおれた。すすり泣きはじめる。一拍の間があり、ついで、あなたはわたしのかたわらに腰をおろし、腕をわたしの背にまわした。あなたはわたしをそばに引き寄せ、わたしたちのどちらもなにも言わなかった。わたしは緊張感を体から解き放ち、あなたにもたれて声を押し殺して泣いた。

　ようやくわたしたちはベッドにはいったが、その夜は愛を交わさなかった。暗闇のなかで隣り合って横たわっていた。わたしは疲れ果てていたものの、眠るのはむりだとわかった。あなたも起きているとわかった。どれほどあなたにナイオールのことを話せばいいんだろう？　あなたがわたしの不可視性を信じないなら、どうやって彼のことを話したらいい？

あなたと同様、わたしたちがこんな状態では先をつづけられないのは、わたしにもわかっていたけれど、もし真実を知られれば、あなたを失ってしまうのではないかと怖かった。そうなったら、ナイオールは一生わたしにつきまとうだろう。

闇のなかから、あなたがいった。「夕方、広場で会ったとき、きみはなにをしていたんだ？」

「問題を解決する方法を考えようとしていたの」

「どこか様子がおかしかった。ナイオールがきみを見ていたのかい？」

「そう思う」

「いま彼はどこにいる？」

「はっきりとは……どこかそのへんにいる」

「どうやってぼくらを見つけたのか、いまだにわからないな」

「なにかをしたいと思ったら、彼は執念深いの」

「ナイオールはきみに影響力をもっているようだ。それがなんなのかわかればいいのだけど」

わたしはなんと答えようかと考えながら、黙って横になっていた。わたしの言う不可視性の感じ方がわからなければなにもわからないのだけれど、あなたはそんなことを信じないだろう。

「スー？」

「それがナイオールなの」わたしは言った。「いずれあなたにもわかってもらえるだろうと思っていたけど……彼もまた魅力的《グラマラス》なの」

18

わたしたちは翌日一日をかけてロンドンまで車でもどった。わたしたちのあいだには、憤りと誤解による障壁ができており、わたしにはこの状況を打開するためにどうすればいいのか、あるいは、なにを言えばいいのかわからなかった。あなたは傷つき、怒っている様子で、理を説いたり、愛情で宥《なだ》めようとしたりしても通じなかった。いまでもわたしがほしいのはあなただけだったが、もはやどうしたらいいのかわからなかった。わたしはあなたを失おうとしていた。

ナイオールはわたしたちといっしょにもどった。車の後部座席に黙って座ったまま。ロンドンにはいったのは夕方のラッシュアワーで、モーターウェイを抜けると、ホーンジーまでのろのろとした疲れる運転になった。あなたはわたしを家まで送り届けてくれ、車を外に停めた。あなたの目に疲労が窺えた。

「すこし寄っていく？」わたしは訊ねた。

「ああ、だけど長居はしないよ」

ふたりして車の後部からわたしの荷物をおろした。わたしはナイオールがいるしるしがないかと見つめたが、彼が車からおりていたとしても、わたしに気づかれずにそうしていたはずだった。わたしたちは家にはいり、万一に備えて、わたしは玄関のドアを急いで閉めた。それは無意味な用心だった。ナイオールは何年もまえに鍵を手にいれているのだから。玄関のテーブルでわたしを待ち受けている郵便物の小山を手に取ってから、わたしは自室のドアを開けた。わたしたちがなかにはいったとたん、わたしはドアをすばやく閉め、閂錠をかけた。唯一確実にナイオールを閉め出したとわかる方法だ。あなたはわたしのそうした仕草に気づいたが、なにも言わなかった。

わたしは、上の窓を一枚開け、半分引かれていたカーテンを開けた。あなたはベッドの端に腰かけた。

あなたが言う。「スー、ぼくらはこの事態を解決しないと。これからもおたがい会いつづけるつもりかい？」

「そうしたい？」

「したいところだが……ナイオールがうろついていてはだめだ」

「もう終わったことなの、約束する」

「きみはまえにもそう言った。彼がまた姿を現わさないとどうやってぼくにわかる？」

「あたしが彼のことをあなたに話して、彼が失うと考えているものがなんなのかあなたが知ったのなら、あたしとの仲が終わることを受けいれる、と彼が言ったから」

「わかった……で、そのおおいなる犠牲とはなんなんだ？」

「きのうの夜、話したじゃない。ナイオールも不可視人なの」

「その話はたくさんだ！」あなたは立ち上がり、わたしから離れた。「そのことをぼくがどう思っているか話そう。ぼくが気づいている唯一の不可視存在は、きみを尾けまわしている、いまいましいきみの元ボーイフレンドだけだ。ぼくは彼にいちども会ったことはないし、見たこともなく、ぼくに関するかぎり、彼は存在していないんだ！　きみは彼を取り除かなければならない、スー！」

「ええ、わかってます」

「オーライ、ぼくらはふたりとも疲れている。ぼくは自宅に帰り、しばらく眠ることにする。朝になったらたぶん気分が変わっているだろう。あすの晩、食事しないか？」

「そうしたいの？」

「したくなかったら提案しないよ。朝に電話する」

それをきっかけに、みじかいキスをかわしたあとで、わたしたちは別れた。あなたが車に乗って去っていくのを見ながら、わたしはもうあなたに会うことはないだろうという理屈にあわない感覚を覚えていた。まるでわたしたちが自然な終わりに達したかのような気がした。自分でもどうしようもない終わりに。ナイオールがすべてを蝕んでいた。

わたしは部屋にもどってドアを閉め、閂錠を差した。

わたしは言った。「ナイオール、ここにいるんでしょ？」長い沈黙がつづく。「ここにいるなら、あたしに返事して」

彼の不在は、目に見えないまま存在しているのとおなじように、わたしの神経をささくれ立たせた。わたしは部屋を歩きまわり、腕を適当にふりまわして、万一彼がわたしを脅そうとして黙っている場合にそなえて、彼を探そうとしたが、ようやく、自分がひとりきりでいる確信を得た。スーツケースを開けて、服を吊るした。洗濯が必要な服は床に積み重ねていく。ここには食糧はなかったけれど、帰り道の途中で昼食をとっており、それほどお腹は減っていなかった。わたしは、ジーンズと清潔なシャツに着替えた。と、郵便物の束に気づいて、ベッドに腰かけ、ざっと目を通した。

封筒の束のまんなかに、一枚の絵はがきがはいっていた。

19

絵はがきには署名がなかったが、筆跡はナイオールのものだった。文面は単純だった——〝きみがここにいればいいのに〟その下にXの文字。絵はがきの写真は、古い白黒写真の現代版複製だった——背景におおきな倉庫を従えているサントロペの埠頭。消印を読み取ろうとしたが、汚れており、判読しがたかった。郵便切手はフランスのものだった——女神の緑色の頭部。フランス郵政局、一・二〇フラン。

まちがいなくナイオールが出したものだった。彼はけっして自分の名を署名しないのだが、筆跡には見覚えがあった。Xという文字すら、派手に踊っていた。

わたしはほかの手紙を開封し、中身をざっと調べ、ろくすっぽ文面を記憶にとどめなかった。読み終えると、屑籠に封筒を落とした。絵はがきはベッドの上に置かれていた。

ナイオールに蹴られた太股の傷がまだ残っている。背中への一撃のせいで、まだかすかに凝りがあった。鮮明にレイプのことを覚えているし、エンジンがかかったままになっている車や荷ほどきされていた服、あの夜わたしに降ってきた石鹸のことを覚えている。わたしは、実際にナイオールを見たのだし、きのうの午後のほとんどは彼といっしょに過ごしたのだ。

その彼がどうやってフランスにいられるのだろうか？　あざけるような文言と、これみよがしの匿名性をそなえた絵はがきが、この数日のあいだにわたしが経験したあらゆることを否定していた。ナイオールがわたしの休暇にあなたといっしょにずっとついてきたのか、それともはじめから主張していたようにフランスにいたのか、どちらなのだろう？　すべてわたしの想像なのだろうか？

わたしは自分がくだした決意のことを思い出した。ナイオールはフランスにいなければならない。さもなければ、わたしは目に見えない世界という狂気を受けいれようとしていることになる。わたしはその決意に従って行動したかったのに、ナイオールはイギリスに姿を現わしたのだ。

わたしたちの旅のあいだ、わたしは狂気を恐れ、ナイオールがどこからともなく訪れる不確かさを怖がっていた。通行人には、わたしが声に出してひとりごとを言っているように見えていた。あなたはナイオールをいちども見なかった。彼は、わたしがあなたと愛を交わしている途中でわたしをレイプできたというのに、あなたはまるで気づかなかった。彼はドアを開けるのをわたしに見られずに部屋に出入りし、車のなかにいたりいなかったりし、わたしたちのどちらにも見られずに、後部座席に座っていた。

だけど、さまざまな、本物としか思えない細かな点があった——モールヴァンの街の裏の丘をのぼったときに彼は息を切らしていた。わたしをレイプしていたときの彼の陰毛のちくちく当たる感覚。疑わしいほど近くに聞こえる電話の声の明瞭さ。部屋や彼の息にただよっていたゴロワーズ煙草のにおい。

絵はがきはそういうものに対する客観的な反証だった。絵はがきはここにあり、郵便で出されている。それは手紙の束のなかにふつうにまぎれて届いていた。

わたしは、どんな途方もないものでも、なんとかこの絵はがきの届いた理由を説明するものを考えようとした。ナイオールがイギリスでこの絵はがきを買い、友人に頼んでフランスから投函したというのはどうだろう。だけど、イギリスのどこでこんな絵はがきに出くわすというのだろう？　どこかの店で見つけて、わたしを混乱させようとして送りつけることを思い浮かべたのだろうか？　ナイオールはそういうことができる人間だったが、それにしても手がこみすぎている。フランスに実際に旅して、絵はがきを送り、すぐもどってきたのだろうか？　でも、なぜ？　ほかにもわたしを困らせる方法があるのにわざわざフランスに出かけるというのは、説得力があるとは思えない。それに、いまでもわたしはかかってきた電話がロンドンからかけられたものだと信じていた。

ともかく、わたしは実際に彼を見たのだ。彼は、わたしたちをずっと尾けてきた人間のような格好をしていた。髭をあたらず、青白い顔をして、汚れた服を着ていた。どこをとっても現実味を帯びて見えた。彼を現実の世界から遠ざけている狂気をべつにして。

ふたたび、狂気という考えが出てくる。狂っているのは、わたしだろうか？

わたしが彼を創造したのだろうか？　やましさや、わたしの過去、あるいはわたしの良心の具現化したものとして？

もしわたしがこの世界に対して自分を不可視にすることができるというなら、べつの存在を可視にする能力も等しくもっているのだろうか？

わたしがナイオールを自分の無意識から作り出したのだろうか？　わが身に起こってほしいと思っていることが、期待しているものが、心から恐れているものが具体化したというのだろうか？

その場に座りこんでいると、そうした荒れ狂う不安が心のなかで渦巻き、わたしは意識しないうちに不可視の状態に滑りこんでいた。恐怖ゆえに雲が濃くなっていた。わたしは絵はがきをベッドカバーの下に押しこみ、視界から消した。

この不可視性は——呪いであれ能力であれ——唯一、自分の生活のなかで確実に存在していると思えるものだった。わたしは自分がなにものであるか心得ており、なんになれるかわかっていた。それはわたしの狂気かもしれないにせよ、すべて自分のものなのだ。

わたしは部屋を横切り、縦長のワードローブの扉を開けた。なかにある姿見を見つめる。鏡像がわたしを見返していた——髪は乱れ、目はおおきくひらかれている。扉を前後に動かし、鏡像を乱そうとした。自分自身を見えなくしようとして……だが、わたしはつねにそこにいた。クウェール夫人がわたしにしてみせたいたずらを思い出す。鏡をひそかに用意し、驚いたことに、わたしが自分自身を見られなかったときのことを。クウェール夫人だけが、わたしよりもわたしの力を信じていたのだ。

だが、ナイオールとあなたが、それぞれ異なった方法で、わたしの自信を侵食していた――ナイオールはその行動によって、あなたはその不信によって。わたしは、あなたを不可視人の世界に連れていくことにより、本当のわたしを見てもらえ、そうして理解してもらえることによって、そこから抜け出す方法を教えてくれるものと考えていた。ナイオールは、まったく逆の理由から、わたしを押さえつけ、あるいは押さえつけようとした。あなたたちふたりは、たがいに補完しあうものであり、ふたりのあいだでわたしを宙ぶらりんにさせた。どっちの道に向こうとも、わたしは正気を失うように思えた。

自分自身の鏡像を見つめながら、それとて信用できないのがわかっていた。自分がそこにいないとわかっているときにも、鏡像は、わたしがそこにいるかのように見せているのだ。あなたはわたしが見えると言った。あなたには見えていないはずのときに。ナイオールだけが、本当のわたしがどんなものか知っているけれど、彼を信用することはまったくできなかった。

わたしは廊下に駆け出し、電話を手にした。あなたの家の電話番号をダイヤルし、呼出音が鳴り出してはじめて、硬貨をもっていないのに気づいた。いずれにせよ、応答はなかった。

部屋にもどると、ナイオールから届いた絵はがきが、説明されるのをまだ待っていた。わたしはそれをしばらく眺め、それがもたらす結果について考えたのち、ガスストーブの上にある棚に立てかけた。休暇を過ごしている友人から届いたほかのはがきのように扱うのがもっとも安全な方法だった。

わたしはふたたび残りの郵便物に目を通し——一通の封書には、待望の小切手が同封されており、べつの封書には、なにかの絵の使用料がはいっていた——その後、服を脱いで、ベッドにはいった。

翌朝、最初にしたのは、あなたに電話することだった。数回の呼出音ののち、あなたが応え、わたしは話しはじめるまえに二枚の硬貨を投じた。

「リチャード？　あたし……ス—」

「きのうの晩電話してこなかったかい」あなたの声はかすれており、わたしは起こしてしまったのだろうかと思った。

「かけてみた。でも、応答がなかった」あなたはなにも言わず、わたしは電話するという約束をちゃんとしたのかどうか思い出せなかった。「気分はどう？」

「疲れてるよ。きょうはなにをするつもりだい？」

「あたしは工房を訪ねる。手紙が届いていて……仕事をもらったの。むざむざ逃すわけにはいかない」

「一日じゅう出ているのかい？」

「ほとんど出ている」

「今晩会おうか？　きみに会いたいし、伝えたいニュースがある」

「ニュース？　なに？」

「こちらも仕事の申しこみがあったんだ。今晩、話すよ」

わたしたちは、何時にどこで会うかを定めた。あなたと話しながら、わたしは、あなたが電話のそばの床にじかに座っているところを心に思い描いた。いままでベッドにはいっていたせいで髪の毛があっちこっちを向いており、目はなかば閉じたままでいるあなたを想像する――ひとりでいるときは、パジャマを着て眠っているのかしら。そう思うとあなたを愛しく思う気持ちがわきおこり、いますぐあなたに会いたくなった。あなたのフラットをまた訪ねたかった。あなたの家であなたといっしょにいたかった。ホテルからホテルへと転々と旅をするのではなく、ナイオールに見られているのではないかと不安になったりしないで。わたしはどういうわけか、あなたのフラットはナイオールから安全でいられる場所だと思いこんでいた。なぜそうなのか、しかるべき理由はなかったのだけど。

あなたのことを思うと、わたしたちが休暇の計画を立てたあの嵐の夜のことが思い出された。わたしは、あなたの絵はがきコレクションのことを思い出した。

わたしは言った。「出かけているあいだに、だれかが絵はがきを送ってきたの。それって、あなたじゃない?」

「絵はがきだって? なんでぼくがそんなことをしなきゃならない?」

「だれが送ってきたにせよ、署名がなかったの」わたしはナイオールの特徴的な筆跡のことを考えた。「古いはがき……あなたが集めているような」

「ふむ、でも、ぼくじゃないな」

わたしは言った。「今晩会うときに、あなたの絵はがきを何枚かもってきてくれない?

フランスの、あなたが訪ねたいと思っている場所の。もういちど見たいの」

20

わたしは市内の工房を訪ね、依頼された仕事をもって帰った。午後に家でその仕事にとりかかろうとしたけれど、心ここにあらずの状態だった。夕方、あなたに会うため、バスでロンドン北部を横断しなければならなかった――待ち合わせ場所を決めたとき、わたしはウエストエンドからまっすぐいくことを考えていたのだ。その場所は、地下鉄の駅で、あなたの家のすぐそばだった。わたしはあなたよりまえに到着したけれど、あなたがフラットの方角から歩いてくる姿を見たとたん、あなたに会えるのが嬉しくて、ほっとして、心配事はみんな消えてしまった。わたしはあなたに駆け寄り、わたしたちは、車の行き交うかたわらで、長いあいだキスをし、抱きあった。

わたしたちは腕を組んで、あなたのフラットにもどり、到着するとすぐにベッドに向かった。最後に愛を交わしてからじつにたくさんのことが起こっていたが、いったんひとつになると、すべてを正すことができた。ことが終わり、わたしたちは丘をのぼってハムステッドに歩いていき、一軒のレストランを見つけた。

あなたといっしょにいると気持ちが和らぎ、わたしはきょう一日のことを話し、受け取った依頼のことを口にした。慎重にナイオールのことを考えたり、口にしたりしないようにしていた。

　すると、あなたが言った。「ぼくのニュースを聞きたくないかい？」

「なにか仕事の申し出があったと言ってたっけ」

「撮影仕事さ。引き受けようと思っている」

「なにか支障はあるの？」

「しばらく出かけることになるんだ。たぶん、二週間ほど」あなたは中米の政治的緊張について説明し、英国人の撮影班が望まれている理由を話した。そのことをわたしに話しているあいだ、あなたははっきりしない様子をしていたが、最初わたしはその仕事が危険なものになるからだと思った。

「で、どうだろう、スー？　ぼくは引き受けるべきだろうか？」

「死んでしまうかもしれないと思っているなら、引き受けるべきじゃありません」

　あなたはそっけない仕草をした。「きみのことを考えているんだよ。もしぼくが二週間ばかり出かけたなら、もどってきたとき、きみはここにいるだろうか？」

「いるにきまっているじゃない！」

「ナイオールのことはどうなる、スー？　もう終わったのかい？」

「完全に終わった」

「きょう、彼に会ったのかい？」

「いいえ。それに、彼がどこにいるのかすら知らないもの」

「そのはっきりした態度を維持してほしい。ナイオールとぼくは、相いれないんだ。きみが過去を捨て去るか、ぼくたちがここで終わりにするかのどちらかだ」

わたしはテーブル越しにあなたの手を取った。「リチャード、あたしが愛しているのは、あなた」

そのとき、わたしは本気だった。ずっと本気だったように。だけど内心、ナイオールの問題はまだ解決されていないとわかっていた。わたしは話題を変えた。わたしは、その仕事を引き受けるべきだとあなたに言い、気をつけて、できるかぎり早くもどってきて、と伝えた。そう言いながら、わたしは、あなたが耳にしたいことを自分が言っているのだとわかっていたが、同時に本気でそう思っているのも事実だった。あなたはその仕事のことをさらにすこし話した――いっしょに働くことになるほかの男たちのことや、どこにいくつもりで、どんな話を撮影する予定なのかといったことを。わたしは、あなたといっしょにいけたらどれだけいいかと思った。

あなたは、絵はがきのコレクションの一部をレストランにもってきて、わたしに見るよう渡してくれた。わたしはすばやくそれらに目を走らせ、つまらない好奇心から出た行為だという印象をあたえようと努めた。グルノーブル、ニース、アンティーブ、カンヌ、サンラファエル、サントロペ、トゥーロンの絵はがきがあり、いずれもそれぞれの無垢だった過去の風景を写し出していた。サントロペの絵はがきは二枚しかなかった――一枚は、村のそばのビーチが写っており、もう一枚は、通りの一本を写していた。家並みのあいだに港がかすかに見える絵はがきだ。

あなたは言った。「なにを探しているんだい？」

「なんにも」わたしは絵はがきを束ね、あなたに返した。

「電話で、だれかが古い絵はがきを送ってきたと言ってたろ？　これと似ているものだったのかい？」

「いいえ……いまの時代に複製されたものだと思うわ」

「だれが送ってきたんだ？　ナイオールじゃないのか？」

わたしは軽やかに笑おうとした。「もちろんちがいます。ナイオールがこの二、三日どこにいたのか知っているでしょ」

「彼がいるときみが言った場所は知っている。また、きみはナイオールがフランスにいるとも言っていた……だから、きみはフランスにいきたくなかったんだ」

「ええ、そのとおり」

「さて、勘定を払うとするか」あなたは鋭い動きでそっぽを向いた。あなたの怒っている表情が窺える。ウェイトレスがやってきて、あなたが代金を払った。ややあって、わたしたちは通りに出、あなたのフラットにつづく道のりをたどっていた。今度はわたしはなかに招かれなかった。わたしたちは外に駐めてあるあなたの車のところにまっすぐ向かった。あなたが絵はがきを座席に投げ捨てるのが見え、そののち、あなたは、助手席の鍵をわたしのために開けてくれた。

わたしたちはなにもしゃべらずにホーンジーに向かった。わたしの家のまえにくると、わたしは、「ちょっと寄っていかない？」と訊いた。

「きみはぼくがアンフェアにふるまっていると思うかもしれないが、ナイオールのことでぼくを騙すのはやめてくれ」わたしはなにか言おうとしたが、あなたは先をつづけた。「きみはぼくがこれまででただひとり愛した女性だ。だけど、こんなことがつづくのは、ごめんこうむる。ぼくは二週間出かけている。それだけあれば、自分がなにを望んでいるのか決心する時間は足りるだろう」

「あなたとナイオールのどちらかを選べというわけね」

「そのとおりさ」

「あたしはとっくに選んでいます、リチャード。だけど、ナイオールがそれを認めようとしていないだけなの」

「だったら、認めさせるんだ」

わたしは部屋にもどるとすぐに、ナイオールの絵はがきを下におろして、ちりぢりに破いた。それを全部トイレに流した。翌日、あなたは電話をかけてきて、夕方にニカラグアの首都、マナグアに飛んだと告げ、帰ったらすぐに連絡すると約束してくれた。

あなたが出発した二日後、ナイオールがもどってきた。

21

その後にあったことは、わたしが招いたことだった。決心した結果だ。あなたはわたしに最後通牒をつきつけた。あなたは本気だとわかっていた。あなたが、自分とナイオールのどちらを取るか迫ったのであり、わたしはナイオールを取った。

自分があたらしい生活をはじめ、ナイオールを捨て去ることができるのだと考えていたのは、まちがいだった。明白な事実は、ナイオールがわたしにつきまとっており、彼は自分の思いどおりになるまでつきまといつづけるだろうということだった。わたしはもうそんな責め苦に耐えられなかった――あなたたちのあいだで引き裂かれるのは。もうたくさんだ。

あなたと同様、ナイオールも相手の男のせいで起きたこととしてすべてを見ていた。わたしがしなければならないのは、自分がナイオールと疎遠になったことを証明することであり、そのためには、わたしは彼とふたりきりにならなくてはいけなかった。これがすべてであなたがもどってくるまえに達成できればいいと願っていたけれども、もし達成できないとなれば、わたしはあなたを失う心の準備ができていた。

それは簡単な決心ではなかった。ナイオールが姿を現わしたとき、わたしはまだもちこたえており、あなたがもどってくるのを待っていた。だけど、彼の姿を見たとたん、自分がなにをしなくてはならないのか悟ったのだ。

ナイオールは、自分の鍵を使って家にはいり、わたしのドアのまえにやってきた。わたしは門錠をはずし、彼はなかにはいった。元気そうだった。髭を綺麗にあたっており、あたらしい服を着て、いつもの自信たっぷりの雰囲気を漂わせていた。彼は意気軒昂で、あなたが留守にしているとわたしが話すと、結局うまくいかないだろうとわかっていた、とだけ言った。彼はなにごともなかったかのようにもどってきた。わたしは最初の夜は、彼を泊めなかったけれど、そのあとではまたいっしょに寝るようになった。

彼はどこにいっていたのだろうか？　わたしは直接訊ねはせず、おたがいセントデイヴィッズでの午後のことも触れなかった。なにも定かではなかった——彼が南仏にいっていたのだとしても、わたしが予想しているような日焼けのあとはどこにもなかった。だけど、彼が吸っているゴロワーズは、デューティーフリー・ショップで買ったものであるかのように、英国政府の健康に関する警告の文言がついていなかった。彼はわたしに〝地酒〟と記されたプロヴァンス産の一リットル壜のワインを土産によこしたが、数日後、近くのワインショップでまったくおなじボトルが売られているのを見かけた。

わたしはあの絵はがきのことを彼には訊ねなかったし、侵害行為のことや、わたしに加えた暴行や、レイプのことをなにも口にしなかった。正直言って、ナイオールがなにを言うのか怖かったのだ。

もし彼が本当にフランスにいたとしたら、あなたといっしょにいるあいだにわたしの身に起こったことはなんなのだろう？　もし彼がわたしたちにつきまとっていたのなら、だれがあの絵はがきを送ったのだろう？

わたしは、そんな精神的苦痛の一時停止がありがたかった。最終的には解決できるだろうとわかっている問題に集中できる自由が嬉しかった。わたしはナイオールに、わたしたちが終わったことを確信させるつもりだったし、彼をわたしの生活から永遠に追い出すつもりだった。だが、時間がたつにつれ、残されている数日以上に時間がかかるのがわかった。

起こりうるかぎり最悪の事態が起こった。あなたがわたしの予想より二、三日早く旅から帰還し、事前に電話連絡しないでわたしの家にやってきたのだ。家のベルが鳴るのを聞いたとき、わたしはナイオールとベッドにはいっていた。ほかの住民がドアを開け、わたしの耳にあなたの声が聞こえた。パニックに陥って、わたしはベッドからはね起き、ドレッシングガウンを着ながら、なんとかまにあうように自分を可視にしようと心がけた。ナイオールはわたしのうしろに裸でベッドに寝ており、わたしには見えているが、あなたには見えない状態でいた。あなたがドアをノックすると、わたしは振り返って、ちらっとナイオールに目を走らせ、彼の表情が変わってしまっているのに気づいた。ほんのすこしまえまで、わたしたちは眠そうに横になっており、くだらぬおしゃべりをして、ナイオールは煙草を吹かしていた。それがいまや、彼は警戒し、怯えた表情に変わっている。

ナイオールは言った。「もしやってきたのがおれの考えているやつだとすれば、追い返せ」

「なにもしないでよ、ナイオール」わたしはおだやかに言った。「あなたがここにいることをわからせないで」

わたしはドアを開けた。あなたはそこに立っていた。あなたの突然の来訪にショックを受けて、わたしはなんと言っていいのかわからなかったけれど、やましくなって部屋のなかに後退し、紐を結んでいないドレッシングガウンのまえをあわせようとした。

「まだ寝ていたのか！」そういってあなたは腕時計に目を走らせた。あなたは疲れ、困惑している様子だった。

「朝寝していたの」

「ひとりきりかい？」

「だれか見える？」

「ナイオールがここにいたんじゃないのか？」

「おれがここにいるといってやれよ」ナイオールが言った。わたしは彼を振り返った。彼はベッドのそばに立っていた。一瞬の恐怖は、頑なな、断固たる表情にとってかわられていた。ナイオールの最悪のときを、どんなことができるのかを知っているので、わたしはあなたたちふたりのあいだに足を踏みいれた。ナイオールは前触れもなく癇癪をおこすからだ。

「リチャード、説明させて――」

「いや、なにも言わないでくれ……言う必要はない。ぼくがこういう結果を招いたんだろう。

くそ、いま何時だ？　時計が合っていないんだ」

「十一時半だよ」そういってナイオールは、棚からわたしの置き時計を手に取り、あなたの顔のまえで振ってみせた。わたしは移動して、ひじでナイオールを押しもどそうとした。

「昼近くよ。ちょうど起きよう《ゲットアップ》としていたところなの」わたしは言った。

「ちょうどおまえをそそらせよう《ゲットアップ》としていたところさ」ナイオールが残酷な口調で言った。

「だけど、きみはまたナイオールに会っているんじゃないのか？」

「会わなければならなかったの。あなたが選択させようとしたんだから、言おうとしていたのはそういうこと」

「だったら、終わったんだな、スー」

「なにがいちばん気に障るか言ってやろうか？」ナイオールはまた動きながら言った。「こいつがおまえのことをスーと呼ぶことだ。こいつを追い出せ」

「それで？」あなたは言った。

「わかった。このまま放っておいて」

「ナイオールがきみに及ぼしている力がなんなのか知りたいよ。彼は永久にきみの人生を好きなように左右するつもりなのか？」

「言ったでしょ」わたしは言った。「ナイオールも魅する力《グラマラス》をもっているの」

あなたはがまんできないという顔つきになった。「またそれか！」

「いったいこの莫迦《ばか》のどこが気にいったんだ、スーザン？」ナイオールが言った。

わたしはその三方向の会話をコントロールしようという気力がなくなってしまった。わたしは後退し、ベッドの端に腰をおろした。なすすべもなく床を見つめる。

「スー、いったいこれと魅力《グラマー》がどう関係しているんだい？」

「ただの魅力《グラマー》じゃないわ」わたしは言った。「魅する力《ザ・グラマー》よ。ナイオールは魔力《ザ・グラマー》をもっているの」

「すこしは真剣に話せよ！」

「それがあたしの人生のなかでいちばん重要なものなの。もしあなたがそのことをちゃんとわかりさえしてくれれば、あなたの人生のなかでもそうなのよ。あたしたちはみんな不可視人なの。そのことをどうして理解できないの？」

みじめな思いのなかで、わたしは、自分が不可視のなかに沈みこもうとしているのがわかった。もうどうでもよかった。あなたたちふたりを排除する以外になにも望んでいなかった。ナイオールはあなたの隣に立っている。莫迦《ばか》らしいことに素っ裸で。彼の顔は、脅威を覚えたときに見せる傲岸さと頼りなさがまじりあった不愉快な表情を浮かべていた。あなたは、間がぬけた顔をして、部屋のなかを見まわしている。

あなたは言った。「スー、きみが見えない！　なにが起こっているんだ？」

わたしはなにも言わなかった。たとえあなたに話しかけたとしても、聞こえないだろうとわかっていた。あなたはあとずさり、ドアに手を置き、数インチ開けてみた。

「それでいい、グレイ。出て失せるころあいだ」

わたしは言った。「黙りなさい、ナイオール！」

だが、あなたに聞こえたにちがいない。あなたは鋭くわたしのほうを見たからだ。

「彼がここにいるんだな？」あなたは言った。「ナイオールがいまここにいるんだ！」

わたしは言った。「彼はあたしがあなたと会ったときからずっとあたしたちといっしょにいた。あたしが教えようとしたときに見方を学んでいれば、彼が見えたかもしれないのに」

「彼はどこにいるんだ？」

「おれはここにいるよ、この薄ら莫迦《ばか》野郎！」

ナイオールの声はかつてないほどふいに強くなり、わたしはこの数秒間に、彼の雲が薄くなっているのに気づいた。いままで見たことがないほどかすかになっていた。

「おれはここだ、グレイ！」そういってナイオールは両腕を振りまわし、動きまわった。彼は片足であなたに蹴りを見舞い、臑を蹴りつけた。あなたはびくっとしてしりぞき、懸命にナイオールを見ようとした。ナイオールは、わたしが彼にできると思っていた以上に可視に近づいており、あなたに彼の姿が見えているのだと思った。あるいは、すくなくとも彼の一部が。あなたはくびすを返すと、ナイオールを行く手から押しのけ、ドアを開け放って、外に出、うしろ手に叩き閉めた。すこしして、玄関のドアも叩き閉められた。わたしはベッドの上に身を投げ出し、泣き出した。ナイオールが動きまわっている音が聞こえたが、わたしは彼に対して心を閉ざした。次に見たとき、ナイオールは派手な服装をして佇み、傲然としているようにも、震えているようにも見えた。

「またあとでくる、スーザン」ナイオールは言った。

「こないで！」わたしは叫んだ。「二度とあなたに会いたくない！」

「やつはもどってこないぜ」

「それがどうかして！　あたしは彼にも会いたくないし、あなたにも会いたくない！　さあ、ここから出てって！」

「落ちついたころあいに電話するよ」

「電話に出るもんですか。ここから出てってちょうだい、そしてもどってこないで！」

「おれはグレイをのさばらせやしない……」

「出てけ！」わたしはベッドから走りだし、ドアを開けて、ナイオールが押し返してくるのものかは、押し出して、閂錠を閉めた。彼はドアを叩き、なにかを言ったが、わたしは耳を貸さなかった。わたしはベッドに横になり、耳に枕を押しつけた。なにもかもがほんとに嫌になっていた。自分自身をなじり、あなたをなじり、ナイオールをなじった。

ずいぶん時間がたってから、わたしは着替え、散歩に出たのだが、自分が可視になっているのがわかった。

あなたといっしょに可視の状態でいるのに慣れてしまっており、その感覚があたりまえになっていたのだ。だけど、いまはわたしひとりだった。力を引き出せるような他人の雲はそばになかった。可視でいることが、わたしの通常の状態になっていたのだ。変な気がしたが、まるであたらしい服を着ているかのように心地よかった。

部屋にもどると、自分を不可視にしようとした。思っていたよりはるかに難しく、不可視の状態を維持しようとすると緊張を覚えた。気を抜くと、すぐ可視にもどってしまうのだ。夜になるまでに、わたしは自分が追い求めていたものが、ついに自分のものになったことを悟った。それを手にいれるためにあなたを失わなければならないのは、皮肉なことだったが、充分報われることのようにも思えた。

それが車載爆弾の爆発した日のことだったが、わたしはしばらくその話を耳にしなかった。うちにはTVがなく、わたしは新聞を読んでいないし、いずれにせよ心のなかの葛藤があらゆることを押し流していた。わたしは夜遅くまで画板に向かって働いた。

翌日、工房を訪れるためにウエストエンドに出向き、新聞の広告張り紙や見出しで、爆弾がロンドン北西の警察署の外で爆発したことを知った。六人が死亡し、さらにおおぜいが重傷を負っていた。あなたがそのなかのひとりかもしれないという考えは、ついぞ浮かばなかった。

ほぼ一週間、ナイオールの姿を見かけなかったが、ある日、彼は家に姿を現わした。ナイオールは玄関のドアのベルを鳴らし、わたしが出ていくと、控えめな、守勢にまわっている態度だった。わたしは彼を見てもなんらショックを受けなかった。

彼は言った。「なかにははいらないよ、スーザン。どうしているか見たくなってな」

「元気でいる。なんなら、しばらく寄っていってもかまわない」

「いや。通りかかっただけなんだ」彼はやましげで、わたしの視線を避けていた。「ニュースを聞いたのか?」

わたしは首を振った。「新聞を読んでないの」

「そうだろうと思った。こいつを読んだほうがいいぜ」彼は堅く丸めたタイムズを一部、わたしに寄こした。わたしはそれを広げようとした。「いま見るなよ」ナイオールは言う。「なかにはいってから見ろ」

わたしは訊いた。「リチャードのことなの?」

「どういうことかすぐにわかるさ。それから、ほかにもってきているものがある……おれの書いているものを読みたいといっていたよな。こいつをおまえのために書いたんだ。返してくれなくていいから」

彼はマニラ封筒をわたしに寄こした。梱包用のテープで封がしてある。

「リチャードになにがあったの?」わたしは言った。新聞はすでに半分ほど広がっている。

「そこにみんな書いてある」そう言ってナイオールは、背を向け、足早に立ち去った。

わたしは戸口で突っ立ったまま新聞を開き、記事の本文を読んで、車載爆弾のことをようやく知り、あなたになにがあったのか知った。ニュースの大半は、あたらしい治安措置が講じられたうえで、テロリストを追う警察の捜査についてだったが、あなたとほかの負傷者が、警察の保護のもと、集中治療を受けていることがわかった。新聞によれば、爆発でテロリストのひとりが負傷しており、〝証人〟は排除されるだろうという、大量殺人予告がほかのメンバーから発せられていた。あなたが治療を受けている病院すら秘密にされていた。

わたしは見つかるかぎりの新聞をすべて買いあさり、できるだけ詳細に事件の記事を追った。あなたは全被害者のなかでもっとも負傷がひどく、最後に重傷者リストからはずされた人だった。本気で試みてみれば、もっと早くに見舞いを許されたかもしれないのはわかっているものの、わたしに会うことで、益より害をもたらすのではないかとわたしは本当に信じていた。

最終的に、たった一紙だけが、あなたの回復状況をときどき掲載し、彼らの言うあなたの〝ストーリー〟を追っていた。その新聞から、わたしはあなたが保養施設に移されたのを知り、やっとのことであなたに会いにいく勇気を奮い起こした。わたしは新聞社に電話し、彼らがすべてをアレンジしてくれた。

あの朝、新聞記者といっしょにあなたに会ってすぐ、最初に気づいたのは、あなたも自分の魅する力《グラマー》をなくしてしまっていることだった。

これがあなたに起こったことなの、リチャード、車載爆弾の事件が起こるまえの数週間に。

さあ、思い出した？

第六部

1

デヴォンからもどってきて三週間が過ぎると、リチャード・グレイは、リヴァプールでの撮影仕事を打診された。四日間拘束され、リヴァプールの中心地区、トックステス暴動後の都市の再開発に関するTVドキュメンタリーの撮影を担当する仕事だった。肉体的には過酷な仕事になるだろうが、撮影班は、撮影助手も含め、組合のクルーで全員占められる予定で、一時間の逡巡のち、グレイは引き受けた。翌日、リヴァプール行きの列車に乗った。

その仕事は、なにをすべきかという問題を一時的に解決してくれた。グレイはしつこくつづいている体の凝り《しこ》にいらだちを覚えており、仕事を再開したくてたまらなかった。いずれにせよ、ついに資金が底をつきはじめたのだ。内務省から補償金が支払われるという話があり、弁護士とグレイの地元選出の下院議員とのあいだで何度かやりとりがおこなわれていたが、あてにはできなかった。

撮影仕事がやってくるまで、グレイは遅々たる歩みながら生活再建に向けて一歩一歩進んでいた。買い物にいくこと、映画にいくこと、パブにいくことをふたたび学んでいた。なにもかもゆっくりたどらなければならなかった。週にいちど、ホイッティントン病院の物理療法科に通い、整復治療をほどこされ、回復運動をおこなった——グレイは回復してきていたが、その進み方はとてもゆっくりしていた。できるだけ歩くようにしていた。歩いた直後は疲れ、不快だったけれども、長い目で見れば、左臀部の痛みが着実に軽減していた。フラットの外の階段は、つねにやっかいな障害物だったが、どうにかやりこなせるのがわかった。運転は難しかった。クラッチを踏むことが、臀部への負担になるからだ。オートマチックの車が必要だったが、もっと金が届くまで待たなければならなかった。

ロンドンを離れるのは、スーから一時的に離れることを意味し、数週間まえだったら自分が願うとは夢にも思わなかったことながら、いまではそれが不可欠なことに思えた。グレイには、いろんなことを考え、少々心の整理をつけるために、彼女から離れている時間が必要だった。

グレイは、彼女が実際に最初にそのように見えたとおりの人間であればよかったのにと切に願った——失われた数週間からやってきたガールフレンドであり、あらたにわかったことの新鮮さに突き動かされて、関係を継続できうる相手であれば。最初に会ったとき、グレイは彼女の奇妙さを好ましく、魅力のあるものだと思い、忍耐が解きほぐしてくれるであろう隠された複雑さの層をほのめかしているものだと思っていた。

グレイは、いまでもスーが実際に魅力的であり、彼女に関心を抱いており、彼女にはおおきな優しさがあふれているとわかっていた。体が治るにつれ、ふたりの肉体関係は、刺激を増し、満足さを増していった。だが、スーはグレイを愛していると言っている一方で、グレイのほうでは、心の奥底で自分がおなじように感じていないのを知っている、という相違があった。スーのことは好きだったし、よりよく、より深く彼女を知りたいと思っていたが、愛してはいなかった。グレイは、気持ちの上でスーに依存していたし、離れていると彼女を恋しく思い、彼女を守ってやりたいと感じていたが、それでも愛してはいなかった。

問題はすべて、ふたりの過去にあった。

グレイは、過去を感じないのだ。失われた数週間の雑多な記憶がもどってきてはいたが、それらは断片的で混乱しており、心の表層意識すれすれのところにある深層意識から姿を現わしていた。

現実の記憶とは、見過ごされた経験が、混沌といりまじっているものである——半端で無関係な事実が心のなかに潜んでおり、何年たとうが頑なに忘れられずにいる。忘れていた曲の断片が、呼び出されることなく頭のなかに眠っていたりする。奇妙な連関が存在しており、においで特定の出来事が呼び起こされたり、説明はつかないが、色が遠い過去に訪れた場所を思い出すきっかけになったりする。過去の人生の大半において、グレイはそのような正常な記憶能力をもっていたが、記憶喪失期の扉は、いまだに閉ざされていた。

その時期の記憶は、信頼に足りるとは思えない上っ面だけの精度で、グレイの心に蘇ってくる。心が物語を語り、うわべだけのもっともらしさしかない逸話や場面をグレイに伝えるのだ。それに対してグレイがあてはめたアナロジーは、物語の継続性が存在するように編集されたフィルムというものだった。

ほかの記憶、昔の生活に関する記憶は、未編集のラッシュのようで、区別されることも、まとめられることもなく、心のフィルム罐にはいって、編集される順を待っていた。

いまでは、フランスの思い出は、大半が虚偽だと理解していた。無意識の一部の深い溝から心に投影されたものである、と。自分がフランスにいったことがないのは、あるいは、すくなくとも、覚えている時期にはいなかったことは、わかっていた。あの話の一部は、本当のことだった――スーに会い、ナイオールとの問題があり、いっしょに過ごした休暇があり、中米で撮影仕事があり、最後の口論があった。

だが、ふたりいっしょの過去についてのスーの説明があり、じつにおおきなギャップがそこに顔をのぞかせていた。

グレイの記憶が編集されたものであることをスーが間接的に証明してみせた一方、彼女の話は、グレイにとって人から聞かされたものでしかなかった。グレイは、本や新聞に書かれていることを読んだり、受けいれたりするのとおなじように、スーの言ったことを受けいれることができた。スーは、いったん自分の話を打ち明ければ、埋もれていた無意識の記憶の引き金が引かれ、おなじ出来事についてのグレイの本当の記憶が心に蘇ってくるものと信じているようだった。グレイもそう信じたかった。そして、特定できるなにかが現われるのを、共鳴するイメージや、心理的な確信の瞬間が訪れ、残りの記憶への道がひらけるのをずっと待ちつづけた。彼女の話は、話のままであり、いまなおグレイ自身の心からは遠いものだった。

むしろ、失われた期間の問題を悪化させたとも言える。スーは、ある意味では、グレイに、すでに完成しており、それ自体で完結しているべつの編集済みフィルムを見せたのだ。現実の混沌がいまなおグレイの理解をはばんでいた。

もっとも、グレイの現在の心もとなさは、べつのふたつの領域に集中していた。不可視性へのスーの執着であり、ナイオールと結んでいる強迫観念的で破滅的な関係だった。

かつていちどだけ、グレイは、みじかいあいだ三角関係にまきこまれたことがあった。その中心にいる女性を心から好いており、彼女にプレッシャーをかけまいとしていたが、たえずつきまとう逡巡と、揺れ動く誠意、グレイ自身の避けがたい性的ジェラシーが、結局、その関係を潰してしまった。そのあと、二度とふたたび二重生活を送っているような女性と関係を結ぶまいと誓った。それなのに、スーと結んだらしき関係は、まさにそういうものだった。

スーは言う。ナイオールはもうわずらわせてこないし、タイムズを寄こした日から姿を見ていないのだ、と。いまのところ、彼女の生活にほかにだれもいないのは、明らかなようだった。

とはいえ、ナイオールは、ひとつの因子としてとどまっている。

スーは、ナイオールのために予備の席を空けているかのようだった。ふいにナイオールが姿を現わしたら、ふたたび彼女の生活のなかでひとつの場所を要求してくるかのように。ナイオールのことは、どちらももち出そうとしない話題になったけれど、話し合われないことで、彼は、遠くにいるが遍在している存在のままだった。

不可視性が、その裂け目を深くしていた。

グレイは実際的な人間であり、目と手を使う訓練をしてきた。グレイの仕事は、光を当てられ、目に映され、機械に留められる映像をもちいるものだ。自分が見たものを彼は信じた——見ないものは、存在していないのだ。

スーが自らの過去の生活について説明するのを聞いていて、グレイは最初、不可視の人々について延々と語られる話が、ある種のたとえ話だと思った。ひとつの生活態度を描く方法である、と。たしかにその可能性はあるが、スーは文字どおり現実の出来事として話している、とグレイにはわかった。彼女は、特定の人々がほかの人々から気づかれないでいることにより、見られないでいられるのだ、と主張した。彼も、グレイ自身もおなじ状況にあるという主張は、率直に言って信じがたかった。

とはいえ、スーの説明では、彼女がその力をグレイに覚醒させたのであり、彼がその能力をもっていることを示したことになっていた。現在、その力は、負傷からくるショックではじかれ、またしてもグレイのなかにうずもれてしまっている、と彼女は主張している。もしやりかたを思い出せば、力をとりもどすことができるはず、と彼女は言った。

スーのことばに、すなわち、彼女が頻繁に口にする疑念や、狂気と妄想の話に耳を傾けていると、そこに事態を説明するものがあるのではないか、という気がグレイにはした。スーの執着ぶりは、それ自体、妄想であったり、わけのわからないたわごとであったり、首尾一貫しているものの、論理的ではない信念からくる絶望に近かった。

グレイの心は、証明を求め、それができないなら証拠を求めるタイプの心だった。グレイには、どちらか一方にこの問題をおさめるのは簡単なことに思えていたが、スーは腹立たしいくらい曖昧なものいいをした。不可視の人々は、そこにいて、見ることができるのだが、見方を知っていないと気づかれないのだという。

ふたりは、ある日、ケンジントン・ハイ・ストリートに出かけ、せわしない午後を過ごしている買い物客の群れにまざった。スーは、おおぜいの人間を指し示し、彼らが不可視人だと主張した。グレイは、彼女が示している人を見ることができたり、できなかったりした。グレイは、彼らをみんな写真に撮った。結果は、結論の出ないものだった――プリントが現像所から帰ってくると、群衆はただの群衆であり、グレイとスーにとっては、あのときこの人物は目に見えていたとか、このカップルは見えていなかったとか議論できるだけのことだった。

「自分を不可視にしてみろよ」グレイは言った。「いますぐやってみせてくれ、ぼくの見ているまに」

「できない」

「だけど、できるって言ったじゃないか」

「いまは、事情がちがっているの。もう易しいことじゃなくなったの」

「でも、できることはできるんだろ」

「ええ、でもあなたはあたしの見方を知っているもの」

とはいいながら、彼女は試みた。しばらく眉を寄せ、集中していたのち、スーは自分が不可視になったと宣言したが、グレイにとって、彼女はいぜんとしてそこにおり、部屋のなかではっきり見えていた。スーは言うことを信じてくれないと言ってグレイを非難したが、それほどはっきり信じていないわけではなかった。たとえば、グレイは、彼女の外見からくる事実を信じていた。

スーは、そのニュートラルな外見で、つねにグレイの関心を惹いていた。彼女に関するすべてが平凡だった——肌は白く、髪の毛はライトブラウンで、目はしばしばみ色、顔つきは整っており、スリムな体つきだった。平均的な身長であり、衣服はごく自然に体を包んでいる。動くとき、彼女はとても静かだった。声は心地よかったが、はっきりした特徴はなかった。その気にならないで彼女を見たら、退屈でくすんだ女性だとすぐ忘れてしまうかもしれないが、彼女に関心を惹かれ、彼女と関係を結んでいるグレイには、このうえもなく魅力的な女性だった。スーのなかに感じとっているものは、表面の平凡さに隠されていた——なにか電気的なものが内部から発せられているのだ。いっしょにいるとき、グレイはいつも彼女に触れていたかった。グレイは、スーが笑ったときやなにかに気をとられているときに、顔つきが変わる様子が好きだった。愛を交わしているとき、グレイは、おたがいの体が触れずにまじりあうのを感じた。毎回経験するものの、うまく説明できたためしがない、不明確な感覚だった。まるでスーがグレイを補完するものであり、グレイのさしせまった要求に応えてくれる相手であるかのようだった。

スーは、あたしの不可視性を信じないことで、あたしが話したあらゆることをあなたは否定しているのだ、と言いはっていたが、実際には、そうした彼女の表面に現われない特質が、グレイの気を惹いていた。

彼女はグレイにとって不可視ではなく、あるいは、どんな形でも、その〝不可視〟ということばの意味をグレイは理解していなかったが、それでも彼女は、不正確なことを言う人物ではなかった。それゆえにグレイは、彼女の主張が真実を内在させていると理解し、彼女の言うことをまっこうから否定はできないだろうと信じていた。

とはいえ、リヴァプールへの旅は、気分転換の機会をあたえてくれた。

2

リヴァプールでは、いたるところでつねに海の存在を感じとることができた――対岸のバーケンヘッド市が望める広大な河岸、西にかいま見えるアイリッシュ海、ヴィクトリア朝時代の海員監督官事務所の自信にみちあふれた建物、疾風に乗ってやってくる水のにおい。しかし、市の中心から距離がある――とはいっても、それほど離れているわけではない――場所では、建物がみすぼらしくなり、通りが狭くなっていて、海を表わす姿は、趣を異にしていた――粗末な家々が並ぶ陰鬱な売春宿地帯、かつては保税貨物が収納されていた空っぽの倉庫、海にちなんだ名をつけているパブ、ジャマイカ産のラムやアメリカ行きの航空路線を宣伝する広告看板が立っている更地。

ここがトックステス、儚《はかな》さがつねに典型的行動様式であった地に、共同体精神を課そうともくろむ政府が遅ればせながら介入している場所だった。

ふたたびアリフレックス・カメラとともに、そのいかつい重みを肩に感じ、型合わせしたアイピースを額に押しあてて仕事をするのは、すばらしかった。グレイは、撮影用のカメラを静かな再会の気持ちで迎え、それがいまでも手に自然になじみ、ヴューファインダー越しに見、考えることによって視野がせばめられ、鋭くなるのをあらためて見出して、驚いていた。が、もっとすくないクルーとともに撮影するのに慣れていたので、まわりにおおぜいの人間がいて、最初はどぎまぎさせられた。自分が試されているのだと感じた。おれがいまでもなすべきことを心得ているかどうか確かめようと、だれもがてぐすね引いて待ちかまえているのだ、と。だが、撮影がはじまってすぐ、そういうのは一方的な思いこみであり、ほかのクルーは、自分のことに手一杯で、こちらのことを考えている余裕などないことがわかった。

　グレイは、仕事にとりかかった。自分がいちばん得意なことにふたたび取りくんでいるのが嬉しかった。初日の撮影は疲れはてた。いろんな意味で練習不足だったのだ。二日めの朝、脚と肩が痛かった。とはいえ、グレイは仕事に没頭し、この数日が物理療法を百時間受けるよりも役に立つとわかった。

　監督は経験豊かなドキュメンタリーの作り手であり、一行は、順調にスケジュールをこなした。いつも午後遅くには撮影を終え、夜は自由時間に残すことができた。彼らは、街の中心にある豪華なヴィクトリア朝時代の奇抜な建物《エクストラバガンザ》、アデルフィ・ホテルに宿泊しており、毎晩、大半のクルーが、棕櫚《しゅろ》の木がたくさん並ぶ広い中二階のバーに腰を据えて酒を飲んでいた。グレイにとって、気のおけない話をし、以前おこなった仕事について語り合い、知人のゴシップの最新情報を得る格好の機会だった。さらに仕事がやってくる話があり、サウジアラビアで請負仕事をする機会や、イタリアで進んでいる仕事の打診があった。

過去数週間、自分自身とスーのことに、彼女の奇妙な話と閉塞した関係にとりつかれていた時期とは、根本的にまったく異なっていた。グレイはある晩、自室からスーに電話し、中継線を経由して細くかすかに届く彼女の声を聞きながら、長いトンネルを掘って、とうに捨ててしまったものへもどろうとしているような感覚を覚えた。あなたがいないので寂しい、早くあたしのもとにもどってきて、いまではあらゆることがちがって感じられるのが悲しいの、と彼女は言った。グレイは、安心させることばを発し、薄っぺらなセリフをしゃべっているなと実感しながらも、真実味を帯びさせようとした。いまでもグレイは彼女がほしかった。彼女と愛を交わしたくてたまらなかった。だが、離れていると、彼女が言ったようにすべてがちがっているように感じられるのだ。

四日めの夕方に最後の場面を撮った。ロケ場所は労働者たちのクラブだった。紫煙にけむるだだっぴろい場所で、音楽とおおきな声でうるさかった。グレイは助手たちと早めに到着し、インタビュー用の照明を設置し、カメラをドリーに載せて動かすため、二、三の客席間の通路を広げた。室内の一方の側に、たくさんスポットライトが並ぶ、ちいさなステージがあり、奥には音響アンプがカバーに覆われ使われぬままに積まれていた。音の反響がおおきく、音声担当は、レベルを測ってみてエコーの量に顔をしかめた。クラブの会員の大半は男性であり、ノーネクタイのスーツ姿で、数人の女性はコートを着たままでいた。だれもがストレートで酒を飲んでおり、スピーカーから流れるテープの音楽に負けじと声をはりあげてしゃべっていた。客がふえてきて用心棒たちがカウンターとドアのそばの持ち場につくと、グレイは数年まえに撮影作業をおこなった北アイルランドのパブのことを思い出した。あそこもここと同様の、実用本位の内装だった——ありふれたテーブルと椅子、むきだしの床板、ビール会社提供のコースターに灰皿、安っぽい笠のついた天井の照明、蛍光灯に照らされたカウンター。

彼らは撮影を開始した——混み合った室内の場面設定ショットを二、三撮り、酒を飲んでいる客のクローズアップを撮ってから、いくつものインタビューを撮った。失業している人間はどのくらいか、どんな生活を送っているのか、引っ越す見込み、差し迫っている工場の閉鎖について。

その夜の最大の娯楽は、ストリッパーだった。踊り子は、あきらかに何度も着たと思われる派手なスパンコール付き衣装を着て、舞台にあがった。グレイは肩にカメラを載せて、動きながら彼女の演技を撮影した。カメラを見ながら、ストリッパーはみごとなショーを演じて見せた。セクシーに顔をしかめ、尻をグラインドさせ、衣装をおおげさな仕草とともに脱いでいった。見たところ三十代なかばの女で、体重過多、化粧の下の顔色は悪く、腹には妊娠線が浮いており、乳房は垂れていた。裸になると、女は舞台から飛びおりた。グレイはカメラをもって、あとを追った。ストリッパーは、テーブルからテーブルに移動し、客のひざに乗り、脚を広げ、乳房を触らせ、顔に凄みのある陽気さを浮かべた。

ショーが終わると、カメラはドリーに設置され直し、グレイはそのかたわらに立って、昔を思い出していた。

ベルファストのあのバーにもストリッパーがいた。グレイと録音係は、セクト主義者の銃撃が起こったあとで夜中にその店にいったのだ。救急車と警察が立ち去ろうとしているちょうどそのときに到着し、撮影するために残されているものときたら、壁にあいた銃痕と床に飛び散っているガラスだけだった。場所がベルファストだったため、血はすぐにモップで拭き取られ、騒動は収まっており、ふたりが撮影しているあいだにも、飲酒はつづき、あたらしい客が到着していた。ストリッパーが登場し、踊りはじめた。グレイと録音係は、店に残ってそれを見ていた。帰ろうとした矢先、銃を持った男たちがいきなりもどってきて、ドアのそばに集まっていた客たちを押しのけ、大声で威嚇した。男たちはふたりともアーマライト・ライフルを上に向けて手にしていた。自分がやっていることを意識せずに、グレイは肩にカメラをかつぎ、撮影を開始した。人混みをかきわけて進み、男たちにまっすぐ近づいていって、彼らの顔を撮った。彼らが銃撃をはじめ、天井に向かって十数発を発砲し、漆喰が大小さまざまの塊になって落ちてきたときも、グレイはその場にいた。銃撃後、襲撃者たちは立ち去った。

グレイのフィルムは、いちども放送されなかったが、のちに、治安部隊が犯人を特定するためにもちいられ、彼らは逮捕され、有罪を宣せられた。

グレイの向こう見ずな蛮勇は、放送局から現金ボーナスを支給されることで報われたが、その出来事はすぐに忘れ去られた。グレイを含め、だれもどうして襲撃者が撮られるのを見逃し、なぜグレイを撃たなかったのか理解できなかった。

リヴァプールのクラブの騒ぎのただなかに佇みながら、グレイはスーがまえに言ったことを思い出していた。彼女は、グレイが以前に話したはずの話を、往来での暴動を撮影したときのことを思い出させたのだった。スーは言った——まさにその瞬間、あなたは自分を不可視にしたの。

ベルファストのバーでもそれが起こったのだろうか？　彼女の話には、結局、重大なことが含まれていたのか？

グレイは、クラブでの残りの撮影を終え、いまや居心地の悪さを覚え、自分がここにいる人々の暗鬱な生活への侵入者だと思えてならず、機材を片づけ、ホテルにもどれるようになってほっとした。

3

翌朝目が覚めるとすぐ、グレイは家にいるスーに電話した。彼女は眠そうな声で電話に出た。撮影スケジュールを延長しなければならなくなり、あと二日はロンドンにもどれない、と伝える。スーはがっかりした様子だったが、質問はしてこなかった。ずっと考えごとをしていて、あなたと話したい、とスーは言った。グレイは、もどったらできるだけ早く連絡すると約束し、電話を切った。

朝食後、一行はロビーに集合してから解散した。グレイは、二、三の電話番号を書き留め、翌週ロンドンでいまのプロデューサーと会う仮の約束をした。全員が別れの挨拶を終えると、グレイはADの車に便乗させてもらい、マンチェスターまでいった。市の近郊から少しのあいだバスに乗り、スーが以前、自分の生まれた場所だと話していたところでおりた。

グレイは、電話帳で住所をつきとめ、住宅地を歩いて、家を見つけた。その家は、戦前の一戸建て住宅で、みじかい袋小路に建っていた。

応対に出たのは女性で、グレイにほほ笑みかけながらも、警戒した表情を浮かべていた。

「すみません、ミセス・キューリーでいらっしゃいますか？」

「ええ。どんなご用？」

「スーザンという娘さんがおられますね、ロンドンに暮らしている？」

微笑が消えた。「悪い知らせなんですか？」

「いえ、まったく。わたしは、リチャード・グレイともうします。スーザンの友人なんです。たまたまこの近くで仕事があったので、お邪魔して、ご挨拶をしようと思ったんです」

「事故があったんではないですね？」

「すみません……まえもって電話するべきでした。スーザンは元気ですし、よろしくとのことでした。驚かせるつもりはなかったんです」

「お名前はたしか……？」

「リチャード・グレイです。あの、ご都合が悪いなら、わたしは――」

「おはいりいただけません？　お茶を淹れます」

家のなかには長い廊下があり、突き当たりに台所が見えた。玄関ホールからカーペット敷きの階段がつづき、ちいさな額にはいった絵が壁にかかっている。案内された居間には、椅子や調度が几帳面に配置されていた。キューリー夫人は、かがんでガス暖炉を点け、ゆっくりと背を伸ばした。

「紅茶でよろしいかしら、グレイさん？　コーヒーをお淹れしてもいいですが」夫人のアクセントは、北の地方のもので、グレイが予想していたようなスコットランドなまりを感じさせるところはすこしもなかった。

「紅茶をお願いします。いきなりお邪魔してもうしわけありません。じつは――」

「スーザンのお友だちにお会いするのはいつでも大歓迎ですよ。すぐにもどってきます」

マントルピースにスーの写真があった――髪の毛はいまより長く、うしろに束ねてリボンで結んでいる。ずいぶん若く見えたが、見られているのがわかって座っているときのぎこちなさは、いまとおなじだった。その写真は額にいれられており、角に写真を撮影したスタジオの名が刻まれていた。家を出るすこしまえに撮影されたもの、とグレイは推測した。

グレイは静かに部屋のなかを歩きまわり、そこがあまり利用されていないのを感じた。廊下の突き当たりから人の話し声が聞こえ、陶器を用意している音が聞こえた。闖入者になったような気がした。スーがこのことを知れば憤慨するのはわかっていた。話し声が廊下を伝って近づいてきたので、グレイは暖炉わきの椅子に腰をおろした。部屋の外で、女性の声がした。「じゃあ、さよなら、メイ。またあした顔を出すわ」

「さよなら、アリス」玄関のドアが開いて、また閉められた。スーの母親がトレイをもって部屋にはいってきた。

ふたりは、たがいに莫迦《ばか》丁寧な態度をとり、居心地悪そうにしていた。グレイは、自分がここにいる不確かな動機ゆえであり、キューリー夫人は、おそらくはグレイの事前連絡抜きでの来訪のせいでだろう。スーの母親にしては、夫人は予想より年がいっていた。髪はすっかり白くなり、動きに若干のぎこちなさがある。だが、夫人の顔は、よくスーと似ており、仕草にもささやかな類似点が現われているのを見て、グレイは喜んだ。

「あなたは写真家をしているお友だちでしょう？」夫人が訊ねる。

「そのとおりです……まあ、正確に言うと、映画のカメラマンなんですが」

「ああ、そうでした。スーザンがあなたのことを話してくれましたよ。事故にあわれたんですって？」

ふたりはしばらく、爆弾のことと病院での一時期のことを話題にした。スーが自分のことを両親に話していたと知ったのは、グレイにとって驚きだった。人が自分の両親に話すことは、しばしば、ありのままの真実にベールをかぶせた形であることを念頭に置いて、グレイは、スーのいまの暮らしについて用心しながらしゃべったが、キューリー夫人は、娘がたくさん手紙を書いて寄こすのだと語った。夫人は、スーの仕事のことをなんでも知っており、娘の作品の切り抜きを集めたスクラップブックさえもっていた。その多くをグレイは見たことがなかった。それはスーに関するささやかな洞察をあたえてくれ、どれほどたくさんの作品を彼女が売っており、彼女の仕事の分野ではあきらかに地位を築いていることがわかった。

スクラップブックが片づけられると、キューリー夫人は訊ねた。「スーザンはまだナイオールとつきあっているんですか？」

「さあ、はっきりは知らないんですが……つきあっていないと思います。彼と会われたことはないと思いますが」

「いいえ、わたしどもは、ナイオールのことをよく存じてますよ。いちど、週末にスーザンが彼を家に連れてきたんです。とても素敵な青年だと思いましたよ、ちょっとおとなしいけれど。作家かなにかをしていたはずですが、ナイオールはそのことをあまりしゃべろうとしなかったんです。彼はあなたのお友だちでもあるんですか？」

「いえ、わたしは彼に会ったことはありません」

「あら、そうですか」キューリー夫人の笑みがふいに神経質なものになり、スーとそっくりな仕草で、視線をそらした。どうやら夫人は、まずい質問をしたと思ったらしかったので、グレイはあわてて、自分とスーはただの友人なのだと言って、夫人を安心させた。その一瞬のやりとりで堅苦しい雰囲気がほぐれ、キューリー夫人はその後、ずいぶん口が軽くなった。夫人は、結婚して、数マイル離れたストックポートに暮らしているもうひとりの娘、ローズマリーのことを話題にした。孫がふたりいるという。そんな話をスーはいちどもしたことがなかった。

グレイはナイオールのことと、スーが彼をこの家に連れてきたときのことを語った内容とを考えていた。キューリー夫人が言外ににおわせていた、娘のボーイフレンドを両親が寛大に承認する場面と大ちがいだったし、また、スーによれば、そのときのことがナイオールと最初に別れる直接のきっかけになったというのだが、それともまったく異なっていた。グレイは、目に見えない同伴者であったナイオールについてのスーの話を思い出した。さんざん迷惑をかけ、総じてひどいふるまいをしていたというナイオールのことを。ところが、キューリー夫人は、あきらかにナイオールと会っており、なんら異常なところを発見していないし、彼について好意的な見解すら抱いていた。

「夫がまもなく仕事から帰ってきます」夫人は言った。「いまではパートタイムで働いている」——

「いまではパートタイムで働いているだけなんです。もうすこしここにいて、お会いいただけますか?」

「ぜひ、よろこんで」とグレイ。「午後のロンドン行きの列車に乗らなければならないんですが、たぶん、帰るまえにご主人にごあいさつする時間はあると思います」

夫人は、スーについて無邪気な質問をはじめた——娘の部屋はどんな様子なのか、どんな人たちといっしょに働いているのか、ちゃんと運動はしているだろうか、といったことを。

グレイは、夫人に答えながら、彼女の娘が親に語った暮らしぶりと、どんなにささやかでも矛盾する話を口にするのがいかに容易か気づいて、不安でたまらなくなった。ナイオールについて明らかになったことによって、自分がいかにわずかしかスーのことを知らず、あるいは理解していないかという事実が否応なくわかった。その問題を避けるために、グレイは自分から質問をはじめた。ほどなくして、アルバムが出してこられた。ますますスパイになったような気分で、グレイはスーの子供のころの写真を興味をもって見た。

スーは、ちいさなスモックを着せられ、髪にリボンをした綺麗な子供だった。グレイがとても関心をそそられているそっけなさは、年をとってから目立つようになったものだった——十代のころ、スーはぎこちなく、不満げな表情をしはじめ、写真を撮られるためにおとなしく立っていたものの、顔をそむけていた。どうやらキューリー夫人は、その写真を写したときのことを思い出したようで、そうした写真はさっさと片づけられた。

アルバムのうしろのほうに、ほかの写真のようには貼り付けられずに、ページのあいだに挟まれた、一枚のカラースナップがあった。キューリー夫人がアルバムをしまおうとしたとき、その写真が床に滑り落ち、グレイは拾いあげた。それは比較的最近のスーの写真で、グレイの知っている彼女にそっくりだった。スーは、庭の花壇の隣に立っており、かたわらには若い男がいて、腕を彼女の肩にまわしていた。

「これはどなたです？」グレイは訊いた。

「もちろん、ナイオールですよ」

「ナ、ナ、ナイオールですって？」

「ええ……てっきりご存じだと思いましたが。庭でその写真を撮ったんです。彼がうちにやってきたときに」

「ああ、そうですね、ようやくわかりました」グレイはその写真をじっと見つめた。見たことのない恋敵は、この瞬間まで、心のなかで脅迫的な力を有していたが、かなりピンぼけのスナップ写真ではあるにせよ、ついにその姿を見ると、たちまち脅威が薄れた。ナイオールは、若々しく、体形は細めで、髪はもじゃもじゃの金髪、無愛想かつ気取っている表情を浮かべていた。きちんとした服装で、煙草を口にくわえている。ナイオールは顔をスーに向け、彼女をわがものにしているように腕をまわしていたが、スーは居心地悪そうに立ち、ひどく緊張しているように見えた。

グレイは写真をキューリー夫人に返し、夫人はそれをアルバムのなかにもどした。写真がグレイにあたえた影響を悟ることなく、夫人はスーのことや、娘が成長していった年月のことを話題にしはじめた。グレイは黙ったまま、じっと耳を傾けた。そこに現われたのは、グレイがいましがた目にした写真や、スーが語ったヴァージョンにも合致しない話だった。母親の弁によれば、スーは非の打ち所のない娘だった。学校の成績は良好で、ほかの女の子とも仲がよく、絵の才能に恵まれていたという。姉と仲がよい、両親思いのいい娘だった。教師たちは熱心に彼女のことを語り、近所の友人たちはいまも彼女の消息を訊ねてくれる。娘たちが成長し、家を出ていくまで、たいていのことをわかちあう、幸せで親密な一家だった。いまでも彼らは彼女のことをとても誇りに思い、彼女が昔から嘱望されていた輝かしい将来を実現しているのを実感していた。両親が唯一残念に思っているのは、娘があまり頻繁に実家に帰ってこられないことだったが、ふたりともどれほど娘が忙しいか充分わかっていた。

なにか欠けている。しばらくして、グレイはそれがなにか感じ取った。自分の子供のことを褒める両親は、わが子に関するおもしろい話や、子供っぽい欠点の、罪のない逸話を披露するのが普通だった。キューリー夫人は、漠然とした表現と決まり文句で話し、よくリハーサルしている賛辞のように聞こえることを口にしているだけだった。だが、その熱のこもった口調は本物であり、娘の昔を思い出してはたびたび笑みを浮かべていた。親切な女性であり、素敵な女性だった。

十二時半をちょうどまわったころ、夫君が帰宅した。グレイは窓の外の道にいるスーの父親を目にし、キューリー夫人が出迎えにいった。すこしして、キューリー氏は部屋にはいってきて、グレイと握手し、気後れしたように笑みを浮かべた。

「お昼の支度をしたほうがよさそうね」キューリー夫人が言った。「いっしょに召しあがる?」

「いえ、ほんとにもうすぐ帰らないといけないんです」

ふたりの男がその場に残され、立ったまま向かいあい、気まずい沈黙がおりた。

「お帰りになるまえに一杯飲んでいくのはかまわないでしょう?」キューリー氏はいった。小脇に朝刊を抱えたままだ。

「ええ、ありがとうございます」だが、この家に唯一あるアルコール類は、スイートシェリーだと判明した。グレイの嫌いな酒だ。彼はいさぎよくそれを受け取り、丁重にすすった。まもなく、キューリー夫人がもどってきた。三人は狭い部屋で半円状に座り、キューリー氏が働いている会社のことを話題にした。グレイはできるだけ急いで酒を飲み干し、もうほんとに駅に向かわないとなりません、と告げた。相手のふたりはほっとした様子だったが、三人はあらためて昼食への招待と感謝しながらも拒絶するという儀式をひととおりおこなった。グレイはスーの父親とふたたび握手をし、キューリー夫人が戸口まで見送ってくれた。

家からほんのすこし離れたところで、ドアがまた開く音が聞こえた。

「グレイさん!」スーの母親が足早に近寄ってきた。昼の日差しのなかで、彼女はふいにずっと若くなり、いっそうスーに似ているように見えた。「ひとつだけお話が!」

「なんでしょう?」安心させようと笑みを浮かべながら、グレイは言った。相手の様子がまるで変わっており、切迫しているように見えたからだ。

「すみません……列車に遅れるようなことにならなければいいんですが」夫人は夫がついてくるのではないかと思っているかのように、家のほうにちらっと視線を投げかけた。「スーザンのことなんです。あの娘はどうです？」

「元気ですよ……とても」

「いえ、そういう意味ではありません。教えてください！」

「なにを話せばいいんでしょう。彼女は幸せで、熱心に働いています。生活を楽しんでいますよ」

「でも、あなたは娘に会っているんですか？《ドゥ・ユー・シー・ハー》(娘が見えるのですか、の意もあり)」

「ええ、ときどき。週に一、二度」

キューリー夫人はいまにも泣き出しそうな様子だった。「主人もわたしも……その、スーザンのことがもうあまりよくわからないんです。手紙は寄こします。たまに電話もかけてきます。でも……おわかりでしょ……」

「お母さんのことはよく話題にしていますよ」グレイは言った。「あなたは彼女にとってとても大切な人なんですね」

「わたしはもういちどあの娘に会いたいんです《ラヴ・トゥ・シー・ハー》(娘を見たい、の意もあり)。どうかそのことをあの娘に伝えてください」夫人はまたもすすり泣いたが、すぐにそれを押さえ、上を向き、顔をそむけた。胸が激しく上下している。

「会ったらすぐに伝えますよ」

キューリー夫人はうなずき、足早に家にもどっていった。ドアが閉まり、グレイは黙ったまま道に佇み、スーが語った彼女自身の生活が奇妙な具合に証明されたことに気づいた。この家を訪れなければよかったと思った。

4

グレイはロンドンにもどったらすぐ電話するとスーに約束していたが、マンチェスターから帰ると、疲れていた。翌朝、丸一日空いていることがわかり、スーへの連絡は夜にすることに決めた。

スーの両親を訪ねたことをもうしわけなく思っていた。とりわけ、自分のやったことを彼女に言えない以上。その旅では、なんの成果もあげられなかった。旅が終わってしまうと、自分の本当の目的は、スーの不可視性に対する好奇心であった、と認めた。証拠であれ反証であれ、どちらかが出てくるかもしれないと考えていたのだ。

わかったのは、思春期に難しい問題があったことだった。両親がおおまかな形で記憶しており、部分的には抑圧されているものの、全体としては正常である証明になるものだった。もしスーが両親に対して不可視であったのなら、それはべつな種類の視力不全だった——自分が成長し変わっていくのを直視できず、両親の人生とその生き方を拒否していたという。

家事のプレッシャーがグレイにのしかかった。旅から家にもどると、いつもおなじルーティーンにまきこまれる——溜まった郵便物、清潔な衣服の不足、食糧の買い出し。午前中の大半、外に出かけて、そうした用事にあてたが、店をまわっている途中で、ウィークデーの朝にいまだに例のタブロイド新聞を配達してくる新聞販売店に立ち寄った。グレイは、その新聞をその中身ゆえに嫌悪していた。王室の行幸記事や、映画スターのゴシップ、セミヌードのモデルの写真、性犯罪の扇情的な報道に力を注いでいるところが。だが、加えて、グレイの長い入院生活を毎日思い出させる代物でもあった。新聞は、新聞社の経営陣の指示によって届けられているのだと聞かされたが、販売店を説得して、もう届けてもらわないことにした。

清潔な服と買い物袋を手にもどると、だれかが家の玄関のドアから立ち去ろうとしているところだった。黒い髪をショートにしている若い女性で、グレイを目にすると、待っていたものに出会えたというように笑みを浮かべた。

「グレイさん？　いらっしゃらなかったので、ちょうど帰ろうとしていたところなんです」

「買い物にいっていたんです」つけたすようにグレイは言った。

「きのう電話したんですが、お出にならなかったので」女性はグレイの渋面を見て、つけくわえた。「覚えていらっしゃらないようですね……わたしは、アリグザンドラ・ガウアズです。ハーディス先生のところの学生です」

「ミス・ガウアズ！　そうだ、思い出したよ！　きみは……寄っていかないかい？」

「ハーディス先生から住所をうかがったんです。お邪魔でなければいいのですが」

「とんでもない」

グレイはドアを開け、先になかにはいり、片側に寄って、彼女をなかに通そうとした。彼女は狭い廊下でグレイの脇をすりぬけながら、一枚の紙片を拾い上げた。「あなたにメモを残したんです」そういって紙をくしゃっとまるめた。

グレイはいつものゆっくりとした足どりで彼女のあとについて階段をのぼった。

彼女がどんな様子だったか思い出そうとする――かなり厳格な顔つきで、ぼってりとして格好のよくない服を着て、眼鏡をかけ、とくに形を決めていない伸びほうだいの髪というのを覚えていた。そのときから彼女は、すっかり変わってしまっている。

グレイは彼女をリビングに案内した。

「こいつを片づけないと。コーヒーでも飲む？」

「ええ、お願いします」

グレイはキッチンのなかで動きまわり、お湯をわかし、買ってきたものをしまいながら、アリグザンドラ・ガウアズについてなにを知っているか考えようとした。はじめて催眠術をかけられたとき、その場に彼女がいたのは覚えている。ミドルクームを出てからは、ハーディス医師からなんの便りもなかった。

コーヒーを運んでいくと、彼女は椅子のひとつに座っていた。

「いつかあなたにインタビューする約束をとりつけられないものかと思っていたんです」彼女は言った。

「なんについて？」

「わたしは、エクセター大学の大学院で勉強しているんです。ハーディス先生はわたしの担当教授です。いま、催眠の主観的経験に関する論文を書いているところで、できるだけおおぜいの人にインタビューしようとしています」

「ふむ、ぼくがあまりお役に立つとは思えないが」グレイは言った。コーヒーを注ぎ、ミルクとシュガーを加えながら、彼女のほうを見ずにつけくわえる。「いまではあのときのことをあまり覚えていないんだ」

「そこがあなたとお話ししたいとわたしが思っている理由なんです。ご都合のいいときを教えていただけますか？」

「どうかなあ。自分がそのことについて話したいのかどうかはっきりしないんだ」

彼女はなにも言わずに、コーヒーをかきまぜた。グレイは、理不尽にも、彼女に敵意を感じていた。いったん自分が症例になると、その後も二度と解放してくれないかのようだった。彼女は、車椅子に座っていたときどんなふうだったのかをグレイに思い出させていた。たえまなく苦痛と不快感に襲われ、治療しようとしている人々の手になすすべもなくゆだねられていたことを。いったん病院を離れたら、そういうことはみんな過去のことになるものだ、とグレイは考えていたのだ。

「ということは、インタビューに応じていただけないわけですね？」彼女は訊ねた。

「ほかにもおおぜい話を聞ける人間は見つかるんじゃないかい」

グレイは、彼女が手にしていたノートがいまではバッグにしまわれているのに気づいた。

「問題は、わたしには見つけられないということなんです」彼女は言った。「ハーディス先生は、わたしが実際にセッションに立ち会った患者さんにしか、アプローチを認めてくれないんです。患者さんの同意を得た場合にかぎって。わたしがインタビューできるほかの人たちは、たいていは、実験の対象者で……ボランティアかほかの学生なんです。臨床例の場合は話が別で、しかもあなたの場合は、とくに興味深いものなんです」

「どうして？」

「あなたの例は明確なんです。催眠下で起こったことのために。あんな状況のは――」

「催眠にかかっているときになにがあったんだ？」

アレグザンドラは肩をすくめて、コーヒーを手にとり、啜った。「あの、あなたと話し合いたいのも、そこだったんです。お邪魔するつもりはありませんでした」

「いや、かまわない」グレイは敵意を抱いたことをすでに後悔しはじめており、好奇心がこみあげてきていた。「もしきみが望むなら、それについて話してもいい。だけど、まあ考えてみてくれ、きみはいきなり現われた。ぼくは昼食を食べにいくつもりだったんだ。ちょっと腹になにかいれよう。そして、この考えに慣れる時間をもらいたい」

買ってきた食糧では恥ずかしかったので――ひとりのときは、サンドイッチと目玉焼きにフルーツで生き延びていた――グレイは、近くのパブに酒と軽食をとりにいこうと提案した。道路をゆっくりくだっていきながら、グレイはふと、この女性のことで頭を悩ませた記憶を思い出した。催眠にかかっているとき、ハーディスが彼女を見るように言った。グレイは、彼女がそこにいるのはわかっていたが、彼女を見ることができなかったのだ。それはスーが話したあらゆることの、事前に存在していた薄気味悪いエコーだった。

　パブは半分ほどしか埋まっておらず、ひとつのテーブルを独占できた。料理と酒をまえに、アリグザンドラは、自分自身のことを話した――大学を卒業したあと、仕事が見つからず、それでエクセターに残って研究をつづけ、就職の問題をあとまわしにし、より高い学位をめざしているのだという。生活はかつかつで、奨学金はわずかに学費をまかなっているだけだという。ロンドンにいたときは、兄といっしょに暮らしていたが、エクセターでは、ほかのおおぜいの学生と一軒の家を共有して住んでいる。この研究は、たぶんあと数ヵ月はつづくだろうが、そのあとで仕事を探さなければならなくなるだろう、と彼女は考えていた。

　そのことを話していると、自然と話題は彼女の論文のことになった。アリグザンドラは、自分が関心を抱いている現象は、自発的記憶喪失である、と言った――催眠術の被験者が、催眠術師からの示唆を受けずに、セッション中に起こったことをあとで思い出すことができなくなる、という現象だった。

「あなたのケースで興味深いのは、あなたが外傷性の記憶喪失として治療を受けており、催眠にかかっているときに記憶の一部を回復したように見えたにもかかわらず、思い出したことをそのあとで思い出せないでいた点です」

「煎じ詰めればそういうことだ」グレイは言った。「だから、きみの手伝いはできない」

「ですが、ハーディス先生の話では、あなたは記憶を回復なさったということですが」

「部分的にだよ」

彼女はバッグに手をつっこみ、ノートを取り出した。「いいですか？　あなたにインタビューをはじめてしまったようなので」グレイは笑みを浮かべて首を縦に振った。アリグザンドラは、眼鏡をかけ、すばやくノートのページをめくった。「あなたはフランスにいましたね……事故のまえに？」

「いや、フランスにいたのを覚えている、いいんだ。実際にあそこにいったことがあるとは思えない」

「ハーディス先生は、あなたがそのことには確信をもっている、とおっしゃってました。たとえば、あなたはフランス語を話していた」

「そのことは、あのあとのセッションでも起こったよ。なにが起こったかというと、ぼくは、一種の偽の記憶をこしらえあげたのだと思う。実際には起こっていないことだが、あたかも起こったかのように感じられるものを。あのときは、なにかを思い出すのがたいせつなことだったんだ」

「記憶錯誤」アリグザンドラは言った。

「知っている。ハーディス先生が話してくれた」

「これを覚えていますか？」彼女は一枚の紙を取り出した。角が丸くなっており、あきらかに何度も畳んだりひらいたりを繰り返されたものだった。「ハーディス先生が、これをあなたにお返しするようにとのことでした」

グレイはそれがなんなのかすぐに認識した——最初の催眠セッションのときに彼が書いた文章なのだ。ガトウィック空港の出発ロビー、乗客たちの群れ。陳腐で見覚えのあるものであり、グレイはちらっと視線を投げかけてから、折り畳んでジャケットのポケットに滑りこませた。

「あまり関心がなさそうですね」アリグザンドラが言った。

「いまはね」

グレイは、カウンターでさらに酒を買ってくるためにつかのま彼女のそばから離れた。最初にアリグザンドラに会ったときのべつの記憶が、グレイをぐいぐい引っぱっていた——別れぎわに彼女は、舞台に出ている催眠術師と、被験者に人の服を見えなくさせる彼らのトリックのことに率直に触れたのだった。当時、スーのことで頭がいっぱいになっていたのだが、そのほんの一瞬、アリグザンドラに無邪気にからかわれたのだった。いま、スーではない若い女性といっしょにいるのは、気持ちをリフレッシュさせられることだった。スーといっしょにいると、言っていいこと、認められること、背景にあることといった底意がつねに存在していた。アリグザンドラは、複雑ではないという魅力的な資質をそなえていた。それもグレイが彼女のことをろくすっぽ知らないせいだろう。グレイは、彼女のまじめさ、彼女のひたむきさ、それと知らずにどきりとさせたやり方が気にいった。彼女はいまでは以前よりおとなになっており、自意識過剰なところが減っていた。バーテンが飲み物を注いでいるあいだ、グレイはアリグザンドラのほうに目を向けた。彼女はノートを調べており、みじかい髪が耳のうしろにひっかけられている。たぶん、目に髪がかかったときにそうするのが癖なのだろう。

テーブルにもどると、グレイは訊いた。「あの日、それ以外になにがあったんだい？」

「トランス状態のことを思い出せない、とハーディス先生におっしゃいましたね？」

「まったく覚えていない。ハーディス先生が、ぼくにもっと深いトランスにはいるようにいい、次に気がつくと、彼はぼくを起こそうとしていたんだ」

「わかりました、わたしが面白いと思っているのは、そこなんです。じつに珍しいことが起こったんです。そのことをハーディス先生はあなたに話しませんでした。説明は可能なことなんですが、わたしたちのどちらも、以前にそういうものに出会ったことがなく、あの日、ハーディス先生は、打ち明けるのには複雑すぎる問題だろう、とおっしゃったんです」

「いったいなんだったんだい？」グレイが訊ねる。

「あなたがフランス語を話しているときでした。あなたがもぐもぐとしゃべり、聞こえづらかったので、わたしたちはあなたのすぐそばに立って、じっとあなたを見ていました。すると、なにかが起こったんです。正確に言いあらわすのは難しいことですが、わたしには、セッションが終了し、診察が済んで、あなたが部屋から出ていったように感じられたんです。ハーディス先生がこう口にされたのをはっきり覚えています――『昼食が済んだら、エクセターにいくつもりだが、乗っていくかね？』わたしはノートを片づけ、コートを手にしました。ハーディス先生が、ほかの医師のひとりに声をかけてきたいんだが、すぐに食堂でおちあって昼食をとろう、とおっしゃいました。わたしたちはいっしょにオフィスを出、わたしが先生のあとからドアを出ました。出しなに、ふとわたしはあなたの座っていた椅子を振り返ったのを覚えています。あなたはそこにいなかった。それは絶対に確かです。わたしたちは話しながら廊下を渡り、階段に向かいました。しかし、そこでハーディス先生が突然足を止め、わたしを見て『われわれはいったい何をやっているんだ？』とおっしゃいました。わたしは最初なんのことかわかりませんでした。すると、先生が指をとても鋭く鳴らし、わたしはめんくらいました。まるで夢から起こされたみたいでした。『ミス・ガウアズ、まだ診断を終えていないよ！』わたしたちがあわててオフィスにもどると、あなたはそこにいて、ひじかけ椅子に深く座った姿勢で、まだトランス状態に陥ったまま、ひとりごとをつぶやいていたんです」

アリグザンドラはことばを切り、酒を飲んだ。グレイはふたりのあいだにあるテーブルをじっと見ながら、あの日のことを考えていた。

「その記憶はまったくないんですか？」アリグザンドラが訊ねた。

「ない。つづけて」

「ハーディス先生は、そのことでとても動揺してしまったんです。あの方は、怒ると気難しくなる性質で、わたしに横柄な態度を示しはじめました。わたしはふたたびノートを取り出し、あなたが言っていることに耳を澄まそうとしたんですが、すぐに先生がわたしを押しのけました。先生は、トランス状態のあなたに話しかけ、いまなにをしているのか表現するようにあなたに命じたんです。そのとき、あなたはなにか書くものをくれと言い、ハーディス先生はわたしのノートとペンをひったくると、あなたに渡しました。あなたはそれを書いたんです」アリグザンドラは、さきほどの紙片がはいっているポケットを指さした。「あなたが書いているあいだ、ハーディス先生はわたしのほうを向いて、言いました──『患者がトランスから醒めたときに、このことをなにひとつ言ってはならん』と。なにが起こったんでしょうと訊ねたところ、あとで話し合えばいいと言われました。いかなる状況であれ、あなたのまえでこのことを話してはならない、と先生は繰り返しました。あなたはまだ書きものをつづけていたので、ハーディス先生はあなたからペンを取り上げ、わたしにノートを返して寄こしました。あなたは、まだ書いているのにと言い、不満そうでした。ハーディス先生は、あなたをトランス状態からつれもどすつもりだといい、再度わたしになにも言うなと警告しました。先生はあなたを落ちつかせ、それから覚醒させていったのです。あとはたぶん覚えておられるでしょう」

「ということは、きみたちはぼくを消したんだ」グレイは言った。

「正確にはそうではないですが」

「説明はある、と言ったね。どんなものだい？」

「負の幻覚です。ときおり、催眠術の過程で起こることがあるんです。おなじことばの繰り返し、気持ちを落ちつかせるアドバイス、静かな部屋、それらがいっしょくたになって、催眠術師自身を軽いトランス状態にひきこんでしまい、被験者同様、暗示にかかりやすくさせることがあるんです。ごく普通に起こることなんです。もっとも、催眠術師は通常予防措置をとっているものですが。ハーディス先生とわたしはふたりとも催眠術にかかりやすい被験者であり、わたしたちが考えた、ことの真相は、ふたりとも催眠術にかかってしまった、というものでした。もしそうだとすれば、わたしたちがふたりともおなじ負の幻覚を見、あなたを見られなくなったという可能性があります。きわめてまれなことですが、でもそれが唯一可能な説明なんです」

グレイは、スーが言ったことを考えていた。不可視は、主体となる人間が自分自身を不可視にする能力と同様、観察者の無意識の態度に依存するところがおおきいのだ、と。見ることができるものもいれば、できないものもいるのよ。それらがすべて負の幻覚というのだろうか？

グレイが黙っているのに気づき、アリグザンドラは言った。「とても起こりうるようには聞こえないでしょうが、でも、可能なんです」

「以前にそんなことが起こったことはある？」

「できるかぎり調べてみました。催眠術師がひとりで作業していたときには同様のケースが起こっています。ですが、催眠術師と観察者の両方ともひとつの経験をわかちあったという前例はありません」

そのことにスーはなんと言うだろう？　彼女自身の不可視性についての信念は、ハーディス医師とアリグザンドラが合理的に確認できる用語で説明可能なのだろうか？　グレイは、買い物客を写真に撮るため外出した日のことや、本質的に不可視であるとスーが主張した人たちのことを思い出した。スーとナイオールが写っていた写真のことを考えた。カメラは、負の幻覚を引き起こさない。

「それが実際に起こったことだと思っているのかい？」

「本当にご自分を目に見えないようにしたのでなければ」アリグザンドラはそう言って、ほほ笑んだ。「ほかに説明できる理由はないです」

「本当に目に見えなくしたというのはどうだろう？」グレイは衝動的に口にしていた。「それは可能じゃないのかな？　つまり――」

「実際に、文字どおり目に見えないということですか？」彼女はまだほほ笑んでいた。「魔法を信じてでもいないかぎりむりですよ。あなたは、ハーディス先生に導かれた負の幻覚を自分で起こし、わたしを見ることができなかったんです。でも、わたしは本当の意味では見えなかったわけではないんです、あなたの目以外には」

「だけど、なんのちがいがある？」グレイはいった。「ぼくはきみの姿を見られなかったんだ。ということは、事実上きみは不可視だったんだ。きみは、ぼくがきみとハーディス先生に対して不可視になったと言ったね。ぼくは本当にまだそこにいたのかい？」

「もちろんいました。わたしたちがたんにあなたに気づかないでいただけです」

「だけど、それはおなじことだろう。きみたちがぼくを不可視にしたんだ」

「主観的には。わたしたちは、あなたを見られないことにより、あなたが見えないと思えるように自分たちを仕向けたんです」

アリグザンドラは、べつの症例について話しはじめた。自発的に負の幻覚を起こし、催眠治療を受けていた女性のことだったが、グレイはその話に耳を傾けた。だが、同時に並行して考えていた。スーが語ったあらゆることを、いましがた使われたことばで再解釈しようとしていたのだ。

もしスーが話したことが真実だとするなら、また、彼女はあきらかに真実だと信じているのだが、周囲にいる人間を無意識のうちに催眠にかけ、目に見えなくなることのできる人間がいるというのは、おそらくありうることだろう。うっかり気づかないこと——それは自然な状況なのだろうか？　あるいは、特定の人間によって導かれうることなのだろうか？

そんな考えも正しいように感じられた。アリグザンドラが言ったように、どんなにありえそうにないことであっても、それが唯一可能な合理的説明だった。スーの主張の中身が、ありえなさを増大させているとはいえ。

そんなことを考えながら、同時にアリグザンドラのことばに耳を傾けるのは難しく、会話がより一般的な話題になるにしたがって、グレイは考えるのをやめた。アリグザンドラは、グレイの回復状況を訊ね、どのように通常の生活にふたたび適応しているのか、どんな問題が残っているのか、と訊いた。グレイは、最近の撮影仕事のことを話し、ほんの短時間、マンチェスターを訪れたことを語った。どういうわけか、いちどもスーのことは口にしなかった。

パブの昼間の閉店時間がやってきて、ふたりはグレイのフラットにもどった。ドアの外で、アリグザンドラはいった。「帰らなきゃ。話してくださってありがとうございます」

「ぼくのほうがたくさん教えてもらったよ」

「こんなことが起こったのだろう、と自分で考えていたことを確認したかっただけなんです」

ふたりは堅苦しく握手をした。最初に会ったときにしたように。

グレイは言った。「考えていたんだが……また一杯飲みに誘えるだろうか？ いつかの晩に？」

「ええ、喜んで」アリグザンドラはそういって、笑みを浮かべてグレイを見た。「でも、インタビューは抜きで」

ふたりは翌週デートをする約束をした。

5

その晩、グレイはスーのところを訪れたが、到着するとすぐ、なにかおかしいのに気づいた。ほどなくそれがなんなのかわかった——スーの母親が彼女に電話してきて、グレイの来訪のことを話したのだ。

最初、グレイは嘘をつこうとした。

「撮影のため、マンチェスターにいかなければならなかったんだ。衝動的にご両親の家を訪ねてみようと思った」

「あなたはトックステスで撮影していると言ったじゃない。それがどうマンチェスターと関係しているの？」

「わかった、最初からそのつもりで出かけたんだ。ご両親に会いたかった」

「でも、なぜ？　あの人たちはあたしのことをなにも知らないのよ！　いったいなにを話したの？」

「ぼくがきみのことをスパイしていたように思っているのはわかっているが、実際は、そんなんじゃないんだ。スー、ぼくは知らなければならなかった」

「なにを？　両親があなたにあたしのことでなにを話せるというの？」

「きみのご両親だ」グレイはいった。

「でも、あたしが十二歳のころから、ほとんどあたしを見ていないのよ！」

「だからこそ、ぼくは出かけた。リヴァプールで撮影しているときに、ぼくにあることが起こったんだ」グレイは、クラブのことを話し、それが契機になって思い出したベルファストのパブの出来事について話した。「きみが話したあらゆることを異なる観点から見てみるつもりになった……結局のところ、なんらかの真実がきみの話にあるかもしれない、と思って」

「あなたがあたしの言うことを信じていないのはわかっていた」

「そうじゃないんだ。ぼくはきみのことを信じている……だけど、自分自身を納得させる必要があるんだ。こそこそかぎまわっていると思われて残念だが、きみの実家を訪ねるという考えは、瞬間的に浮かんだんだ。あまり考えもせずに。ぼくはきみのことを知っているほかの人と話したかっただけだ」

「あたしは、子供のころから母さんにも父さんにも見えていなかったのよ。ふたりがあたしを見た数少ない機会は、あたしがむりやり自分を見せようとしたときだけ」

「それはぼくがご両親から受けた印象とは異なっている」グレイは言った。「ふたりがきみのことをあまりよく知らないというきみの意見は正しいけれど、それはきみがおおきくなって家を出たからだ。それは両親をもつおおぜいの人に起こっていることだ」

スーは首を振っていた。「そういうふうにしてあの人たちは説明をつけているの。まわりに目に見えないだれかがいるときに、そういうふうにして人は対処するものなの。彼らは、起こったことをみずからに説明するための筋の通ったヴァージョンを自動的に作り上げるの。そうするのが折り合いをつける方法なの」

グレイはアリグザンドラの言ったことを、彼女の合理化解釈を思い浮かべた。

「きみの母親は、ナイオールに会ったと言っていた」

「そんなことありえない！」だが、スーは驚いたようだった。

「ぼくにはそうとは思えなかった。きみ自身、彼といっしょにいちど実家にいったと言っていたじゃないか」

「ナイオールはずっと不可視だったの。リチャード、両親はナイオールを見たと思っているの。ふたりはナイオールのことを知っている。何年もまえに話したことがあるから。彼があたしといっしょに実家にいったのは、ただいちど、あの週末だけ。でも、両親は、それがただ単純に不可能であるという理由から、彼のことを見られなかったの」

「だったら、なぜきみのお母さんはナイオールのことを知っていると考えているんだろう？彼女は、ナイオールの写真すらもっていたよ……きみといっしょに、裏庭で写っている写真を」

「知ってる。何枚か撮っていたから。ナイオールはそのなかの全部に写っているでしょう。わからない？……そのように母さんは自分に説明しているの！　ナイオールがあたしといっしょにあそこにいたとき、両親はなにが起こっているのか気づいていたにちがいない。ナイオールはふたりに印象をあたえたの……たとえナイオールほど深くまで不可視な人であっても、つねにそこに存在しているのは確か。あたしたちが出発したあとで、両親は無意識のうちにいままであった緊張感に説明をつけようとしたはず。写真を現像したら、その説明がおのずと現われたというわけ。振り返ってみて、ふたりはナイオールに会ったことを覚えているような気になったの」

「なるほど、だけど、ふたりが実際にナイオールを見たというのもおなじようにありうることだ。どのみち、なにも証明しないよ」

「なぜそんな証明がいるの?」

「なぜなら、それがぼくらのあいだに行き来しているものだからさ。最初にナイオール、今度はこれだ。ぼくはきみを信じたい。心から信じたいんだが、きみの話すことはすべてふたとおりの説明ができるんだ」

こうしたことを話しているあいだずっと、ふたりはスーの部屋におり、彼女はベッドの上であぐらを組んで座り、グレイは机のそばの椅子に腰かけていた。いま、スーはベッドを離れ、部屋のなかをうろうろ歩きまわっていた。

「いいわ」スーは言った。「あなたがいないあいだに、このことをじっくり考えてみたの。もしあなたのいうことが正しく、これがあたしたちのあいだに立ちはだかっていることなら、それを解決したい。あたしたちは心が離れかけている、リチャード。あたしはそれが嫌なの。

もし証拠がほしいなら、あたしが証明できると思う」

「どうやって？」

「ふたつ方法がある。最初のは単純……ナイオールの存在。彼が証拠。あたしたちが会ったときから彼があたしたちに影響を及ぼしており、彼はずっとあたしたちといっしょにいるの。物理的にいっしょにいる。あなたはまったく彼に気づいていないけど」

「いいかい、それはぼくにはなんの証拠にもならない」グレイは言った。「ふたとおりに考えられるからだ。彼がここにいて、ぼくらといっしょにいる、きみの言うようにね、目に見えずにうろつきまわっている……あるいは、彼はいちどもぼくのそばにいたことがなく、ぼくは彼に会ったことがない。ぼくが彼を見ていないからといって、彼が不可視であることにはならない」

「そう言うと思った」スーは指で髪の毛をくしけずりながら、部屋のなかを歩きまわった。気持ちが動揺しているようだったが、同時に決心したようでもあった。

「ナイオールが実際に存在しているのは信じている」グレイは言った。「でも、ぼくの観点から見ようとしてみてくれ。きみはナイオールのことをぼくに話しただけだ。ぼくが病院を出てから、きみは過去形でのみ彼のことを話している。きみさえ長いあいだ彼を見ていないんだ」

「そのとおり」

「もうひとつの証拠とは？」

スーはうろつきまわるのをやめた。「それはもうすこしややこしいの。お腹が空いたわ。料理の材料を買ってあるの。外で食事する余裕がないのよ」

グレイは言った。「レストランにいこう。ぼくが払う」

「いえ、材料が無駄になるわ」スーはすでにスーパーマーケットの買い物袋を取り出し、シチュー鍋をふたつおろしていた。

「料理しているあいだに話してくれ」グレイは言った。

「あなたに見せなければならないことなの。そこに座って、こっちへこないでね」

グレイは言われたようにして、スーの事務用椅子に座ってくるくるまわった。スーが料理を作ってくれたのは一、二回しかなかったが、グレイは彼女の料理をする様子が好きだった。彼女は、なにげない手つきで米と肉と野菜を鍋に投じ、おいしい料理を作り上げるのだった。彼女が普通のことをしているのを見るのは心地よかった。ふたりは、あまりにおたがいに執着して時間を潰していたのだ。

だが、スーが料理をしているあいだに、グレイは訊ねた。「たんなる好奇心で訊くんだが、最近ナイオールはどこにいるんだい？」

「いつあなたがそれを訊いてくるんだろうと思っていた」スーは振り返らずに言った。「それがなにか問題なの？」

「いや、そうは思わない。だけど、きみが言ったことからすると、彼はけっしてきみをひとりにしなかったんだろ」

「将来もしないでしょうね」スーは野菜を刻み、すこしずつ、湯気をあげている鍋にすくいいれた。「あたしの知るかぎりじゃ、彼はいまもあたしたちといっしょにこの部屋にいるかもしれない。彼は自分を完璧に不可視にできるので、あたしにはどうすることもできないの。でも、あたしにできることは、そして実際にやったことは、あたし自身を変えること。やっと自分がまちがったことをしているのがわかったの。あたしはナイオールがいまも見えずにここにいることがさも大変なことだと思わされてきた。いまは……気にしないの。ナイオールはどこにだっている。およそ可能なところであればどこにでもいけるし、なにも彼を止めようがない。彼は自分の好きなことをなんでもできる。だけど、要するに、もしそうだとしたら、彼が実際にそこにいようがいまいがどうでもいい……彼がそんな能力をもっていると知ることは、彼がその力を実際に使っているのとおなじことだもの。このごろじゃ、あたしは自分がいくどこにでも彼がいるのだと思っている。彼があたしを見つめていて、あたしのことばを聞いているのが当然のことだと思うようにしているの。彼が本当にいようと、あたしがただ想像しているだけだろうと、あたしにとってなんのちがいもない。その結果、彼はあたしを放っておいてくれているし、それこそあたしがずっと願っていたことなの」スーはガスコンロの火を弱火にし、シチュー鍋に蓋をかぶせた。「さてと、料理は十分でできます。食事がすんだら、散歩に出かけましょ」

6

宵のうちに雨が降ったが、夜も更けると晴れ渡っていた。車がいきかい、エンジンが通りの濡れて輝く路面にうなりを立てている。ふたりは、何軒かのパブや、夜遅くまで開いている新聞販売店、青いネオンサインのまたたくインド料理屋のまえを通り過ぎた。ほどなく、クラウチヒルの斜面に沿ってつづいている広い住宅地の道路を歩いていた。ロンドン北部の街の明かりが前方に見えている。頭上の空を明るいストロボ照明を灯している旅客機が通過し、何マイルも西のヒースロー空港めざして飛んでいった。

「どこかとくに決まった場所にいくのかい？」グレイが訊ねる。

「いいえ、あなたが選んで」

「このブロックをまわって、きみの家にもどる——というのはどうだろう？」

スーが街灯の下で、いきなり立ち止まった。「あなたは証拠をほしがっていて、あたしがそれをあげるつもり。そしたら、それをそのまま受け取る？」

「もしそれが証拠なら」

「証拠になるはず、約束する。あたしを見て、リチャード……なにがちがったところがある？」

グレイはナトリウム灯のオレンジ色の光のなかで彼女を見た。「この明かりがきみにはあたっていない」

「家を出たときから、ずっとあたしは不可視でいるの」

「スー、ぼくにはきみがいまでも見える」

「ほかの人には見えないわ。あたしがこれからしようとしているのは、あなたも不可視にして、それからこのへんの家のどれかにはいっていくの」

「本気かい？」

「もちろん」

「わかった。でも、問題はぼくだ」

「いえ、問題じゃないわ」スーは手を伸ばして、グレイの手を取った。「これであなたも不可視になった。あたしが触ることにしたものはみんな不可視になるの」

グレイは自分を見ないではいられなかった――胸と脚、しっかりそこにある。左折のウィンカーを出して、一台の車が通りかかった。一瞬、ふたりの周囲に水が跳ねあがった。

スーは言った。「だれもあたしたちを見られない。あなたがすべきことは、あたしの手をつかんでいるだけ。なにがあっても離さないで」握っている手に力をこめる。「さあ、家を選んで」

スーの声は、真剣な響きを帯び、激しい興奮が窺えた。グレイも同様なものをかすかに覚えた。

「この家はどうだろう？」

ふたりはその家を見た。窓の大半は暗かったが、二階のカーテンから淡い赤い光が漏れていた。

「フラットに作り替えられた家みたいね」スーは言った。「べつのを探しましょ」

ふたりは手をつないで歩いていき、家々を見つめた。数軒の玄関のドアのところまでいったが、いずれも複数の呼び鈴と名前のリストがあり、スーはどこかべつのところを探そうと提案した。なかにはいっても鍵のかかったドアがたくさんあるだけだ。通りの突き当たりに、ポーチに明かりが灯らず、呼び鈴がひとつしかない家があった。居間のカーテンの向こうに、TV画面の光が見える。

「ここにしましょう」スーが言う。「さて、ドアが開いていることを祈って」

「窓を破るんじゃないかと思っていたよ」

「なんでも好きなようにやれるけど、なるたけ損害をあたえたくないの」

ふたりは庭を通り、狭い通路に沿って、雨に濡れた木々と茂みのあいだを押し進んだ。裏手の部屋は、蛍光灯で明るく照らされており、スーがドアをためすと、やすやすと開いた。

「長居は無用」スーは言う。「手を離さないで」

スーがドアを押し開け、ふたりはなかにはいった。グレイはうしろ手にドアを閉めた。そこはキッチンだった。ふたりの女性が作業台に背中を向けて立っており、ひとりは眠っている赤ん坊を抱いている。正面のテーブルには、ビールをいれた安物のタンブラーと、煙草がくすぶっている灰皿があった。年かさの子供が、汚れたロンパースを着て、ビニールタイルの床の上でプラスチックの車と積み木で遊んでいた。赤ん坊を抱いている女性が話していた――「……でも、あそこにはいったら、みんな人をゴミみたいに扱うんだよ。で、あたしはそいつに言ってやったさ。あたしにそんな口をきくんじゃないよって。そしたらそいつ、あたしをゴミみたいに見るんだから。ほんとにさあ、なかにはいるために三十ポンドも払ったってのに、やつら人をゴミみたいに見て……」

グレイは狭苦しい部屋のなかにいて、自分の図体のでかさを意識し、てれくさくなり、ふたりの女のかたわらを通り過ぎたかったが、スーは、彼を流しに連れていくとそこで水の出るほうの蛇口をひねった。流しに積み重ねられている、まだ洗っていない食器類に水がやかましい音を立てて勢いよく流れ、いくつものおおきな水滴が跳ねあがり、床に落ちた。友人のことばに耳を傾けながら、女はテーブルをまわって、近づき、蛇口を閉めた。もどる途中で煙草を拾い上げ、口にくわえる。

スーが言った。「TVでなにを観ているのか見にいきましょう」

グレイは顔をしかめた。彼女の声がおおきかったからだが、ふたりの女のどちらも気づいた様子はなかった。スーの手を握ったまま、グレイは彼女のあとにつづいて部屋を出、家の正面に通じているみじかい廊下を進んでいった。そこには、二台の古い自転車が階段の手すりにもたれかかっており、壁がはいったおおきな段ボール箱が三つ、積み重ねられていた。

スーが二番めのドアを開け、ふたりはなかにはいっていった。

TVではサッカーをやっていた。ボリュームがおおきくされている。部屋は、おとなや若者でいっぱいで、みなひざを抱えるように座り、手には罐ビールや煙草をもっている。空気は紫煙で濁っており、男たちは実況と試合内容に反応していた。イングランドがユーゴスラビアと戦っており、負けていた。イングランド側がボールの支配を失うたびに侮蔑やあざけりの声があがった。

スーが言う。「この人たちを見ていて」

彼女は天井の照明を点け、グレイを引っぱり、部屋のなかを歩かせた。おとなが三人、若者が四人いた。

「くそいまいましい明かりを消せよ、ジョン」年かさの男のひとりが、画面から目を離さずにいった。ティーンエイジャーのひとりが立ち上がり、明かりを消した。座っていた場所にもどろうとすると、少年はグレイを押しのけねばならず、グレイは反射的に少年の行く手を空けようと脇にどいて、歩みをゆるめた。スーがまたも手をぎゅっと握りしめた。

「座らない？」彼女は言った。

グレイが返事をするまえに、彼女は彼を、ふたりの男が座っているソファーのほうに連れていった。どちらの男も顔を起こさなかったが、ひとりがまえに滑りおりて、床に座り、もうひとりは横に動いて、ふたりが座るためのスペースを開けた。スーとグレイは腰かけた。試合グレイは自分たちのいることが、いまにも気づかれるだろうという確信を覚えていた。試合がつづき、イングランドはまたしてもチャンスを逃した。怒声が部屋じゅうにわきおこり、缶ビールが音を立てて泡を飛ばしながら開けられた。

「どんな感じ？」スーは、騒音に負けじと声をはりあげて、訊いた。

「もうすぐ気づかれてしまうよ」

「いいえ、気づかれない。あなたは証拠をほしがった。これがそれ」グレイは、スーの声が変わってしまっているのに気づいた——ねっとりと官能的な響きを帯びており、行為をしているときの彼女の声を思わせた。彼女のてのひらが汗ばんでいる。「もっと見たい？」彼女は言った。

スーはグレイをうしろに従えてソファーから立ち上がった。驚いたことに、彼女はTVのまえにまっすぐ向かい、画面のまえに立ちはだかり、男たちの視界をさえぎり、チャンネルを変えた。何度かチャンネルを変えてから、どうやら金融政策について議論している討論番組を見つけた。スーはTVのまえから退き、グレイといっしょに男たちの反応を見守った。

男たちは試合が突然終了したかのようにふるまった。室内の雰囲気が変わり、やわらいで、男たちは座りなおし、さらに煙草に火を点けた。彼らは試合について不満をいいあった。戦略、試合展開、メンバーの選出について。

グレイが言った。「きみが明かりを点けたことには気がついたのに、なぜチャンネルを変えたことはわかろうとしないんだろう？」

「あたしたちがこのTVのそばに立っているあいだは、わからないの。いまの瞬間は、この人たちはみな、自分たちのだれかがチャンネルを変えたのだと思っているはず。あたしたちが離れたら、観戦にもどるわよ」

「でも、彼らはいまほんとにわかっているのかい？」

「あたしたちがここにいるのはわかっているけど、あたしたちを見ることはできないでいるの。だれかひとりでもあたしたちのほうを見た？」

「直接には見ていない」

「見られないの」彼女は上気している様子で、唇が湿っていた。「これを見て」

空いているほうの手で、スーはすばやくブラウスのボタンを上からはずした。グレイをうしろに従えたまま、彼女はひとりの男のまえにいき、さっとブラウスのなかに手をつっこんで、乳房の片方をすくいだした。彼女は男のほうに身をかがめ、その顔の数インチ手前に乳首を突きつけた。男は友人と試合の戦略の話をつづけており、彼女のことを完璧に無視した。

グレイはつないでいる手を引っぱり、スーを引きもどした。「そんなことやめろ！」

「この人たちにはあたしが見えないの！」

「わかった。だけど、きみがそんなことをするのは嫌なんだ」

スーはブラウスのまえを開け、乳房をむきだしにしたまま、グレイのほうを向いた。「これって興奮しない？」

「こんな状況じゃしないよ」だが、グレイは自分が硬くなるのがわかった。

「こういうことするといつもすけべな気分になるわ」彼女はグレイの手を乳房に押しつけた。

興奮して乳首が硬いビーズ玉になっている。「ここでしたくない?」

「冗談だろ!」

「いえ、きて……やりましょ。なんでも好きなようにできるのよ」

「スー、むりだよ」グレイはあまりに神経質になり、男でいっぱいの部屋が気になってならなかった。

「さあ、ファックしましょ。床の上で……この連中の見ているまえで」

セックスしているとき、スーにはふつりあいな品のなさが現われるのがつねだったが、これほどあけすけになったことはなかった。彼女の空いている手がグレイのズボンのまえに伸び、ジッパーを引きおろそうとした。

「ここじゃだめだ」グレイはいった。「外で」

急いで廊下に出ると、スーは階段に気づいて、グレイをつかんだまま二階に駆けのぼった。ふたりはベッドのある部屋を見つけ、その上に身を投じた。たがいの服を脱がせあい、すぐさま合体した。スーは、達したときに、快楽のかん高い声をあげ、両手いっぱいにグレイの髪をつかんで、痛いほど引っぱった。グレイは、これほど放埓にふるまう彼女を見るのははじめてだった。

ふたりがまだつながったままベッドに横になっていると、ドアが開いて、キッチンで見かけた女性のひとりがなかにはいってきた。グレイは緊張し、顔をそむけた——隠れようとする絶望的な試みだ。スーが平静な声で言った。「じっとしてて。彼女にはあたしたちがここにいるのがわからないから」

グレイは顔をもどし、女性がワードローブの扉を開けるのを見た。彼女は、等身大の鏡に映っている自分の姿を見つめて立っていたが、やがて服を脱ぎだした。裸になると、ふたたび鏡のまえに立ち、左右に体をひねった。女の臀部はどっしりして、えくぼがあり、腹は垂れ、乳房はひらたくなって外側を向いていた。彼女は身を乗り出して、鏡に映る自分の目を見つめ、下まぶたを押し下げた。音を立てて放屁する。ふたたび背を伸ばすと、今度は手で髪形をととのえようとし、あいかわらず左右に体を向けて、自分自身を批評するように見つめた。グレイは鏡のなかで、女のうしろに自分とスーの姿が映っているのを見た。自分たちが、人が他人の視線のないところでおこなっている行為の自由さを侵害しているのを知って、激しい嫌悪感を覚えた。性的欲望が薄れていき、グレイは、男性自身をスーからするりとはずして、体を反転させようとした。

スーはグレイの肩を両腕でつつんで、押さえこんだ。「動かないで、リチャード！　この人がいなくなるまでじっとしていて」

「でも、彼女はベッドにはいってくるだろ！」

「まだきません。あたしたちがここにいるあいだは、はいってこられないの」

さらに数秒が経過すると、女性は吐息をついて、ワードローブの扉を閉め、鏡をしまった。ドアにかかっているドレッシングガウンを手に取り、身につける。部屋から出ていくまえに、彼女は煙草に火を点け、マッチ箱をベッドサイド・テーブルの上に放った。彼女が姿を消すと、戸口に紫煙が渦巻いていた。

「出よう、スー。きみは自分の主張を証明した」

グレイは彼女から離れ、ベッドわきに立ち、下着とズボンを身につけ、シャツをたくしこんだ。スーがもはや触っていないので、自分がふたたび目に見えているのはわかっていたが、一刻も早くこの家から出、ここの住民を彼らだけにしてやりたかった。嫌悪感がまだグレイのなかに充満していた。

スーはグレイ同様すばやく衣服にボタンをかけ終え、ふたたび彼の手を取った。

「なにも起こりっこない」彼女は言った。

「ああ、だけど、ぼくらはここにいるべきじゃない」

グレイは開いているドアから踊り場を覗いた。さきほどの女性がドアを開けたままバスルームに立っており、顔に塗ったクリームを拭き取っていた。それから彼女はドアを閉め、鍵をかけた。

「こういうことを昔はナイオールとやっていたわけかい？」

「あたしはこういうようにして暮らしていたの。三年間他人の家で眠っていたわ。あたしたちは他人の食糧を食べ、トイレを使い、本を読み、お風呂を使っていたの」

「きみは、自分たちが侵害している人のことを考えたことはなかったのか？」

「もちろん考えた！」スーはグレイをつかんでいる手をふりはらった。「なぜあたしがこんなことから逃れようとしたと思うの？　あたしはただの子供だったの。あなたに会ってからずっと、こういうことをすべてやめてしまおうとしてきたのがわからない？　これはいまナイオールが送っている暮らしであり、これから一生死ぬまで送っていくだろう暮らしなの。あたしたちがここにいるのは、あなたがやくたいもない証拠をほしがったからじゃない！」

「わかった」グレイは声が聞きつけられるかもしれないと考え、声を低くしたまま言った。彼女の性的興奮のことを考えながら、「だけど、実際に、きみはそこからいまも刺激を受けているだろ」

「もちろん、受けてる！　いつだってそうだったの。それこそ、不可視性の呪縛なのよ。麻薬みたいなものなの」

「出ていったほうがいいと思う。そのことは、きみの部屋にもどってから話し合おう」グレイは彼女の手を取ろうと自分の手を伸ばした。

スーは首を振り、ベッドに腰をおろした。「いまはだめ」

「もう充分長居したよ」

「リチャード、あたしはもう不可視じゃない。セックスをしたあとで、元にもどりはじめていたの」

「だったら、もういちどなればいい」とグレイ。

「できない……すっかり力が抜けてしまっている。なぜだかわからないけど」

「どういうことだ？」

「もう不可視になれない、と言っているの。今夜は、何週間かぶりにやったの」

「ここから脱出できるくらいの時間、不可視になれないのかい？」

「むり。消えてしまった」

「じゃあ、ぼくらはどうするんだ？」

「ここから走って逃げ出さないとだめかな」

「この家は人でいっぱいなんだぜ」

「わかってる」彼女はいった。「でも、玄関のドアは階段をおりたところにある。うまくいくかもしれない」

「じゃあ、いこう。あの女性がいつまたもどってくるともかぎらない」

だが、スーは動こうとしなかった。彼女はおだやかな声で言った。「昔は、いつかこういうことが起こるんじゃないかといつも怯えていたの。昔、ナイオールといっしょにいたときはね。こんなふうにだれかの家で、突然、魅《グラマー》する力があたしたちから消えてしまうかもしれないって。それがいつも刺激になったの。その危険が」

「なにかが起こるのを座して待つわけにはいかないよ。そんなのは莫迦《ばか》げている！」

「あなたがやってみれば、リチャード。やりかたを知っているでしょ」

「なんの？」

「自分を不可視にすること……まえにやってみせてくれたじゃない」

「そんなことは思い出せない！」

「あたしたちはビーチにいた……何人かの女の子たちが日光浴をしていた。あなたは彼女たちを撮影しているふりをしたでしょ。ベルファストのパブのことはどう？　ここで撮影しているのだと想像してみて。あたしたちは窮地に陥っているのよ。でも、あなたにはカメラがある。それを使いつづけるの」

「ここで見つかるのが怖くてできない！　そんなことに集中できないよ！」

「でも、あなたは最高の撮影をしているときにそれをしたのよ。立ち往生し、火炎壜が投げられているときに」

グレイは右目を細め、ヴューファインダーの狭い視野とおなじくらいにまぶたをせばめた。ふいにスポンジラバーのアイピースのなじみの感触や、モーターのかすかな振動が額に伝わってくる感覚を想像していた。肩をたわめてカメラの重みを支え、右にやや首を傾ける。尻にはパワーパックがついており、ケーブルがとぐろをまいて下に、背後に伸び、肩胛骨にぶつかっている。録音係がかたわらにいるのを想像した。灰色の撮影用マイクが背後からグレイの頭の上に突き出ている。彼は、ベルファストの通りのことを、工場の門の外での大規模ピケのことを、ハイドパークでの核兵器廃絶運動のデモのことを、エリトリアでの食糧暴動のことを思った。すべていまなお彼の心のなかに鮮明にあり、レンズ越しにかいま見た、押し寄せる、予測しがたい危険の瞬間だった。

スーが立ち上がり、グレイの肩に手を置いた。「もう出ていける」

ふたりともトイレの水が流れる音を聞き、ドアが開いて、ついで部屋の外の踊り場に足音がするのを聞いた。そのすぐあと、さきほど服を脱いでいるところを目撃した女性が部屋にはいってきた。半分まで燃えた煙草を口の端にぶらさげている。グレイはカメラを向けて、彼女を追い、フォーカスを絞った。彼女はふたりのまわりを迂回して、ふたたびワードローブに向かった。

グレイが先導して、階段にたどりつき、ゆっくりとくだった。いちどに一段ずつ。居間の開いているドアからTVのサッカー試合の音声が聞こえてきた。グレイはその部屋をパンし、男たちの後頭部をカメラに収めた。スーが背後から手を伸ばし、玄関のドアの鍵をはずした。外に出ると、スーがドアを引き閉めた。

グレイは通りにでるまで撮影をつづけていたが、やがてがくっと肩を落とした。疲労を覚えていた。スーがグレイの腕を取り、彼の頬に口を近づけてキスしようとしたが、グレイは、腹を立て、疲れきり、不快な気分で彼女から顔をそむけた。

7

いつだって翌日はやってくる。目前の現実というものへの目覚めが訪れるのだ。リチャード・グレイは、目が覚めたときに夢の内容を覚えていることがめったになかった。夢を見ていたということはいつも覚えているのだが。夢とは、昼間の実際の出来事の記憶を無意識のなかにしまわれている象徴的なコードに再構成したものだと、直感的に理解していた。そんなわけで、自宅でひとりでいるときは、毎朝があらたな記憶のはじまりだった。目覚めて最初の一、二時間のあいだ、眠気を引きずったまま郵便物に目を通し、新聞の見出しを読み、熱いコーヒーを啜っていると、心のなかに一種の夢や幻のごった煮のようなもの、ほとんど忘れてしまった夢や前日の出来事の断片の混合物があるのを意識する。ちゃんと意図しないかぎり、はっきりとした記憶が頭に浮かんでくることはめったにない。二杯目のコーヒーを飲み干し、着替えて髭をあたり、きょう一日をどう過ごそうかと考えはじめてようやく、グレイは、あたらしい日を古い日と関連させて見るようになるのだ。そこで継続性がもどってくる。

見知らぬ人の家を訪問した翌朝、グレイはいつもより目覚めるのが難しいことに気づいた。

とりたてて遅くに就寝したわけではなかったが、スーの家を出るまえに、長くてうっとうしい会話があったのだった。その会話のどこかには、セックスに関する軋轢《あつれき》があった——スーはもういちどセックスしたがり、グレイはしたくなかった。

不愉快な気分で目が覚めた。郵便はなにもなく、新聞を読むと、憂鬱になった。目玉焼きを作り、それを使って油っぽいサンドイッチをこしらえ、コーヒーを飲み、窓から眼下の通りを眺めた。

洗濯済みの服を着て、ポケットの中身を移し換えた。コインや鍵や紙幣といった雑然としたもののなかに、アリグザンドラから渡され、ジャケットのポケットのなかに忘れられたままになっていた紙片があった。

グレイは折り畳まれた紙片を慎重に開き、テーブルの上で皺を伸ばして、読み通してみた。それは、こんなことばではじまっていた——

出発便表示板は、わたしのフライトが遅れていることを示していたが、わたしはすでにパスポート・コントロールをくぐっており、出発ロビーから逃れるすべはなかった。

そのくだりは、ロビーの描写がつづき、最後に次のように終わっていた——

腰をおろす場所はなく、突っ立っているか、歩きまわり、ほかの乗客を眺める以外にほとんどやることはなかった。わたしは似たような状況のときよくおこなっているゲームの箇所でハーディスがグレイに書くのをやめさせたのだ。最後の単語――グレイはそれが〝ゲーム〟だとわかった――は、途中までしか書かれておらず、そのあとに薄い線が走っていた。グレイは残りの話をすべて知っていた――よく知っている話なのだ。窓からぼんやりと外を見ながら、グレイはフランスじゅうを巡った長い旅のことを、スーとの出会い、恋に落ちたこと、ナイオールを巡る別れ、再会と英国への帰還のことを思い出した。その思い出は、テロリストの爆破工作にたまたま巻きこまれたところで終わっていた。

その話はいぜんとしてじつにリアルに思えた。事故の結果失った期間について記憶に残っている、唯一のものになっていた。その記憶のどこを探っても、たちまち映像がはっきりと、真実味を帯びて蘇ってくる――はじめてグレイとスーが愛を交わしたとき、彼女に恋したときにどんな気持ちになったか、サントロペでのあの長い、むなしい待機のあいだ、どれほど彼女のことを恋しく思ったか、ハーツに勤める女性から受けた慰め、気力を萎えさせる地中海の熱気、食べ物の味、コリウルで絵を描いていたピカソ。それらの記憶は、内なる確信をもっていた。ひとつの物語であり、出来事がくりひろげられる感覚を有している。当初、グレイは、それらをすべて編集済みの一本の映画と考えていたが、もういちど考えてみると、それより映画館で映画を見ているというたとえに近いと思えた。映画館の観客は、映画がすべて作りものであり、脚本を書かれ、演出され、演じられたものであり、大量の撮影クルーがカメラの背後の見えないところにおり、フィルムは編集され、同期され、音楽と音響効果が加えられているものであることをそのまま受けいれている……だが、それにもかかわらず、不信感を一時停止させ、映画の語る幻想をしばし堪能するのだ。

グレイは、まるで自分の実際の生活が、映画館の外で続いている一方で、自分はなかにはいって映画を見ているような気になった……ただし、映画の記憶は、実際の生活として受けいれることが可能な代替物になっている。

この作話された過去の一部は、グレイにとってべつの重要性があった。それはグレイの無意識から自発的に飛び出してきたものであり、内なる欲求の作品であり、知りたいという逼《ひっ》迫《ぱく》した思いから出たものだった。結果的に、それはいまではグレイの一部になっていた。たとえ、実際に起こったことではなくともだ。それははっきりと、爆弾にいたるまでさまざまなできごとを添えて、グレイの失われた期間を扱っていた。それはグレイに継続性をあたえたのだ。

そして、それはスーを排除していた。あくまでも二次的な役割しかあたえていない。その偽りの記憶は、彼女が不可視であることを認めていなかった。実際のスーは、重要な役どころを求めており、グレイに対して彼女が不可視であることを認めるようしつこく求めていた。

スーのことを考えると、グレイは昨夜の出来事を思い出した。目覚めてから、グレイはあの家を訪れたことについて考えていなかった。とはいえ、そのことはぼんやりとした形で心の片隅にずっとあったのだが。

わざと押し殺しているのだろうか？

グレイは、そのことをじつに心乱す体験ととらえていた。侵入、冒瀆、窃視、侵害といった気持ちが重くのしかかっている。スーとのセックスは、彼女の狂ったような肉体的要求からいきなり起こったもので、ただただ神経症的な慰撫をもたらしただけで、喜びを欠いていた。グレイは、性急に服を脱いだこと、まだふたりとも靴を履いたままで、ひざのところにジーンズをまとわりつかせ、スーのブラウスが半分むきだしになった乳房の上にまだはりついている状態で、彼女のなかに突き進んだことを思い出した。そして、赤の他人がその体を値踏みしているあいだ、体重過多でナルシスティックな女性が、なにも知らずに自分の部屋に立っていたこと、それから、他人の家に侵入した泥棒のようにとじこめられ、つかまえられる恐怖を覚えたことを思い出した。

この朝、寝起きのぼうっとした状態でフラットのなかを動きまわっていると、昨夜のことは、半分覚えている夢のような特色があった。あたかも、昨夜の出来事の実体は、夜のあいだに象徴的に再分類され、コード化され、無意識のなかに送りこまれたものであるかのようだった。グレイは、数年まえに起こったあることを思い浮かべた――友人が死んだのを夢に見て、翌日のほとんどを、とりとめのない悲しみと喪失の気持ちを抱きながら過ごしたのだった。午後もなかばになって、ようやくそれがただの夢にすぎず、友人は無事息災でいることを悟ったのだった。昨夜の目に見えない訪問についての感覚も同様なものだった。ただし、その因果は逆だったが――それを思い出すまで、グレイは夢とおなじように覚えており、それが実際に起こったことだと意識的に認識するまで、気分が微妙に揺れうごいていたのだ。

記憶不全が不可視性とかかわりあっているのは、興味深い。

グレイの失われた期間についてのスーの説明は、グレイ自身の生来の能力と彼女の能力に対する認識、自分自身を不可視にする技量を上達させたことを語っていた。だが、爆弾によって、グレイはそれらのことをすべて忘れてしまったのだ。不可視性は、過去の、覚えていない状態になった——スーは、グレイがもはややりかたを覚えておらず、彼女自身の力も衰えてしまった、と言った。究極かつ最終的な不可視性を有するナイオールでさえ、もうそばにはいないのだと言う。

そして、スーの断固たる証拠となるべく意図された昨夜のことは、いまではなかば忘れさられてしまっていた。

記憶喪失は、不可視性に本質的に関係しているのだろうか？　アリグザンドラは、グレイが彼女とハーディス医師に対して不可視になった、と言っていた……だが、それも彼が覚えていない催眠にかかっているあいだのことだった。そして、いまではグレイにとって見えないものとなり、まがいものの、作りあげられた記憶によって置き換えられている、人生から失われた数週間というものがある。それは、正常な人々が不可視人の存在を自分たちに説明する方法とおなじなのではなかろうか？　スーの両親は、自分たちの目にろくに見えない子供を育て、その謎を、扱いにくい娘だったが、成長し、家から出ていったというように説明していた。スーの実家への訪問をわがままにもだいなしにした目に見えないナイオールは、後日、両親の疑念による恩恵を受け、善良な若者と考えられた。サッカーのサポーターたちは、TV観戦の数分間を奪われ、ゲームが終わってしまったにちがいないとみずからを納得させた。あの家にいた女性は、キッチンの蛇口がどういうわけかひとりでにひらいたようにふるまい、そのあとで、ふたりの見知らぬ人間が自分のベッドでこっそりセックスしているのを見ることができずにいた。

不可視人はまわりの人々によって、彼らが気づけないことによって、不可視にさせられている、とスーは言った――説明のつかないことを説明するための作話をともなう、自発的記憶喪失である、と。

とはいえ、グレイがはっきり覚えている、不可視体験がひとつあり、それはグレイの撮影をときおり手助けしてくれたものだった。だが、それにも、疑問はある。

撮影スタッフは、危険な環境では、自分が無防備だと思うものである。彼らはかさばる高価な機材によって重しをつけられており、一般的に関心を惹きやすい。人々はつねにカメラの存在を意識するものだ。グレイは、一時期、北アイルランドの治安部隊とのあいだに問題があったことを思い出した。撮影クルーが危険のある場所へいくことを認めてくれなかったのだ。カメラの到着はしばしば、事件を発生させたり悪化させたりすることがある、というのが治安部隊の主張だった。夜間撮影はときには照明を用いなければならないので相手に気づかれる、という言いかたもされた。もっとも、高感度撮影により、かなりの程度その問題は避けられたのだが。カメラマンは、通常なにが起ころうとその中心にいる。そうでなければ、彼らがそこにいる意味がないのであり、もし映そうとしている話が、違法行為や政治的論議を呼ぶものに関与していれば、クルーはしばしば虐待や暴力の対象になるのだった。永年知悉《ちしつ》してきたニュース撮影の実体を思い返してみると、カメラマンが気づかれずに撮影をするというのは、信じがたいことだった。それでも、グレイが異常な状況で撮影に何度か成功したという事実は存在するのだが。スーの解釈には奇妙なもっともらしさがあり、グレイの内部の本能に訴えてくるものがあった。

どう考えたらいいのか、もうかいもく見当がつかなかった。

昼食後、グレイはひとりで散歩に出かけた。臀部のための運動はいぜん不可欠だったので、車でハムステッド近郊のウエストヒース公園に出かけ、オークの森のなかを二時間散歩した。そこは狭いながらも魅力的な場所で、ヒース公園のもっと広い主要部分を好む来園者からはほとんど顧みられていなかった。

そこにいるあいだに、BBCの撮影班に出くわした。戸外での演技の撮影をしていたのだ。カメラマンに見覚えがあり、グレイは歩いていって、撮影のあいまにほんのすこし話した。グレイはいまや積極的に仕事を探しているところであり、そのことを知らせるのに気後れはなかった。ふたりの男は数日後に酒を飲む約束をした。

グレイは、撮影班の仕事をしばらく眺め、自分もそのなかに加われたらいいのにと思った。話は、シリーズもののサスペンスの一エピソードであり、撮影しているシーンは、ふたりの男が林のなかでブロンドの女優を追いかける、というものだった。女優は薄っぺらい黄色のドレスを着ており、撮りのあいまはボーイフレンドといっしょにいて、コートにくるまって震えながらチェーンスモーキングをしていた。カメラを離れた彼女は、演じている役どころの、怯えて、弱々しいキャラクターとは大ちがいだった。

散歩をつづけながら、グレイは、根本的に考えかたに影響をあたえた昨夜の出来事のひとつについて考えていた。というのは、スーが、自分が不可視であると思っているときにはじつに性的に過激になるという発見だった。グレイはその場にいて、彼女にその変化が訪れるのを見、感じもしたので、反応したのだった。いまもあのときの性急な欲望を思い返すことができる。だが、それはグレイが期待していなかった発見だった。彼がスーを魅力的に思ったのは、彼女の内気さや見つめられることを嫌う控えめなところ、外見の中性さだとずっと思っていた。過去にもときおり、彼女とのセックスが赤裸々な粗野さを示すことはあったが、グレイは、それは自分が彼女にもたらしたものだとずっと信じていた。彼女のもっているセックスに関する知識が、思いもかけずあらわになることはたびたびあった。だが、あんなにもはっきりしていたことはいままでなかった。性的に嫌悪しているのではなかったが、いままで自分が彼女のことを誤ってとらえていたのだと感じられてならなかった。

あそこにいたあの女優は、実際の生活では演じている役どころと異なっている。スーは、自分が見られていないと思うと、ふだん演じている役割からべつのキャラクターに切り替わるのだ。彼女はふたりの人間だった——ひとりは、グレイがいつも見ている女性であり、もうひとりは、昨夜まで見ることのなかった女性。不可視性のなかにいて、世界から隠れていると、彼女は本性をあきらかにするのだ。グレイには、自分の抱いているほかの疑念がそのまわりに凝結したように思えた。もし今回の露見がもっと早くに起きていれば、なんの問題もなかったのかもしれないが、こんなあとの段階になってわかると、グレイはあらたな逆転についていけない気がした。

車にもどるころには、グレイは二度とスーに会うまいと決心していた。今晩会う約束をしていたが、家に帰るとすぐに電話して、キャンセルするつもりだった。なんと言って断わろうかと考えながら、車でフラットにもどる。だが、スーは、玄関ドアの外のちいさなポーチの階段に腰かけて、彼を待っていた。

8

決心したにもかかわらず、グレイのなかに残っている感情の一部は、スーの姿を見て喜んだ。彼女は家のなかにはいるまえに彼に温かくキスしたが、グレイは冷静に応じ、彼女に抵抗を覚えた。不承不承、彼はフラットに彼女をいれ、どうやって例の話題を切り出そうと考えていた。酒が飲みたくなり、冷蔵庫からラガービールの罐を取り出したが、スーのためにお茶を淹れることにした。ビールを飲みつつケトルが沸騰するのを待っていると、スーが落ちつかないそぶりで居間のなかを動きまわっている音が聞こえた。

グレイがお茶をもっていくと、彼女は窓際に立って、通りを見おろしていた。

「あたしがここにいちゃまずい？」スーが訊いた。

「ちょうどきみに電話しようと思っていたところだ。考えていたんだが――」

「とても大切なことがあるので、ここにきたんだ、リチャード」

「その話はしたくないな」

「ナイオールのことなの」

グレイは予備の椅子のそばにカップを置き、彼女が紙のつまった大判のマニラ封筒をもってきているのに気づいた。封筒は、椅子のクッションの上に乗っている。外の通りでは、だれかが車のエンジンをかけようとしていた。スターターが、繰り返しこうるさいうなるような音を立てている。その騒音を聞くと、グレイは病気になった動物のことをいつも思った。容赦ない御者に延々と鞭打たれている使役獣というイメージが浮かんでしかたない。

「ナイオールのことで知りたいことはなにもない」グレイは言った。彼は自分の心が彼女から遠のいているのを感じた。ふたりのあいだの距離が長くなりつつある。

「ナイオールが永遠にあたしを解放したということを話しにきたの」

「それはきみがきのう言っていたこととちがうな。いずれにせよ、どうでもいい。ナイオールはもう問題じゃないんだ」

「じゃあ、なにが問題なの？」

「昨夜起こったことすべてさ、きみがいままでに言ったことすべてだ。もうたくさんだ」

「リチャード、あたしが言いにきたのは、あたしたちのあいだにもうなにも起こらないということなの。みんな終わったの。ナイオールはいってしまった。あたしは魅《グラマー》する力を失った。あなたはそれ以上なにがほしいの？」

スーは、どうしようもないという顔つきで、部屋の向こうからグレイを見つめていた。グレイはふいに彼女を愛していたのはどんな感じだったか思い出し、それがふたたび可能になればいいのにと願った。家の外では、車を発進させようとむなしく試みる苛立たしい音が、ようやくやんだ。この一分かそこらで、スターターは、情けない絶望の音を立てていたが、ついに車のバッテリーがあがってしまったのだ。グレイはスーが立っているところに歩み寄り、通りを見おろした。エンジンをかけようとする音にいつも気が散ってしまう。だれかが自分の車にいたずらをしているのではないかという思いが頭を過《よぎ》るからだ。だれの姿も周囲になかった。グレイの車は停めたところにそのままあった。

スーがグレイの手を取った。「なにを探しているの？」

「だれかがエンジンをかけようとしていた車さ……どこにあるんだ？」

「あたしの話を聞いていなかったの？」

「いや、もちろん聞いていたさ」

彼女はグレイの手を離し、封筒をひざに移して腰をおろした。もういちど通りの左右を眺めたのち、グレイは自分の椅子に座った。

スーが言った。「きのうの夜は失敗だった。あたしたちふたりともわかっているように。二度とあんなことは起こらない。起こせないもの。説明しないとね……ナイオールがどこか近くにいると信じているあいだは、あたしは自分を不可視にできる気がしてたの。ところが、きのうの夜はちがっていた。どこか変だった。あたしはあなたに不可視性を証明しようとしているのだと思っていたけど、実際は、ナイオールの影響があたしからなくなっていることを自分自身に証明しようとしていたのね。いまは、それがはっきりわかる」

スーは封筒をグレイに見えるように掲げた。

「それはなんだい？」グレイは訊いた。

「これはナイオールがあたしにくれたものなの。最後に彼に会ったときに」スーは息を吸い、彼を見つめた。「彼があたしに会いにきて、車載爆弾で負傷した被害者の名前が載っている新聞をくれた。事故が起こってから二、三日あとのことで、あなたがデヴォンに移されるずっとまえのことだった。そのとき、いっしょに、この封筒をあたしに寄こした。それがなんなのかわからなかったし、気にもしなかった。開けてみさえしなかった。ナイオールの書いたなにかだとはわかっていたけど、そのころには、彼のことが死ぬほど嫌いになっていたの。だけど、けさ、きのうの夜のことを考えていて、どうしてまずかったのかを考えていて、どうやらナイオールが関係しているとわかったの。その、つまり、あたしの生活のあの部分が、ナイオール抜きでは、もはや意味がないように感じられたわけ。彼にこの封筒を渡されたのを思い出し、部屋のなかをかきまわして、やっと見つけた。あなたはこれがどういうものか知らなくちゃ」

「スー、ぼくはナイオールにまったく興味がないんだ」

「お願い、せめて見るだけ見て。大切なことなの」

グレイは封筒を彼女から受け取り、なかにはいっているものを引っぱり出した。それは手書きの紙の束であり、どの文房具屋でも見つかる類の便箋からはがしてまとめたものだった

——各用紙の左側が、ひきはがされてわずかに皺が寄っていた。いちばん上のページは、みじかいメモになっており、残りとおなじ筆跡で書かれていた。メモには、こう書かれている

——

スーザン――これを読んで理解してくれ。さよなら――N。

読みやすい筆跡だったが、これみよがしの曲線やひげを使っているので、気持ちを集中しにくい文字だった。ピリオドとiの上の点が、ちいさな丸として書かれている。ほとんどのページで異なるペンが用いられ、使用されているインクの色が途中で変わっていたが、もっともお気にいりの色は、緑とまばゆいブルーだった。グレイは筆相学にはなんの知識もなかったが、この文字のあらゆる特徴が、自意識過剰で、有名になりたいという願望を物語っていた。

「これはなんだい？」ナイオールがこれをみんな書いたのか？」

「ええ……あなたは読むべきよ」

「いま？　きみがそこに座っているあいだに？」

「すくなくとも、それがなんなのかわかるくらいの長さは読み通してみて」

グレイはメモをどけて、次のページの最初の数行を読んでみた。そこにはこう書かれていた――

その建物は海を見渡せるように建てられていた。予後保養所として姿を変えて以来、もともとの形におおきな翼棟が二棟つけくわえられ、庭は動きまわりたがる患者が急な斜面にけっして出くわさないように造園しなおされた。

「わからんな」グレイは言った。「これはなにを書いてるんだ？」

「ずっと先を読んでみて」スーがうながす。

グレイは何ページかをわきへどけ、適当に読んでみた――


スーザンは首を軽く振る仕草をして髪の毛をうしろに払い、まっすぐグレイを見た。グレイはその顔を見つめ、思い出そうとした。あるいは、以前にそうしたかもしれないように見ようとした。スーザンはしばらくグレイの視線をとらえていたが、やがてふたたび下を向いた。

「そんなに見つめないで」スーザンは言う。


グレイは困惑しだした様子で、「これはきみのことを描写しているようだが」

「ええ、そういう箇所もあるわ。もっと読んで」

グレイはページをめくり、適当なセンテンスを拾い上げ、異常な手書き文字とその端正な渦巻き図形にたびたび困惑させられながら目を通していった。読むよりもざっと眺めるほうが楽だったが、再度適当に読んでいるうちに、次の文章が目に止まった――


グレイは快適な気分でリラックスし、眠かったが、いぜんとして周囲のことをはっきり把握していた。目はすでにつむっており、ハーディス医師のことばに耳を傾けていたが、それ以外のことも知覚できていた。廊下の外でふたりの人間が話をしながら通り過ぎていき、部屋のどこかでアリグザンドラ・ガウアズがボールペンを走らせる音を立て、紙をかさかさいわせていた。

スーになにも言わずに、グレイは残りのページを手早くめくっていった。この文章がなにを語っているのか、すでにわかっていた――読まなくても感覚が伝わってくるのだ。なぜなら、すべて覚えのあることだから。もはやたいした枚数は残っていなかった。この文章は、次のことばで終わっていた――

遅くに、予想していたよりずっと遅くに、彼女は公衆電話からかけてきた。トトネスの駅に到着したところで、いまからタクシーを拾うのだ、という。半時間後、彼女はグレイといっしょにいた。

グレイが読み終わるのを見ると、スーが言った。「これがどういうことかわかる、リチャード？」

「こいつは、いったいなんだ？」

「これは避けられぬことを扱うときのナイオールの方法なの。物語よ。彼があたしたちについてこしらえたもの」

「でも、どうして彼はこれをきみに渡さなきゃならなかったんだ？」

「あたしに知っておかせたかったから。彼は、あたしが彼と終わり、あなたを求めていることをようやく認めたのだというために、これを書いた」

「だけど、これは実際に起こったことだ！　どうやって彼はこんなことを書けたんだ？」

「ただのお話じゃない」スーは言った。

紙束を手に握ったまま、グレイはゆっくりと丸め、みじかい警棒のようにした。

「だけど、どうして彼は知っているんだ？」グレイはいった。「いつナイオールはこれをきみに渡したんだい？　きみは、車載爆弾の事件のすぐあとでだと言った――だけど、ここに書かれているのは、そのあとで起こったことじゃないか！」

「あたしにもわからない」スーは言う。

「ナイオールがこれを創作したんじゃない！　できっこない！　彼はずっとあそこにいたにきまってる――ぼくが病院にはいっていたあいだも、ナイオールはずっとそこにいたんだ！　こいつはそういう意味なんだ。きみにはそれがわからないのかい？」

「リチャード、その物語は、あたしの部屋に何カ月も置かれていたのよ」

ふいにグレイは椅子の上で身じろぎし、激しく左右を見やった。

「ナイオールはいまもぼくらをつけているのか？　彼はここにいるのか？」

「言ったでしょ、ナイオールはいつだってここにいるんだって。わざわざ問題視しないで」

「彼はいまここにいるんだ、スー！　やつはこの部屋にいる！」グレイは立ち上がり、力のはいらぬ尻のほうに傾ぎながら、おずおずとかたわらに一歩踏み出した。彼は丸めた紙を握って手当たり次第に宙を殴った。足下の罐ビールが倒れ、カーペットに泡立つラガービールの水たまりを作った。グレイはぐるぐる体をまわし、片手でまわりの空間をまさぐり、紙を握った反対の手でつつき、殴りつけた。彼はおそるおそるドアに近づき、いきおいよく開けて外を覗きこみ、叩き閉めた。彼はやみくもにわたしに向かって手を伸ばし、われわれふたりのまわりで空気が渦巻いた。

わたしは立ったまま退き、距離を保った。自分がこしらえた警棒で殴られたくはないものだ。

「やめろ！」わたしは怒鳴ったが、もちろん、きみには聞こえなかった。

スーザンが口を開くのが聞こえた。「リチャード、莫迦《ばか》なことをしないで！」だが、われわれのどちらも彼女にはなんの関心も払わなかった。きみはわたしの真正面にいて、よいほうの脚でバランスを保ち、わたしに向かってこぶしをふりあげ、必死の形相の目は、まっすぐわたしを睨んでいるように見える。わたしはきみの冷静さを失った視線から目をそらした。きみがけっしてわたしを見られないのはわかっているのだが。

もう充分だ。ここで終わりにしよう。

その位置のまま止まれ、グレイ。これ以上なにも起こらない。スーザンもだ――じっとしてろ！

わたしは一息ついた。

両手が震えている。怖がらせてくれたよ、グレイ。われわれはふたりともおたがいを怖がらせた。きみはきみのうっかり痛みをもたらす能力でもって、わたしはきみを自由に操る力でもって。だが、もうわたしは事態を掌握し、きみはそのままそこにいることができる。

よしよし、グレイ、きみがもっとも聞きたくないことを話させてくれ。

わたしはきみの目に見えない敵であり、きみのまわりのどこかにいるのだ。きみはけっしてわたしを見ることはできない。わたしはきみといっしょにいたるところにいた。わたしは病院にいるきみを見ていたし、スーザンがきみに会いにいったときもその場にいたし、きみが言ったことばをそばで聞いていた。わたしはフランス南部にいたし、きみを追ってウェールズにいったうえ、きみといっしょにロンドンにいたのだ。きみはけっしてわたしから逃れられないでいた。わたしはずっときみを見、きみの声を聞いてきた。わたしはきみがこれまでにしてきたことを知っているし、きみが考えてきたことも知っている。プライベートなものは、なにひとつきみにはないのだ。なぜなら、わたしはきみが自分自身について知っているのとおなじくらいきみのことを知っているからだ。わたしはきみをのさばらせやしないと言ったが、グレイ、わたしがやったのがそれなのだ。

わたしはきみがいままでに恐れてきたすべてのものなのだ。わたしはきみにはまったく不可視なのだが、それはきみがいわんとしていた意味においてではない。

9

われわれ三人がいまいるこの部屋のことを考えてみよう。われわれはふたたび対峙している。たがいに無力に向かいあい、あいかわらず見えないでいる。それでもちがいはある——きみとスーザンはふたりともここにいるのだが、わたしはそうでない。わたしがここにいないのは、わたしがどこにでもいられるのとおなじことなのだ。その両方とも不合理であるがゆえに。

この部屋のことを考えてみてくれ、きみのアパートメントの居間を。わたしはここのことを詳しく知っている感じがする。現実にはいちども訪れたことはないのだが。たいしたことじゃない——わたしはそこを見ることができるのだ。わたしはそこを歩くにせよ、ふわふわと浮かんでいるにせよ、動きまわれるし、おおざっぱに見たり、詳細に渡って点検することもできる。ここにはスーザンがとても嫌っている白いペンキを塗った壁がある。この家をフラットに作り替えた建築業者が用いた安物のエマルジョン塗料に覆われているのだ。もともときみの両親の持ち物だった、ややすり切れたカーペットと家具がある。部屋の隅にはTV。画面には薄い埃が層をなして積もっており、その下にはビデオがあって、ディジタル時計が点滅している——きみがいちどもちゃんと時刻を設定しようとしていないからだ。壁につくりつけの本棚が何本か見える。まんなかのところがへこんでいるのは、きみであれだれであれ、本棚をそこに設置した人間が、棚を支える腕木のあいだの距離を正しく測らなかったからだ。本棚をざっと見て、きみの本の好みがわかる——技術書が若干、写真の本に男性雑誌《グラマー・マガジン》の列、背表紙が傷んだ種々雑多なペーパーバック版の小説類——旅行に出ているとき以外は、きみはあまり熱心な読書家ではない。窓敷居の白いペンキには、鉢植え植物が置かれていたところに丸い跡が残っている——ペンキは日焼けして五つの丸い跡を除くと黄変しており、その跡自体も乾いた堆肥のかけらがこぼれて、わずかに汚れている。かすかに埃のにおいと湿気のにおいがしている。きみの部屋は、うつろいやすさと継続性のなさを物語っている——きみは頻繁に家を空けており、この部屋を手に入れてからずいぶんになるけれども、ここでは落ちついたり、くつろいだりしていないのがわかる。

わたしはこの部屋のことを知っている。きみのことをはじめて知った日から、心のなかではここに暮らしているのだ。ここはわたしにはリアルなのだ。きみがここにいることを知ったときから、つねにここを映像化し、どういうところなのか想像してきたのだから。同様にして、このアパートメントのほかの部分も知っている。きみについてのわたしの関心は、きみにかかわるすべてのことに広がっているのだ。

きみの実際の生活はわたしの関心を呼ばないし、きみが実際にどこかに暮らしているかもしれないといった現実にも興味はない。ここは、わたしがきみのために造り上げた場所なのだ。

そんなわけで、この部屋にきみはいる。スーザンもきみといっしょだ。きみたちはふたりとも動いていない。いましばらくは、わたしがきみたちを止めているからだ。スーザンは窓のそばの椅子に目をおおきく見開いて座っており、きみがやろうとしていることを見つめている。彼女はキャンバス地のバッグを椅子のそばの床に置いており、そのストラップが彼女の脚の一方に軽くからまっている。彼女のまえのカーペットには、封の開いた封筒が置かれている。封筒のなかに入っているのは、彼女に渡したこのわたしの物語だ。ひっくりかえった罐ビールのそばには、黒い液溜まりがカーペットの織り目に染みこんでいる。きみはスーザンから数フィート離れたところで、攻撃的な捜索の途中で凍りついている。わたしが停止を命じたときそのままの姿勢で。

そして、むろん、わたしもここにいる。きみたちふたりはわたしを見ることができないが。わたしを探してなにをするつもりだったのだ？　もしわたしを見つけたら、きみはなにをしていただろう？　われわれのこの不幸な関係になんらかの結論を求めているのだろうか？はっきり言ってわたしはきみにとってなんの問題でもなかったはずだ。そうじゃないか？わたしがきみを放っておいた、あるいは、すくなくともきみの意識のうえでは放っておかれていた、この何週間かは。きみは、わたしにこんな突発的な関心を抱いたことで、わたしの静寂を乱したのだ。放っておけば、きみはスーザンとの関係を終わりにすると決心したのだ。それはわたしにとって都合がよかった――わたしはスーザンにだけ関心があり、きみが彼女と終わりになればすぐに、わたしもきみと終わりになるはずなのだ。なのにどうしていまさらきみにとってわたしが問題になる？

ああ、たしかにスーザンはわたしがきみについて書いたものを見せてしまった！

きみはそれを手に握っている。それがきみのことを書いたものであることを知って。それはきみを無効にするんだ、グレイ。病院についてきみが覚えていることは、いまや嘘になってしまった。なぜなら、わたしがきみのためにこしらえたことなのだから。それを敷衍《ふえん》すれば、きみのフランスに関する記憶も無効になり、さらに敷衍すれば、ほかのなにもかもを無効にしてしまう。きみは確信を抱けるからという理由でそれらの記憶を信用することができると思っていたが、はっきり言ってやるが、そうした記憶に確信なんてないのだ。

わたしの言うことを信用するかね？　きみの記憶はどれぐらいまともだ？　自分の覚えていることを信用できるのか？　それとも、言われたことしか信用しないのかね？

われわれはみんな虚構《フィクション》なのだ――きみとスーザンと、それから程度は劣るがわたし自身も。きみは、べつの声で語られていたという特別な意味においてフィクションなのだ。わたしがきみにわたしの代わりに語らせていたのだから。わたしがきみをこしらえたんだよ、グレイ。きみはわたしの存在を信じていないが、わたしがきみを信じていないほどではない。きみはきみ自身の生活のなかでは充分実体があるのだが、きみがわたしの生活を侵害したときに、わたしはきみにとりつき、きみを利用した。きみは、わたしがきみを〝リアル〟に見えるようにしたら面白いと思えたときにかぎり〝リアル〟なのだ。そして、きみがスーザンに出会った日からは、きみはわたしになんの面白味もあたえてくれなかった。

なぜきみはこれに抵抗しなきゃならないんだ？　われわれはみんなフィクションをつくりだす。われわれのだれひとりとして、われわれが思っているものとはちがう。われわれは、われわれ自身についての現在の理解に合うように、しかも過去を正確に説明しないように、自分たちの記憶を整理しなおしている。他人に会うとき、われわれはある意味で相手を喜ばせたり、影響をあたえようとする自分自身のイメージを投げかけようとする。われわれが恋に落ちると、見たくないものに対して自分自身を盲目にするのだ。

自分自身を真実味のあるフィクションに書き換えようとする衝動は、われわれ全員のなかに存在している——われわれの願望の魔力《グラマー》のなかで、われわれは、本当の自己が見えるようにならないことを願っている。

これはすべてわたしがやったことだ。きみはきみではないのだが、きみであると思えるようにわたしが仕向けたのだ。スーザンはスーではない。わたしはナイオールではないが、ナイオールはわたしのひとつのヴァージョンなのだ——ふたたび、わたしは名前をもたなくなった。わたしは、ただのわたしなのだ。

そして、きみは自分が欲していると思っていた結論を否定した。この話のどこにも、きみが知りたいと思っていたものを語ってはいないが、きみに説明する義理はない。スーザンはきみにすでに真実を話しており、きみは彼女の言うことを信じてもいいし、信じるべきだ。わたしが彼女のことばを借りて、自分で書きおろしたのだとはいえ。この話に書かれている事実は彼女のものであり、フィクション部分はわたしのものなのだ。

きみにスーザンのなにが残っている？　わたしが行動のさなかできみを凍りつかせ、きみは首を動かすことさえできないので、きみはわれわれが出ていくときに彼女を見ることはないだろう。きみは彼女を失う辛さを味わうことはないだろう。きみはすでに彼女について自分なりの結論をくだしてしまったのだから。だが、きみが彼女を見ることは二度とないことを請け合っておこう。なぜなら、それはわたしの力が及ぶところ大のことなのだから。

わたしはきみをここに置いていける。この瞬間に永遠に固定したまま、結びのないまま放っておかれるフィクションとして……だが、それは正しくないことだろう。きみ自身の実際の生活はつづくのだし、そろそろきみをそちらに解放する頃合だ。きみの生活はいまやきちんとしたもので、きみの体はよくなり、さまざまな雑事は改善の方向に向かうだろう。いつかきみが理由を悟るというのは疑わしい。きみは忘れてしまい、きみ自身の負の幻覚を引き起こすだろう。きみはもうこの話の部外者ではない。なぜならきみにとって、忘れることは、見られないということの別の形であるからだ。

10

その年の夏は暑く、熱波の訪れとともに、リチャード・グレイにフルタイムの仕事の見こみが訪れた。BBCにいる友人が、イーリングにある映画製作会社のトップに引き合わせてくれたのだ。イーリングは彼のカメラマンとしてのキャリアがはじまった場所であり、面接の結果、九月の第一週から勤めを開始することになった。

長い予定のない夏をあたえられて、グレイはいつもの落ち着きのなさに襲われた。マルタでフリーランスの撮影仕事をしたが、その旅はみじかく、そのあとで、まえよりも手持ちぶさたになってしまった。補償金がようやく届いた——予想していたより少なかったが、当面必要な費用を充分おぎなってあまりあるものだった。もう痛みはなく、臀部は正常に動いていたのだが、グレイはあたらしく、オートマチック車を買った。古い車はバッテリーの調子が悪くなりかけており、故障しがちになってきていたのだった。アリグザンドラがエクセターから論文を書き終えてもどってくると、グレイは一、二週間逡巡してから、休暇をいっしょに過ごそうと申し出た。

ふたりはあたらしい車でフランスに渡った。ひとところから次の場所へゆっくり移動し、きまぐれと記憶のなかの好奇心に従った。ふたりは、パリとリヨンとグルノーブルを訪れ、それから南下して、リヴィエラにいった。夏になったばかりで、観光客はまだそれほどやってきていなかった。グレイは、アリグザンドラを旅の友としているのがじつに楽しいとわかった。彼女はずいぶん歳下だったけれども。ふたりは昔のことや、どのように出会ったか、あるいはこの休暇や自分たちに直接関係していないことは、けっして話さなかった。南部で長い時間を過ごし、日光浴をして、泳ぎ、景勝地を見てまわった。サントロペはほんのみじかいあいだしか訪ねなかったが、そこで複製絵はがきを売っているちいさな店に立ち寄ったときに、気にいった絵はがきがあった――漁業をおこなうために使われていたころの港の写真だ。グレイはそれを一枚、スーのために買った。〝きみがここにいればいいのに〟と、わざと手のこんだ書き文字で書き、Xと署名した。

訳者あとがき

本書は、いまや英国文学界に於いて確固たる地位を占めるにいたったクリストファー・プリーストが一九八四年に著した長篇 *The Glamour* の全訳である。なお、翻訳には、一九八五年の改訂版を用いたことを明記しておきたい（理由後述）。

物語は、爆弾テロのまきぞえを食って重傷を負い、それに先立つ数週間の記憶を失って療養所に入院している主人公リチャード・グレイのもとに、ひとりの魅力的な女性スーザン・キューリーが訪ねてくるところからはじまる。スーザンは、グレイの別れたガールフレンドだと語ったが、グレイ自身には彼女の記憶がない。どうやら、記憶を失った期間につきあいはじめて、別れたらしい。一目で彼女に惹かれたグレイは、足繁く見舞いに通ってくれるスーザンにあらたに愛情を深めていくと同時に、失われた記憶を取り戻そうと懸命になる。やがて記憶は回復し、スーザンと出会った南仏旅行の思い出がありありと蘇ってきた——はずだったのだが……。

途中まで〝南仏プロヴァンスの恋〟とでも名付けたくなるような展開の話だが、〈プラチナ・ファンタジイ〉既刊『奇術師』をすでに読まれた方は、先刻ご承知のように、プリーストという作家がただのロマンス小説を書くわけがない。しかし、ここでくだくだしくストーリーを紹介して、読書の興趣を殺《そ》ぐわけにはいかない。というよりも、物語の性質上、いっさいの予断を抱かずに作者の「語り＝騙り」に身を任せるのが、本書を読む際の正しい態度なのである。ここは、騙されたと思って、ジョン・ファウルズに「同時代のもっとも才能に恵まれた作家のひとり」と賞されたプリーストの「現時点でのベスト作品」（ジョン・クルート）という評価を鵜呑みにして、頁をめくっていただきたい。

個人的な読書体験を語るなら、二十年近くまえに本書を原書で読んだときの印象は強烈だった——抑制の利いた筆致、読み手の予測を裏切る巧みな構成、読み進むにつれ味わわされる現実崩壊感覚、まさに小説の魅力を満喫させてくれる極上の逸品であり、文字どおり時のたつのを忘れてむさぼり読んだものである。以来、機会があるごとに、「これが訳されないなんて犯罪ですよ」と吹聴しまくり、その甲斐あって、早川書房創立五〇周年記念企画の〈夢の文学館〉叢書の一冊として単行本が一九九五年末に上梓され、それから十年後、世紀が変わった今回、〈プラチナ・ファンタジイ〉叢書の一巻として文庫化されたのは、訳者冥利に尽きる。身びいきが過ぎるかもしれないが、読んで損はない作品である、と自信をもってお薦めする。

単行本刊行当時の書評をいくつか引用してみよう――

「ミステリーであるとか、SFであるとかのカテゴライズされた縛りにとらわれず、本書はすべての小説好きな方に読んでいただきたい。面白さは間違いなく、絶対に保証しよう。こいつは凄いんだから!」

(関口苑生氏、Do Book誌九六年二月号)

「こんな物語があること自体、魔法かもしれない。読むことができたのも魔法である。けれども、残念ながらこの物語の魅力を説明できるような魔法は働きそうもない。(中略) 読書のすばらしさを味わわせてくれる傑作である」

(若竹七海氏、CREA誌九六年三月号)

「一気に読まされる。うまいうまい。私はこういう「ヘンな小説」も大好きだ!」

(北上次郎氏、週刊現代誌九六年二月二十四日号)

これ以外にも若島正氏や豊﨑由美氏のような「名うての本読み」のみなさんも本書を絶賛してくれたのだが、いかんせん、読んだ人そのものが少なかったため、ほとんど注目されることなく、したがって、まったく（笑）売れなかったのが実情である。ところが、昨年翻訳した『奇術師』が意外というべきか、当然というべきか、各方面でじつに高い評価を受けた。年末恒例の各種ベストテン投票の結果を列挙すると――

「SFが読みたい！」ベストSF二〇〇四　海外篇　第二位
ミステリチャンネル　闘うベストテン　海外ミステリ　第一位
IN☆POCKET誌　二〇〇四年文庫翻訳ミステリー・ベスト一〇　総合第三位
週刊文春誌　二〇〇四年ミステリー・ベスト一〇　海外部門　第五位
「二〇〇五年版このミステリーがすごい！」海外編　第十位

いや、ほんとにいいの？　と、思わず目を疑いたくなるような評価の高さなんだが（とくに例年であれば一位になっても不思議でない作品がベストテンに入りきらないくらい翻訳SFが大豊作の年であった二〇〇四年において、グレッグ・イーガンの大傑作『万物理論』に次ぐ順位に入ったのは立派）、おかげで久しく忘れ去られていた本書が文庫化されることになったのだから、『奇術師』さまさまである。

だが、正直な話、両方の作品の訳者としては、『奇術師』の高い評価と、本書『魔法』の黙殺に近い評価の乖離におおいにとまどっている。このあたり、「注意深く読まないと作中で何が起きてるかもよくわからなかった『魔法』と違い、（『奇術師』の）構造は明快でサービス満点。これを戦略的撤退と見るか作家的成熟と見るか」という大森望氏の指摘（本の雑誌二〇〇四年七月号「新刊めったくたガイド」）はとても鋭い。

本書を手にとられた読者におかれても、ぜひ『奇術師』との比較を試みて、その面白さの質の違いを愉しんでいただきたい。

ところで、冒頭に書いたように、本書は八五年に出版された改訂版を訳出したものである。初版とのもっともおおきな違いは、第六部の九章がまったく書き換えられている点で、初版ではここで出てくる話者が誰か、はっきり確定されてしまうのである。この作品を読み終えられたあとで、それがどういうことになるのか類推していただくのも一興であろう。すくなくとも、改訂版のように書き換えられたことで、作品全体の膨らみがずっと増したのは、確実である。なお、プリーストは、井伏鱒二か高村薫かというくらい、版が変わるたびに作品に手を入れる人で、本国では、九六年に本書の第三版が出ており（作者に言わせると、BBCで本作がラジオ・ドラマ化された際に執筆した脚本等を含めると、第五版にあたるそうだ）、そこでもかなりの改訂が行われている。あらたに新訳をおこさねばならないくらいの手の加えようであり、時間的な制約から、その第三版を訳出することはかなわなかった。もっとも、今回の文庫化にあたり、担当編集者である清水直樹氏と内山暁子氏からいただいた数々の有意義な助言を反映させ、拙訳のブラッシュアップにつとめた結果、旧訳よりも「鮮明度」はずいぶん増したように思うが、いかがなものだろうか。

さて、ここで著者の経歴と主な作品について簡単に触れておこう。

クリストファー・(マッケンジー・)プリーストは、一九四三年、英国イングランド北西部のチェシャー州に生まれ、十六歳でマンチェスター市の公立学校を卒業したあと、会計事務所に勤めるかたわら、SFの創作に手を染め、一九六六年、短篇「逃走」"The Run"を発表してデビュー。六八年に勤めを辞めてフルタイム・ライターとなり、七〇年に処女長篇『伝授者』*Indoctrinaire*(鈴木博訳/サンリオSF文庫・絶版)を上梓。時間旅行とディストピア・テーマをからませ、新人らしからぬ重厚な筆致で注目を集める。おなじくディストピアものの短い長篇 *Fugue for a Darkening Island*(七二年)を経て、双曲面様の世界を舞台にする第三長篇『逆転世界』*Inverted World*(七四年/安田均訳/創元SF文庫)にて、英国SF協会賞を受賞したのみならず、ヒューゴー賞の最終候補にものぼり(ル・グィンの『所有せざる人々』と競いあう)、一気に一流作家の仲間入りをはたす。

その後、H・G・ウエルズへのオマージュ『スペース・マシン』*The Space Machine*(七七年/中村保男訳/創元SF文庫/オーストラリア版ヒューゴー賞であるディトマー賞受賞)、現実を侵食する夢というプリースト年来のテーマが色濃く現れた佳作『ドリーム・マシン』*A Dream of Wessex*(七七年/中村保男訳/創元SF文庫)、ともに〈ドリーム・アーキペラゴ〉なる架空世界を舞台にした連作短篇集 *An Infinite Summer*(七九年)と長篇 *The*

Affirmation（八一年／ディトマー賞受賞）を世に問い、寡作ながら、発表した作品がいずれも高い評価を受ける。とくに *The Affirmation* は、作家の大きな転機になった作品で、SF的ガジェットを廃しているせいか、主流文学畑でも受け入れられ、八三年にプリーストは、〝若手最優秀英国作家〟十名のひとりに選ばれ、一般に広く認知されるようになる。これ以降、一冊を除いて、長篇のタイトルが「the＋ワンワード」という（そのワンワードに含意が多すぎて、じつに訳者泣かせの）形式になったことからも、この作品の重要性がうかがえよう。訳者としても、『魔法』に次いで、気に入っている作品で、訳出の機会があればと願っている。

八四年に本書『魔法』（ドイツ版ネビュラ賞にあたるクルト・ラスヴィッツ賞受賞）、九〇年にサッチャーリズムが過度に進んだ英国を舞台にしたメタ・フィクション *The Quiet Woman*、九五年『奇術師』*The Prestige*（世界幻想文学大賞受賞）、九八年に仮想現実シミュレーション・ソフトに翻弄される女性を描いた *The Extremes*（英国SF協会賞受賞）――というように、悠然たるペースで長篇を発表している（近年、短篇を執筆することは滅多にない）。二〇〇二年に出版された最新長篇『双生児』*The Separation*（拙訳／早川書房）は、これまた双子をテーマにし、舞台を第二次大戦下の欧州にとった意欲作で、もはや指定席の感のある英国SF協会賞のみならず、アーサー・C・クラーク賞も初受賞するという二冠に輝いた。このほかに、クローネンバーグが監督した映画のノヴェライゼーション『イグジステンズ』*eXistenZ*（七九年／柳下毅一郎訳／竹書房文庫）が邦訳されている。

私生活では、八一年に作家のリサ・タトルと結婚し、八七年に離婚（本書の献辞にある〝リサ〟は、彼女のことであろう――ちなみに九六年の第三版では、この献辞が削られている）。八八年に作家のリー・ケネディと再婚し、このリー夫人とのあいだに双子（エリザベスとサイモン）をなしている。

あるインタビューで、「わたしの書く本はすべて、実際の生活に関係しているんだ」とプリーストは語っているが、評論家デイヴィッド・プリングルが〈モダンファンタジイ百選〉の一篇に『魔法』を選んだ際の評言「これまで書かれたなかで最高に奇妙な三角関係の話」と作者の私生活を考え合わせ、文学的昇華を考察するのも面白いかもしれぬ。

余談だが、プリーストは、やんちゃなSFファンの側面もあり、原稿を集めはじめて三十年以上を閲しているのに一向に出版されず、収録作家が次々と物故している幻の巨大アンソロジー『最後の危険なヴィジョン』*The Last Dangerous Visions* の編者、ハーラン・エリスンを糾弾する小冊子をファン出版し、インターネット上でも配布した。

この小冊子は、一九九五年のヒューゴー賞ノンフィクション部門にノミネートされ、アシモフの自伝にわずか四票差で受賞を逸したという（もし受賞しようものなら、プリーストをブン殴ってこいとエリスンの密命を受けていた温厚な作家のノーマン・スピンラッドは、さぞかしほっと胸をなでおろしたことだろう)。

なお、本書訳出上、触れておきたい点は多々あるが、紙幅も限られているため、さいごに原題および小説中でもキーワードになっているglamourということばについてのみ記しておく。

今日では「(妖しい)魅力」や「華やかさ」の意でもちいられている名詞glamourは、「魔法」あるいは「呪文」が原義である。恋に落ちた男が、魔女に頼んで、愛する女にglamourの魔法をかけてもらう。すると、若い女は、glamorousに、すなわち他の若い男たちには「目に見えなく」なる、という古譚に拠って、作者はこの語を選んだという。作中で用いられているglamourは、もちろんこの原義と現代的意味を兼ね備えた両義的意味あいで使われているのだが、適当な訳語が思い浮かばず、本文中のような苦し紛れの処理で逃げた。諒とされれば幸甚である。

二〇〇五年一月

(本稿は、単行本刊行時の訳者あとがきに加筆のうえ、改稿したものである)

解説

ミステリ作家
法月綸太郎

爆弾テロに巻き込まれて瀕死の重傷を負い、事故に先立つ数週間分の記憶を失った報道カメラマン、リチャード・グレイ。デヴォンの療養所でリハビリにいそしむグレイを訪れた魅力的な女性デザイナー、スーザン・キューリー。

かつて恋人どうしだったというスーザンの言葉に導かれ、催眠療法を志願したグレイは失われた記憶を取り戻す——南仏で芽生えた二人の恋は、スーザンにつきまとう作家志望の青年、ナイオールの妨害によって破局を迎えたはずなのだが……。

追憶のロマンスは、物語のほんの入口にすぎない。世にも奇妙な三角関係を綴ったストーリーは二転三転、読者の予想もつかない展開を見せながら、幾重にもまとった秘密のヴェールを脱ぎ落とし、眩暈のするような衝撃のヴィジョンを突きつけてくるのだから。

本書『魔法』は、現代英国を代表する語りの魔術師、クリストファー・プリーストが一九八四年に発表した***The Glamour***の全訳（ただし翻訳には、一九八五年の改訂版が使用されている）である。一筋縄ではいかない小説ばかりを集めた〈夢の文学館〉叢書の第5巻として、一九九五年に紹介された長篇を文庫化したものだ。

当時から「知る人ぞ知る現代の奇書」「プリーストの最高傑作」と一部で絶賛されていた作品だが、内容を紹介しづらい本だったのが災いして、親本は限られた読者にしか届かなかったようだ。今回の文庫化は、十年後のリベンジということになるわけで、訳者あとがきに記されているように、ここにきて日本でもプリースト再評価の機は熟している。

この本を手に取る読者の大半は、〈プラチナ・ファンタジイ〉既刊の『奇術師』***The Prestige***（一九九五年／邦訳は二〇〇四年刊）で、初めてプリースト作品の魅力を知ったのではないだろうか？ 若島正氏の解説文に接して、『魔法』の文庫化を心待ちにしていた読者も少なくないはずである。かく言う筆者もそのひとりなのだが、作品リストの順番と逆になるとしても、『奇術師』の後に本書を読んだのはわりと正解だったような気がする。というのも、二人の天才マジシャンがしのぎを削る『奇術師』の合わせ鏡的な構成は、先行する『魔法』の語りの構造を整理して、よりわかりやすく仕立て直した入門篇のようなところがあるからだ。

プリーストの経歴と作風の変遷に関しては、訳者あとがきに加え、『奇術師』の若島解説を参照されたい（筆者はミステリ畑の人間なので、慣れないことを書くとボロが出てしまうのだ）。そこでも指摘されているように、この二冊の長篇は──多義的なタイトルを介して──密接不可分な関係にある。

失われた記憶のモチーフや、新聞記者の取材がストーリーを起動しながら、取材の内容が本篇にはほとんど関わってこない点、読者を翻弄するポリフォニックな叙述スタイルなど、重なる部分が多いだけではない。いずれの作品でも古典的なSFのテーマが、ジャンルの「お約束」に頼らない設定の中で、まったく新しい視点から語り直されている。ところが、『奇術師』における「瞬間移動」の扱いとちがって、『魔法』では肝心のテーマが何なのか、なかなか見えてこない書き方がしてあるのだ。

もちろんこれは作者の周到なたくらみで、パートごとに視点と叙法がスライドしていく凝った構成と、雲をつかむような遠回しの語り口は、やがて明らかになるテーマと完全にシンクロしている。形式と内容の魔術的統一、と言ってもいい。ガジェットの使用が目立たないので、最初は取っつきにくいかもしれないが、語りのヴェールに覆われた物語の構造がその姿を現してくるにつれ、読者は一度ならず、驚きと感嘆の声を挙げずにはいられなくなるだろう。

これに比べると、『奇術師』という作品は、語りの構造とテーマ（ガジェット）を思いきって前景化することで、エンターテインメントとしてのつかみのよさを獲得した半面、物語の底が割れやすくなってしまった感は否めない。『奇術師』のスタイルが「顕教」だとすれば、『魔法』という作品はコアな「密教」に当たるということだ。いずれを取るかは好みの分かれるところだが、プリースト中毒者の多くが『奇術師』以上に本書を高く評価しているのは、より上級者向けに手の込んだ語りが仕組まれているせいだろう。だから『奇術師』↓『魔法』の順で読めば、ますますプリーストの奥深い魅力の虜になること請け合いなのである。

……とここまで書いてきて、思わず頭を抱えてしまうのは、訳者の古沢嘉通氏があとがきで、次のように記しているためだ。「物語の性質上、いっさいの予断を抱かずに作者の『語り＝騙り』に身を任せるのが、本書を読む際の正しい態度なのである」（傍点・筆者）。これはまったく仰せの通りで、本文より先にこの解説を読む人もいるはずだから、なかなか踏み込んだことは書きづらい。なるべくぼかした表現で、もう少し本書のたくらみ（の一部）について触れていくつもりだが、いかなる予断も持ちたくない読者は、ここから先は目を通さない方がいいかもしれない。

＊

この小説の根幹をなす着想は、H・G・ウエルズとG・K・チェスタートンが、それぞれ別個に発表した同名の作品にインスパイアされたものだと思う。ここでは作品名を伏せておくけれど、前者には「百貨店にて」という注目すべき章があり、後者はストーカー的な男女の三角関係を扱っている。

英国SFの祖と奇想ミステリの巨人の名前を引き合いに出したのは、それ相応のわけがある。一九世紀に発生し、二〇世紀に長足の進歩を遂げたSFとミステリ――E・A・ポーを父とする、腹違いの兄弟みたいな二つのジャンル間の緊張と対立を、性格の異なる天才マジシャンどうしの宿命的なライバル関係に置き換えた『奇術師』の構想は、すでに本書によってコンセプトを先取りされているからだ。

ただし、両者のベクトルは逆向きである。「(擬似)科学」と「手品(小説)」の分岐点を、二〇世紀初頭にさかのぼって浮き彫りにする『奇術師』。それに対して『魔法』では、古典的なSFテーマを解体し、読者を欺く語りの技法とシンクロさせることで、二つのジャンルの境界を不分明にすることが目論まれている。

要するにどこまで行っても表と裏の区別がつかない、メビウスの帯みたいな小説なのだが、話はそこで終わらない。本書のジャンル混淆度は、『奇術師』よりいっそうややこしくなっていて、SFとミステリにとどまらず、サイコ・ホラーやダーク・ファンタジイ、さらに荒唐無稽なポルノグラフィと見まがうような記述も含まれている。メタフィクションの要素まで入っているので(筆者はカート・ヴォネガット・ジュニアの長篇を連想した)、特定のジャンル小説として腑分けすることはほとんど不可能。広義の幻想文学か、ポストモダン奇想小説のはなれわざとしか言いようのない、実に摩訶不思議で読みごたえのある傑作に仕上がっている。

そうしたはなれわざを可能にしたのが、本書のタイトルに選ばれたglamourというキーワードの多義性である。古沢氏の注釈と重複するけれど、付け焼き刃は覚悟のうえで、もう少しこの単語の背景を探ってみることにしよう。

glamourという言葉は、現代英語では「(妖しい)魅力」や「華やかさ」という意味で使われているが、もともとの語義は「魔法」あるいは「呪文」であるという(したがって形容詞のglamorousにも、「魅力的な」とか「華やかな」という意味と同時に、「魔法をかけられた」ないし「魔力を備えた」というニュアンスが生じる)。本文中で「グラマー」もしくは「グラマラス」とルビの振ってある箇所には、すべて二重の意味が込められているといっていいだろう。

渡部昇一『英文法を知ってますか』(文春新書)によれば、この語は「文法」を意味するgrammar——ラテン語で「文字の技術《アート・オブ・レターズ》」を表すgrammaticaが、フランス語を経由してこの形になった——と同じ語源を持つとされている。識字率の低かった中世ヨーロッパでは、羊皮紙に記された文字をすらすら読める司祭や学者は、オカルトの知識に通じた人と見なされ、その結果、民衆の間では、文法を魔術と混同することが珍しくなかったからだ。grammarとglamourでは、似て非なる単語に見えるけれど、渡部氏によると、昔のイギリスや大陸でも、日本人の耳と同様に、r音とl音の混同があったという（註）。

たとえば古いスコットランド方言ではgramer《グラメール》の〔r〕音が〔l〕音になってglamer《グラメール》とかglamor《グラマー》という風になったりした。現代英語の綴字ではglamour《グラマー》になっているが、その意味はgramarye《グラマリィ》と同じく「魔法、魔術、魔力」であった。この語形はスコットの文学のおかげで普通に用いられるようになった。そしてその意味の方も「魔法」から「妖しいまでの魅力」、特に「性的な魅力」に変った。（「文法は魔法であった」）

二人の男がひとりの女をめぐって世にも不思議な恋のサヤ当てを繰り広げる、という本書のストーリーを根幹で支えているのは、この「魅力」と「魔法」のダブルミーニングにほかならない。これに「文法」（＝文字の技術《アート・オブ・レターズ》）の意を重ねたトリプルミーニングが、魅惑的な語りのマジックを予告しているという手の込みようである。

そこで再度grammarという語に注目すると、「成功した報道カメラマン／売り出し中のデザイナー／作家志望のパラサイト青年」という階層的なキャラクター配置にも、作者の含意が見いだせる。挿し絵やレタリングで生計を立てているスーザンは、「映像」を撮る男と「文字」を操る男の間で引き裂かれていることになるのだから。「映像テクノロジー」と「文字のアート」の間の、「イメージ」をめぐる争奪戦……。この熾烈な争いは、『奇術師』における「科学」と「魔術」の闘争とパラレルになっている。

タイトルの妙は、それだけに限らない。glamourという単語が興味深いのは、l'amourという綴りを含んでいることである。フランス語で「愛」――物語が南仏を舞台にした恋愛小説として幕を開けるのは、たぶんそのせいにちがいない。

（註）r音とl音の混同にちなんで、うがった読み方をすると、本書の重要なキーワードである「雲」cloud《クラウド》という単語は、「群衆、人込み」を意味するcrowd《クラウド》と発音が似ている。実際、物語が進んでいくにつれて、両者の機能は、徐々に重なり合っていくのだ。ポーの短篇「群衆の人」The Man of the Crowdをもじれば、ナイオールという人物は、the man of the cloudにほかならないことになる。プリーストは、ヴァルター・ベンヤミンのボードレール論を参照しているのではないだろうか？

本書は一九九五年十二月に早川書房より単行本として
刊行された作品を文庫化したものです。

王狼たちの
戦旗
下

王狼たちの
戦旗
上

訳者略歴　1958年生，1982年大阪外国語大学デンマーク語科卒，英米文学翻訳家　訳書『奇術師』『双生児』プリースト，『火星夜想曲』マクドナルド，『シティ・オブ・ボーンズ』コナリー（以上早川書房刊）他多数

HM=Hayakawa Mystery
SF=Science Fiction
JA=Japanese Author
NV=Novel
NF=Nonfiction
FT=Fantasy

魔《ま》法《ほう》

〈FT378〉

二〇〇五年一月三十一日　発行
二〇一三年三月　十五　日　二刷
（定価はカバーに表示してあります）

著　者　クリストファー・プリースト
訳　者　古《ふる》沢《さわ》嘉《よし》通《みち》
発行者　早　川　浩
発行所　株式会社　早　川　書　房
郵便番号　一〇一‐〇〇四六
東京都千代田区神田多町二ノ二
電話　〇三‐三二五二‐三一一一（大代表）
振替　〇〇一六〇‐三‐四七七九九
http://www.hayakawa-online.co.jp
乱丁・落丁本は小社制作部宛お送り下さい。
送料小社負担にてお取りかえいたします。

印刷・中央精版印刷株式会社　製本・株式会社明光社
Printed and bound in Japan
ISBN978-4-15-020378-8 C0197

本書は活字が大きく読みやすい〈トールサイズ〉です。